007(第二辑)典藏系列

You Only Live Twice
择日而亡

伊恩·弗莱明 ◎ 著

吴 民 ◎ 译

时代出版传媒股份有限公司
安徽文艺出版社

图书在版编目（CIP）数据

择日而亡/（英）伊恩·弗莱明（Ian Fleming）著；吴民译.—合肥：安徽文艺出版社，2018.1
（007典藏系列）
ISBN 978-7-5396-6077-6

Ⅰ.①择… Ⅱ.①伊…②吴… Ⅲ.①长篇小说－英国－现代 Ⅳ.①I561.45

中国版本图书馆CIP数据核字(2017)第103657号

出 版 人：朱寒冬	合作策划：原典纪文化
责任编辑：姜婧婧	装帧设计：张诚鑫

出版发行 时代出版传媒股份有限公司　www.press-mart.com
　　　　　安徽文艺出版社　www.awpub.com
地　　址：合肥市翡翠路1118号　邮政编码：230071
营 销 部：(0551)63533889
印　　制：安徽联众印刷有限公司　(0551)65661327

开本：880×1230　1/32　印张：11.375　字数：280千字
版次：2018年1月第1版　2018年1月第1次印刷
定价：35.00元

（如发现印装质量问题，影响阅读，请与出版社联系调换）

版权所有，侵权必究

Ian Fleming
伊恩·弗莱明

1953年,正在牙买加太阳酒店度蜜月的伊恩·弗莱明百无聊赖地坐在打字机边,他的脑子里在酝酿"一部终结所有间谍小说的间谍小说"——这部小说的主角就是通俗文学世界里最为人知晓、商业电影范围内生命最长的詹姆斯·邦德。

和其笔下的007一样,弗莱明的现实生活中也充满了炮弹味和香水味,和詹姆斯·邦德有的一拼。弗莱明1908年出生在英国。他的性情却和英国的传统教育格格不入,1921年,在著名的伊顿公学念书的弗莱明因为行为不端而被开除。1926年,他在家庭的安排下进入了桑德赫斯特军校,弗莱明再次因为酗酒和斗殴,提前结束了自己在军校的生活。1931年,他进入了著名的路透社,成为了一名专门报道间谍案件的记者。1933年,他回到了英国,做了一个银行职员,百无聊赖的生活让弗莱明忍无可忍,好在二战的到来为弗莱明赢得了"换种活法"的机会——战争让弗莱明变成了邦德。

1939年5月,弗莱明成为英国皇家海军情报局中尉,因工作出色,弗莱明深得局长约翰·戈弗雷海军上将的赏识,后者以作风强硬著名,是007的老板——M的原型。弗莱明曾多次陪同戈弗雷上将去美国与联邦调查局局长胡佛会晤,交流情报,并作为戈弗雷上将的助理直接领导代号为30AU的间谍部队。这是一个由间谍精英组成的小分队,队员个个身怀绝技,从神枪手、化装师、武器专家到解密高手、间谍美女,一应俱全。他们的主要任务是帮助纳粹占领国的高级官员逃亡以及窃取德军重要档案。

第一次行动，弗莱明率领 30AU 来到葡萄牙的卡斯卡伊斯，策划阿尔巴尼亚国王索古从德国、意大利占领区潜逃。他设想的营救计划是这样的：清晨，在国王寓所门前，两名清洁工(由英国特工扮演)出现了，严密监视国王寓所的德国卫兵问了两句，就让他们进了门。待了一会儿，两个清洁工(已是国王夫妇扮演)再次出现，拖着垃圾袋正向大门走来。这时，事先安排好的一场车祸准时在街对面发生，德国卫兵赶紧召集人手灭火救人。一个蒙太奇镜头：两个"高贵的清洁工"登上垃圾车渐渐远去。待德国人发现国王夫妇失踪时，国王夫妇已化装成葡萄牙人搭乘一艘意大利游轮安全抵达卡斯卡伊斯。结果，整个行动与伊恩·弗莱明的策划一样顺利，犹如他在执导拍摄一部 007 电影。

二战期间，弗莱明与"疯狂比尔"——美国战略情报局局长威廉姆·多诺万将军关系密切。1941 年，多诺万计划成立新的情报机关，要弗莱明策划一个蓝图。弗莱明为他撰写的计划共 72 页，描述了一个完美特工应具备的特质，"年龄在 40 岁到 50 岁，经过特工训练，拥有出色的观察、分析、评价能力，完美的判断力，能随时保持头脑清醒，对情报事业有献身精神，并有广博的生活经历"。这和詹姆斯·邦德的形象几乎一致。1947 年中情局正式成立，很大程度上借鉴了"邦德标准"。弗莱明毫不掩饰得意之情，向多个朋友吹嘘"我创造了中央情报局"。

1945 年 11 月 4 日，弗莱明离开了海军情报局，戈弗雷上将对他做出了闪光的评语："他的热情、才能和见识都是无与伦比的，他对海军情报局的战时发展和组织活动做出了巨大贡献。"

自《皇家赌场》大卖之后，弗莱明就成了一架被烟草和酒精驱动的写作机器，在他人生最后的 12 年里，一共写了 14 本 007 小说。在弗莱明生前，他的 007 系列小说就销出了 4000 万册，迄今为止，该系列小说在世界各地的销售量已超过 1 亿册。

1964 年 8 月 12 日，56 岁的弗莱明由于心脏病发作倒在儿子的生日宴会上。

几十年过去了，那些曾经试图抛弃他的"贵族们"早已烟消云散，他所留下的作品却享誉全球，妇孺皆知。在全世界，无数的人在阅读 007 小说或观看 007 电影，以此向这位传奇人物表达敬意和缅怀之情。

目 录
Contents

第一部分　最怕的是绝望

第一章　剪刀石头布／3

第二章　金蝉脱壳／17

第三章　不可能任务／34

第四章　德科在银座／50

第五章　魔鬼四十四号／65

第六章　偏向虎山行／87

第七章　亡灵海城堡／102

第八章　以花为剑者／117

第九章　日本正危难／136

第十章　忍者训练营／159

第十一章　浴火后重生／176

第二部分 最美的是沿途的风景

第十二章 萨迈拉任命／197

第十三章 安琪与蔷薇／214

第十四章 金色的薄暮／231

第十五章 黑岛守护神／248

第十六章 盟证三生石／262

第十七章 罪恶关何处／277

第十八章 遁入地宫牢／293

第十九章 地下刑讯室／310

第二十章 血染雷霆谷／324

第二十一章 告亲友奠文／339

第二十二章 情人的眼泪／344

第一部分　最怕的是绝望

第一章　剪刀石头布

艺伎千叶子挨着邦德跪坐,她轻轻地用手腕扶住榻榻米,身体微微前倾,在邦德脸颊印上一个淡淡的香吻。

"这可不是真心的,"邦德一脸严肃地说,"你刚才不是答应我,要给我一枚真正的热吻吗?要亲我的嘴唇的,至少如此!"

妈妈桑"灰珍珠",一个不折不扣的老鸨,牙齿被烟熏得漆黑,神情古怪,矫揉造作。她的妆是那么浓艳,简直和日本歌舞伎中的角色一样,叫人有些毛骨悚然。她把邦德的话翻译成日文,然后咧开嘴笑了笑。大家都跟着爆发出笑声,艺伎们开始起哄,屋子里充满了快活的空气。千叶子用纤纤玉手遮住娇羞绯红的脸庞,好像接下来她要去做什么下流的事情似的。不过,那双玉手的两个手指微微张开,千叶子在偷偷地看邦德的反应。她鼓足了勇气,突然起身,冷不防地给了邦德的嘴唇一个轻吻,然后赶紧退了回去,用手捂着脸。这一次,结结实实地亲吻在了邦德的嘴唇上。

轻轻的一个吻,是邀请,还是允诺?

詹姆斯·邦德想起,曾有人承诺可以给他一个枕边艺伎。难道这个娇羞的艺伎就是那个枕边人?从技艺上说,千叶子是不甚高明的。她不很精通传统的乐器和唱曲,她也不能说唱长篇的故事,不能绘画,不会作诗,不会弹琴……但是,和她那些艺术修养深厚的小姐妹相比,她可以提供些别的服务,当然,这些自然只能在私密的空间进行,而且价格高昂。然而对于身处异乡的孤独者来说,这远比那三弦琴要有意思多了。更何况,外邦人本来就很难理解日本的三十一音的短歌,他们无论如何无法理解它的魅力和富士山的野菊花,还有漫山遍野的樱花有什么共通之处。

刚才那段表演引发的掌声很快就停歇了,这大抵出于对当事者的尊重吧。一个孔武有力、大腹便便的矮胖男人,身穿黑色浴袍,径直走了过来。他坐在邦德对面的红色漆器桌子旁。他掏出一根登喜路过滤嘴香烟,放在两排金牙中间,点上火,悠闲地吸起来。吸了几口,他把烟蒂放在旁边的烟灰缸上。

这个男人不是别人,正是日本情报机关高级特工田中老虎!

田中老虎剔了剔牙齿,然后说:"邦德君,我想给你一次机会,一次挑战我的机会。不过我们今天不比拳脚,我们玩一个游戏。我敢打赌,你一定会输。敢不敢来?"田中一脸坏笑,似乎笑里藏刀。那张长满横肉的脸,邦德在过去几个月已经习以为常了。那张咧开的大嘴让人不敢恭维。田中老虎一笑起来,眼睛就眯成一条缝,但是,那条细细的缝却似乎有着洞察一切的光芒。邦德知道那不是笑,而是一种面具和伪装,那后面有看不透的东西。

邦德也随着大笑道:"好啊,老虎!不过,首先,我要再来些清酒。趁着酒兴才有意思!不要再给我用这些小杯子了,可笑得很。我至少还能再喝五壶,直接拿酒壶来。叫我说,你们这酒,五壶的酒力也就相当于一瓶马丁尼。在我戳穿你们那些东方小把戏之前,我还要再喝五壶清酒。告诉你,我们西方人最擅长的就是直觉和赌博,没有什么游戏可以难倒我们的。快给我换大壶,难道你们这里就只有这些古董一样的明朝小瓷杯吗?"

"邦德君,明朝是在中国,看来你对瓷器的了解,以及你的饮酒习惯,都还有一些提高的余地。不仅如此,你如此轻视清酒,这也不是很明智的做法。我们有句古话,叫作'一个男人可以喝掉第一壶清酒,第一壶清酒又会喝掉第二壶清酒,最后清酒会喝掉那个男人'!"田中老虎一边说,一边转向千叶子,似乎在把邦德的话转述给千叶子。千叶子一面笑得花枝乱颤,一面偷偷含情脉脉地看着邦德,似乎在无言地奉劝他要少饮些酒。

邦德则被他们的笑谈弄得有些懊恼,他心想,这些日本人,一定在笑话他西方式的饮酒习气,又或者在笑话他的粗莽和海量!

这时候,妈妈桑对千叶子耳语了几句,千叶子就赶紧起身鞠了一躬,然后退出了房间。老虎把脸转向邦德说:"邦德君,今晚你够有面子了。在日本,只有相扑高手才能一口气喝下这么多清酒而面不改色。妈妈桑说,像你这样的酒量,喝上八九壶肯定也没有问题。"突然,田中老虎做了一个鬼脸,压低声音说,"不过,她也叫我提醒你少喝一点,要不然,晚上你可不是千叶子的对手哦!"

"告诉妈妈桑,我更喜欢她那成熟的性感和风骚,说不定以前我遇到的对手都不如她呢!要是一会儿我喝醉了,就让她来慢慢调教我吧。"

那个老鸨当然很有自知之明,知道这不过是玩笑话。然而这对千叶子而言,却真是一个精神上的打击,她一脸娇羞,不知道该如何看待今晚这个情人了。不过老虎赶紧出来打圆场,妈妈桑也叽里咕噜说了一大堆。老虎的脸上恢复了俏皮的神情,大声笑着说:"邦德君,你可不要乱说话哦,这让千叶子小姐怎么想呢?再说,我们这个妈妈桑可是很有智慧的,她刚才开了个玩笑,说她已经嫁给了一个'bon-san',这是日语和尚的意思,刚好跟你的名字谐音,不是吗?她说她的锦被里再也放不下另一个男人了。人家把你比作一个和尚,你不会见怪吧?"

邦德努努嘴,表示认输,一面有些歉疚地看着千叶子。

整个艺伎晚会持续了差不多两个小时,邦德的下巴都已经笑得僵硬并且疼痛了。确实,这一晚上,他都在附和着笑,出于礼貌,他不得不笑。其实,说实话,这些艺伎并不曾给邦德带来多大的快乐。对于牛皮蒙制的手鼓,以及三弦琴发出的嘈杂的乐声,他更是云里雾里,一点儿也不曾心醉。邦德只知道,自己应该尽可能地保持谦逊和低调,以使得这个晚会能够进行下去。他也知道,田中老虎的盛情款待,不过是想尽地主之谊,好让邦德开心开心。这种接待的规格在田中这里可并不多见。德科·亨德森曾经警告过他,艺伎晚会对于一个外国人来说,也许确实枯燥乏味,但是一定要耐着性子去参与。虽然这种感觉就像托儿所中的可怜娃娃,被变态女教师拿来取乐一样。但是，邦德必须全身心地投入，因为任何一点虚情假意都难逃田中老虎的法眼，一旦田中认定你是个不真诚的人，那么以后的事情就不好办了。而且田中为了这个晚会，可是破费了一笔，不管这是秘密经费还是他自掏腰包，邦德都应该领情。所以在这整个过程中，为了自己的任务能够有实质性的突破，邦德必须笑脸相迎，装疯卖傻，自得其乐，陶醉其间……但是，他内心知道，这样的晚会，对他来说简直就是一场不小的灾难！

想到这些，邦德萎靡的精神又突然振奋起来，虽然受到老鸨善意的挖苦和取笑，虽然自己的玩笑和这个环境格格不入，但是他还是保持了笑脸，鼓着掌，显得兴高采烈的样子。他对老虎说："告诉那个老婊子，她真是个聪明的婊子。"然后他从千叶子手上接过满满一杯滚烫的清酒一饮而尽。他注意到千叶子的手似乎也含情脉脉，这倒增添了他几分兴致。这时，千叶子又递上一杯，邦德没有立即喝下，而是分别倒进两个大大的杯子。他不断重复这个动作，后厨就不断地端上来新的酒。等到两个大杯子里的酒都快装满时，邦德兴致勃勃地把手放在大红色的漆器桌子上，故意做出一副夸张的挑衅动作，大喝道："好了，来吧，老虎，让我看看你要玩些什么小把戏！"

其实那就是最古老的游戏——剪刀石头布！这也并不是什么东方特有的小把戏，其实全世界的小孩都会玩，而且规则基本一样，手势也一样。拳头代表石头，伸展的食指和中指代表剪刀，手掌摊开是一块布。双方的拳头在空中同时锤击两次，第三次大家一起出手，出了什么立刻揭晓，胜负自然也就明白了。这个游戏的关键在于,要去揣测对方会出什么,然后采取相应的策略。一般情况是三局两胜,是一个很简单的游戏。

田中老虎把拳头放在邦德对面的桌子上。这两个男人都小心翼翼地看着对方的眼睛,似乎都想从对方的眼神中读出对自己有用的信息。在这间小屋子里,大家屏住呼吸,一片寂静。屋子是用木条围起来的,木格子上糊着薄薄一层纸。因为早些时候屋里太吵了,所以屋外潺潺的流水声今夜第一次被听见。又或许此刻真是太静谧了,再也没有欢声笑语,环佩叮当。田中老虎的脸色阴沉,让人不寒而栗,他像一个马上就要决一死战的武士,神圣不可侵犯。邦德的脸部肌肉也因为这紧张肃穆的气氛而略微有些扭曲变形。两人对峙着,邦德意识到,这或许不再是简单的孩童之间的玩耍了。老虎曾经扬言,一定会击败邦德。如果老虎输了,他一定会颜面无存。这对于邦德而言,意味着什么呢?他们这几周建立起来的那种确实存在,但又显得有些微妙而奇怪的友谊,会不会荡然无存?他的任务会不会因此而受到致命的打击?要知道,这可是地方上最有头有脸的人物。如果在两个女人面前,被一个小小的外国人击败,对于这个大人物来说,这一定是一件不堪的事。而且这次失利一定会被那些女人传扬出去。在西方,这样的事情,不过是些微不足道的小事,大家会一笑置之,就像在游戏厅输了一局游戏一般,不过是一个铜板而已。然而日本人是很小气的,爱面子!这一点,亨德森已经反复交代过了,他反复警告邦德,一定要尊重日本的习惯和人情,不管是多么老土的礼仪,多么细小的事情,都要谨慎对待,不容有半点马虎。不过以前邦德还不是很理解这些教导的含义,今天,他终于明白了。邦德到底应该赢,还是应该输呢?赢了,可以获得对方的尊重,表明自己并不是弱者;输了,可以让对方保住面子。不过,要求败,也需要同样的智慧,必须提前猜到对方会出什么手势!

气氛越来越紧张,邦德的神情也越来越严肃,他简直不敢看老虎的眼睛。他再一次想了想目前的局势,难道这个小游戏真的关系到那么多吗?是不是自己太多虑了呢?然而不幸的是,邦德不得不这么想。他来日本执行的任务,可谓万分重要,又危机重重。这让他不得不小心谨慎,眼前这个小小的游戏,在邦德看来,若不妥善处理,或许后面任务的成败就难料了。

田中老虎似乎看出了邦德脸色不好的端倪,他先是大笑一声,这笑声与其说是因为幽默或开心,不如说是意在驱散刚才那沉闷的空气。确实,在那种环境下谁都会觉得压抑,这个老谋深算的家伙自然也不是圣人。"邦德君,从我这方面讲,今天晚上,我是主人,你是贵宾。从礼节上而言,我应该让你赢。但是,如果不才冒犯了你,我在这里提前向你赔个不是,希望你海涵!"

邦德也笑了笑,说:"我亲爱的老虎兄,如果一场比赛不去争个高下,那还有什么意思呢?如果你故意输掉的话,我会觉得这是对我莫大的侮辱。但是,如果你对我刚才的话见怪的话,我倒觉得你是有意激我,如果你不是,为什么刚才你偏偏要使用英语?你为什么不把我们刚才的对话翻译给在座的小姐们听,让她们听听,我有足够的信心胜过你。我要把你的高傲打落下来,让大家看看,不仅是大不列颠,就是我们苏格兰,也要远远胜过日本许多。我们的女王,一定也比贵国的天皇要高大!"大约是酒精的作用,邦德不知道从哪里来的勇气,竟然放出了这样的狠话。又大约是老虎的激将法确实起了作用,这下他算是被酒精害惨了。

虽然平常他和老虎就经常拿两国的文化来开玩笑,但这次玩笑显然开得有点大。田中老虎战前就是牛津大学三一学院的高才生,一直自以为很懂西方文化。他也一直觉得自己很开放,胸襟宽广,可谓学贯东西,博大精深。这份狂傲在邦德看来,倒确实有几分夸张,因为从本质上而言,田中仍然是一个根深蒂固的日本人,这一点无法改变。想到这里,邦德不由得十分后悔,亨德森的话犹在耳畔。邦德微微抬起头,似乎能够看见田中眼睛里那一闪而过的怒火。他的心里默默念叨着亨德森的警告,脑子一片空白。

"现在,听着!你这个愚蠢的苏格兰人,看起来你做得不错,但是不要得意忘形,不要去碰运气。田中老虎是一个文化底蕴深厚的间谍,他和其他日本特工可不大一样。你千万不要想着冒犯他,或者胜过他。你看看那张脸,不要忘记这个平常嘻嘻哈哈的人,其实在去牛津大学之前,就已经是柔道黑带。大战前,他在日本就已经开始为海军收集情报,当时他就是日本驻英国的海军大使助理。你不要愚不可及地认为,他在英国获得了学位,就会任由你冒犯。更不要忘记他的战斗功勋,他也曾经参加过神风突击队,可是训练没结束,美国人就在广岛和长崎投了两颗原子弹。所以说,如果论民族情感,没有谁比田中老虎的民族情感更加深厚,那是血与火交织的情感,不能触碰和侵犯!你再想想看,日本有九千万人,为什么这次秘密任务的领导者是他田中老虎。明白了吗?邦德,你现在心里有谱了吧?"邦德想着亨德森的话,不禁感到面红耳赤,他确实是太意气用事了!

　　自从来到日本之后,他一直学着日本的盘腿跪姿,那是一种莲花式的姿势,很优雅,但是久了让人很难受。德科·亨德森曾经建议他:"如果你和日本人在一起,或者即便是在日本独处的时光,你都可能要花大量时间坐在自己的小腿上。只有一种方法可以让你长期如此而不伤膝盖。这是一种印度的瑜伽姿势,你双腿盘起,然后你的腿的一侧微微弯曲,把手肘放在膝盖上。这需要一些训练才能做到,但这不会让你的关节受伤。这样你也可以在将来与日本人的相处中更加游刃有余。"邦德其实多多少少已经掌握了一些诀窍,但是现在,足足两个小时的跪坐,他的膝盖已经疼痛难受,如果现在他不活动活动筋骨,或许他一辈子都得落下残疾了。他突然灵机一动,对老虎说:"和你这样的大师过招,我必须先换一个轻松的姿势,这样我的大脑才能够获得放松,才能集中精神!"说完之后,他艰难地站起来,脚踝无比疼痛。他双腿微微伸展了几下,然后重新坐了下去。不过这次,他的坐姿很随便,一条腿伸直,放在茶几底下,一条腿弯曲,手肘靠在膝盖上,显得很悠闲,很享受。确实,这种姿势让他如释重负。他随手拿起一只酒杯,跪在一旁的千叶子赶紧给他斟酒。邦德一饮而尽,清酒的滋味从喉咙直达肠胃,让他精神抖擞起来。他把酒杯还给千叶子,然后突然将右拳砸在漆器桌子上。因为力气有点儿大,桌子上的蜜饯盒子微微震动了一下,瓷器的盘子也发出清脆的响声。邦德挑衅地看着田中老虎,大喝一声:"准备好了吗?"

　　老虎起身鞠躬,邦德回礼。女孩子们都身体前倾,屏气凝神,准备看一场好戏,她们的眼神无一例外都充满了期待。

田中老虎的眼神似乎想穿透邦德,进而读出邦德的内心所想。邦德呢,则准备放弃计划和套路,以无胜有,出奇制胜。这种不按常理出牌的怪招,相当于是把一切交给了运气。当两拳相遇时,比的其实就是心理素质,看谁稳得住!

田中突然说:"且慢,我们三局两胜,如何?"

"没问题!"

两个粗壮的拳头慢慢地从桌面上举起来,然后快速落下,伸向对方。田中老虎的拳头紧握,这是石头,邦德的手掌张开,那是布。布包石头,邦德先胜一分。接着,田中又出了石头,邦德出了剪刀。田中老虎得意扬扬地用拳头去砸邦德的手指,哈哈大笑起来。一比一,平局。

田中老虎故意停顿了一会儿,他用拳头顶着额头,闭上了眼睛,似乎在思考什么。突然,他猛地睁开眼睛,对邦德说:"好,来吧,这次一定不会让你逃脱。"

"那么,请!"邦德说。他试着厘清一下自己的思路,他怀疑老虎会不会继续出石头,或者换一个手势。老虎是不是也在猜邦德这次会不会出布来包石头呢?如果那样的话,老虎不就可以出剪刀吗?这就是一个无限循环的心理揣测游戏。也有点儿像水果赌博机,永远不知道下一次三个同样的水果会出现在哪里。三个手势在邦德的脑海里盘旋,转转转,终于三个都是一样,邦德决定了⋯⋯

两个粗壮的拳头再次举起——一、二,出!

老虎果然继续出了石头,邦德出了布,把石头包了。第一局,二比一，邦德胜。

第二局比赛持续的时间长了许多。他们经常出一样的手势，这样就得重新来过。这一局，两位对手互相揣摩对方的心理，因此进行得很慢。大家显然都很谨慎，生怕出错。对于邦德而言，乘胜追击，拿下比赛，这很重要。对于老虎而言，保住一局，拖入决胜局，更重要！然而，邦德依然没有什么章法，随意出拳。这种完全碰运气的做法并未继续奏效，运气也并不站在他这一边。第二局，老虎获胜。一比一平，比赛被拖入决胜局。

决胜局！

邦德与老虎面面相觑。邦德的笑容从容不迫，甚至带有一点儿嘲弄的色彩。老虎呢，似乎杀红了眼，眼眶充血，泛出点点绯红色的光。邦德把老虎的神情看在眼里，他心想，也许那个自称大度的田中老虎，还是很在意输赢的。所以，或许输掉比赛才是更明智的做法。他到底该怎么做呢？两个人对峙了一会儿，决胜局开始！

然而邦德直下两盘，分别用石头砸剪刀，以布包石头。田中老虎没有得到任何翻盘的机会。尘埃落定，邦德获胜。

老虎起身，鞠了一躬，表示认输；邦德呢，故意把腰弯得更下，深深鞠了一躬。他的心里七上八下，搜肠刮肚想找点什么话来冲淡这尴尬的气氛。他突然想到了，说："呀，老虎兄，要是奥林匹克运动会把这个项目加上去，说不定我就可以代表我们国家队来参赛了。到时候我们可以再来一盘，哈哈！"

田中老虎以克制的态度礼貌性地笑了笑："你更有洞察力，在这个游戏里，你表现很好。说说看吧，邦德君，有什么诀窍吗？"

其实邦德哪里有什么诀窍。不过,他现学现卖了一套,无非是为了给老虎一个台阶下,顺带吹捧一下这个对手。"啊,说到诀窍,这倒是有一个小秘密,是我这么多天观察到的,那就是阁下是一个坚定而意志如钢铁般顽强的真男人。老虎兄,仅凭这一点,我揣测你应该不会习惯布,毕竟那是女人家的东西。而你最可能出的应该就是铁拳,我没说错吧?循着这个思路,兄弟我小胜一筹。确实胜之不武,您是不屑于用这些小心思和小伎俩的吧。"邦德故意嬉皮笑脸地说道。

一场本来硝烟滚滚的比赛就被这几句恭维话化解成小小的游戏,这场划拳也就不了了之。田中老虎显然很受用,他起身又鞠了一躬。邦德回了礼,然后喝了更多的清酒,同时把田中老虎又吹捧了一番。紧张的氛围这下子终于得到了缓解,艺伎们又恢复了轻松的神情,说说笑笑起来。大家鼓着掌,妈妈桑趁势让千叶子再给邦德一个吻。这次的吻,是献给胜利者的香吻,千叶子虽然依旧羞答答,却并没有拒绝。日本女人的皮肤真柔滑啊,她们的抚摸是那么缠绵,那么轻柔,让邦德的魂灵似乎都飞到了九天之外。邦德正在寻思接下来的半夜该如何度过。这时候,老虎严肃地说:"邦德君,我有一件很重要的事情想和你谈谈。你今晚能否赏光,到寒舍小酌几杯?"

邦德立即收起了刚才旖旎的胡思乱想,态度恭敬地鞠躬表示同意。亨德森说过,被邀请到私人住宅,这在日本,是非常隆重的,是一种至高无上的荣耀,是不可轻易得到的。所以,邦德心想,或许他刚才赢下那场孩童的游戏做得对。这件小事的背后,其实是对方更大的试探,或许就是这样。

邦德鞠了一躬:"荣幸之至,老虎兄!"

一个小时之后,他们坐在田中老虎家中,他们所坐的椅子中间,是一个小的酒吧台。门外大街上的橘红色的灯光照射进来,更显出夜的宁静。透过窗户,可以看到天际微微发红的光芒,或许那是海港的灯塔。顺着海岸线,一路拉近,就是老虎家所在的那个街区花园。而他们家,也有一个小小的花园。这真是一处雅致的所在,邦德心想。老虎的房子的布局和设计和一般的日本工薪阶层没什么分别。其实在日本,工薪阶层和王公贵族在住宿方面的要求是差不多的。他们的房间被简单地进行了分隔,一般都是纸糊的推拉门。而住处一般都在自然的怀抱中,追求与大自然的和谐统一。其他几个房间也都用推拉门隔开,一个是卧室,一个是办公室,一个是过道。

老虎拉开推拉门,他们进了里面的房间。接着,老虎把所有的门窗通通打开。他一边这么做,一边说道:"在西方,你们讨论机密的时候,一般都会把门窗关闭。在日本,我们却要打开门窗,以保证没有人会在薄薄的纸门后面偷听。这叫隔墙有耳!现在我要和你讨论的是最高机密,请你务必认真聆听。在我讨论这个机密之前,让我们先喝一杯。清酒热不热,你喜欢哪种牌子的香烟呢?放松点,邦德兄!"

他们小酌了几杯,点上了香烟。

老虎严肃地说:"邦德兄,请你先发誓。今晚的谈话,你不会向任何人透露,包括你的上级还有你的国家!请你用你的信誉发誓!"

田中老虎发出洪亮、沉郁的笑声,那笑声让人觉得可怕,似乎是来自地狱的深处:"如果你违背诺言。我别无选择,只能让你从这个世界永远消失。"

You Only Live Twice

第二章 金蝉脱壳

一个月之前,布雷德俱乐部恰逢年度停业。在它停业的前一天晚上,发生了一些特别的事。第二天,9月1号,那些伦敦的老古董会员,就必须到怀特俱乐部或者布德儿俱乐部喝酒了。但是对于习惯了布雷德俱乐部的人而言,那两家俱乐部总让人感觉有些沮丧。怀特俱乐部吵吵闹闹,没有什么情调和气氛,而且那么小;布德儿呢,坐满了退休的政府官员和地方上的乡绅,这些人一天到晚无所事事,就知道关心猎鸟季何时到来。然而,布雷德确确实实在未来一个月就要关门大吉了。俱乐部的工作人员也可以休一个月的长假。更重要的是,这家俱乐部的屋顶还等着整修呢,原来房顶上的木头好多都朽败了,墙壁也要好好地刷刷了。

而除了例行的整修外,布雷德俱乐部还将迎来特殊的客人。

M端坐在弧形的窗户下面,眼睛望着对面的圣·詹姆斯大街,若有所思。他决定休一个月假。前两个星期去钓钓鱼,后两个星期则漫无目的地到处看看。最后再回到自己的办公室一个人待着,吃点三明治,喝点咖啡,悠然自得。他很少秘密启用布雷德俱乐部,除非是款待特别重要的客人。他不是一个爱交际的人,可是偏偏人脉广泛,这与他的地位不无关系。如果他愿意的话,他可以成天泡在俱乐部里,而且可以在世界上最负盛名的情报组织俱乐部定个专座。但是,他不愿意那样虚度年华。毕竟在那里,他的交际太广,每天都可能要把时间浪费在无聊的应酬中。很多原来的老朋友,一些生意上的伙伴,都在关心他退休后的计划。他总是用"和几个朋友一起开了个公司叫环球贸易"之类的话搪塞,这让他不胜其烦。然而,他的这些话很难被证实,要是被证明是谎言,那倒是会给他带来一定的风险。

波特菲尔德到处寻找雪茄,终于找到了一盒。他弯下腰,把那个宽大的雪茄盒子递给 M 的客人。詹姆斯·蒙勒尼眉头紧锁,显得很古怪,似乎在嫌弃这个牌子的雪茄。"我想,哈瓦那雪茄现在应该还有卖的吧?"说完之后,他的手不大情愿地缩了回来,然后他拿出了一盒"罗密欧与朱丽叶",并优雅地捏着雪茄,在鼻子下闻了闻,似乎在欣赏什么宝贝。他转向 M,调侃道:"你的环球贸易公司打算给卡斯特罗提供些什么货品?星条旗?"

M 并没有被逗乐。至少波特菲尔德觉得自己的头儿并没有因此而感到好笑。作为 M 的秘书官,他在 M 手下很多年了,是受 M 直接指挥的人员。他有点儿辩解,又很从容地说:"詹姆斯先生,实际上,牙买加最好的雪茄已经可以赶上哈瓦那的了。而且,现在是牙买加大面积收集雪茄烟叶的季节,正有很多高档货。"说完,他合上了雪茄盒的玻璃盖子,然后走开了。

詹姆斯·蒙勒尼拿起了桌子上的一个钻孔器,这也许是俱乐部的服务生落在吧台上的。他精确地在雪茄的头上钻了一个孔。他点燃了天鹅牌雪茄,然后将雪茄的烟火在空中扬了扬,接着优雅地吸起来。似乎在等待一口雪茄完全融入他的身体,让他获得深深的满足和难以言表的惬意。然后,他喝了一口白兰地,接着又小啜了一口咖啡。他看到他的主人眉头紧锁,好像是在欣赏,又好像是在讽刺,表情很复杂。他单刀直入地说:"好吧,我的朋友,现在告诉我,到底出什么事了?"

M显得有些心不在焉。他甚至连抽雪茄的力气都没有,他一脸茫然地喷出一口烟,接着神情恍惚地重复着詹姆斯的问题:"什么事情?"

詹姆斯·蒙勒尼先生是英国最有名的精神病学方面的专家。前些年,他曾经因为"机体弱化的神经心理学分析"方面的研究成果,而获得诺贝尔医学奖。这是世界医学领域的最高奖项之一。正因为他在专业上的成就,他被英国情报局任命为特别顾问。不过一般情况下,情报局很少惊动他。除非是遇到特别紧急或特殊的情况,才会劳烦他出马解决。这些由他解决的问题同时也给予他很大的动力,他简直乐在其中。因为这些问题的解决,都是有益于国家和全人类的大事。作为专业人员,他感到责无旁贷。尤其值得一提的是,在战后,对专业人员的这种特殊任命,是非常罕见的。因为,这涉及许多国家机密,没有经过特别训练的科学家,是很难保守这些秘密的,而且会陷入极大的危险之中。

M迷茫地把头偏向一边,似乎没有注意到客人的提问。他盯着圣·詹姆斯大街的街灯明灭,似乎有无限的心事,连接着浩渺的广宇,无法化开。

詹姆斯·蒙勒尼先生注意到了M的神情,故意说:"我亲爱的朋友,你要知道,和每个人一样,你的行为特征也是有迹可寻的,我能够找出其中的细微端倪,从而猜出你的心事。你信不信?就拿今天来说吧,像这样请我到布雷德吃午餐,并不是很常见的事情。你把我喂得饱饱的,简直就像填塞一只可怜的斯特拉斯堡烤鹅。所以我想,你不可能就这么一言不发。你一定有什么惊天的秘密要告诉我。不,还不只是告诉我那么简单。你一定有求于我,希望我帮你破解其中的谜团。如果我没有记错的话,上次你请我吃饭,代价是让我从一个外交官身上榨取有用的情报。而我只能在当事人并不知情的情况下,对他实施深度催眠。你还承诺,说这是你最后一次向我求助。而我也说,我以后再也不会帮你这种违背我职业道德的忙。可是结果怎么样呢?我话音未落,也就是两周之后吧,报纸上刊载了关于这个外交官的死讯。他自杀了,从十层楼上呈自由落体运动,当场死亡。验尸官给了个模棱两可的结论报告,说死者是坠楼,或者是被推下楼的。那么请问阁下,今晚这顿鸿门宴之后,我又要为你唱哪一出好戏啊?"詹姆斯·蒙勒尼的语气由挖苦变成温和,甚至略带同情,他接着说,"好了,M,我知道你也是身不由己,人在公门嘛!那么直抒胸臆吧,说说看,到底怎么了?"

M表情冷漠地看着詹姆斯:"还不是那个该死的007,他真是让我伤透了脑筋。我简直不知道该拿他怎么办才好。"

"007！你不是已经看到我的研究报告了吗？两份都给你了。难道现在他有什么新症状？"

"没有，还是老样子。他的意志正在一点点被蚕食。他上班迟到，工作敷衍了事，错误不断，精神涣散，整个人就像一盘散沙。一天到晚就知道喝酒，喝醉了就发疯。最近还染上了赌瘾，在那家新开的赌场已经不知道输了多少钱。你知道，这个我曾经最得力的特工，现在正沦为安全局的头号威胁。他再这么下去，早晚要一颗老鼠屎，坏了一锅粥。这简直叫人难以置信，不是吗？只要你翻翻他的简历，就会知道，他不应该这个样子。"

詹姆斯有些不以为然地摇了摇头，淡定地说："这不是他的问题！我想你一定没有看我的报告，至少没有认真看，对不对？这一切，不是他的品质和能力发生了任何变化，也不是这个人自甘沉沦或颓废。这不过是一种创伤后遗症，他受到的刺激太大了，无法从心理上排解。这是一种病，需要理解、关怀和适度的引导，当然，还要配合必要的药物治疗。"

詹姆斯先生深深地吸了一口雪茄，身体微微前倾，然后用雪茄指了指M的胸口，意味深长地说："M，你是个优秀的指挥官，也是个硬汉，你总是觉得你必须做决定，可是你忽略了人性的基本问题，对于人情，你总是理不清头绪，抽不出最重要的那根线头。你只会让一切变得一团糟，而没法合理地解决。007的事情就是一例。这里你做主，你是头儿，这里的一切，包括这个机构，都归你管。你的人个个精明强干、智勇双全，我知道，这是你们这个年纪的男性共同追求的素质。但是,你知不知道,你的人,包括007,他们情感上是个单身汉。而且,你知道,007是个情场高手。他陷入了不能自拔的爱情,如此疯狂地爱上那个姑娘,我估计,很有可能因为那是一位折翼的天使,迫切需要他的帮助。对于有英雄情结的男人而言,这种天涯孤女最能打动他们的心。他们的情感如燃烧的烈火,很快,他们就结婚了,期待着天长地久。可是几个小时后,新娘被射杀了,杀人犯是个超级大恶魔,他的名字叫什么来着?"

"波菲尔德,"M一字一顿地说,"恩内斯特·斯塔文罗·布洛菲尔德。"

"哦,是的,就是他。你知道,这个恶魔是你们的任务目标,他们本来和那个可怜的女孩毫无关涉,只是因为007。可是他自己呢,却几乎毫发无伤,只是头皮破了一个小口子。可是,很快,他被另外一个看不见的武器击垮,那就是自责和深深的歉疚,还有就是对新婚妻子无限的思念。你们的人把他送到我这,你们只是觉得他脑子受伤了,需要我来治疗。可是,你们不知道,他不是脑子受伤的病人,更不是精神病人。他的身体没有任何问题!问题出在他的心。他第一次见到我的时候,就向我坦陈,他对工作的所有兴趣都不翼而飞,他对工作没有热忱。离自己的工作越近,他内心的歉疚就更深了一分。他甚至觉得活着都是多余,只是在爱人被害后的苟活。这种苟且偷生的折磨,让他觉得生不如死。当然了,我这个职业,每天都不得不面对很多个这样的病人。他们的口吻几乎一致,对生活失去兴趣,想一死了之等等。这是一种精神性疾病,有的人发病速度快,有的人则是慢慢滋长。就你的007而言,他的症状,是因为他

You Only Live Twice

突然间受到难以忍受的生命困厄——或者说,这是他觉得无法迈过的坎儿。因为他以前从来没有遇到过这种情况,这是他人生不能承受之痛。他失去了挚爱的妻子,在妻子的死这件事情上,他自认为负有不可推卸的首要责任。只要一想到这件事情,他就会懊恼万分,甚至情绪失控、精神异常。这种精神上的负担,是常人所难以承受的。当然了,我的朋友,你和我都没有这种经历,我想我们也没必要重演一下这种经历。但是,设身处地地想一想,他的那种处境,是很难走出来的。在他的脑海里,到处都是绝望,到处都是黑暗,越想就越无助、越凄凉!现在,邦德就正处于这种重负之下,我今天对你这么说,我在报告里也是这么说的。但是遗憾的是,你并没有认真地思考这个问题。我想,其实我以前也说过,要解决眼下的问题,必须给他找一个更危险、更紧急的任务,这样才能冲淡他内心的绝望和悲哀。我想,一个正在经受苦难而不能自拔的人,必须认识到,什么才是更大的灾难。他要明白一个简单的道理,灾难是没有所谓上限的,痛苦也是没有顶点的。只要一息尚存,人就应该学会继续面对生活的磨难。这些生活的磨难也许是一时看来是无限的,是难以承受的,但是,一旦走出当下的情境,或许就会豁然开朗。这些苦难,本身就是人生不可或缺的一部分。过去几个月,你有没有尝试,让他接受更加棘手的任务呢?"

"两次了,"M面无表情地说,"我不是没有给他机会。可是他呢,两次都给我搞砸了。其中一次,他自己都差点送了命;另外一次,因为他的失误,导致我们整个集体陷入危险和被动。现在,最让我担心的还不止这个,你知道吗?过去他从来不犯错误,而现在呢,他却成了祸头。"

"这是他精神受挫之后的另一个表征。对此,你打算怎么办呢?"

"开除!"M略显残忍地说,"就当这个人在执行任务的过程中被射杀,或者得了什么不治之症。对于一个脑筋退化的人,我们部门是容不下他的。不管他过去的战绩是如何辉煌,也不管你们这些心理或者精神科医生如何替他开脱,那都无济于事。你要知道我们的工作性质,那不是一个可以讲人情的地方。当然,我会给他开一大笔退休金,保证他今后的生活。我们也可以给他追加各种荣誉,我们会给予他我们能够给予的一切。因为,你知道,他是我们的骄傲。我们还会帮他再物色一个新工作。也许银行的安保部门就很需要一个像他这样的工作人员。"M一边说,一边却有些胆怯地看着那双蓝色的明亮眼睛。他知道,那双眼睛能够窥视人性中最隐私的角落。这一刻,M显然在撒谎,所以他才会显得那么诚惶诚恐。为了使自己的话更有底气,他试探性地问道:"詹姆斯先生,想必你也会同意我的做法吧?你知道,现在我们总部人满为患。而且在我们这个领域,任何部门其实都生死攸关。我实在是想不出什么地方可以容纳007。如果他继续留在安全局,除了惹出新的乱子来,再无其他可能!"说完之后,M的表情显得很凝重。

"可是这么一来,你就失去了一个最优秀的特工。"这是著名的精神病专家詹姆斯先生的唯一评论。

"过去是,但现在不是了!"M痛心而无奈地表示。

詹姆斯·蒙勒尼先生坐着的身姿稍稍后仰,似乎在回避M的提问。他沉默地看着窗外,轻吐着烟圈,雪茄发出红色的微光。看得出来,他在思索着什么。说实话,他很喜欢邦德。他为邦德治疗已经十多次了,每次他对这个男人的了解都更多一分,他有理由相信,邦德依然是那个最优秀的特工,而不是已经过气了的孤胆英雄。他知道这个人身上的精神,他的本性,可以将他带出现在的困境。如果是一个普通人,遇到他这么大的打击,也许早就崩溃了,但是他没有,他一直在和自己做斗争。所有这一切,蒙勒尼先生都看在眼里。他知道,一个绝望的处境能够让他重新点燃生命的火光,点燃他内心泯灭不掉的意志。他记得,二战爆发以后,很多曾经出现在他咨询室的病人一下子没了踪影。因为战争引起了人们更大的恐慌,这些大的恐慌把原来那些小的生活不幸和磨难都赶跑了。真正的痛苦往往是更短暂的痛苦。他回了回神,转过头来,对M说:"再给他一次机会吧,M。我相信,这次他一定能够完成任务。如果出现任何问题,我负责!"

"那么请问,我该给他一个怎样的机会呢?"

"说实话,直到现在,我还不知道你们的工作内容和流程。当然,我也没有兴趣,更没必要知道这些。我可不想在我的工作中加入那么多不可告人的机密。但是你想想看,最近你们有没有什么事情是特别棘手的,有没有一些看起来是绝对不可能完成的任务,这样的任务,我想,你可以交给007。当然,我并不是说这个任务一定要足够危险,比如刺杀,或者盗取苏联的密电码什么的。但是这项任务一定要看似不可能完成,并且关系重大。当然,你们也可以事先敲打敲打他,让他明白任务的重要性。但是,与此同时,你们应该明白,对于邦德而言,现在最需要的是唤醒他的天赋才能,这个任务会让他真正汗流浃背,殚精竭虑。这个任务必须让他彻底放下个人的烦恼,全身心地投入。我知道,他是一个十足的爱国者,所以,给他一个关乎国家利益的任务吧。在国家利益和个人痛苦的天平上,相信他会毫不犹豫地选择国家利益。当然了,如果这时候,再爆发一次世界大战,那么一切就好办了。除了死亡和荣耀,再没有什么东西能够给人以莫大的激励了。你仔细想想看,看能不能找到这样十万火急的任务。如果可以的话,把这个工作交给他。这也许能够让他重回正轨。总之,再给他一次机会,他不会让你失望的,好吗?"詹姆斯先生祈求般地说道。

房间里一片寂静……

红色的内线电话急促地响了起来,这个小东西已经沉寂了好几个星期了,突然响起,惊醒了玛丽小姐的迷梦。她坐在一张空空荡荡的放着打字机的办公桌前,成天无所事事。这会儿,她被这突如其来的电话铃声惊吓到了,她就像一个从炮筒发射出的炮弹一样,从座位上弹了起来。她冲进隔壁房间,稍稍调整了一下呼吸,然后颤颤巍巍地拿起话筒。她甚至感觉那根电话线,就像一条致命的响尾蛇,她的心里就像揣着一只兔子,怦怦乱跳。

"是的,先生!"

"哦,不是的,我是他的秘书。"她一边战战兢兢地回答,一边看自己的手表,知道大事不妙。

"先生,这样的情况很少见,我想他再过十几分钟就会到。我能让他稍晚些时候给您回电话吗？哦,好的,非常感谢!"

"哦,是!"她如释重负,把听筒挂到了电话架子上。不过,马上,她的精神就再次高度紧张起来。她注意到,她的手在微微发抖。这个该死的邦德! 他到底死去哪里了? 她大声叫道:"詹姆斯,哦,詹姆斯,快。"她像一只没头的苍蝇,在办公室里转来转去。她一会儿焦急地起身踱着步子,一会儿又无奈地坐回到椅子上去。她看着空荡荡的打字机,心里急得要命。她茫然地盯着灰色的按钮,内心无望地呼唤着:"詹姆斯,詹姆斯,M 想见你,M 想见你!"她多么希望,她的心灵呼唤能够获得邦德的感应。她多么希望,邦德此时能够推门而入。她的心里七上八下,怦怦乱跳。定位电话,但愿邦德今天带在身上。她赶紧回到邦德的办公室,拉开右手边的抽屉,真该死,定位电话在抽屉里。这个小小的电话装置本来可以通过内部电话与之接通联系邦德,不过现在看来,这唯一的希望也破灭了。可别小看这个小小的接收器,总部的任何人离开大厦,必须随身携带,以便随时接受总部的最新指令。可是,最近几周,邦德都无视这些规定。他似乎已经完全不在乎这些了。玛丽气急败坏地把那个小东西拿出来,狠狠地砸在办公桌的中央。"你这个该死的! 死东西! 死东西!"她歇斯底里地大声叫着,缓缓地走回了自己的办公室。

　　健康状况,天气状况,对大自然的渴望——所有这些问题,都不会完全占据一个人的内心所想。不过如果是一个三十几岁的人,那就另当别论了。三十五六岁是一道坎,过了这个年纪,人就不会再把这些事情当作理所应当,或者顺其自然的事情,而是觉得,这些稀松平常的事情后面，一定有什么更重要、更紧迫、更有意思的事，于是就开始变得神神道道，这是人到中年的证明。

从今年开始，詹姆斯·邦德开始明显地或多或少表现出这种倾向。偶尔的宿醉外，他觉得身体的修复仅仅和小孩子摔坏了膝盖一样，是微不足道的。他想当然地认为自己很健康。他越来越关注自己的健康状况。至于说到天气，原本这对于他来说，不过是一个要不要带雨衣，要不要在敞篷车加上雨盖这样的小问题。但是近来，他越来越敏感于天气的变化。以前对大自然的好奇，他不过表现在关心蜜蜂会不会蜇人，花儿闻起来是不是香，等等。但是现在，从八月份开始，差不多八个月前，一切都变得大不相同了。那一天，他的回忆停留在那个悲伤的时刻。雷茜被杀害了，他无助地坐在玛丽玫瑰皇后公园的草坪上，叫天天不应，叫地地不灵。千呼万唤，但是爱人已经永远离开了他。他的所有的记忆，都被这一幕给填满了，再也放不下其他任何东西。

至于健康的问题，原来理所应当的健康似乎不复存在。他感觉自己每天都生活在地狱中，他知道，他看得到自己的困境。他不和任何人说话，他常常一个人走在海雷和威格姆大街，遍访名医。他拜访了很多医生，他希望这些医生能够让他好受些。可是每次都是无功而返。他甚至病急乱投医，向一些所谓的"专家"、没有医师执照的"神医"，甚至一些催眠师和江湖术士，请教过。当然，最终都以失败告终。每次，他都跟那些医生说："我感觉糟透了，就像在地狱，我睡不着，吃不下，每天都喝大量的水，但还是觉得渴得厉害。我宿醉、赌博，想以此来麻醉自己，我的工作简直一团糟。我快完了。请让我舒服点吧!"然而每个医生对他的诊断和治疗都差不多,都是量量血压、验血验尿、听心跳、检查心肺功能,最后问一大堆乱七八糟的问题。邦德都是如实回答,医生最后的结论几乎都一样,就是"你没什么大碍"。不过,这句轻描淡写的诊断,却每次都会花掉邦德一大笔诊疗费。每次经过这样的诊疗之后,邦德不得不再次寻找新的医生,获得新的所谓秘方,其实都不过是些镇静剂、安眠药,甚至完全没有任何药力的药水和药丸罢了。像这样的生活,邦德已经持续好几个月了。现在,他刚从一名催眠师那里出来。这是他在这个催眠师家的最后一次恢复性治疗。大师给出的建议是,他必须恢复男性的本色,而最迫切的事情,是要找一个女人。

天哪,那个大师也许以为邦德并不会找女人,这简直是太滑稽了。

邦德的耳畔不断地想起各种医生的医嘱:你应该爬楼梯,锻炼自己,恢复体能;你应该把你喜欢的姑娘都带去巴黎,浪漫一下……又或者,是一个冷漠的声音:"你感觉好点了吧,亲爱的?"说实话,那个催眠师虽然有些蠢笨,但其实也并不是什么坏人。这个自以为是的催眠师不过是过于担心自己的劳动报酬,此外,就是不断抱怨英国医师协会对他的迫害、歧视和不公。但是邦德觉得自己在椅子上坐得太久了,他的耳畔不断传来那个男人粗哑的声音。他放松地坐着,看着天花板上的电灯发呆。他知道,那个医生虽然唠唠叨叨了很多,却没有一句真正说到他心坎里。这个月,他又花了一笔钱,报了一个康复训练班。不过课没上几节,他就放弃了。现在,他不知道怎么办才好。他呆呆地坐在和自己办公室几步之遥的公园里,什么也不愿去想。

　　他看了看自己的手表,现在已经三点多了。其实他必须在两点三十分之前到达办公室。可是办公室简直就是地狱的中心,他真的是不愿意去。天哪,外面好热啊。他用手擦了擦额头前的汗珠,然后将满是汗水的手臂放在裤腿上揩了揩。他总是这么爱出汗。他想,天气是该变一变了,老这样热下去,真叫人受不了。科学家也许会夸张地说,眼下的酷热简直就像原子弹爆炸。这只是哗众取宠罢了,但是,对邦德来说,要是现在身处法国南部就好了,那里一定很凉爽。在那里,他可以尽情地在浴场畅游。但是,他并没有接受这个任务。在那个痛苦的失妻之月,他本来要去牙买加。但是无论在哪里,对他而言,都仿佛置身地狱,这让他痛苦不已。所以,现在看来,游泳也根本解决不了问题。所以现在他只能在这里,看那些美丽的玫瑰花,那么芬芳,那么清香。闻着这些令人陶醉的花香,听着往来的汽车的轰鸣声,也不失为一种忙里偷闲的快感。最好再来些嗡嗡的蜜蜂,它们沿着花径采蜜,为它们的皇后辛勤工作,那么充实,那么幸福。邦德想起了一个比利时作家笔下的蜜蜂,叫作美特涅,或者别的什么名字。这个人还写过关于蚂蚁的书,都是很有意思的小书。这些小家伙,反映的确实是不折不扣的生命的真谛。它们没有烦恼,只是开开心心地活着,平静地面对死亡。它们的工作,就是它们世世代代都必须完成的工作,按部就班,最后平静地死去。为什么没有人见到过大量的蜜蜂尸体呢,或者蚂蚁尸体?成千上万的,甚至是数百万的这种小生命每天都会死亡。或许它们的同伴会把它们吃掉。所以,还是先不要想那些死亡与人生这样的大的哲理吧。回到办公室,回到玛丽那里。虽然,办公室现在俨然就是一座地狱,但是至少玛丽是个可爱的姑娘,这么多年来对邦德一直照顾有加。她总是无微不至地关心着邦德,虽然有时候也会耍些小性子。她极富同情心,心地善良。但是,她并不能体会邦德此时的困境与烦扰。哦,算了吧,不要再沉沦下去了吧。詹姆斯·邦德站了起来,然后去看那些玫瑰花的简介标牌,上面说,那些粉艳的玫瑰叫作"超级星星",那些白色的叫作"冰美人"。呀,真是美丽的花儿,也真是美丽的名字。

过了一会儿,他的脑海里全是关于自己的健康、炎热的酷暑、蜜蜂的尸体这些散乱的印象,在不断盘旋,简直让他的脑子都快爆炸了。詹姆斯·邦德朝着那幢灰色的大楼,拖动着沉重的步子,就像腿上被注满了铅。他只看到这幢建筑的顶端高于树梢,似乎是空中的楼阁,又似乎是杀人的刑场。而那里,其实是他一直工作的地方!

现在是三点三十,再过两个多小时,他就又可以去买醉了。

电梯守卫检查了他右臂的徽章,然后对他说:"你的秘书玛丽小姐正满世界找你呢,她真是急得像热锅上的蚂蚁。"

"谢谢你,中士!"

他从电梯走出来,得到的通通是关于玛丽的消息。他朝警卫亮明了身份,然后不急不慢地走进了安静的走廊。来到尽头一排标着号码的房间。这些房间的编号清一色都是"00"打头。他来到007号房,推开了门。他关上了身后的房门。玛丽抬头看见了他,冷静地说:"M要见你。他半个小时之前来过电话。"

"谁是 M？"

玛丽气得跳了起来，她的眼睛睁得大大的，发出不可理喻的光芒。"天哪，看在上帝的分上，詹姆斯，快点振作起来吧。看，这里，你的领带都扭在一起了。"玛丽踮起脚，伏在邦德的胸前。邦德就任由她为自己扶正领结。他能够感受到玛丽的心跳和体温和她身上的清香。"你的头发乱糟糟的，快，用我的梳子梳一梳吧。"邦德拿起梳子，心不在焉地胡乱扒了几下。他说："你是个好姑娘，玛丽！"他用手指搓了搓自己的下巴。然后，他说："我想，你一定没有带着你的剃须刀吧？你看我这样胡子拉碴，就像一个赶赴断头台的死刑犯。"

"詹姆斯，快别这么说，"她的眼睛发出明亮澄澈的光芒，"去吧，去见他。他已经好几周没有找你谈话了。或许这次是和你谈重要的事情。或许是叫人激动的事情也不一定。"很显然，她是希望能够给邦德一点鼓励。

"哎，开启新生活，这已经足够让人兴奋了。再说，谁怕谁呢！我才不怕 M 那个老头。到时候，你可以为我的养鸡场租一块地皮吗？"

玛丽转过身去，用手捂着脸，想哭。邦德用手拍拍玛丽的肩膀，然后走进自己的办公室，拿起红色的电话："喂，我是 007！"

"对不起，刚才我去看牙医了！"

"我知道先生，但是我把它落在办公室了。"

"是，先生！"

邦德轻轻地把电话挂上。他环顾了办公室一周，似乎在和它说再见。他走出办公室,缓缓地走过走廊。他的手里捏着辞职信,似乎是一个等待审判的罪犯,来到了 M 的办公室。

M 的秘书莫妮彭妮似乎对他充满了毫不掩饰的敌意,冷冰冰地说:"你可以进去了!"

邦德整理了衣服,耸了耸肩,看着那扇门。在那里,他思绪万千,他在这里接受了那么多次任务,而这次……他试探性地抓住门把手,一把推开门,走了进去,然后关上了身后的那道门。

第三章　不可能任务

M,他的双肩高高隆起,因为那一身笔挺的蓝色西装的内衬实在是太紧了。他站在一扇大大的窗户前,脸色凝重地张望着对面的公园。他目不斜视地说:"坐吧!"没有姓名,也没有代号。但是他知道,谁在房间里!

邦德坐在他通常所坐的那个位置上,正对着 M 的高脚椅和办公桌。他意识到宽大的皮革袋子里没有任何文件,只有一层空空的红色皮革。那个进进出出转换机要的篮子里也什么都没有。邦德意识到一切都是那么的糟糕——他让 M 难堪,让情报局难堪,让他自己难堪。那张空空如也的办公桌,那张空荡荡的椅子,似乎都在发出最后的指责和控告,而被告席上,只有一个人,那就是詹姆斯·邦德。那些桌子椅子似乎都在说:"你还来干什么?我们和你没有关系了!你对我们一点用都没有了。对不起,虽然我们合作多年,我也明白你,但是事实就是这么残酷,又有什么办法呢?"

M转过身,一屁股重重地坐在椅子上,眼睛直勾勾地盯着邦德。然而这个饱经沧桑的皇家王牌特工脸上没有一点表情。如果说,M想从中读出些什么信息的话,那恐怕只是徒劳,因为那确实只是一张空白的脸庞。在M面前,任何下属都不敢表现得如此冷漠,这根本就是一副茫然而漠视的态度,就像空空的椅背上被抛光的蓝色皮革,散发出忧郁而惨白陈腐的气息。

M终于开口说话了:"你知道我为什么叫你来吗?"

"我大概已经猜到了,先生。你是想谈关于我的离职吧。不用谈,我愿意引咎辞职,请批准!"

M原本平静的脸变得扭曲而变形,有些歇斯底里地说:"真见鬼,你知道你在说什么吗?为什么要说这样的丧气话。00部门的闲置和懒散不是一天两天的事情了,这和你没有什么关系,你不必把一切责任都自己扛下。其实,任何事情,任何人都是如此,谁能永远一帆风顺呢?其实,在这之前,也就是几个月前,你不都还是顺风顺水的吗?所以,不要轻易说那样的丧气话!"

"可是过去的两次任务,我都搞砸了。而且这两个月以来,我的身体状况越来越糟糕,不得不靠药物维持,恐怕真的已经无法胜任我们部门的工作了。"邦德的回答很干脆,也很消极。

"胡说八道!这些和你没关系,我已经说过很多次了。我承认,现在你正在经历一个低谷。你的生活被打破了,一团糟,你有理由暂时地消沉,暂时地闷闷不乐。但是,天有不测风云,这才是真正的人生。你只有走出来,才能重新获得阳光和雨露,不是吗?至于最后两次任务,任何人去执行,都不可能百分之百完成。犯错误是在所难免的。但是,你要知道你自己的身份,你可不是一个能够无所事事的人。既然现在00部门暂时陷入闲置,那么我打算把你调离这个部门。"

邦德的心就像被叩开了,现在,似乎一切都暂时地被放下了,他的耳朵里,只有对面这个老头的谆谆教诲。这个老男人是如此善解人意,他确实希望邦德能够看开,能够放下。可是,对邦德而言,这短暂的放下,马上又会被巨大的悲伤所淹没。他刚鼓足的一丝勇气,马上又化成了气馁,他说:"如果你还觉得没有什么异议的话,我还是郑重地请你考虑我的辞职申请。我背负00代号太久了,我累了。如果把我调离00部门的话,相信我到其他部门也做不好的,毕竟别的部门也不是我的兴趣所在。我恐怕就算我人留下来了,心也已经散了,到时候让大家都不好看。"

M接下来的举动让邦德觉得很诧异,这么多年来,邦德从来没有见过M有过这样的表现。只见M举起右拳,重重地砸在桌子上,这哪里是原来那个温文尔雅的绅士呢?他气冲冲地说:"你他妈在跟谁说话?你知道你是谁?这里到底谁说了算?真是见鬼!难道你受了点小挫折,就分不清轻重了,分不出好歹了吗?连自己是谁,在什么位置都不清楚了吗?我叫你来,是仍然把你当作我最优秀的特工。我本来想好好提拔你,让你重新开始自己的职业生涯,再交给你一项最重要的任务,让你好打一个翻身仗。你倒是什么也不说,就知道辞职,真是猪脑子!太让我失望了!"

邦德目瞪口呆,这一顿臭骂让他顿时不知所措。他醍醐灌顶,内心有一阵兴奋的热浪在涌动。这一切到底是什么意思？他到底应该怎么做？他嗫嚅地说："对不起先生，实在是对不起。我真的是不想让你这么生气。我只是对自己的表现太失望了！我只想引咎辞职，不想再赖在这个位置上！"

"我接下来会告诉你，怎样才是真正让人失望！"M再次锤击着桌子，不过这次没有那么用力，他的火气也好像稍微缓和了一些，"现在，请你听我说。我现在正式宣布，将你提拔到外交部工作。你将获得四位数的代号，每年的年薪还将在原来的基础上增加一千英镑。也许现在，你对那个新部门还不是很了解，不过你不必担心。那个部门的人事关系一点儿也不复杂，除你之外，只有两个我们的工作人员。你不必被谁管着，还可以有自己的独立办公室，你也可以保留现在的秘书。总之，一切随你喜欢。事实上，我更喜欢这样。我不希望你在职责方面做出什么改变，你明白了吗？"

"是的，先生，那么我还是和以前一样，独立执行任务？"

"不仅如此，而且仍旧是十万火急。你必须做好准备，一个礼拜之内，你就要动身前往日本。到时候，你的新上司会亲自和你接洽，并给你安排任务。即使是我的秘书，也不清楚这项任务到底是什么。"M故意顿了顿，然后别具深意地说，"而且现在，关于这个任务，一份卷宗都没有，这属于最高机密。现在你知道了，你有多重要，你执行的任务有多重要了吧？"

"可是，为什么会选中我呢，先生？"邦德的心脏怦怦地跳动。难道说，他的命运就此又要发生翻转了吗？十分钟前，他感觉自己还在垃圾堆里，等着被丢弃。他的人生、事业都将前功尽弃，都将毁于一旦。而现在,他又扶摇直上,成为关键先生。这一切,到底是怎么回事呢?

"为什么会是你?简单说吧,因为这是一个不可能完成的任务。或许我不该这么说,毕竟凡事都没有不可能,只能说希望很渺茫。然而,你不就是那个能够起死回生,把不可能变成可能的人吗?过去,你一直都是这么表现的。唯一的不同是,这次,也许你不用动武,更多地需要依靠头脑和策略!"M严肃地说,脸上露出了期许而诡异的笑容。M继续说:"也就是说,过去你执行任务过程中引以为傲的射击、格斗本领,这次恐怕都用不上了。这次,你要搞定任务,需要动用你的智慧,除此别无他法。如果你能够成功的话,我们将获得双倍于现在的情报,主要是关于苏联的情报。不过,我仍然要把丑话说在前头。我现在很怀疑,你到底能不能完成这个不可能任务。"M似乎在使用激将法!

很显然,邦德已经上钩了!

他焦急地问:"能给我再透露一点这个任务的信息吗,先生?"邦德的神情完全不再是刚才那副死鱼模样,而是百分百恢复到了从前的状态,精明而强干!

"当然,你会获得进一步的信息。不过,现在我这里可没有任何这方面的记录。这个任务将会牵涉到日本情报机构,会牵涉到各个部门的人员等。不过,我能说的不多,J部门会把详细情况传达给你。J部门的头头会让克莱尔·汉密尔顿回答你的疑问。但是,你不能把你此次任务的目的告诉他,一个字也不能提。明白了吗?"

"是的,先生!"

"好,明白就好。你对密电码了解多少?"

"略知一二,勉强够用吧。不过,我还是希望少接触这些东西。我以前老是被弄得一头雾水、灰头土脸。密电码可不是容易弄懂的事情。"

"你说得不错!但是你要知道,日本人过去可一直都是这方面的大师呢。他们的头脑好像对数字、代码特别智慧而敏感。二战以来,在美国中央情报局的指导下,他们建立了一整套让人叹为观止的破译机构,甚至发明了专门的密码机器,其效率比 IBM 的计算机还要高。真是叫人难以置信啊。在过去的一年中,他们截获了大量苏联情报,从符拉迪沃斯托克到东苏联——外交、军事、航空等等。这真是不用枪炮的王者之师啊。"

"听起来,确实让人觉得挺可怕的,先生。"

"其实真正可怕的是美国中央情报局。"

"那么,他们会把破译的情报传递给我们吗?英美不是一直都是友好同盟和统一战线吗?"邦德问。

"是的,他们确实会将一些地区的情报传递给我们。但是不包括太平洋地区,他们把这块地区的情报认为是他们私人的财产。以前艾伦·杜勒斯管事,我们还能获得一些和我们利益密切相关的情报。但是现在新上台的麦克伦,把这层默契和合作关系都打破了。他是个很不错的人,我们私交也很不错,但是他是个严格执行国家命令的人。他曾经不止一次地向我坦陈,他现在的强硬态度,其实只是在执行美国国家安全委员会的命令。他们当然担心我们的安全机构会渗透和窃取他们的机密,从而威胁他们的国家安全。这一点我完全理解。说实话,这不能怪他们。我们又何尝不担心他们的间谍渗透呢?前些年,他们的两位顶尖密电码专家叛变——他们一定向我们的敌对国家,包括苏联,泄露了大量机密。而这些机密,你要知道,都是我们向美国提供的。所以,与任何国家共享情报,都是会存在极大风险的。美国人当然清楚这一点。我们当年甚至因此陷入外交困境,而我们的媒体也借此大做文章,公然置疑国家的民主政策,弄得满城风雨。不过,即便如此,美国方面也不可能声泪俱下地向我们道歉,我们也不可能去销毁那些负面文章。因为,毕竟情报工作本来就是在秘密的情况下进行,一旦曝光,只能不了了之。苏联的《真理报》也绝对不会因为他们的一个情报人员叛变而大肆渲染,《消息报》甚至不会就此发表文章。但是,我相信克格勃一定会有人因此而遭殃。而且,至少,他们的工作还要继续。他们总不可能让苏联的叛变分子对着卷宗,告诉你如何进行情报工作吧。"

邦德知道,M这是故意借这些案例来揶揄他自己的辞职之举。作为出色的情报人员,绝不能因为一时的困难就退缩。这个案例涉及的所谓民主问题,其实是个同性恋问题。一个同性恋领袖,近期在全世界范围内公然抨击国家对待同性恋问题的态度,最后被以叛国罪监禁三十年。对于邦德而言,他的问题在这个屋子里得到了解决;而过去那个民主危机,情报泄露的问题在(英国伦敦老贝利街的)中央刑事法庭得到了解决。邦德还听说,法瑞尔法庭曾经审理了一起关于情报机构的案子,这次审理因为情报的不透明,一位决意服从总部命令的情报人员最终无奈地选择了自杀。而这一切,都源于他的廉洁奉公。这些案例,都告诉邦德,作为情报人员,也许永远无法按照常人的情感逻辑而生活,必须跳出来,知道自己真正需要做的是什么,为什么这么做,然后坚定不移地完成任务。这种秘密的情报工作,只有具有天赋,又能够走出困厄的人才能胜任。邦德已经跨越了悲哀这道坎,准备接受新的任务。他觉得 M 似乎有些离题,为了把他拉回正轨,邦德说:"那么既然提到日本的情报机关,我该如何打入他们内部呢?"

M 将双手平摊在桌子上,这是他的惯有姿势。每次他摆出这副姿势,一定是有什么正式的事情需要宣布。邦德的心跳得更加厉害,在等待 M 的终极指示,这是他重生的重要一步。邦德心想:我不能再沉沦下去了!

M 顿了顿,严肃地说:"在东京,有一个人,叫作田中老虎。他是当地情报部门的头头。我也记不清楚他的名字到底该怎么拼写,反正是一些乱七八糟的日本字。不过这可是个头面人物。早年在牛津大学读书,后面来到英国,从事情报工作。那都是二战之前的事情了。二战爆发后,他加入了日本宪兵队,这是日本的战时情报组织,类似于盖世太保(德国纳粹秘密警察)。他被训练成一名优秀的神风队队员。这些队员是宁可牺牲也绝不投降的敢死队员。好了,你要知道,这个人是掌握着我们所需情报的人。我们的头儿等着这份情报,我们的国家也等着这份情报。而你,则需要去获得这份情报!至于你要怎么获得这份宝贵的情报,我不知道。这就要看你的本事了。但是你可以想一想,为什么我说这是一个不可能完成的任务,因为他们已经和美国中央情报局达成了协议,简直就是狼狈为奸,其目的就是要阻止我们获得太平洋的情报。"邦德对 M 苏格兰式的表达感到很开心,不过马上他的神情就变得严肃起来。M的嘴巴努了努,接着说:"他们可不会为我们考虑。其实,现在,谁会为别人考虑呢?世风日下!我不知道他们是对还是错,我没有资格妄加评论,毕竟我不是政治家。不过有一点我很清楚,那就是那个田中对我们的情况也不是很了解。他对英国的了解可能一方面是当年他在我们这里工作过;另外一方面,他接触的那些中央情报局的美国佬,会向他说一些我们的情况。不过,纵然如此,我们也占不到什么便宜。我敢说,我们没有任何优势。毕竟我们自从 1950 年起就没有在日本设立情报站。我们和日本之间的交流几乎完全中断。日本方面的所有情报都是直接流向美国。所以,你要渗入进去。我们想了一个办法,那就是你表面上为澳大利亚工作。他们说澳大利亚日本站的人很好,J 部门的头头也这么说,这是一个可以共事的人,通过他,不失为一条很好的路径。如果说,我们有一个人可以去完成这个不可能完成的任务的话,那么我想,那个人非你莫属。怎么样,你想不想试试?"

  M 的脸色突然变得非常友好,这种友好的态度倒是不大常见。詹姆斯·邦德突然觉得一阵难以名状的温暖渗入心田,他对这个一直以来决定他命运的老头有点儿肃然起敬,又有点儿由衷地爱戴。但是,说实话,邦德对 M 可谓知之甚少,从来都只是服从他的命令,至于他到底是个什么样的人倒不甚了然。邦德只知道,这是他的头头,永远都是那么严肃,那么不可侵犯。然而今天,M 却像一个慈祥的老大哥,如此友善而耐心。邦德的直觉告诉他,这个任务一定不像表面看起来这么简单,其中一定隐藏着更深的秘密。这个任务的真正动机邦德还不清楚,但他知道,那一定是非比寻常的。这个任务可以拯救邦德的职业生涯吗?这是 M 给他的最后一次机会吗?可是这个任务听起来是如此艰难、无望,既然如此,为什么选择邦德呢?为什么 M 不挑选一位精通日语的特工?这样赢面至少要大一些。邦德还从来没有到过比香港更东边的地方。但是,他清楚,东方人都有自己的文化和底蕴——这些博大精深的文化体现在很多细枝末节的生活态度和情趣上,诸如茶道啦、插花啦、琴棋书画啦等等!然而邦德意识到,这一切都是真的,他必须全力以赴,将不可能变成可能,最终变成现实的成功。

他意志坚决地说:"是的,先生,我愿意一试!"

M 赞赏地点点头,说:"很好。"他身体微微前倾,按响了暗格内的一个按钮,那是一个内部通话系统。他严肃地说:"是头儿吗?请问您为 007 安排了什么新的代码?好吧,那我让他直接过去找你吧。"

M 站直了身体,他的脸上露出了久违的灿烂微笑:"过去的一段时间,你一直沉浸在自己失败的阴影中,无法自拔。但是你应该明白,从这一刻起,一切都过去了。你必须打起精神,抛掉包袱,轻装上阵,明白吗?"

邦德说:"明白,先生。呃……谢谢!"M 起身来到门边,送邦德出去。他径直朝莫妮彭妮小姐走去,轻轻吻了她的脸颊。莫妮彭妮小姐的脸一阵绯红,慌忙用手捂住被亲过的脸颊,似乎是害羞,又似乎是怕这个吻的余温会过快地散去。邦德说:"我的天使,彭妮小姐,请你给玛丽小姐打个电话,告诉她,今晚随她安排。我要带她去烛光晚宴,吃苏格兰大餐。今晚我们还要吃烤全羊喝香槟。我们得好好庆祝一下。"

"庆祝什么呢?"莫妮彭妮心花怒放,眼睛睁得大大的,满满的都是兴奋。

"哦,我也不知道,女王的生日,或者其他什么事情?管他呢!"詹姆斯·邦德穿过房间,走了出去,朝局长的办公室走去。

邦德前脚刚走,莫妮彭妮就赶紧用内部电话拨给了玛丽。她支支吾吾地说:"邦德今天实在是太奇怪了,不过我并不觉得他已经痊愈,可是他看起来确实就是原来那个邦德,一点儿也没有消沉和颓废的样子。天知道 M 到底和他说了些什么。到底是什么事情让他突然又焕然一新?不过,据我所知,M 中午和詹姆斯·蒙勒尼先生一起吃了午餐。我想这件事情一定和他有关。不过关于邦德的新变化,请暂时不要告诉蒙勒尼先生。现在邦德已经去了局长办公室。比尔说,他也正在为此事奔波,看来是个大任务。比尔都搞不清楚是什么任务,很神秘的样子。"

比尔·唐纳,原来的工兵上校,后来被调到情报局工作,是邦德在情报局最好的朋友。他对邦德的新任务也十分好奇,不过他更关心的,是邦德精神状态的恢复。他一直朝着办公室门口张望,希望能够看到邦德从局长办公室出来时候的表情。他透过办公桌看到了令他无比欣喜的一幕。他说:"詹姆斯,来,坐下来说说看,你接受了新任务吧,对不对?我猜你一定会接受这个任务。不过,我知道,这次一定又是无比艰难。你觉得你能够搞定吗?好好干,兄弟。"

"说实话,我也不是很确定,不过我猜会的。"邦德兴高采烈地说,"这个叫作田中的男人,一定是个狠角色,应该不好对付。而且我在外交方面一点儿经验也没有。所以我一直在纳闷。比尔,你说为什么M会选择我呢?我觉得自从我搞砸上两次任务之后,我就应该被丢进狗棚,永远都不可能出头了。也许我会去养鸡场做饲养员,谁知道呢!现在呢,我们的上司突然给我打了一个最终成绩,非但不算差,而且简直算是格外抬举。这一切真叫人不敢相信!比尔,你是局长身边的红人,就不能透露点内幕吗,兄弟?你就请对我说实话吧,到底怎么回事?"

比尔·唐纳早就料想到邦德会这么问他,早就准备好了说辞。他轻描淡写地说:"詹姆斯,这就和球赛一样,也许你只是遇到了一块糟糕的场地而已,这种事情谁都会遇到,并不是你的球技的问题。也许对M而言,你就是最棒的那一个。要知道,对于你的能力,在过去的任务中,你已经有足够好的证明。如果说有一个人最了解你,可以最全面地评价你的话,这个人一定就是M。当然了,你的能力是多方面的,或许这次,他只是希望在别的方面再检验一下你的能力而已。你以前干的活都差不多,但是你的能力肯定不仅于此。M一定很看好你,你不觉得现在是一个好的机遇吗?你可以申请调离00部门,不是吗?你难道没有想过升职?"

"从来没有想过,"邦德信誓旦旦地说,似乎不是在开玩笑,"对我来说,我的职业生涯的家就是00部门,等我从这次任务回来,我就会要求恢复我的00代码,我仍旧是007。现在,请你告诉我,接下来的任务我该如何入手?说实话,我现在真的是一团迷雾。我的澳大利亚外交官的伪装下面,到底隐藏着怎样的秘密?难道说我的手里有什么重要的东西,能够和那个东方的老虎交换?这不容易吧?毕竟,要换的是老虎的珍珠和宝贝,他那么凶,我们要的东西又那么宝贵,谈何容易呢?一旦东西到手,我又该怎么传递回来呢?而且我大胆揣测,这次的东西应该不少,估计传递起来也是一个大挑战。"

"你澳大利亚的掩饰身份也是花了不少代价的。他们可以无偿享用我们 H 部门的所有情报。他们甚至可以向香港派驻他们自己的人手,这样可以从我们的行动中分一杯羹。其实对中国的情况,他们已经了解得很清楚了。但是我们在澳门的'蓝色航道'他们知之甚少,可以说是完全空白。所以,你的掩饰身份要求你尽可能和他们打成一片,但是不能突破底线,也就是不能透露澳门级别以上的任何情报。汉密尔顿会告诉你更为详细的情况。在东京,和你一起共事的澳大利亚外交官(情报特工)名字叫作亨德森——理查德·拉瓦雷斯·亨德森。这是一个很逗的名字,不过所有在日本和他打过交道的人,都说他是一个好人。你马上就会拥有澳大利亚护照,你会成为亨德森的助手。这样,你可以获得较高的外交地位,也会很有面子。在日本,面子问题是一个顶重要的问题。只有有头有脸的头面人物,才能轻松地完成很多棘手的事情。无名小卒在那里将处处碰壁,等你到了那里就自然会明白了。据汉密尔顿说,这个身份是反复考虑后敲定的。希望你能够好好把握。一旦你获得了相关情报,亨德森会通过墨尔本的密电线路发给我们。我们会派出专门的通信员,与他保持联络。下一个问题!"

"对于这个秘密任务,美国中央情报局会不会知晓?一旦他们

You Only Live Twice

知晓，会作何表态？要知道，这无异于挑战美国的情报地位，也无异于置澳大利亚于不仁不义的处境。"

"美国方面不会知道。因为，你要清楚，美国并没有日本的所有权。而且日本也不可能被美国牵着鼻子走，这一点你大可放心。而且，这还要取决于田中的态度。他会在澳大利亚大使馆安插情报眼线，但是他掌握的情报，会不会告诉美国就很难说了。他们一定会反复权衡利弊。只要对他们有利，他们是没有理由把好处让给美国的。现在澳大利亚方面最担心的就是日本方面的田中老虎。可以说，你这次任务无异于与虎谋皮。现在最主要的问题就是，你慢慢靠近田中，又同时要保证，他不马上跑到美国佬那里去告密。不过，如果你真的出了什么闪失，我们一定会想方设法让澳大利亚来替你扛这口黑锅。其实，早在我们退出太平洋情报体系之时，他们就一直在帮助我们努力维系太平洋的情报收集工作。应该说，我们两国的情报部门的关系是非常好的。而且他们的工作效率很高，是一流的情报组织，不会犯低级错误，应该可以很好地配合你。另外，其实美国中情局也并非没有软肋，他们的手脚也是不甚干净的。他们在与我们的情报网络交易中，我们已经收集了他们的各种罪状。这些罪状其实反映了美国中情局的很多现实问题，他们一直在回避，甚至逃避责罚。如果一旦事情到了无可挽回的地步，我只能把这些东西交给他们的顶头上司麦克伦，到时候谁也没有好下场，大不了鱼死网破。相信聪明的美国人是不会希望看到这一幕的。而且，你这次的任务，也要尽量避免这一幕的出现。总之，要在绝对平静的状态下，获得我们所需要的东西。明白了吗？"

"也就是说,我要在各国政治势力中转动那颗大球?而且这些政治势力并非都是与我们友善的国家,这一定困难重重。我想问问,我要去获得的东西真的那么重要吗?值得这样去冒险?"邦德不无担忧地说。

"那是绝对地重要。如果你这次任务成功的话,你的伟大的祖国一定会为你买下整个养鸡场的,邦德兄!"

"那么好吧,成交,我喜欢养鸡场,大大的养鸡场。那么请你现在就给汉密尔顿打电话吧。我将去学习关于神秘东方的一切!"

一周之后,邦德登上了日本航空公司由伦敦飞往东京的航班。"欢迎光临,日本航空!"身着漂亮日本传统服装的空中小姐向邦德鞠躬。这是一架四发动机的喷气式空中客车,邦德的座位舒适整洁,靠着窗户,阳光透过窗户照了进来,让邦德觉得无比惬意。他的身边,很多说着日本话的人在忙碌地找着座位。这时候,空中小姐手捧着日本传统工艺的竹篮子,里面有精美的小扇子、毛巾等,此外,还有一些传单,里面从香烟、香水到珍珠项链,应有尽有,都是乘务组代售的商品。广播开始播放诸如逃生指南、救生衣的穿着方法、飞机上的各种设备等等。日本的飞机是那么的精致,连呕吐袋、各种小手册都特别的精致。最后,飞机预报了起飞和降落的时间,邦德意识到自己真的就要前往东方的日本了。突然,飞机缓缓滑上跑道,速度越来越快,起飞了。邦德随手翻看了一份商业指南,发现其中一件商品的价格竟然高达五万英镑。这么多钱,足够从日本飞到北极了。邦德的眼睛缓缓闭上,开始遐想未来的任务以及东京的见闻,不知不觉,飞机已经飞到平流层。

You Only Live Twice

  邦德的眼睛凝视着一张图画上的三个橘子陷入深思（一个小时之后,他才发现那原来是柿子）。他整理了一下思绪,从无边的遐想中回过神来,才觉得有些饿了。这时候飞机已经飞上了三万英尺的高空,邦德点了第一次餐饮。他要了白兰地,外加一点莓子酒,这是他最喜欢的饮料。这种饮料曾经陪伴他穿越了千山万水,从北冰洋,到波罗的海,再到柏林湾、太平洋、北冰洋、大西洋。最终,他暗自下定决心:不管这次任务有多么难,哪怕是不可能完成的任务,他也一定要勇往直前,哪怕粉身碎骨也在所不惜。就在这时,他突然想到了体格硕大的北极熊,生活在寒冷的阿拉斯加和北极地区,为了适应环境的变化,它们的皮毛都变成了白色。这时日本航空公司的软翼标志突然让他得出一个结论:为了完成任务,他也可以和北极熊一样,变换自己的肤色,哪怕变成黄种人也没有关系。这个任务,他一定要完成。

  一个新的邦德,就要重生,他就是007!

择日而亡

第四章　德科在银座

他那右手硕大粗壮的拳头砸在自己的左手掌上,发出了一声清脆的巨响,就像五四手枪打出的一颗致命的子弹,啪的一声。那个澳大利亚人的方脸孔变成了完全的绛紫色,脸上的血管和青筋爆出,显得很狰狞。邦德甚至能够感受到那因为愤怒而抓狂的脸上,肌肉在微微颤动。不过,他还是努力克制着自己的暴躁情绪,长舒了一口气,恶狠狠地吟诵道:

　　我这个零余者,
　　最无望的零余者,
　　且慢!
　　他,零余者
　　你,零余者

You Only Live Twice

> 这个罪恶的世道,
> 谁又不是零余者?

他一边吟诵,一边来到一张低矮的桌子旁边,坐了下来,心情似乎平复了一些。他抓过一只玻璃杯,拿起那杯清酒,一饮而尽。清酒几乎没有经过吞咽,而是直接倒进他的胃里。邦德温和地劝慰道:"德科兄,别生气!到底是谁那么大胆,敢冒犯你?您刚才吟咏的诗歌是什么意思,好像一首民谣呢。"

理查德·拉瓦雷斯·亨德森,澳大利亚外交团使节,他怒气未消,扫视了一眼这个小小的酒吧,带着挑衅的神情。这个酒吧坐落于银座繁华街道的一角,是如此拥挤嘈杂。亨德森平常面带笑容,微微上翘的嘴角和咧开的大嘴巴,这会儿都耷拉下来了。那似乎是苦涩,或者生气,总之情况不对。"你这个英国佬,我们被监视了,你还像个笨猪一样的什么也不知道。那个狗日的田中老虎竟然监视我们。看,就在这个桌子底下,看到那根绑在桌脚上的细细的电线了吗?看到酒吧那边的接收器了吗?还有那个人模狗样、西装革履、打着黑色蝴蝶领结的小子,看见了吗?他是田中的人,他已经跟踪我十年了,简直不怕烦。可笑的是,老虎喝了几天洋墨水,竟然把他的爪牙全部装扮成中央情报局特工的样子。看起来像个绅士,其实呢,卑鄙龌龊!从今往后,你要特别小心,一旦发现那些喝着洋酒穿着考究的人,就要当心,那全是老虎的人。"亨德森嘴里骂骂咧咧的,"这些狗日的杂种,欺人太甚!"

邦德调侃道:"老兄,要是我们真的被监听了,阁下这些甜言蜜语明天早上就都会被田中老虎当成上午茶消受哦!"

"怕他个鸟,"德科没好气地说,"这个老牲口难道不知道我是怎么想他的吗?也许那些见不得人的特工现在正在一五一十地记录我们的对话。我这些话就是要让他听到,好叫他以后不要再这么欺负人!也不能欺负我的朋友。"他顿了顿,眼神犀利,话中有话地特意看了邦德一眼,他意味深长地接着说,"其实说老实话,他真正关心的人是你。这些把戏都是为你准备的。我才不在意他听到我说些什么,我说的又无关机密。狗日的,好吧,听听我现在在骂你呢,田中先生!知道吗?'bludger'在澳大利亚,是最恶毒的骂人的话,任何时候都可以对你用这个词。"

邦德有点儿似懂非懂。亨德森提高了音量,继续说:"这个词的表面意思是零余者,都是可怜可悲的被社会抛弃的人,是个多余的人!但实际上,在使用的时候,意思比这要恶毒多了,变态狂、无赖、流氓、杂种、卑鄙龌龊的小人、叛徒、撒谎大王、恶魔坏蛋——都可以称为零余者。田中,我希望当你知道我是这么评价你的时候,吃早点的时候小心点,别被海带结卡住喉咙。"

邦德哈哈大笑起来。亨德森似乎也过了嘴瘾,他那暴风骤雨、激流涌动的诅咒终于停歇了下来。天啊,这哪里是骂人的话,这些话简直就是一把把小小的利剑,直插人心。其实,这还不是邦德第一次领教亨德森的这些骂人的话,这些话他时不时就要喷涌而出,早在羽田机场就已经开始了。所以让我们把时间稍微往前面调一调,看看邦德初次见到亨德森时候的情景吧。

邦德一下飞机,就感到晕头转向,他花了差不多一个小时才拿到自己的手提箱。这或许是日本海关对他的特殊关照。然后,他就汇入了人流,一路被拥挤着到了大厅。这时候,一大群手持"国际干洗协会"牌子的人把他团团围住。那些人是那么兴奋,那么热情,前呼后拥,邦德简直筋疲力尽。他骂了一句脏话,摆摆手,示意他们自己并不是什么干洗协会的嘉宾。

突然,不远处传来了一句差不多的脏话,不过声音更加洪亮,用词更加丰富。"嘿,那是我的人!他们正在用东方式的热情来迎接你的到来呢。告诉你一个小诀窍,在这里,你得学会一些骂人的脏话,很多地方你都用得上的!"

邦德转过身来,看见一个身形高大的男人,穿着灰色的半旧褶皱西服,露出的手臂就像一条火腿一样健壮。"很高兴见到你,我是亨德森。你是这班航班唯一的英国人,我猜你就是邦德。来吧,把包给我。我们的车在外面等着呢,我们一会儿就会离开这恼人的疯人院,越快越好。"

亨德森看起来就像一位人到中年的退役拳击冠军。他薄薄的外套简直罩不住那一身健硕的肌肉,他的手臂粗壮,肩膀宽阔。他的手腕上被一圈脂肪环绕着,显得有力又可爱。他就是这么一个人,既孔武有力,又富有同情心。这一点,从他的脸上就可见端倪。他的脸似乎饱经风霜,沟壑纵横,但是却很面善,显得富有同情心。他的蓝眼睛澄澈又略显童真,鼻梁骨有点下凹,应该是曾经受过严重的创伤。他在人群中辟开一条道路,用邦德的手提箱当作盾牌,额头上的汗珠就像黄豆一样,一颗颗滚落下来。他不时从口袋里拿出一个四方小手帕,擦拭着汗珠。人群根本抵挡不住这个巨人前进的脚步,邦德毫不费力地跟在他后面就行。他们朝停车场走去,突然前面来了一辆丰田皇冠汽车。司机打开车门,鞠了一躬,然后帮忙拿行李。亨德森用机关枪似的语速问了一连串问题,用的是流利的日本话,这让邦德叹为观止。随后,他和邦德坐在后排,车子开动了。亨德森小声咕哝道:"先把你送回酒店——东京大仓饭店,西式酒店中最好的一家,全新的。前些天,在东方皇家酒店,一名美国游客遇袭身亡,我可不希望那么快就失去你这个朋友。然后我们喝点酒,要不要吃晚餐?"

"我记得,在飞机上,我已经吃过六次了。日本航空公司的服务还真是周到啊,空中小姐也都是那么漂亮。"邦德故意打趣地说道。

"你为什么选择这种柳枝式样的导航呢?原来那个老旧的鸭子呢?"

"他们告诉我,这是一种鸟,叫作鹤,非常美味,但是也很厉害。我想,我到日本来之后,肯定会受到很多神秘的训练,这样才能进入任务。因此,我选择了这个。"邦德挥了挥手,看着车窗外颠簸的行人和繁华的东京。看得出来,这是一个老龄化很严重的国家,而从这一点似乎也能窥见日本自杀的速度。"这里并不像一个繁华的大都市啊,似乎没那么吸引人。你为什么一直靠右行驶呢?"

"天知道,"亨德森阴郁地说,"这些小日本做什么事情都和别人反着来。我敢说,他们一定是倒着翻看说明书的。电灯开关朝上开,自来水向左拧,门把手也是如此,让人觉得很别扭不是吗?你要问我为什么,我也答不上来。最可笑的是,这边赛马竟然是顺时针,我们都是逆时针跑马的嘛!这也许多多少少跟这个鬼地方有关,你说这里似乎并不繁华,这倒不是最重要的。这里要么大雨如注,要么烈日炎炎,就没几天风和日丽的好日子。这就是东京,这就是日本,慢慢适应吧。不仅如此,这里每天几乎都要发一次地震,隔不了多久就会来一场台风。不过你也不用太担心,那跟喝醉了酒一样,到处都有点儿摇摇晃晃的。不过台风可能比地震要讨厌一些,台风一来,你哪里都去不了,只能待在家里喝闷酒。要不就是你提前到一家酒吧,喝个烂醉,那还得这家酒吧足够牢固,不会被台风吹跑。也许最初的十年对你来说是很痛苦的,不过十年过后,你就会慢慢适应的。不过,在你还没有完全适应的时候,想要在日本过西方式的生活,你可能要花费更多的钱。我找了一处房租比较便宜的住处,这样,一切都解决了。这里最让人振奋的是玩乐。学点日本话,学会鞠躬打招呼,学会脱鞋,这些都是必须的。所谓入乡随俗,你可不能在这里任性地坚持你们英国的那一套。如果你去接待别人,你一定要快步走在前面的主道上带路,这一点很重要。总之,繁文缛节不胜枚举,且看且学吧,邦德兄。"

"还有就是必须给你说说日本人,虽然在政府机关大楼里有很多穿着衬衫、打着领带、西装笔挺的人,但是在这身束缚下面,很多人都还是那套旧时代的武士精神。我常常就此嘲笑他们,他们就回敬我,因为我也是老一套。但是这并不表示我不能变通!为了达到我的目的,我可以灵活自如地转变,这是一门大学问,在日本尤其如此。你要学会鞠躬,甚至要学会点头哈腰,还要揣摩人心,总之,你一定会掌握这些东西的。"亨德森说完这些之后,对司机甩了几句日本话。这个日本司机原来一直在通过反光镜观察后排的情况,他简直被亨德森的话逗得乐不可支。突然,司机的神情变得严肃,他一直看反光镜,然后答道:"我注意到了,亨德森先生,让我甩掉他们!"

亨德森转过身来对邦德说:"我们又被盯梢了。这是意料之中的事,田中老虎就习惯要这些小伎俩,这是他的做派。其实这个你大可不必担心。因为我已经告诉了他你会入住大仓饭店。想必他只是例行查探一下,这样对你的安全也有好处。不过有一件事情我要提前提醒你。若是今晚,你熟睡到一半,有人来到你的床边,你一定不要反应过度。如果是个漂亮姑娘嘛,那算你走运。你就把她留下来陪你共度良宵。如果是个男的,那么你就和他寒暄几句,他就会向你鞠躬道歉,然后乖乖退出去的。"

在大仓饭店的竹子酒吧,邦德和亨德森痛痛快快地喝了一通酒,借着酒劲,再加上旅途的劳顿,邦德睡了个好觉。这一晚,并没有什么艳丽的女郎或者带刀的刺客,他一觉醒来,已经日上三竿。

第二天,邦德在亨德森的陪同下,把东京的名胜逛了一圈。他的名片上,赫然印着"澳大利亚外交大使馆文化交流部二等文书"。对此,亨德森有些不解,他说:"他们早都知道那是我们的情报机构,而且也早都知道我是这个机构的负责人,你是我的临时助理。为什么不在名片上清清楚楚标出来呢?"亨德森这些话,或许也仍然在发泄对田中老虎专横的不满。

这天晚上,亨德森带邦德来到他最喜欢的旋律酒吧,决定来个一醉方休。这间酒吧距离银座不远,大家似乎和亨德森都很熟稔,人们亲切地称呼他为"德科"或者"德科君"。一进去,服务生就毕恭毕敬地把他们引到里面一间僻静的吧台,这是德科的专座。

这回,亨德森直接将手探到桌子底下,狠命地一扯,把那些电线扯了出来,任由它悬挂在那里。他的嘴里骂骂咧咧道:"下次,非得给这些狂妄的日本鬼子一点颜色瞧瞧!"他的眼神充满了挑衅的神情。显然,他对这家酒吧的老板也极为不满,竟然任由田中来装监听设备。

"想想看,我为这个畜生做了多少事情。你不知道,从前这家酒吧很有名,是英国人和苏联人最喜欢的酒吧。而且当时酒吧还兼营一家餐馆。不过现在,这家餐馆早就关门大吉喽。一个埃及厨师不小心踩了一只猫咪,把手上端的汤给洒了。这让他大发雷霆,气不打一处来,他抓起猫咪,丢进了火炉里。那动作,简直干净利落,或许完全没有经过思考吧。这件事情确实做得过火。那些动物保护协会的动物爱好者们纷纷前来声讨,另外一些道貌岸然的日本人,我想不少可能就是竞争对手,纷纷来施加压力,逼迫这家酒吧关门。他们纷纷要求政府吊销这家酒吧的执照。要不是我出手相助,帮他渡过了难关,他的招牌和执照就保不住了。我说我最不喜欢日本人的虚情假意,没想到这个畜生也不过就是个同样的孬种。真是忘恩负义,居然这么对我。不知道田中给了他什么好处,或者是怎么威胁他的。这个杂种!"

邦德一脸微笑,他已经习惯了亨德森这种义愤填膺的唠叨。亨德森接着说:"刚才录的这些话,又够田中老虎喝上一壶的了。我就是想警告警告他,不要那么猖狂,什么人都那么防着。从今往后,他应该明白,我和我的朋友,绝对不可能去刺杀天皇,也不可能去扔炸弹。"亨德森一边说,一边打量着邦德,好像在耳语,"兄弟,你不会想去谋杀天皇吧?"邦德心领神会,哈哈大笑起来,这个有意思的大块头!

"邦德,现在让我们谈点公务吧。明天上午十一点,我安排你去见田中老虎。到时候,你就会知道这是一只怎样的老虎了。到时候我会送你过去,接你回来,你只需要自己多加小心,见机行事!他们的办公大楼挂着亚洲民俗协会的牌子,那不过是个幌子,我没必要给你解释太多,明天你去了自然就清楚了。现在,我想说的是,邦德,虽然我奉命接待你,但是我并不知道你到底执行的是什么任务。从墨尔本发来的绝密电报上注明,要你亲自破译。谢天谢地,说实话,我也不想蹚这趟浑水。我的头儿吉姆·单德勋先生是一个开朗乐观的人,他说他也不想插手这件事。最好这件事我们一无所知。所以他觉得他就没必要和你见面了。但愿这没有冒犯你!其实他是个绝顶聪明的人,不过是不想给自己惹麻烦罢了。希望你能够理解我们的苦衷。所以,我也绝对不会插手,不会打听你的任何事情。你要好自为之。咖啡的滋味只有自己去品尝了才知道。不过作为朋友,我相信你一定能够获得有价值的情报。当然,那个老虎不是善茬,要从他手上获得任何情报,你一定要付出让他觉得有价值的东西。而且,据我揣测,这次行动如此机密,想必你们是在有意绕开美国中央情报局。是这样吧?"

邦德略微点了点头,示意亨德森继续往下说。

"那么好吧,邦德,这注定是一场艰难的生意。田中老虎是个绝对的专业人士,有着极其精明的头脑。虽然从表面上看,他恭恭敬敬,非常随和,但是他城府很深,你一定要当心。其实,你看今天的日本,被美军占领,日美同盟,可以说就是美国独裁。日美同盟的稳固基础就在于日本对美国言听计从,这一点不可打破。但是,对于一个伟大的民族而言,一日是日本人,就永远都是日本人——中国、俄罗斯、德国、英国,概莫能外。谁愿意被别人骑在肩膀上呢?那是他们骨子里的民族气节,是表面上的那些阿谀奉承所泯灭不掉的。和这骨子里的气节相比,表面那套点头哈腰实在不值一提。此外,东方人是很隐忍的,他们不在乎时间,十年也不过就是白驹过隙。鹿死谁手还不得而知呢。这就是田中老虎,他受过西方先进教育,骨子里却是一个民族主义者,甚至可以说就是一个武士。你能理解我所说的话吗?所以,不管是田中老虎,还是他的头儿,甚至天皇,他们都会从不同的角度去看待你,并给你制定任务。他们会想,到底是杀鸡取卵,还是放长线钓大鱼呢?前者是目光短浅,只顾眼下的做法,相信田中一定不会选择,后者才是他们真正想从你身上获得的。当然,现在我也不确定他们到底想要获得的是什么。有的事情,也许对这个国家而言是非常有价值的,但是这价值可能要过十年,甚至二十年才能被发现。如果我是你,我就会抓住这一点,做一番长久的谈判,而不是轻易地决断。这些人,像老虎这样的人,是日本最上层的阶级,是真正的精英。他们绝对不会用一天、一月、一年来考虑问题。他们所要考虑的可能是一个世纪,甚至更加久远。你好好想想吧,想想看该如何应对这样的人!"

邦德心里暗暗地想,怪不得 M 说这是一次外交任务!

亨德森摊开左臂,摆出一副放松的姿势。看来,他喝得很尽兴,也说得很高兴，很是畅快。他就像骑上了一匹小马，这种感觉至少在东京是很难找的。他们一起喝了八壶清酒。不过德科喝的还多些，在大仓饭店的时候，他在等邦德给墨尔本回电报的空当，还喝了些三得利威士忌打底。邦德向玛丽道了晚安，并告诉自己已经平安抵达，并且通告了他的住址。邦德感到德科一定是有些醉了，要不然他的话会更有逻辑。不过即便是醉酒的话，邦德依然觉得受益无穷。邦德很希望能够有亨德森这样的头脑。

邦德好奇地问："那么这个田中老虎究竟是哪一种人呢？他到底是你的朋友，还是你的敌人？"

"两者皆是，不过我相信，朋友的成分还是要更多一些。我想是这样的。我常常请他出来消遣快活。他的那些情报局的兄弟可没这么大方。我们其实很多方面都很相似，我们都钟情于女人和酒。他是个不折不扣的浪荡公子，一个多情的人。当然，我也很希望我能成为那样的人，被众多美女环绕，那多好。不过，我已经两次将他从不幸的婚姻中解救出来了，这就是多情种的代价。老虎最大的问题就是容易假戏真做，动不动就要娶别人。可是一旦走向婚姻，终究还是会破灭。他因为与几任前妻闹得不可开交，不得不支付高昂的赡养费。不过付出就有回报，他金屋藏娇，逍遥快活，但是如果不是我在他旁边及时劝解，估计现在他都不止有两三个前妻，到时候他更吃不消。因此，他很感激我，或者说欠下了我大大的人情。在日本，这是很重要的。人必须活在人情世故之中，你有义务付出人情，当然也有权利享受人情的回报。如果别人欠下了你的人情，直到他把这份人情还回来之前，你都可以很快乐地享受这种人情付出的快感。但是人情的世界又是非常微妙的,不是说别人送了你三文鱼,你就必须回赠别人几只大龙虾。有一个基本原则就是,你的人情回馈一定要比你得到的更丰厚,所谓礼尚往来,这样才能把你和他人之间的人情持续下去。这是东方的智慧和哲学!如果你欠着别人的人情,你一定会感到非常不舒服,你的身心、精神,都会受到折磨,社会上的人们也会对你报以冷嘲。尤其是那种精神上的负疚,会让你很难受。现在,田中欠了我不少人情,这些人情是很难自然消解的。所以他就时不时地给我透露些无关痛痒的情报,或者回请我一两次花酒。不过,这些都不是我在意的。我在意的是,可以跟田中把这种人情关系维系下去,这样对我的工作一定会大有好处。"

邦德听得很认真,亨德森突然露出别有深意的笑容,说:"邦德兄,你想想看,你来这里没有多久对吧?可是为什么那么重要的人物田中老虎就答应接见你呢?你有没有想过这里面的原因呢?实话告诉你吧,这又是他在还我人情呢。如果你只是一个普通的人,至少要让你等上好几个星期,甚至更久。而且他一定会给你一个冷脸,而且一定会高高在上地摆出一副臭架子。其实,日本的相扑运动员最擅长这个,他们在攻击对手前,总要重新摆架势,这样让对手看起来更渺小,让观众觉得他更强大。现在理解了吗?所以说,你运气好,一开始就掌握了主动。我想,他一定会尽力协助你,因为他肯定想尽快还我的人情。但是人情可没这么容易还完,而且,反过来,我又欠了他新的人情。你不要觉得这个很烦,这就是事实。所有的日本人都欠了他们的上级、天皇、祖先的人情,所以他们要拼命工作,要效忠天皇,要孝顺长辈。此外,他们的神道教里,也包含着这种文化。你肯定会说,这真不简单。你会想,到底什么才叫正确的事情呢?那么,为了便于理解,你只需要学会服从你的直接上司,就能够避免犯错。也就是说,在日本文化里,效忠具有很鲜明的层级性,一级管一级,等级森严,层层递进,直达天皇,让人们在心理上认定自己是效忠天皇的。此外,他们在对待神灵和祖先的态度上,也是同样的虔诚。但是对于田中来说,他对这种文化的参悟更加透彻,他可以以极大的耐心去垂钓,这是他的特殊爱好。你理解了吗?日本文化神秘高深,但是却渗透进每一个机体的血液中。所有的公司集团、政府机构,甚至小到一个家庭,都严格地贯穿这种文化。甚至在情报部门也是如此。下级服从上级,一级级直达他们的最高领导。这样很简单,你不需要统领全局,你的祖父就可以直接决定阿司匹林的购买量,到底是一片,还是一瓶。必须服从他,无条件服从。"

"可是,这和我有什么关系呢?而且,这听起来,好像日本人挺神秘的啊!"邦德一脸疑惑。

"这当然和你没关系,你这个英国佬。不过看在上帝的分上,请你记住,日本是一个独立的人种,和一个独立的民族。他们总是以文明的方式行动。这种文明,在我们西方已经被谈论了五十年,不,是一百年了。一提到苏联,你会想到鞑靼人,一提到日本,你必会想到武士,绝对效忠而隐忍的武士——或者日本人自己所说的武士道。这些武士就像一个谜,从未被完全解开。就像美国蛮荒的西部,又好像你在亚瑟王宫看到的那些神奇的盔甲和盾牌。单纯地看到棒球运动员带着棒球帽和护腿板,并不能证明他们就是文明的。我说这些,只是想告诉你,我还很清醒,还没有醉。你想想看,联合国能不能现在就让那些殖民者从殖民地退出来,就像一阵风一样,然后释放所有的被殖民者。如果一千年后,或许会;但是十年,绝对不可能。因为,一旦放弃殖民统治,你不过是把他们的土枪收走,给他们换上机械步枪而已,他们会陷入更大的混乱和战争。不信,你看,那些未开化的非文明国家,一定会叫嚣着使用原子弹。因为,与殖民者的统治力一样,他们会认为原子弹也能发挥同样的作用。也就是说,谁拳头大,谁就说话管用。如果真的到了那一步,我只能给自己挖个坑,然后跳下去。"

邦德哈哈大笑起来:"这听起来可不太妙!"

"我记得海明威曾经说过,只有真正的精英,才能代表一个政府的正确方向。"说完,德科·亨德森喝完了第九壶清酒,"选举的本意就是通过个人的志愿选举出精英来代表政府。如果你不信我说的话,你可以去翻看一下贵国的选举纪要。"

"该死,德科,我们怎么扯到政治上去了呢?日本也好,其他国家也罢,他们到底安不安于现状我们都管不着,但是他们的民族精神,一定是不会安于现状的。所以才会有田中这样的精英来拯救这个国家,你是想说这个对吧?好了好了,我们先不要讨论这个了吧。让我们去弄点吃的吧。其实你所说的每一句话我都铭记在心,并且深有同感。我想那些殖民地的土著也一定会表示同意的!"

"别跟我说土著,你凭什么说你了解他们的世界呢?见鬼去吧。你知道,在我们国家,还有游牧民族、行脚民族吗?他们或者在马背上疾驰,或者忠于自己的信仰,可是他们能获得选票吗？你这个娘娘腔的男子别废话了。如果你再对我说那些废话,我就一个大脚把你开到城外去。"

邦德温和地说:"什么是娘娘腔,搞同性恋的男子？"

"你以为那就是同性恋,不！"德科·亨德森跳了起来,发出了尖叫。他大约真的喝醉了,后面一个神志清醒的日本人被他吓了一跳。亨德森稍稍鞠了一躬,停止了尖叫。

"在我继续骂你之前,让我们先去吃点鳗鱼吧。那是一个好地方。那里你可以喝到正宗的美酒,然后我们去会馆玩一玩。等我们吃好喝好玩好之后,我再慢慢给你谈谈我对政治以及万事万物的种种看法,那些都是我的肺腑之言！"

邦德说:"你现在知道自己像什么吗？就像一个袋鼠屁股,又脏又臭,德科。不过我喜欢鳗鱼,至少它不是那么恶心。我可以埋单,让你欠我人情,哈哈。不过说好了,你推荐的美酒你来埋单。不管怎么样,老兄,想开点。酒吧里的盯梢的都在看着我们呢,可别让他们笑话！"

"我是来审判理查德·拉瓦雷斯·亨德森的,不是来埋葬他的。"德科·亨德森学着那些可恶的间谍的口吻说,一面拿出一沓钞票,点给服务生,"不用找了！"德科站了起来,往外面走,那么大摇大摆,就像一个国王。经过老板身边的时候,他说了一句:"你真不害臊！"然后,他就走出大门。

You Only Live Twice

第五章　魔鬼四十四号

第二天上午十点,德科·亨德森亲自到酒店接邦德。不过,亨德森自己好像也没有睡醒的样子。看得出来,他恐怕不是春宵达旦,就是宿醉而酒尚未醒,又或者二者兼而有之。鬼知道他昨晚在哪里。唯一可以确定的是,他的面颊被血气笼罩。他径直朝"竹子酒吧"的吧台走去,要了两杯白兰地和一瓶姜汁汽水。邦德温和而友好地劝说道:"我想你最好少喝点吧,虽说这些也不是什么烈性酒,就和清酒差不多,可是毕竟你昨晚的酒劲还没过呢。我说老兄,我还没听说过用威士忌打底,然后痛饮的。尤其是日本的三得利威士忌,真叫人难以置信!"

"喂,你昨晚在那里不是很尽兴吗?不过你是身体上的尽兴,没什么好值得骄傲的。看我,我喝了一整晚的酒,像一个荣耀的英雄,不是吗?看我的嘴唇,是不是有点儿像秃鹰的屁股,哈哈,它已经完全麻木了,所以再多喝点也不妨事!不过说真的,当我们从那个污秽的妓院回家后,我还是忍不住吐了几回。所以说,你可别瞧不上日本的威士忌,至少你对三得利酒的看法就有失偏颇。这种酒可真不赖,它的酿造工艺也是独一无二的。不仅如此,三得利是非常实惠,最普通的白色商标的那种,价格不过十五元一瓶,真是物美价廉!三得利威士忌一共有好几种,但价格最便宜的那种我反而觉得最好。你说这奇不奇怪?其实,真正爱酒之人,又何必拘泥于酒的身价呢,合适自己就行了。品酒其实就是品文化嘛!我也记不清大约多久之前,我曾经在一家酿酒厂,遇见了一位行家。他向我述说了一些关于酒的趣事。他说,只有在风光旖旎,适合拍照取景的地方,才有可能酿造出最美的威士忌。你以前听过这种说法吗?他的理由是,酒的酿造,有赖于温度、光线等诸多自然因素,风光秀丽的地方,其光照条件、气候状况,都更适宜酒的发酵和酿造。也就是说,酒和我们人一样,喜欢自然的佳境,甚至是有生命、有文化品性的。你是不是觉得我在吹牛?老实说,昨天晚上我是不是说了很多自吹自擂、不着边际的大话?又或者其实是你在那里大放厥词?总而言之,我记得我们两个人中,有一个喝得不省人事,还有一个就在那里吹牛皮,哈哈……"

"吹牛皮?那我觉得倒不至于,不过你确实天南海北地发表了一通议论,不过你总是拿我开涮,这真的让我有点儿难堪。不过,虽然如此,但你确实是在开玩笑,就像老朋友之间的调笑。以我们之间的交情,这些都算不得什么。不过,下次你可千万别再把我比作那个中看不中用的花花公子了。总之,真的没什么,你既没有冒犯谁,当然谁也不敢得罪您!"

"哦,天哪,对不住了,兄弟!"德科·亨德森一脸茫然地用手扒了扒额头前的乱发,其实他的发型一直都是认真打理过的,不知道为什么这会儿突然显得杂乱了些。过了一会儿,他问道:"那,我没伤害其他人吧?"

"那倒没有,不过有个美娇娘倒是委实受了你的欺负,你胡乱地在人家的屁股上啪啪乱打一通,把人家都打趴下了。"

"这个嘛……"德科·亨德森的眼睛里流露出一丝狡黠的目光,神色突然显得放松了不少,缓缓地说,"你不懂,老兄!这是爱的击打。我问问你,漂亮姑娘的翘臀是不是能够挑逗你爱的神经?据我回忆,当时大家是不是都开怀大笑?没有打情骂俏,哪来许多的欢乐呢?包括那个女孩自己,是不是也特别兴奋?没错,顺便问一句,你们一般是怎么和女孩子打交道的,彬彬有礼像个绅士?不过,你看,那些女孩,那才叫热情似火,你可不能冷若冰霜啊!"

"我看这些女孩们确实够火辣的!"

"嗯,看来你已经开始上道了!"德科·亨德森打趣道,喝完了杯中的威士忌,起身准备离开,"走吧,让我们出发吧。你可不能让老虎先生等你。以前有一次我迟到了,后来他一周都没有和我说话。老虎先生可是个很有时间观念的人!"

现在已经是东京的盛夏时节,闷热、潮湿、晦暗,这都是这个节气日本最惯常的气候,东京自然也不例外。空气中弥漫着各色烟尘,那是熙熙攘攘的人群和杂乱无章的建造工地带来的灰土。东京似乎永远都在拆房子、砸道路,又似乎永远都在建造新的工程。这是一座日新月异、浮华喧嚣的城市。他们的车子行驶了将近半个小时,似乎是沿着东京到横滨的国道线疾驰。突然,车子转了几个弯,在一座死寂灰白的大厦前停了下来。依稀能够从大厦的牌子上看到"亚洲民俗协会"几个字样,字体很大,但似乎有些斑驳不清了。大厦前面车水马龙,在一处看起来相当重要的入口处,车水马龙,给原本灰暗的大厦带来一丝生气。不过谁也没有朝邦德他们这边看,是啊,谁会理会两个貌不惊人的外国人呢?也没有人上前询问他们来访的原因或事由,他们就那么径直走进了大厅,穿过大厅的门廊,大摇大摆地朝里面走去。沿途他们看到了各色的报刊书籍出售,墙壁上挂着考究精致的美术作品,他们觉得好像来到了一座宏伟的博物馆。

在一处门廊过道的墙上,挂着一块"国际关系"的指示牌,德科·亨德森径直朝那个标识指示的方向走过去。穿过门廊,里面豁然开朗,两边是镶嵌着长长玻璃镜子的隔间。隔间里面整齐排列着一张张的写字台,一些看上去十分勤奋好学又认真用功的年轻人正在伏案工作。房间里面还陈列着一排排的书架,上面整齐地码放着各种图书。在隔间的墙壁上,挂着各种图表,图表上用各种不同的大头针标注着特定的位置,似乎是用作分析的工具。穿过这排隔间后,终于看见了"国际关系"那间办公室,不过这并不是德科先生的目的地,这不过是个幌子。亨德森沿着那间办公室向右边转,看到另一排镶嵌着长长的玻璃镜子的隔间。然而这排房间的大门并不是敞开的,而是紧紧地闭上,即便想从门缝里一窥里面的情况也根本不可能。在每间房间的门上,都用英文和日文标明房间主人的姓名。他们突然转了一个弯,看见了更多房门紧闭的房间,呈现在视觉中的景象让人有些肃然起敬。偶尔有一两间房子有人进出,透过微微张开的门缝,看得见里面有更多伏案工作的人,而里面则更像一座气势恢宏的图书资料馆。也就是在这里,他们第一次遭遇了阻拦和盘问,一个人在入口处仔细打量着邦德和德科。不过当他们说明来意后,那个工作人员立即深深地鞠上一躬,然后客气地把他们请到里面去。德科一边走,一边悄悄地对邦德说:"前面的那些都不过是伪装和幌子。这里才是真正的分界线,懂吗?我们刚才走过来的地方,是真正的民俗协会,而这里嘛……是老虎的秘密办公基地的外围单位,很快你就要见到这位传说中的仁兄了。这些外围单位的工作性质还不算绝密,主要负责处理文档归类、资料整理,以及一些外围活动的组织和安排等事务。如果我们是擅入者,那么在这里我们就会被客气地请出去了。不过,今天,我们是老虎的客人,那就另当别论了,看他们多客气,哈哈。"

在最后一个书架的墙壁后面,一条走道一直延伸到一间深深隐蔽其间的房间,一扇小小的不起眼的门隐藏在书架后。门上标志着"危险"的警示字样,这字样是用朱红色的油漆加粗描画的,让人的心不禁为之一颤。在旁边还留着一个纸片,上面警示道:"扩建工程,禁止入内!"走近一看,才能清晰地看到这门上的另一块小牌子"文件档案部"。不过隔着门,可以清晰地听到门那边施工的声音:电锯正锯着木头,榔头在哐哐地砸墙,还有电钻的声音……邦德一脸狐疑,不明白到底是什么状况。不过德科却一脸轻松,他拉着邦德推开门,丝毫不顾及那朱红色的"危险"警示。推开门的一刹那,邦德先生的狐疑突然变作惊诧——天哪，里面根本就没有任何人在施工。地面已经打过蜡了，显得光亮整洁，一尘不染，除此之外，里面空空如也。邦德一脸茫然地笑了笑，正不明就里。德科先生则哈哈大笑起来，指着门后面的一个秘密装置，说："猜猜那是什么？看不出来吧，那其实是一个录音机，它模拟出了整个施工场面，这都是为了吓退那些擅闯者而故意设置的伪饰。是不是突然觉得这些小把戏还挺玄妙的。"德科停顿了一会儿，接着说，"多么聪明的小伎俩啊！不过可别小瞧这些花招，其实还挺管用的，日本人用了好多年呢。来，你再看这里，"他一边说，一边指着他们脚下空空荡荡的地板，"这地板，漂亮吧！日本人管它叫夜鹰地板。这可是日本的文化遗产，是他们的祖辈留下来的，为的就是阻止那些不速之客的误闯或居心叵测的坏人的入侵。没想到20世纪的今天，仍在使用，仍然在发挥着它们最初的功能，听起来是不是有些神奇。让我们来试试看，以你特工的经验，你设法从这个地板走过去，而不发出声音，或者至少不被人听见或发现。老伙计，我相信你一定能够做到，对吧？！"德科先生故意卖着关子。

邦德故意蹑手蹑脚往前慢慢挪着步子，可是还没走出几步远，地面就发出让人毛骨悚然的刺耳声音，简直像地底下藏着撕心裂肺、歇斯底里的怪物。与此同时，对面的墙上开出一个猫眼，一双横眉冷对的眼睛正朝这边怒目圆睁。看得出来，邦德中埋伏了，对面早在那里监视他们的一举一动了。突然，对面的门打开了，出现一个彪形大汉，穿着高筒靴，上面是一领整整齐齐的白衬衫，显得很精神。这间房子很小，简直就像一个木头箱子。如果不是里面的书桌和椅子在那里提示的话,你真不能想象这竟然是一个房间。那个大汉将书放下来,走了过来,礼节性地鞠了一躬。德科用日语和他交流,邦德听不大清楚,不过里面反复出现"田中"的名字。那个男人交谈结束过后,客气地深深地再鞠了一躬。德科转过身来,对邦德说:"我只能帮你引荐到此了!接下来就看你自己的咯!大胆地去吧,你一定不会有辱使命的,把你的能耐都拿出来,给这些日本人一点儿颜色瞧瞧。老虎会派人送你回酒店的。那么,我们回头再见!"

邦德故作镇静地笑了笑,打趣道:"那么请你告诉我的妈妈,我正在玩一个死亡游戏,好吗?再见!"说完就走了进去。那个小"木箱"的门在他身后关上了,这会儿突然变得像个电梯。这果然是个电梯,只见那个男人从桌子上的暗格里打开键盘,然后按动了按钮。邦德感觉身体有些失重,然后就往下面降,不知道怎的,他的心里突然由微微的紧张变作淡淡的欢快。他心想:这老虎的小把戏还真多,不管怎么说,还挺有趣的,让人好期待后面还有些什么机关呢。这个戒备森严的老虎怎么想得到用一个"木箱"一样的小房间当作监视器,这是个多么老谋深算又步步为营的狠角色啊!这也许就是东方人所说的狡兔三窟吧,那么他下一个巢穴在哪里呢?

那个"木箱"下降了好一会儿,那滋味虽然有点像乘电梯,但又好像不是,感觉很微妙,有些失重,令人飘飘然中有些心慌和胆怯。随着木箱停止下降,邦德整理了一下思绪,鼓足了精神,准备好进入一个地下的世界——在东方的传说中,地下常常是魑魅魍魉、鬼蜮横行的。只见那个粗壮的男守卫先走了出去,邦德紧随其后。他刚一出去,本能地采取了一个立正的姿势。这个立正的姿势一动不动保持了好一会儿,因为似乎正有一股神奇的力量让他动弹不得,他甚至都怀疑自己是不是已经进入另一个次元和空间,他们正置身于另一个世界!不过理智告诉他,那不可能,他观察了自己的周遭。他发现自己站在一个形似火车站台的平地上。这里简直就是一个完整复杂的地下交通体系:两条轨道在红绿灯的指挥下,并行不悖。墙壁是微微倾斜的弧形,这是为了使地下构造更加稳固。在一个穹庐形屋顶的亭子间内,一个男人走了出来,用带着浓重东方口音的英语向邦德打着招呼:"中校先生,请跟我来!"邦德好奇地朝那间亭子间望去,才发现那其实是一个卖香烟等物品的小铺子。这真是一个地下新世界啊!

邦德先生被带到了一个弧形的出口处,出去之后,豁然开朗。那是一个大厅,大厅的地板和扶梯都是可移动的。也许有一天,这个地方会完全变成另外一个景象,只要调整各个预制构件的比例和位置,就可以使这里焕然一新。这或许是为了防止到过这里的人记下此地的格局和布置,或许又是老虎的某个防御策略吧。不过,就目前而言,两边墙壁是整面的大玻璃镜子,一字排开的是用预制板搭建而成的办公室。

邦德被带到这些办公室最顶头的一间,这是一个接待室,在接待室的里面,是一间更加隐秘的办公室。一名男性职员正在打字机前工作,看到邦德先生进来后,赶忙起身迎接。他深深地鞠了一躬,然后推开身后办公室的槅门,进去了一会儿,然后毕恭毕敬地退了出来。他退出去的时候,将推拉门留下一个小小的缝隙,示意邦德进去:"中校先生,请进!"

邦德走了进去,听见身后的门被轻轻地关上了。德科向他描述过的那个孔武有力的男人朝他走了过来,他的脚步踩在厚厚的地毯上,没有发出一点儿声音。这反而让邦德有点儿紧张。那个男人伸出一只粗糙而坚硬的手:"敬爱的中校先生,早上好!能够见到你,真是我的荣幸!"

那个男人露出了与他的身材不大相称的微笑,宽大的嘴巴露出两排金牙,有点儿凶恶,也有点儿滑稽。不过那个男人的一双大眼睛倒是炯炯有神,长长的睫毛,透露出些许善意,甚至带着几分女性的柔媚。也许这本来就是一个复杂的人!"来吧,请坐!说说看吧,这间办公室怎么样?喜不喜欢?这和你们上司的办公室大相径庭吧?毫无疑问,这是在遥远的东方,不是英国,对吧,哈哈。不过,我要告诉你,这还不是全部,这个地下工程目前只完成了一半,另一半还需要大约十年的时间才能完工。没错,现在你看到的部分正是由一座尚未建成的地铁站改建而成的。你知道,东京嘛,寸土寸金,到处都是喧嚣和嘈杂,简直找不到一处安静的办公场所。而我呢,雅好清静,所以我只能开动脑筋,好好地想一想,最后决定在地下做文章。这里既安静,又绝对私密,想必这些阁下都已经感受到了吧。而且,地下更凉爽,只可惜我们没法在这里住太久,等到这里通车运行,我们就得搬到别的地方去了。不过有句话怎么说的,珍惜当下,对吧,邦德君!"

邦德从田中老虎那张空空荡荡的办公桌前抽出一张办公椅,坐了下来,故作镇静和悠闲。

"喂,我说你这里可颇费了些脑汁来设计吧。上面竟然是什么

'民俗协会',我恐怕全世界也找不出第二处如此忙碌的民俗协会来了?这是个世风日下的时代,哪来那么多人对民俗感兴趣!"邦德打趣道。

田中老虎耸耸肩,表示不置可否。"这有什么关系。他们只需要把那些文献整理成册,然后派发出去,反正都是免费派送。不管人家愿不愿意看,也不管送到谁手上,也许送到美国、德国、瑞士也说不定。总之,他们总要做点什么,让人相信那的的确确就是一个民俗协会或者说民俗博物馆,这就足够了。不是吗?而且我们印出来的东西有模有样,肯定还是有人会正儿八经地去读一读的。不过,说实话,伪装得越好,花费就越高,这是毋庸置疑的。虽然钱的事情我并不担心,外务部自然会拨付,但是我还是担心出乱子。于是才有这地下的'宫殿'。况且,就算是花公家的钱,也得精打细算,你们的情况大抵也是如此吧。"

邦德心想,各个国家的情报组织都会对外公布开支,这些台面上的数字想必对面这个家伙,不会不清楚。因此,他毫不保留地坦诚:"一年至多不会超过一千万。这么点钱,要在全世界折腾,我想不过是杯水车薪吧。所以诚如你所言,大家都得精打细算才行。"

在霓虹灯的照耀下,老虎先生的一口金牙熠熠发光。"至少在过去的十年间,你们国家的情报部门节省了一大笔开支。据我所知,十年前,你们就撤销了驻日本的情报机关。而且你们在整个东亚地区的情报活动都相对沉寂,是不是这样?"老虎得意地笑了笑,很显然,他对邦德了解得十分透彻。

"不错!在这片地区,我们的情报只是依靠美国的中央情报局提供,他们基本上承担了我们在该地区的情报收集和传递工作。你知道的,他们很高效,因此对我们大有裨益。我们之间的合作,很有效。"

"麦凯恩取代杜勒斯上台后,情况也没有发生改变,对吧?"

这只老狐狸,看得出来,他对英国的情报部门的底细掌握得很详尽。"差不多吧!不过美国人可不会做赔本的生意。他们其实已经渐渐取得了该地区情报的垄断地位,他们似乎觉得太平洋地区就是他们的后花园,想干什么都成。这倒是有点儿狂妄了!"

"后花园,有趣!那么邦德先生的到来,是想从后花园里采点新鲜的果子,却不想让狂妄的园丁发现喽。不过也是,在一个自以为是的人的眼皮子底下闹出点动静来,确实很过瘾。不是吗?"田中故作高深地笑了笑,简直就是一只活脱脱的笑面虎。

一切似乎都早已在田中老虎的掌握之中!

邦德只能附和着打着哈哈,露出了不大自然的微笑。眼前这个老家伙,对各国的特工和情报部门的运作可谓了如指掌。不过这也难怪,他可是号称日本第一的特工。然而,在这个节骨眼上,单纯地抬高对手的身价无济于事。邦德必须试着掌握主动,不能被这只老虎牵着鼻子走。他必须小心,千万不能钻进对手的圈套。邦德现在需要做的就是尽量维持目前的融洽气氛,然后再伺机寻找突破口,提出相关的诉求。邦德一边若无其事地微笑着,一面却在努力组织语言去应对。突然,他说道:"花园大了,难免不被打主意,再狂妄的园丁,也无法把整个园子装进口袋,不是吗?说老实话,我们早就有人到花园里欣赏过美景,且带回些纪念品了。库克船长,还有其他一些声名显赫的英国人,发现了这个花园的更大部分,这是世所共知的。而且,问题的最关键是,说到太平洋地区,澳大利亚、新西兰这些英联邦大国都在其中,难道说这些地区都是某人的后花园吗?即便说是后花园,也该是英联邦的后花园,难道反而不允许自己人进入这片美丽的花园?这是不是有点儿太没道理,有点太狂妄呢!你至少应该承认,英国关注英联邦国家,这实在是合情理、合法度的!"

邦德简直是针锋相对!

"我亲爱的上校,二战时期,我们攻击了珍珠港,而不是澳大利亚,这实在是你们最走运的地方。虽然说,澳大利亚和新西兰都曾经是英属国家,可是你们日不落帝国已经无暇顾及它们了。你们的布防简直形同虚设,美国当时也根本帮不上忙。如果我们当时对这些地区发动进攻,它们早就应该改弦更张,纳入我们的属地了。我们完全有这个实力,事实上,我们当时确实应该这么做。想想看吧,这两个国家地广人稀,矿藏资源丰富,是不可多得的后花园。日本可以源源不断向这片地区移民。如果真的是这样,贵国号称的日不落帝国,至少要把一半的太阳留给我们日本的太阳旗。只可惜我们二战时期的策略不当,说实话,我个人认为,偷袭珍珠港简直就是愚蠢至极。直到今天,我依然无法理解珍珠港事件背后的确切原因。难道我们当时的野心是征服美国?太荒谬了。那么长的补给线,对于狭长的岛国日本而言,哪里吃得消呢?但是澳大利亚和新西兰呢,却像一个成熟的果实,只待我们去采摘。我们何必舍近而求远呢?然而,这就是历史,无法改变,不是吗?和历史的长河相比,我们个人又算得了什么。"

田中大约意识到自己的话有些过激,为了缓和气氛,他将一大盒香烟递了过来。"你抽烟吗?这是我们自己的品牌,十色牌。是本地最受欢迎的一个牌子。"

邦德这才意识到自己的特供香烟——莫兰德已经抽完了。看来,他很快就会需要这个十色牌香烟了。入乡随俗嘛!不过,现在他首先需要做的是整理思绪。他似乎在出席一场英国同日本之间的高端国际峰会。邦德显然不是一个外交家,更非政治家,因此他显得不善言辞。然而,田中老虎咄咄逼人的架势,实在让邦德觉得很有些招架不住。他借机点了一支香烟,悠闲地吸起来,好放松一下紧张的神经。香烟燃得很快,随着烟头上一阵阵的闪光,一支烟很快就只剩下烟嘴了。美国的香烟味道比较淡,但是对肺伤害小一些,而且口感更加绵长、醇厚。日本的十色牌香烟则劲头更大,更过瘾,就像饮用九十度的白酒。不过此情此景,这种过瘾的刺激让邦德很受用,他缓缓地吐着烟圈,露出了惬意的微笑。"田中先生,您所说的那些,还是留给历史学家和政治家们去讨论吧。这些尘封的往事,我们这些凡人是弄不明白的。即便弄明白了,诚如你所言,历史是无法改变的,个人在历史的长河面前不过是沧海一粟。所以啊,还是让我们谈点现实的吧,我们无法改变历史,但我们总还是想关注未来,是吧?"

"我非常赞同您的看法,中校先生!"虽然嘴上是这么说,但从他的脸色上看,田中老虎显然对邦德避重就轻的态度有些不满。也许对田中先生而言,他所说的都是一些原则上的大问题。因此,他立即反驳道:"不过,邦德先生,我们日本有句俗话,叫作人们一畅想明年,小鬼们就乐开了花。因为,又将有人愁白了头发,要去小鬼那里报到了。未来是不可预知的,一切事情,都必须从历史中寻找规律,汲取经验教训。先不说这个了,邦德君,我问你,你对大日本帝国印象如何?你在这里,过得可否安逸?"

"我想,任何一个与亨德森先生相处的人,都会很愉快的吧。他的世界,似乎时时处处都是欢愉,他的这种乐观,是很能感染身边的人的。"

"一点儿也不错,他是一个及时行乐主义者。他似乎总把当下看得无比重要,把明天当作赴死的终极。这其实是一种最正确不过的生活态度。他是我的好朋友。我们一直以来,都相处得十分愉快。因为我们其实有很多共同之处。"

"民俗方面。"邦德先生略带调侃地说。

"还真让您给说中了。"

"不过,据我观察,亨德森先生对阁下您可是敬爱有加,他十分推崇您的为人和行事。虽然我还谈不上与他有深交,但是我敢说,他自己却是一个独行侠。对于他这样一个才华横溢的人而言,是很容易感到孤独的,不过话说回来,一个孤独的才子是很不幸的。所以他只能纵情声色,沉醉酒杯,让人看来,多少有点儿落寞,不是吗?也许娶一个日本的姑娘,这一切问题都能迎刃而解了。你怎么不给他物色一个呢?"

邦德终于觉得现在的谈话慢慢步入他所期望的轨道上了。毕竟,谈些不痛不痒的私人情感,总比空谈那些大而无当的政治历史更有意思。况且,这样才不会露出什么破绽,要不然田中这个老狐狸一定有空子可钻。不过,邦德来这里可不是为了聊什么私人情感的,他是带着任务来的,可是怎样把自己的目的提出来呢?这是他与田中之间的博弈,想得到,就必须付出,然而田中会提出什么价码呢?邦德承受得起吗?对于这一切,邦德都感觉不甚明朗。

　　田中老虎可能早就看出了邦德内心所想,轻描淡写地说:"我早就给他物色了不少佳人,可是不知道怎的,他总是看不上,结果往往是不了了之。不过,邦德君,我想你今天来,一定不是为这事来的吧。我们就别兜圈子了,不知道鄙人能为阁下做些什么,既然是德科引荐的人,我一定全力效劳!恕我冒昧,我猜阁下一定是想到花园里来做一回交易的吧?"

　　邦德会心一笑,说:"没错,我们此次交易的实施代码是魔鬼四十四号!"

　　"哦,这可是大有用途的实施代码啊,有了这个代码,你可以在后花园尽情地漫步、徜徉,可以交易到你所喜欢的最艳丽的花草兰芳,不是吗?我知道,这对于你的国家而言十分重要,他们一定是急着寻找合适的花儿点缀这太平盛世。这很重要,有什么比和平安宁对一个国家更为重要呢?只有鲜花能带来安详和宁静,幸福和甜蜜。邦德君,我说的你全都懂吧?其实何止你们国家需要,举个例子来讲,今天上午早些时候,我就收到了某国的机密文件,主题就是关于这个代码。这有多重要就可见一斑了吧。"田中似乎有点虚张声势,这也肯定是他抬高价码的前奏。然而邦德此刻管不了那么多了。他严肃地盯着田中,只见他从抽屉里取出一个文件夹,那是一个嫩绿色的文件夹。里面是牛皮档案袋封存的卷宗,档案袋上标识着"绝对机密"的字样。那几个字是罗马字母拼成的,那么小,然而却那么扎眼!邦德意识到,这有可能相当于英国的最高机密。他将这个想法告诉了田中,田中非常肯定地答复:这就是最高机密!田中打开文件夹,从里面取出两页文件。那是两张泛黄的白纸。邦德约略可以看出其中一张密密麻麻都是日文,另一张则是机打的字母,像是英文,又或者是拉丁文,有五十行左右。田中将那份机打的英文文件从桌面滑过去,邦德一把接住,但是他没有立即看。田中严肃地说:"我能请你发誓,绝不将你接下来所看到的内容,透露给任何人或组织吗?"

"如果你坚持这么做的话,田中先生!"

"我想我必须这么做,上校!"

"那么好吧,我发誓!"

邦德这才把文件拿在手上,仔细阅读。文档的内容是英文的,内容如下:

  文件抄送二级以上情报站,站长及地区情报长官亲自破解,阅读后,文件与密电码一并销毁。密电码销毁生效后,立即用"木星"母码确认已完全销毁。销毁密电码序列永不复用。

正文起始处用冒号隔开,字体变大:

  "一号"近期向苏联最高决策机构发表演说,证实我方的

You Only Live Twice

军事实验项目——两亿吨级威力新式武器将在挪威亚丁岛上空引爆,时间确定在 9 月 20 号。此次军事项目将带来无法估量的核磁辐射、灾难性的粉尘污染,以及区域性的军政紧张和危险。截至言讲时间止,北极、太平洋、阿拉斯加等地区已联名抗议。"一号"方面也提出严正交涉。然而抗议和交涉均无果,莫斯科高层针对此,拟实施报复性核试验。核试验将直接影响未来世界军事和安全战略格局。据可靠情报估算,苏联方面核试验一旦成功,核弹头搭载洲际导弹,将直接发射到伦敦。而一枚核弹头的威力,足以毁灭相当于纽卡斯尔全境,至卡罗奈山以南的全部地区。其毁灭效果可持续若干年,遭毁灭地区将不再适宜人类和其他生物生长。若继续向英国发射核弹,只要位置选择恰当,大不列颠及爱尔兰地区将面临灭顶之灾。以上,是苏联方面实施报复性核试验的具体效果,该效果足以支撑"一号"的外交策略,足以掣肘英国、美国等势力的威胁。不仅如此,若苏联方面持续以核试验施压,有可能迫使英国撤销境内所有美军基地。而英国方面单方面驱逐美军之举将直接导致英美军事联盟的解体。苏联方面有足够自信做出判断:任何国家都不会以国家安全为代价,去维系所谓的军事联盟,更何况是核战争的威胁。苏联方面可据此实现外交策略,并有可能推而广之,在太平洋、欧洲地区重复实现外交利益。一旦欧洲诸国及太平洋国家撤销美军基地,解除与美军的军事联盟,将极大削弱美军军事实力。该外交策略可保证若干年内,苏联可获得相对安全的国际环境。在可预知的国际军事格局内,苏联可以和美国相互掣肘、相互制约,最终达到和平共处。特别声明:"一号"及苏联最高权力机构特别指出,此举的外交战略意义远高于军事意义。苏联方面坚持和平意愿,在和平之大前提下,逐步推行既定外交策略,各个击破。而首要击破对象英国,必须采取特别行动,持续施压。目前可在不告知任何缘由的前提下,火速撤离本国在英国的侨民,以制造紧张局势,以迫使英国方面采取相应的措施。中央驻各国情报站,随时待命,准备协助撤离侨民。此系绝密,密电码由中央统一指派,各站分别破解,破解后全部销毁。销毁程序和结果以中央密电码母码"木星"确认。此次行动,代号"魔鬼四十四号"!

中央情报局

看完之后,邦德本能地把那两页文件推开,似乎好像那两页纸上所描述的核爆炸的场景会给自己带来核辐射,那真是可怕的一幕。他静静地坐在那里,长舒了一口气。他点燃了一根十色牌香烟,深深地吸了几口,浓烈的烟雾直蹿他肺部的深处。他抬头看了看田中,两人四目相对,田中的眼神透露出些许善意的安慰,邦德则显得震惊而好奇。"我猜,一号就是赫鲁晓夫吧?"

"不错,而二级工作站主要指的是各国的领事馆和大使馆,以及各国实际运作的情报站。这份材料很有趣,很有吸引力,对不对?"

"不过,我认为,如此重要的文件,贵国却对我国保密,这本身就是一个错误。我更感兴趣的是这个,贵国显然违反了与我国的协定。如果您不健忘的话,应该对我们两国之间的贸易及双边友好的协定十分了解。你不觉将这份文件囤积居奇,是一件有辱国格的不光彩的事吗?"

"光彩和荣誉在日本可是一个非常严肃的词汇,上校先生。不过在谈这个问题之前,我想提醒阁下的是,我们盟国之间与美国的协定,那就是所有关于盟友的情报,都必须原封不动地由美国转递。如果我们连这第一层协定都不能遵守,直接将原始情报递交贵国。那按照阁下的推断,我们就更加不光彩了,对不对?美国是我们两国的盟友,这是众所周知的。他们曾经不止一次地向我和我的政府求证,希望我们能够将我们的其他盟友和对手的情报第一时间交给他们,然后由他们转递。在这个过程中,不允许改变情报的任何内容,需要依据原始材料传递,就像您看到的文件那样。然而,他们对我们也是如此承诺。可是,我毫无证据证明他们一直是按照承诺行事的,事实是,为了各自利益,必须有所保留。因此,贵国何时才能从美国获得此份情报,那实在不是我国单方面能够决定的事情。"

"田中先生,我想您一定已经猜到,这正是我来日本的目的所在。我对美国总揽情报的举措本身不作评论,但谁都知道,情报一旦经过转递,其价值和可信度都将降低。许多精微的细节都将在这个过程中被消解。这种价值耗散和内容消解一方面可能是由于语义转换的模糊性和意义流失;另一方面,不排除人为的干扰和影响。就刚才的材料而言,我们读到的是敌方的指令性文件,可以说,那些直接以第一人称发出的指令,几乎涵盖了这份材料价值信息的百分之五十,甚至更多。而一旦经过美国方面的转述,第一人称变成第三人称,美国再根据本国利益对内容加以增删和取舍,那么这份情报的价值必将大打折扣。其直接后果就是影响英国方面做出及时的正确决策。毫无疑问,华盛顿方面一定会这么做。他们会对核弹的威胁避而不谈,以维持英美的军事同盟关系,其实质是置英国于危险之境。但是,如果为英国设身处地想一想,就知道,最关键的问题是珍惜每一刻,对苏联方面的策略采取主动防御措施。比如说,第一小步,可以紧紧盯住那些被撤走的侨民,秘密把他们拘禁起来,这样就不至于引起恐慌。待局势平息后,再以一个合理的解释予以释放和安抚。这很简单。"

"我很欣赏您的智慧,可以说,上校先生,你很有雄才大略。事实是,现在有一个机会,对阁下,对贵国……这份情报也许并不一定非要经过美国才能达到贵国。我是说,也许我们可以变通一下……"田中老虎一边说,一面露出狡黠的笑容。

"可是不要忘记,我发誓我会保密的!还有什么办法?"邦德显然有些急躁,重重地倚靠在桌子上。

突然间,田中的脸色发生了奇怪的变化,刚才还满脸堆笑,此刻竟然变得格外严肃起来。他的黑色的眼睛失去了惯有的光泽,似乎在着力发出摄人心魄的光芒。这真是非常奇怪,他的整个人变得肃穆而庄严,并不像那个老狐狸田中老虎。他一板一眼地说:"上校先生,让我们交心地谈一谈!说实话,我在英国度过了十分愉快的一段时光。贵国的人民对我十分友好。我对贵国一直秉持极高的敬意。"啊,邦德心想,真是一直老狐狸,演技还真不错,"我年轻的时候,一直希望以一场战争为我国增添荣耀。但是,我错了。我们战败了。这么多年,我们一直在为我们的不光彩的战争赎罪,这是一件很重要的事情,告诫我们的年轻人,珍视和平,远离战争。我不是一个政治家,我不知道从政治上究竟该采取何种赎罪的方式。现在,我们正处于一个过渡时期,从一个战败国、一个被征服的国家,重拾自信,这很艰难。但是我,田中,我有我自己的赎罪方式,我试图找到一个平衡点。我欠贵国的太多。所以今天,我做了一件事情来补偿,那就是,我向您透露了我国的机密。我这么做,当然也是因为我与德科先生的私交。更重要的是,当我看到阁下为国效力的忠贞和坚持,你的克己奉公,你的忠于职守,矢志不渝,这一切让我大为感动。我清楚这份文件对贵国的重要性。你已经了解了全部内容,是吗?"

"确切地说,是这样!"

"那么你以你的名誉担保,不会透露给任何个人和组织?"

"是的"。

田中老虎站起来,伸出手来:"邦德先生,再会,期待我们能够经常见面。"他脸颊的肌肉显得那么有力,此刻,那张脸上黄金般的笑容不带掩饰和伪装,完全是发自内心的,"名誉有时候只是一种行为的方式和准则。上校先生,你知道,竹子会为风而折腰,因为世人都说它腹中空空,没有涵养,不够坚韧和强大。可是您想过没有,强大如松柏,就不会为风折腰吗?只要风力够大,比如我们岛国的台风,再强大的松柏也不得不折断。我之所以打这个比方,是想告诉阁下,君子言未必信,行未必果。这取决于言行的初衷,取决于职责所系。若职责系于一己私利,则即便信而果,也未必真的荣耀。若职责系于国家和人民……责任有时候就具有无可比拟的重要性……好了,车子正在外面,他们会送你回酒店。请代我向亨德森先生致以诚挚的问候,并且告诉他,他欠我一千元,因为为了他,我弄坏了国有的一部电子设备!那一千元是维修费!"

詹姆斯·邦德再次握住了那双干燥坚硬的双手。他发自内心地说:"谢谢你,田中先生!"他走出了那间小小的密室,他的脑海里唯一盘旋的只有一个问题,那就是,德科先生最快多久能和墨尔本取得联系,情报从墨尔本发回伦敦,需要多久?

第六章　偏向虎山行

一晃一个月过去了,大家渐渐熟稔了起来,成了真正意义上的兄弟,这不,连日常的称呼都变得亲密了,"田中先生"变成了"老虎","邦德上校"变成了"邦德君"。这些细微的变化,见证了他们之间感情的升华,也意味着,他们之间的合作越来越接近实施。有一次,田中给邦德拆字,这是东方常见的一种以人的名字为基础的游戏。"邦德君,你这个名字在日本语中是很难拼写的,很是独特。而且它的意义也未见得能够传递出多少敬意。因为在日本话里,邦德君的字眼形似'bonsan',这个词的意思是牧师,或者老朽。在日本,牧师和老人家好像都是不大受欢迎的群体。不过,一般情况,你的名字会被加一个后缀'o',变成'bondo-san',这样一来,意思就好接受多了,大家都喜欢。"

"那么就请你告诉我,这个意思是什么,是猪,或者其他什么吗？"

"不，不，它没有什么别的意义。"

"恕我冒昧地问一句。你们日本人是不是特别喜欢拿外国人开涮啊？我记得很久以前，我有一个朋友明明叫作迈克尔，而你们日本人因为翻译过去有点儿像'monko'，就叫人猴子。这不是随便乱扣帽子吗？今天你又跟我说，我的名字在你们日语中拼写出来都成问题，而且也不易上口，甚至是叫人不堪提起的，我想，那'bondo'肯定也不是什么好词吧。"

"别担心，真是个好词。"

就这样在大家玩笑间，时间又过去三周。邦德的任务毫无进展，邦德、德科、田中却慢慢成了铁三角，三人几乎无所不谈，推心置腹。除了工作时间，这个铁三角几乎天天腻在一起，日日欢饮、夜夜笙歌，好不快活。不过，这三个人，谁都明白自己的使命，都不是那种玩物丧志的简单角色。田中自然在随时关注邦德的一举一动，暗自揣摩和考验这位皇家特工；亨德森也是如此。邦德呢，则心照不宣，同时也在利用一切机会，打入德科和田中的内部。不过即便是各自为主，但相近的旨趣和各自的才能，让他们彼此敬重有加，使他们之间的感情的升温，这一点是毋庸置疑，真真切切的。

有时候，邦德故意向亨德森试探地说："老兄，我怎么感觉老虎总想咬我一口呢？那叫什么来着？虎视眈眈！"

亨德森确认了邦德的这种感觉，不过他倒不觉得这种关注是带有敌意或侵犯意味的。他说："我也有这种感觉，不过我觉得你并非没有进展，兄弟。既然老虎把你带进了花园，就不可能突然把你脚下的地毯抽去,这不是他的为人处事的风格。他既然一开始愿意帮助你,就没有理由突然拒绝你。我在想,很多事情正在悄无声息地发酵,只等待一个合适的时机,就会被揭露出来。不过现在这发酵的是什么,我也很模糊。我猜,一切可能都取决于老虎上级的意思,不过,老虎至少是站在你这一边的。你知道,在日本语里,老虎的外号是什么吗?叫作'宽脸'。意思是说,他交友广泛,神通广大,很多事情都能暗中完成,这就是他的能耐之处。这次,他馈赠你的见面礼,一方面是因为他自己所说,对英国的情感;另一方面,也是因为阁下的缘故。田中对您可是推崇有加呢。不过,千万当心!礼尚往来的道理在这个国度是非常适用的,你就准备多积累些礼物,到时候一起回赠给老虎吧。如果我们把这当成一种交易,那么你必须准备更多有价值的东西,这样交易双方才能平衡,也才能持久。这都是交易之道,从来不会有拿沙丁鱼换龙虾的事情,明白吗?"

"我还不大确定。"邦德将信将疑,不置可否。按照德科的说法,田中那里自然是只大龙虾,而邦德自己怀揣的"蔚蓝色航程"计划似乎就像一条小小的沙丁鱼。拿这么一条小鱼儿去换老虎的大龙虾,田中会接受还是会断然拒绝?邦德清楚地知道,田中与他初次见面所提供的那一小部分情报,现在已经初显效力。苏联方面的军事策略影响被有效遏制在萌芽状态。两百兆吨级当量炸药的试爆实验还是如期进行,一如莫斯科方面所预料的那样,西方国家的公众出现了一定程度的骚乱。然而西方世界的反应却足够迅猛和敏捷,并没有使国家和地区因此陷入紧张情绪。此外,英国方面以避免公共冲突为名,将苏联侨民限制在半径范围二十英里的区域内活动，并且加强了安全戒备。这个苏联之家的临时组建，毋宁说是一种变相的软禁。而英国方面更是出于"安全"考虑，向苏联大使馆派驻了大量荷枪实弹的武装警察。此外，苏联领事馆、各种商业组织周围，都安排了密集的警力。当然，作为报复，在苏联的外交官和记者等英国人，也受到了几乎相同甚至更高规格的"礼遇"。此后，肯尼迪总统发表了他一生中最为强硬的一次演说。演说称，苏联在苏联国土范围以外引爆核弹，都将视作对美国的攻击。美国方面将采取一切可能的手段，对苏联予以制裁和打击。这闪电般的演说，却造成了美国民众山呼海啸般的惊愕和焦虑。因为其实，美国国民还是十分惧怕核弹，而肯尼迪总统虽然态度强硬，但应对措施似乎在以国家作为赌注。毕竟在核弹面前，谁都输不起。对此，苏联国内对美国这种外强中干的反应显然情绪更加高昂，他们甚至扬言，一旦美国方面在其盟国引爆核弹，他们也一定会采取相同的制裁和打击措施。以此讽刺美国方面惺惺作态的强硬。两国关系剑拔弩张！

几天之后，邦德再次被召至老虎的地下办公室。"当然了，你不需要总是重复这些，"老虎依然露出那狡黠的笑容，"但是你个人非常关心的那件事情，据可靠情况，苏联方面决定采取无限期延后的政策。也就是说，苏联方面最终让步了，威胁解除了！"

"非常感谢你这份私人情报，"邦德说，"你知道三周前，您的情报，有效缓解了国际紧张局势，尤其是对我国而言，意义非凡。我国情报机关和政府如果知道这源于阁下的慷慨馈赠，一定会深表感激。不知道本人是否有幸再蒙阁下的眷顾。"在日本的生活，已经让邦德渐渐明白了东方式的处事方式。那就是必须学会欲盖弥彰,学会兜圈子,顾左右而言他。这是一种很高明的交流技巧,是一种基于情感纽带的深层次互动。邦德现在可谓深谙此道,而这一切,还要拜他的两个兄弟德科和老虎所赐。说实话,德科与田中先生的谈话中,总是带些四字词,每一句话都辞藻华丽,极尽圆滑,这让田中老虎十分受用,对此,邦德一直在默默地学习,受到了潜移默化的影响。

"邦德君,这次你想从我处借阅的方案,是非常稀有,十分珍贵的。因此,所需要付出的代价也必须是与之相当的,不知道您和您的国家准备好了吗?兄弟之间,我们就不说其他的了吧。公平交易,你们打算出什么价码去获得魔鬼四十四号所有情报的使用权?"

"我们在中国,有一个十分重要的情报网络,代号'蔚蓝色航程'。这个网络的所有情报,都可以归阁下调配和使用。您看……"

老虎的脸色变得肃穆起来,不过他的眼眸深处,依然透露出一股犀利的寒光。"我恐怕有一个不幸的消息要告诉您。贵国的'蔚蓝色航程'情报网络早就被我们的组织渗透了,说实话,其实那个网络在成立之初就已经安插了我们的人。因此,它的全套档案早就在我的掌握之中,若阁下以为我是在虚张声势,欢迎到档案室查阅。而且我们总感觉蓝色这个色调偏冷,所以,我们把它改成了'橙色航程',对不起,这好像完全没有得到贵国的授权。不过,我其实想说的是,阁下所说的交易恐怕难以完成。因为,全部的魔鬼四十四号情报,任何一个国家都不会拱手让人。虽然我们亲如兄弟,但毕竟各为其主,这您是清楚的。您再想想,还有什么可以当作交易的筹码……仔细想想……"田中的脸上浮现出一丝诡异的笑容,似乎在有意将邦德往某个方向上指引。

邦德只能露出一丝苦笑,J 部门和 M 引以为傲的情报网络,花了那么多国家的钱,召集了那么多最顶尖的人员,动用了那么多力量组建,最后竟然拱手给了日本人。那么多功夫,那么多风险,那么多牺牲,现在看来,简直没有太大价值。上帝,这回他算是真的大开眼界了,真是一山更比一山高啊。如果这个消息传回英国情报部门,一定会像在鸽子笼里面丢一只燃烧着的猫咪——鸡犬不宁的。不过,邦德还是故作镇定地说:"不过,我们国家的情报网络十分发达,还有很多情报网络应该是阁下不知道的。所以还是请阁下直接提出贵国的诉求吧。"

"也就是说,您还是有充分的自信,觉得我们这笔交易能够完成,您能够找得到价值相当的筹码?也许也是一份差不多的情报,即便不是多么高级的情报,但对我国意义非凡,可以帮助我国避免军事危机,获得国家安全?又或是建立积极的国防?"田中似乎有些藐视英国的情报组织,他的笑容甚至有些挑衅性的轻蔑意味。

"就是如此!"邦德斩钉截铁地说道,"不过阁下既然不大相信我国情报部门,我倒是有个建议。不如您也去一趟英国,在伦敦街头喝点英格兰的葡萄酒,再找几个英伦辣妹。不过重点是,您也会受到我在日本的礼遇,您还可以看看我们的家底,到底有没有能够引起您兴趣的东西。我想,那里面一定有您想要的。我的上司,一定也会很高兴见到您。说实话,像阁下这样的业界精英,谁都会非常敬重您的。"邦德有意抬高老虎,以使田中有所松懈。

"好像,您并没有被授权全权负责与我谈判?"田中丝毫不让步,气势咄咄逼人。

"那确实是不可能的,我亲爱的老虎先生。我们的安全部门十分庞大,我甚至根本不清楚全局,更别说它所掌握的所有情报了。而且您知道,安全情报部门有严格的等级制度,我不可能掌握更高等级的机密。不过,就我个人而言,只要您提出诉求,我一定会将它带到我的上司那里,并且尽力帮助您争取。总而言之,只要是我力所能及,我一定竭尽全力。"

田中故意沉默了一会儿,显得若有所思。他似乎在权衡邦德的话,过了许久,他中止了会见。虽然会见并没有取得结果,但是作为好友,老虎还是邀请邦德去艺伎酒馆喝酒。邦德答应赴约,然后就怀着复杂的心情离开了。他给墨尔本和伦敦发电报的时候,多少显得有些无奈,那种感觉无以言表。总之,今晚对邦德而言,简直是糟透了。

在艺伎酒馆喝完酒之后,田中将邦德请到自己的府邸。在田中的客厅里,邦德想起了不久前田中的玩笑,那是关于死亡的玩笑。因为他刚一坐下,就感觉嗖嗖的冷风从后面袭来,原来后面的墙壁上,一直吊睛白虎正从山上走来,那是一幅形态逼真的水墨画。邦德觉得自己的脚下也似乎在微微颤抖,地毯上几只猛虎正酣睡在地,可是它们是那么威猛,你几乎能够感受到它们的呼吸。而邦德所坐定的那张椅子,竟然也是用虎皮蒙制的。邦德简直倒吸了一口冷气,在他的额头的上方,一只虎首正虎视眈眈望着他。这也许就是死亡的味道吧。田中的玩笑在这里倒有几分应验。还不仅如此,就连桌子上的烟灰缸,竟然都是老虎爪子做成的。邦德点燃了一根十色牌香烟,欲缓解一点紧张情绪,然后他问道:"田中兄,你的名字里的老虎,在这里,我都找到了,哈哈!"

田中笑着说:"你知道东方的生肖和属相吗?恐怕你只知其一,不知其二,这其二嘛,因为我是属虎的。也许这就是命中注定吧,我与虎结缘,又偏偏对虎情有独钟。邦德君,你喜不喜欢老虎,要不要我帮你看一下属相?我可是精于此道。你只需要说出你的年龄和出生日期,我就能推算出来。"

邦德把这些信息告诉了田中,田中扑哧一声,笑了出来。

"哈哈,邦德君,怪不得你在这里有些局促不安。因为阁下的属相是老鼠,没错,就是胆子小小的老鼠,哈哈。"

邦德喝了满满一杯清酒,脸色有些泛红。他好像并没有因为自己是老鼠而感到半点儿惭愧,反倒是顺水推舟,圆滑地说道:"我亲爱的老虎兄,我倒是不想让您为难。说实话,本来我这样的小老鼠,是会被人踢出去的。至少人类早就想把我扔出地球,不是吗?但是,言归正传,您觉得这一次,松柏会在台风面前折腰吗?如果真的是这样的话,那么您这次是打算把荣誉看得更重要喽。不过,说实话,我这个小老鼠还是希望能够得到老虎兄的照顾,什么松柏、荣誉,我想,各自的职责才最重要,不是吗?"

田中拉出一把椅子,坐在邦德对面,他们中间是一张低矮的酒桌。他给自己满满倒了一杯三得利,泡沫从杯子边缘溢了出来。东京往横滨的公路上,依然车水马龙,夜晚的公路上发出的声音格外

You Only Live Twice

清晰,反而衬托出周遭夜的宁静。公路环绕的民居楼,星星点点的灯光摇曳生辉,就像无声的摇篮曲。昏黄的街灯绵延数里,演奏着最后的城市交响曲。这正是九月既望,本应是初秋凉露高冷、秋风萧瑟的季节,但夜间依然温暖。还有十分钟,就是午夜时分了。田中用温柔的声音说:"这样的话,我亲爱的邦德君,我知道你是一个很重名誉的人。当然,我知道,在国家利益面前,也许你会做出牺牲。因为你是一个爱国者,深爱着你的祖国和人民,对此,我一直心存敬意。不过,接下来,我想谈的事情,和你的国家也许毫无关系,但却是一个很有意思的故事。今天让我们兄弟俩暂时忘却工作吧,让我们聊点有趣的事情。你想弄清楚我想要的,也许这个故事会给你答案。"老虎说完,从椅子上站起身来,坐到榻榻米上,摆出一个舒舒服服的姿势,就要开始讲述精彩的故事了。只见他双腿盘坐,像日本人惯常的坐姿,润了润嗓子,然后开始娓娓道来:"大概从明治维新时代起,日本就开始进入一个急剧的现代化和西化的过程,这是为了发展而必须经历的道路,很多东方国家都是如此。明治天皇在他的统治时期,大量介绍西学,学习西方的现代科学技术和文化。也就是从这个时候起,距今一百多年前,大量的西方人拥入日本。他们带着拓荒的梦想而来,他们身份各异,有冒险家、传教士、学者专家、各行各业的人士,这些人以小泉八云为代表,小泉八云原名拉夫卡迪奥·赫恩,1850 年生于希腊,长于英法,19 岁时到美国打工,干过酒店服务生、邮递员、烟囱清扫工等,后成为记者。1890 年赴日,此后曾先后在东京帝国大学和早稻田大学开讲英国文学讲座,与日本女子小泉节子结婚,1896 年加入日本国籍,从妻姓小泉,取名八云，1904年去世，共在日本生活了十四年。小泉八云是著名的作家兼学者，写过不少向西方介绍日本和日本文化的书，乃是近代史上有名的日本通，现代怪谈文学的鼻祖。其实旅居日本的外国人大都慢慢习惯了日本的文化和生活，而且能够从这里找到属于自己的乐趣和价值。日本人也渐渐接受并容忍了这些外来人成为自己的国民。如此一来，也许一个曾经在苏格兰高地购置了城堡的人成了日本人；一个满口盖尔语，动不动就和邻居海侃苏格兰民俗，并时时处处显示出自己非比寻常的见识，以及不着边际的评头论足的人也能成为日本人。所有这一切，只要这些新日本人能够有礼貌地、态度平和地表达自己的文化诉求或者说母体文化，都是会被日本社会和民间接受的。至多就是大家给他们取一个和蔼可亲、略带几分善意调侃的绰号罢了。不过，在二战期间，偶尔也有一些外国旅居者被当作间谍，遭受监禁。不过这段艰难的岁月，并不能说明日本社会对外来文化和人员的排斥。不过现在，美军占领时期，进入日本的大部分都是美国人。他们或许想逃避自己国家的文化，进而希望寻求东方文化的慰藉。其实，对于日渐沉沦的西方文化而言，低级趣味的性与享乐，不停地吃喝，工业化时代的电子和工业产品，电视、汽车，所有这些，让人的世界为物质所奴役。此外，人的追求无外乎赚钱，而这些金钱往往并不是通过诚实的劳动所获得的，大多是用偷工减料、偷奸耍滑的手段得来的。不过得到它的人却心安理得，丝毫不觉得愧疚。人变得空虚、寂寞，所谓的'至善至美'，在金钱物质面前，不得不低下高贵的头颅。这就是我，这个在牛津大学接受过教育的高才生所发的牢骚，也许我有点儿多愁善感吧。不过,你不得不承认,长期生活在这种西方文化环境下的美国人,确实对东方文化有更强烈的向往。因此,日本就像有一股说不清、道不明的魔力,在吸引着他们。不知道阁下对此是否认同?"

"我十分同意你的说法,而且丝毫不觉得你多愁善感,你所体悟的文化感受是如此深刻,给我上了一课,"邦德谦逊地说,"不过这幅场景,不正是贵国一直加以鼓励才促成的吗?"

田中突然脸色变得铁青,他有些不屑一顾地说:"鼓励?我们是因为战败,不得不默默忍受。什么口香糖、可口可乐、热狗、嘉年华游乐场、扑朔迷离的霓虹灯、重金属摇滚乐、脱衣舞,所有这些,有哪一样是真正日本的土产?我们不过是默默忍受罢了。这一段'西化浪潮'我称之为'可口可乐浪潮'。说实话,这个浪潮的打击不过是我们战败所承受的后果的一小部分。战败了,人们的愤懑无处发泄,只能全盘否定,对日本的传统文化,以及孱弱的日本当政者所鼓吹的信仰,一概采取虚无和否定的态度。什么武士道精神,什么神风陆战队,什么信仰崇拜,通通在民主的幌子下被无情抛弃。人们甚至数典忘祖,成为行尸走肉。这些可怜虫,多么愚昧无知,多么可悲啊。"田中义愤填膺,简直是字字血泪地说完这些话。

田中深有感触地说:"不过唯一值得庆幸的是,这些人正在为自己的无知付出代价。在历史的长河中,他们不过是匆匆的过客。他们的生命是短暂的,就如苍蝇蚊子一般渺小。因此,也未必真的需要我们担心。"田中稍微缓和了一下心情,接着说,"好吧,扯得太远了,现在让我们回到我的故事吧。"

田中停顿了一会儿,平复了一下心情,然后接着说:"不过说实话,我们的美国移民看起来都能够同情并理解日本。但这种同情与理解却是很表层的,是建立在一个相对较低的层面。比方说,他们会醉心于我们严格的生活作息规律,以及我们所强调的平和整一的养生观念。这与西方混乱的生活态度形成鲜明的对比。他们也会喜欢上日本温文尔雅、柔美顺从的女人,但这并不是真正欣赏日本女人之美,而是对那种屈从和恭顺柔媚的占有欲和控制欲。他们喜欢日本的简洁朴素。他们也会对插花、茶道和能乐以及歌舞伎,还有日本的武士道略知一二。但是这些日本文化背后的真义,是对历史的敬畏之心,对先祖文化遗产的传承,而所有这些,他们都一无所知,也不会投入精力关注,甚至有时候是不屑和忽视的。他们或许也会谈论祖先崇拜和家族荣耀,因为在他们原来的国度,家庭和家族的观念都是相对淡薄的。他们的家族没什么好谈论的,当他们看到日本在对待先祖和过去的时候,无比尊敬和崇拜的态度,他们也会深受感染。然而在他们认为世界有限,时间暂时的世界观的指引下,这些东西只是在懵懂无知的孩童时期所向往过的东西。现在,日本人也早就习惯了美国的西部小说,以及美国的故事。然而这一切都不是源于文化教育,而是通过电视等大众媒介获取的,十分浅薄。"

"田中君,说到这个问题,我倒是有些不同意见。要对这个问题下一个论断,那是很艰难的。就我所知,很多美国朋友并没有那么肤浅。你所说的,或许是美国的中下层阶级,或者非土生土长的美国人,比如雇佣兵,他们的父辈或许都是从其他地方移民到美国的。他们往上数几代,或许是爱尔兰人、德国人、波兰人、捷克斯洛伐克人。这些人本来在自己的国度做矿工,又或许安安分分地耕田、打鱼、放牧、开铺子、办工厂……他们可能运气好,赚到了人生的第一桶金,就开始嫌弃自己的祖国,纷纷跑到美国来。他们昂首阔步地在美国大街上行走,以为自己就是真正的美国人,星条旗就是他们的本色。他们引以为傲的就是他们有花不完的钱。我敢说,这类人一旦进入日本,只要娶个日本老婆,很快就会忘记美国。不过一旦日本不尽如人意,他们肯定又会离开的。这些人,自然是比较肤浅的。你看这次在英国定居的德国人,一旦开战,不就抱头鼠窜,只知道逃回德国吗?要这些人认同你的文化,那确实很难!而我们英国大兵在德国的表现也是如此。不过像小泉八云这样完全融入日本,并且做出卓越贡献的欧洲人另当别论。"

田中老虎深深地鞠了一躬:"原谅我,邦德君。当然,您是对的。我在叙述这个故事的时候,被一些别的东西分散了精力。我是太憎恶被人占领了,我憎恶战败。这些憎恶化作积怨郁结在心,化作对外来者的仇恨。一叶障目说的或许就是我吧,为此我把我的故事错误地引入了毫无意义的抱怨和牢骚之中。战败的阴影让我没有客观公正地看待某些问题。其实我应该看到,很多美国人都是非常有文化涵养的,他们移民到日本,成为日本都市市民中的精英阶层。这些定居日本的美国人在各行各业崭露头角,他们在科学、文化等各个方面都有颇多贡献,这些人值得日本引以为傲。您能够及时纠正我,这是非常正确的。说实话,就是在我身边,也不乏这样的自然科学家、艺术家、文学家,他们是我们这个社会的宝贵财富,我是有点儿偏激。好了,让我们言归正传吧。不过,对于我的心事,您是懂得的吧,我的兄弟,邦德君!"

"当然,老虎兄,我非常了解。我的祖国很多个世纪以来,都没有被外邦占领过。因此,我也许不会那么感同身受,无法深入理解您的处境和感受。但是您所说的,我又何曾不明白。虽然我们没有经历过文化的巨大变革,更没有经历过文化侵略。但是那种强加和颠覆,确实是不堪的,即便想想,也觉得让人非常压抑。对于东方的国家而言,你们的文化历史悠久,经历这种文化流失确实是十分令人痛心的。我不能想象,如果我是您,会有何反应,或许会比您更加激烈吧。这其中的民族与国家情感,每一个心系民族的人,都是能够真切感受到的。好吧,让我们继续您的故事吧,我很期待后面的内容。"邦德长叹了一口气,拿过酒壶,满满倒了一杯清酒,一饮而尽。酒壶放在暖酒器里,散发出微微的蒸汽,似乎辉映着邦德缥缈的思绪。田中先生神情凝重,他在自己的腰背上捶了几下,放松放松筋骨。他的腿因为一直侧身坐着,有些发麻了,他抖了抖。过了一会儿,他的精神似乎恢复了一些,脸色也平复了一些。

"就像刚才我说的,很多外国人定居日本,出现了很多颇有成就的人物。虽然这其中也有些怪人,但大都无伤大雅,可以不必理会。但是今年七月份,有一个特别的怪人,来到日本。这个人简直是奇怪得很,而他的可怕之处在于,他的怪,是有害的。他简直就是一个魔鬼,他所谓的科学研究简直就是罗刹地狱。你也许要笑话我,像我这样的人,什么恶人没有见过,值得这么大惊小怪吗?你是不是想这么问?但是这个人,真的是十恶不赦,而且他无比强大,我不得不这么说。"

"田中先生,像干我们这行的,几乎什么时候都在与坏人打交道。您说的这个人,我倒是闻所未闻,他到底有多坏?让我猜猜看,大概就是那类疯狂的怪兽一类的人吧。这类人拥有极高的智商、绝对的自负,当然还有黑暗的心灵和变态的逻辑,是不是这类人?"

"恰好相反,你说的那类人倒并不可怕,只要给予强有力的打击,就可以一举击溃。但是我说的这个人外表温文尔雅,表现出对日本人民无比的热爱。日本的主流界对他的评价也颇高,甚至认为他是最有成就的科学家之一。然而他包藏的祸心却没有几个人能够知晓。很不幸,我就是那个知道他底细的人。他是个天才,这一点我不得不承认。我们国内的学界,那些最高级的专家和政客,都认定他是个杰出的人,可以给日本带来贡献。不过,对我而言,我更在乎的是他的另一个身份——收藏家,他简直是旷古绝今的收藏家。"

"那么,他的藏品是什么?"

"亡灵。"

择日而亡

第七章　亡灵海城堡

田中的故事简直太有戏剧性了，邦德忍不住笑了笑说："收藏亡灵？那您的意思是，他是个杀人魔王，专门害人性命。我倒是听说有人把死者做成芭比娃娃收集起来，但亡灵到底该怎么收集呢？"

"邦德君，你只说对了一半。我说过，这个人外表温文尔雅，可不会像变态杀手那样表面上嗜血而变态。他的恐怖是更内在，更加深层的，他诱惑劝说人们自己走向死亡。他以救世主的姿态，俯瞰着人们以自杀的方式结束自己的生命。而他则宣称这是对死者的解脱。"田中先生停顿了一会儿，眉头紧锁，"确切地说，他也不是直接去引诱人自杀，他其实是建造了一座极具吸引力的园子，在这里，你可以很容易获得失去生命的机会。你不需要自己准备夺取自我生命的毒药或者器具，那里应有尽有，而且都是杀人于无形。截止到现在，差不多六个月的时间，在那里至少已经有五百个可怜的人失去了宝贵的生命。虽然他们踏进园子的那一刻,心里或许已经埋下自杀的种子,但是一旦他们进入其中,就再也没有机会后悔。等待他们的只有死亡一条路。"

"那么为什么不逮捕他,然后对他处以绞刑,这种十恶不赦的人就该下地狱,不是吗?"邦德轻描淡写地说。

"邦德君,那可没你说得那么简单。一切都还要从头说起。今年一月,有一对夫妇合法入境,进入日本。其中男人是一个绅士,名字叫作冈特拉姆·夏特兰德。陪伴他的是他的夫人弗拉·艾米·夏特兰德。他们都持有瑞士护照,夏特兰德先生早年就获得了博士学位,他自称在园艺植物学以及艺术学方面颇有建树,是这两方面的专家。他的研究方向主要集中于亚热带植物方面。他是法国巴黎国立植物园、基尤植物园以及其他相关机构的高级顾问和特约专家。但是这些都只是笼罩在他真实面目之外的光环而已,让他可以隐约朦胧地在这圈光环后面自抬身价。果不其然,他到日本后不久,就与日本园艺植物方面的机构组织取得了联系,并且成为嘉宾。他穿梭于各个学术会议,并且和农业部取得了联系。日本的植物学界很欢迎夏特兰德博士进入日本。因为,这位西方来的博士打算自筹经费,建造一座大型植物园。这座植物园将花费大约一百万英镑,以奇异著称。这座植物园拟将世界上最稀有、最名贵、最奇特的植物都移植过来。因为他资金雄厚,门道通畅,他的园林以极快的速度建立起来。这座园林对外宣称将为日本植物学研究提供活态的样本。这一系列的建造和移植过程将是一个无比昂贵的工程,如果你对亚热带园艺略有研究的话,一定会被这个夏特兰德博士财大气粗的表现所吓倒的。"

"对不起,对于园艺,我简直一无所知。我想是不是像中东或者西亚的亿万富翁,将热带植物和大叶植物移植到沙漠一样?"

"差不多,但是他的园子里的植物要名贵得多。不过,这个园子对外宣称的是不予开放,只允许日本相关行业的专家前往进行科学研究工作。毫无疑问,他的这个项目获得了日本高层的高度肯定,决策者以极大的热情,接受了这个工程的建造申请。不仅如此,日本方面还将为该工程提供场地保障。作为回报,夏特兰德博士本人获得特许令,可在日本无条件居住十年。对于外国人而言,是一种非常难得一见的嘉奖。与此同时,作为例行公事,移民局程序性地请我们调查夏特兰德博士的基本背景。但是我们部门在瑞士并没有常设代表性机构,因此我就此事联系了美国中央情报局。不过,我们得到的答复是,夏特兰德博士出生在瑞士,背景清白。不过,他在瑞士的活动和人脉十分稀少,这一点倒是有点非正常。此外,就是诸如他在瑞士洛桑拥有一栋很小的公寓,只有两个房间。就在我们都以为他一切正常的时候,另外一条情报打乱了我们的考量。那就是,这么一个看似低调的博士,却在瑞士银行拥有大量现金存款。他的存款量,甚至达到了瑞士银行的最高等级。你知道,瑞士联合银行最高等级的存款数量,那足以成就一大批百万富翁了。你也知道,在瑞士,金钱的多少是衡量一个人的首要标准。因此瑞士方面提供的情报显示夏特兰德博士一切正常就值得商榷。其中最大的疑点就在于,并没有任何证据证明,他是一个植物学家。而对巴黎国立植物园和基尤植物园的调查显示,这两处植物园都认定夏特兰德是一位非常狂热的业余园艺爱好者,并不是所谓的专家。他曾经收集了很多亚热带植物物种,为相关研究机构做出了一定的贡献。这些物种的获得,源于他专门斥资开展的探险活动。所以,一切都很明白了。这个夏特兰德并不是什么科学家,而是一个财大气粗、醉心于园艺和植物学的富豪。当然,这种无害的追求,对日本而言,或许也是件好事。不是吗?谁会跟钱过不去呢?"

"听起来好像确实有几分道理。"

"这位夏特兰德先生在日本转了一圈,最后相中了九州一座废弃的城堡,在日本本岛的南面。这座小城堡距离福冈不远,在一个荒僻的海岸边。其实这一带在明治维新以前,星罗棋布排列着很多大大小小的城堡。这些城堡与其说是一座城,不如说是那些王公贵族的私家宅邸。这些城堡沿着海岸线建造起来,随着近代工业文明的发达和周围城市的兴起,大多渐渐被废弃。这些城堡就像一个个耄耋的老人,遥望着海峡,显示着这块地域古老而尘封的历史。后来日俄战争爆发,作为抗击朝鲜方面俄军的前线阵地,这些城堡再次遭受毁灭性的打击,现在大都残破不堪,甚至只剩下遗址了。不过夏特兰德博士看中的这处城堡倒是保存得比较完好。因为这座巨大的建筑群直到二战结束,仍然由一个古怪的富有家族所有。这家人很奇怪,是纺织业的大富商。这个家族在自己家的城堡四周筑起高高的城墙,而这些高墙,恰恰是夏特兰德看重的,这可以保证园林的私密性。很快,一大队装修工人和建筑工人就进入这座城堡,开始施工。与此同时,各种珍奇植物源源不断地从世界各地运来。因为获得了农业部的特别许可和特殊关照,这些植物都获得了合适的生长环境和相应的土壤水质,长势很好。夏特兰德博士选择这座城堡的另外一个原因,就是这座城堡特殊的地理位置。它占地面积绵延五百多亩,都由火山岩构成,其中分布着大大小小许多间歇喷泉和喷气孔。这些在日本都是非常平常的。这些火山喷泉和喷气口能够长年提供一个温暖的环境,从而适宜热带和亚热带作物的生长。那些从赤道附近移植过来的植物对于温度有很严苛的要求,一般的园林很难达到。夏特兰德的妻子是一个十分丑陋的女人,准确地说是让人有些害怕。她很快就搬进了城堡,并且开始招募工作人员。从附近招募过来的工作人员负责照看园子里的设备和土地。"

突然,田中的脸上浮现出悲哀的神色。"其实早在那个时候,福冈的警察局长就通知我,说警方觉得这座植物园有诸多疑点。不过对警方的报告我并没有重视,我甚至认为警方有些小题大做。不过警方还是计划对形迹可疑的夏特兰德夫妇实行秘密监视。后来,终于找到了头绪。警方确定,夏特兰德夫妇招募的工作人员,竟然清一色是黑龙会的成员。"

"黑龙会又是什么?"

"准确地说,应该是前黑龙会的成员。因为现在,这个组织名义上已经被消除了,"老虎解释说,"二战之前,这个组织就被官方取缔了。不过,它可是日本历史上势力最大的一个秘密帮会组织。这个帮会非常可怕,百姓对它闻风丧胆。这个组织最初是由一群社会的渣滓构成——强盗、土匪、恐怖分子、法西斯分子、犯罪被通缉的公务人员、被革职查办的贪官污吏,还有就是社会上的各色犯罪分子。此外,还有明治维新以后的一些封建遗老和政治余孽。总之,里面什么坏人都有。后来,由于势力越来越强大,不少内阁官员、政府要职人员,都不得不仰仗帮会,成为帮会成员。这在世界帮会的历史上,都是十分罕见的。这个帮会无恶不作,整个日本社会无不痛恨,然而却敢怒而不敢言。之前有一件事情我很奇怪,夏特兰德为什么要选择福冈这个偏远的地方?现在,我一点儿也不觉得奇怪了。因为那里曾经就是黑龙会的老巢。那些极端主义分子就是在这里,密谋一次次罪恶的勾当。黑龙会曾经的重要头目富士吉田、无政府主义者广田太郎、军国主义分子中野……这些人,都来自福冈。这里曾经是罪恶者的天堂,如今依旧不太平,因为虽然政府层面取缔了帮会,但帮会的成员不少依旧活跃,那些极端分子从来就没有真正消失过。那些罪恶分子总是躲在阴暗的角落里,一旦时机成熟,就会出来兴风作浪。邦德君,你还记得你说英国的黑衫军有死灰复燃的迹象吧?全世界的罪恶集团大抵都是如此。尤其是在这么一个具有罪恶渊源的地区,可是难以根除。我亲爱的邦德君,你想想看,在这么一个黑暗的地方,罪恶横生,遍地都是流氓恶棍。夏特兰德博士想要网罗二十个亡命之徒,那还不是轻而易举的事情吗?这些人可都是些危险人物,简直就是些鬼魅恶魔,不过他们摇身一变,变成了仆人、园丁、守卫等。不过,毫无疑问的是,这些人干的勾当,绝对不会改变,依旧是那些杀人放火、劫掠苟且的行径。当地的警察局长,对此当然早已知晓,他觉得他有义务传唤夏特兰德博士前来,他善意地提醒他,他招的那些人都是些危险分子,像博士这样杰出的人物,应该多加小心才是。他哪里知道,这些人,本来就是夏特兰德有意召集来的。而且要论危险,这个夏特兰德才是头号危险的人物呢。所以,这个博士简直是一副爱答不理的样子。他甚至觉得他的花园里,本来就需要一些强悍的守卫,以防止那些自杀者随意采摘。这样,也可以保证他的隐私,可以保护他的珍奇的植物。其实不过是给他罪恶的勾当,多加一层掩护而已。不仅如此,夏特兰德还振振有词地扬言,就算他的工人有一些不光彩的过去,但只要肯改过自新,就没问题。而且,他的花园,正是一个绝佳的改过自新的地方。真是说得天花乱坠,冠冕堂皇!而且你也知道,夏特兰德对东京方面资助资金的数目是很可观的,所以警察局长也不敢得罪这样的有头有脸的头面人物。他只能深深地鞠一个躬,就起身告辞。临走前,他被园内富丽堂皇、气象万千的美丽景致深深打动。在他们这个穷乡僻壤,有这么一个绝妙的所在,也确实是拜眼前这个道貌岸然的博士所赐。那些亭台楼阁,奇花异草,发出美妙的芳香,然而局长不知道的是,这芳香正是杀人的毒药。"

田中老虎或许是讲太久了,有些口干舌燥,他停顿了一下,给邦德斟满了清酒,然后自己也倒满了三得利酒。他喝了一大口酒,脸上泛着酒气和红光。趁着这个间隙,邦德终于有机会插句话。他问黑龙会到底有多厉害。

田中老虎咽了一口酒,说道:"比中国的帮会更加强大。你可能听说过国民党统治下的中国的青帮,或者洪帮,这些帮会还讲些江湖道义,但是黑龙会却不是这样,他们要恶劣一百倍。如果被他们盯上,谁都难逃一死。而且他们根本没有道义可言,他们只认钱,不认人。他们的手段残忍,可以逃避法律甚至政治制裁,因为他们有本来就根深蒂固的政治势力做后台,当然也就不惧怕任何事,这些亡命之徒，他们一切都只为了钱，只要给钱，他们什么都做得出来。"

邦德倒吸了一口冷气，紧张地问："那么那个瑞士来的博士，他的手下做了什么罪恶的勾当呢？你们没有抓住他们的把柄吗？"

"哦，没有，至少暂时还没有被我们发现。正如那个博士所言，他们不过是一些私人雇员，或者最多不过是贴身保镖。像他这样的重要人物，豢养几个保镖也无可厚非。但是，你要清楚，问题的关键不是这些黑龙会的余孽，而是这个夏特兰德博士本身。这个问题很复杂，也很特殊。你知道，这个夏特兰德博士建造了一座名副其实的死亡乐园。"

邦德扬起了眉毛。真的，这个日本情报组织的头头，竟然跟他讲了一个天方夜谭般的故事。老虎的陈述，简直有些滑稽，有些像说书或者戏剧。

看着邦德一脸迷惑的样子，老虎脸上绽放出笑容。"邦德君，从你的脸上，我能够读出你的怀疑。你肯定觉得我是疯了，或者是醉了，才会说出这些胡言乱语对不对。现在，听着，这个夏特兰德博士在他的园子里种满了有毒植物，湖泊和溪水里，也都是有毒的食人鱼。另外，灌木丛中，都是毒蛇、毒蝎子、毒蜘蛛，你能想到的所有的毒物，那里都应有尽有。他和他的那个罗刹夜叉一样的恶婆娘媳妇，创造了世界上最致命的毒物花园。但是他们自己却全副武装，戴着手套，就像17世纪穿着厚厚盔甲的骑士。不同的是他们脚上穿着橡胶鞋，此外还穿着防护服。他们还戴着防毒口罩，活像是太平间的收尸人。所以他们大可不必担心这些毒物。他们的工作人员也都清一色地穿着长筒雨靴，戴着厚厚的口罩，这些口罩就像日本人感冒时候所戴的那样,可以防止病毒和毒素的扩散和入侵。但是,要是一个普通人,毫无防备地进入这个园子,其结果恐怕只有一死!"

邦德目瞪口呆,不由自主地说了一句:"还真是天才般的设计!"

田中老虎拿起了一沓文件,这些文件原来是被小心翼翼地装订在一起,并且放在最隐蔽安全的地方,上面还标志着绝密的字样。邦德的心不禁有些怦怦乱跳。老虎把钉在一起的几页文件拿在手上,他的手似乎在瑟瑟发抖。然后,他把这几页纸递给邦德,说:"请你务必耐心把它们看完吧。如果你不了解的部分,请不要随意下结论。当然了,我对于这些有毒的植物一无所知。如果我猜得没错,估计你也好不到哪去。这是这个夏特兰德移植的植物清单,是秘密翻译过来的,上面有我们农业部的批文。读读这些文件吧,你就会知道,原来我们生活的地球上,还有这么多迷人的植物,当然,也是致命的!"

邦德接过那一沓文件,他感觉这区区几张纸,却显得沉甸甸的。因为第一页映入眼帘的,就是一份草本毒药的大致清单。翻过去,是各种毒药的详细药性和注解。这些文件的纸张上都打着农业部的封印,显示出这份文件的重要性和保密层级。邦德小心翼翼地翻阅着,心里荡漾起一丝丝死神的气息。下面是文件内容:

草本毒药按照药性分为如下六类:

1. 精神错乱剂。症状：鬼蜮魅惑之幻觉想象，精神极度亢奋，瞳孔扩张，口干，并伴随痉挛、抽搐，可致命。

2. 麻醉剂。症状：大脑皮层处于兴奋状态，经久不息；身体机能失调，运动能力失调；易出现迷醉幻境，无法控制情绪；最终可导致昏睡或深度休克，可致命。

3. 惊厥剂。症状：间歇性痉挛，见于头部以下躯干之任何部分；出现恐惧性兴奋，可在短时内（三小时左右）因身体机能透支而死亡，也可能在药性过后痊愈，因人而异。

4. 镇静剂。症状：眩晕并伴随呕吐，腹部、心脏绞痛，神情萎靡不振，痉挛，暂时性瘫痪，昏迷性休克，直至出现窒息，心脏骤停，可致命。

5. 衰弱剂。症状：局部麻痹、嘴巴歪斜并伴有刺麻类疼痛、眩晕、呕吐、腹部绞痛、腹泻脱水、精神错乱、暂时性瘫痪，昏迷型休克，可致命。

6. 兴奋剂。症状：咽喉、肠胃等消化系统灼烧感，口干，恶心干呕，亢奋狂躁。极易导致休克与死亡，死因常聚焦于惊恐、过度亢奋、身体机能透支；或死于单纯性剧痛或消化系统溃疡。

接下来是海关和税务部门查抄的夏特兰德博士引进的植物清单：

牙买加山茱萸，毒鱼树（毒鱼豆属）：常绿乔木，高约三十英尺，花冠呈白色或血红色。麻醉剂类。毒性机理与毒素成分:匹西狄碱。产地:西印度群岛。

马钱子树,又名番木鳖(马钱属):常绿乔木,高约四十英尺,可结果,果实表面平滑有光泽,外观诱人,味苦涩。花白绿相间,种子有剧毒,为最具毒性部分。惊厥剂类。毒性机理与毒素成分:番木鳖碱、马钱子碱。产地:东南印度群岛、爪哇地区。

圭那亚毒树(马钱属):藤蔓植物。树皮可提取致命毒素,人接触后可在一小时内引起呼吸骤停等中毒症状,死亡率极高。毒性机理与毒素成分:箭毒(箭毒马鞍子的毒素,南美洲印第安人用以浸制毒箭),番木鳖碱。产地:圭亚那地区。

伪见血封喉树:高大攀缘乔木,形似见血封喉树,药性机理不同。主要从植物枝叶与根茎提取番木鳖碱、马钱子碱。产地:爪哇地区。

圣罗豆(马钱属):低矮灌木,种子可提取番木鳖碱,二甲马钱子碱。

东印度蛇树:攀缘类灌木,可提取马钱子碱与番木鳖碱,可引起痉挛。虚弱剂类产地:爪哇地区、东帝汶岛。

吐根树:落叶灌木,镇静剂。毒性机理与毒素成分:吐根碱。毒素由植物根茎提取。产地:巴西。

白毒毛旋花,加蓬湾箭毒:藤蔓木本植物,高可达六英尺。虚弱剂类。毒性机理与毒素成分:毒毛旋花子甙。产地:非洲群岛。

海杧果,别名牛心荔、黄金茄。它高二十英尺。叶互生,厚纸质,卵状倒长圆形。花白色,高脚碟状,中央淡红色,美丽而娇艳,并散发着茉莉香味。虚弱剂类。毒性机理与毒素成分:毒海杧果素、海杧果碱。产地:马达加斯加群岛。

见血封喉树,又名马来西亚箭毒。高大攀缘灌木,又名毒箭木、剪刀树,是世界上最毒的植物种类之一。树汁呈乳白色,剧毒。叶子、种子、树干、树根全株带毒。一旦汁液经伤口进入血液,就有生命危险。古人常把它涂在箭头上,用以射杀野兽或敌人。虚弱剂类。毒性机理与毒素成分:弩箭子碱。原产地:爪哇地区、婆罗洲、苏门答腊岛、菲律宾。

毒常春藤,又名毒漆树。漆树科,具有绿花白果的木质藤本或灌木,原产北美。主要毒性物质为漆酚。会经由接触而中毒,造成严重的皮炎与水泡。亦可经由接触过毒常春藤的衣服、鞋子、工具、土壤、动物和燃烧生成的烟传播。由于漆酚几乎不具备挥发性,故衣服接触一年以后仍可能带有毒性。

黄花夹竹桃:常绿灌木,全株带毒,果实含致命毒素。可引起心跳脉搏放缓、呕吐、战栗。产地:夏威夷。

蓖麻子树(蓖麻子):为蓖麻油的原材料,含有蓖麻毒素,可直接食用,无毒副作用。但可通过伤口创面进入血液循环系统,从而引起中毒症状。一般七到十天可致人死亡。百分之一毫克的蓖麻子毒素提取物,可致成年人死亡。初期症状:食欲不振、呕吐腹泻、精神错乱、意识模糊、情绪崩溃,毒性至中枢神经系统后,可导致死亡。产地:夏威夷、南美。

普通夹竹桃(夹竹桃科):常绿灌木。全株带毒,其中根部、树皮、树干分泌物、花、叶子所含毒素各异，均可致命。毒素主要作用于心脏及中枢神经系统。印度曾将夹竹桃毒素用于麻风病的应急性治疗，此外用于非法堕胎，常致人死亡。产地：印度、夏威夷。另特别提醒，用夹竹桃树枝烤肉，毒素可经由树皮进入食物，也可致人死亡。

鸡母豆：攀缘灌木，毒素主要源自其种子。种子呈暗红色光泽，剧毒。此外，树根、枝叶均不同程度带毒。一颗种子的重量平均为1.75克拉，过去被印度珠宝商用作度量衡。种子落地之后，仅需要很少量的水，就可以迅速繁衍，长成粗壮的大树。人或动物皮下注射毒素提取物，四小时内便会丧命。产地：印度、夏威夷。

曼陀罗（茄科毒草）：分布较广，种类繁多，北非、印度、墨西哥、中南美均可见这种植物。曼陀罗全草有毒，以果实特别是种子毒性最大，嫩叶次之，干叶的毒性比鲜叶小。曼陀罗中毒，一般在食后半小时，最快二十分钟出现症状，最迟不超过三小时，症状多在二十四小时内消失或基本消失，严重者在二十四小时后开始昏睡、幻觉、痉挛、发绀，最后昏迷死亡。曼陀罗的主要有毒成分为莨菪碱、阿托品及东莨菪碱（曼陀罗提取物）等生物碱，它们都是一种毒蕈碱阻滞剂。阿拉伯人和斯瓦希里人将曼陀罗果实制成烟卷吸食。东非黑人食用曼陀罗叶子，孟加拉和印第安人则从中提取毒品。萨巴特克甚至允许这种提取毒品交易。所以在很多地方，曼陀罗被称为神秘之花。

嘉兰：一种绚烂多姿的攀缘类花卉，百合科。根、茎、叶含天然催眠剂,主要成分为水仙碱,胆碱,味微甜。嘉兰外表美丽,但毒性较大,3 克拉水仙碱即可致命,是不折不扣的毒美人。产地:夏威夷。

沙禾树:全株都带有一种活性吐泻药,在巴西用作捕鱼的毒草。此外还有类似于蓖麻毒素的成分,直接食用,并无毒性。但进入血液循环则可致命,通常二到七天就会致人死亡。产地:美洲中南部。

苦楝:为楝科落叶低矮乔木。树皮暗褐色,树叶呈美丽的深绿色,老枝紫色,有细小皮孔。花呈淡紫色。果实有毒,可攻击整个神经系统。产地:夏威夷,美洲中南部。

麻风树:枝叶繁茂。种子可致人剧烈腹泻,常常会使人因精疲力竭和脱水而死。产地:加勒比地区。

墨西哥土豆:野生马铃薯,生长地域广泛。根据印第安的古老传统,要在月亏时将其挖出,否则便不可食用。实际情况是,这种土豆在存放过程中,会产生大量致命毒素。毒素成分主要为茄碱。产地:美洲中南部。

神蘑菇:与欧洲蛤蟆菌种属关系较近。是一种黑色的蘑菇,生吃,或浸入牛奶中食用,可导致精神亢奋,皮肤过敏,听觉与视觉受损。此外,会导致幻听、幻视和精神错乱,直至休克昏迷。毒素机理尚不明确,产地:美洲中南部。

邦德读完了这些文件,深深地倒吸了一口冷气,心里扑腾扑腾地跳个不停。他把文件交回给老虎,一脸惊诧地说:"这个夏特兰德的花园真是一个有意思的地方。他真是个天才,天知道,他怎么想得到这么多毒物。"

"我想除了这些有毒的植物,你一定听说过南美洲的一种食人鱼,是不是?这种鱼可以在一个小时之内吃光一匹马,只剩下骨头。这种鱼是很残忍的,其亚种已经在全世界范围内繁殖。这个博士的金鱼池里都养着这些鱼。你想想看,他是多么喜欢这种吃人的动物。你明白我的意思了吗?"

"不,恕我愚钝,"邦德说,"我实在是想不出来,他这么做到底为了什么?天!"

You Only Live Twice

第八章　以花为剑者

　　时间不知不觉地流逝，邦德和老虎都没有睡意，不时抬头望望墙上的时钟，已经凌晨三点了。窗外通往横滨的公路上的车流也渐渐平息了声响，变成无边的静谧。暗夜的幽灵正笼罩着这座城市，黎明却迟迟还未来到。邦德已经完全沉迷于这个博士的故事。这个瑞士博士非比寻常的故事，简直让邦德欲罢不能。一个对植物如此着迷的人，理应是对生命无限礼赞的，可是他呢，却偏偏热爱"收集死亡"。正像老虎曾经说的那样："他收集的，就是死亡！"这一点老虎是确确实实说过的，不过老虎在讲这个故事的时候，可不是让邦德拿来消遣的，或者当茶余饭后的谈资。不仅如此，邦德隐约地意识到，老虎一定还有什么秘密没有透露。又或者，这个故事一定还有一个高潮段落。可是何时能够到达这个故事的最高潮呢？邦德的内心非常期待！

田中老虎用手心搓了搓脸,似乎在抖擞精神。他稍微停顿了一会儿,突然抬高音量说道:"今天的《新闻时报》,你看了吗?其中有一则故事不知道你注意到没有。发生了一起骇人听闻的自杀事件!"

"我还没有来得及看,你说说看!"

"叫我从何说起呢!实在是太惨了。有一个18岁的年轻学生,今年是他第二次参加大学入学考试。可是他失败了,你知道,这打击对一个年轻的学生而言,确实挺大的。哦,对了,据报道,这个学生就住在东京的闹市区。心灰意冷的他,在街上闲逛,越想越绝望,最后来到一处建筑工地。这个工地正在建一座新的商场,距离他家不是很远。他并没有回家,而是在这个工地旁边逗留、徘徊。他看到一台打桩机正在工作,打桩机深深地打进地基里。突然,这个年轻人冲开正在工作的建筑工人,来到打桩机下,这时候打桩机正在往下冲击,正好砸在他的脑袋上,顿时……"

"天哪,这真是太恐怖了,简直就是人间惨剧!为什么?为什么要这样?"

"为什么?你不知道,在日本,连续的考试失利会让孩子感觉对不起自己的父亲,觉得让自己的家族蒙羞。这种内疚和自责感,足以吞噬一切生的希望。为了挽回些许颜面,年轻人往往会步入迷途,走向极端。这是一条不归路,但在他看来,或许也是自我救赎的唯一出路。当然,这不得不从日本的文化传统说起。自杀其实在日本由来已久,甚至成为一种对待失意落魄的行为传统。然而这个传统恰恰反映出日本人民的极大不幸。"田中老虎深深地叹了一口气,

"因为在死者看来,只要他敢于自杀,就可以得到原谅甚至赞美。他的父母和家庭也会因此而获得荣耀,不再被邻里歧视和看低。要知道,在日本,自杀一直被认为是一件极其勇敢而先荣的事情。"

"可是脑袋都变成草莓酱了,还要那些该死的面子有什么用呢?"邦德觉得很胸闷,气愤地质问道。

"邦德君,你想想吧。这就好比你们大英帝国的人,死后被皇家追授一枚维多利亚十字勋章,你会不动心吗?"

"可是我们更在意的是通过有生之年的功绩,去获得奖章,而不是依靠自杀来换取所谓的荣誉。荣誉只有在活着的时候才能享有,一旦死了,就是一个臭皮囊,哪有什么荣誉可言呢?至少,一个人不会因为考试失败的自杀而被追加荣誉,或者赢得邻里的赞美。正所谓,好死不如赖活着,这不是东方的谚语吗?"

"你说的可能是中国,或者东方的其他国家。在我们日本,情况就大不相同。日本人的思维里,荣辱高于生死。"田中老虎的语气里似乎有些讽刺的味道。大家一言不合,面面相觑。过了一会儿,田中老虎接着说:"在日本,耻辱是必须被清洗的——一直以来,日本人都是这么认为,也是这么选择的。也许对你而言,这是过时的想法,是老一套。但是,日本人对待耻辱,是很严肃的。他们认为,最好的雪耻方式,莫过于付出自己的生命。这才足以体现雪耻者的决心和诚意。如果说你们信奉好死不如赖活着,我们更强调人必须付出一切,去骄傲地活着。生命在于光彩和荣誉,除此之外别无真意。"

"天哪,你们对生命的态度太令人咂舌了,生命被你们看得太轻了。而且你不觉得,这种看轻生命的人生哲学太过迂腐了吗?在我们英国,生命是一切的前提,首先你必须活着,才有新的希望,不是吗?自杀被认为是愚蠢的懦夫、逃避者才会选择的行为。这是缺乏勇气、不敢直面人生的挫折、心胸狭隘的体现。谁要是轻言自杀,一定会给自己带来耻辱,而不是赢取面子。他的父母和亲人一定会为此而痛心疾首,而不是沾沾自喜,认为可以获得邻里的赞美,会更有面子。即便如你所说,自杀可以获得邻里给予的面子,但是到底是面子重要,还是一个鲜活的至亲骨肉更为重要呢?在我们英国,大学入学考试失败,还可以参加其他等级较低的入学考试,比如预科,或者更低级别的地方大学和社区大学的考试。这些学校同样可以培养出杰出的人才。而且,即便在失败的阴影里一时无法走出来,父母也应该尽力去安慰,并帮助孩子找到出路啊。面对失败,我们最多说一句:'真见鬼。'我们断然不会因此结束自己宝贵的生命。这种事情在我们那里不会发生。因为这很可耻,很愚蠢,将给我们的父母带来极大的痛苦,我们的先祖也会为此感到遗憾。"

"对我们来说,一切都大不相同。只有自杀,父母才能获得安宁,邻里才会投来赞许的目光。荣誉高于一切,包括生命!人必须高傲地活着,人生才丰足富丽。"

邦德耸耸肩,不置可否。"好吧,或许这不是某一个人的问题,大概这真的是你们日本的常态吧。不过要我说,这更像弥散在日本历史长河中的病态。如果年轻人动辄选择自杀,那么日本不知道要丧失多少可爱而鲜活的生命啊。事实上,这种病态的自杀现象已经成为一种特定的民族行为方式——成为一种彼此传染影响的内向性暴力行为,贯穿整个日本历史。自杀甚至裹挟着所谓的荣誉,充满诱惑力,刺激着痴男怨女就范。不过,我在想,一个人把自己的生命都看得如此之轻的话,那么他会如何对待他人的生命呢?我想,最大的可能或许就是践踏他人的生命了。前几天,我在东京的闹市区亲眼看到了一起惨烈的车祸,车祸现场多辆汽车连环相撞,死伤遍地。警察闻讯赶到,面对惨不忍睹的血迹、支离破碎的身体,他们并没有第一时间抢救伤员。而是极其'理智'地拍照取证,丈量现场。只见那些公务人员一会儿画线,一会儿检查肇事车辆,似乎看不到那些生命垂危的伤者。当然了,对他们而言,荣誉在于忠于职守,他们的职责就是收集证据,保护现场,为日后交通法庭开庭做准备。至于救助病人,那是医护工作者的事情。如果他们擅离职守,越权处理病人,不仅得不到荣誉,反而有可能被上级诟病。更有甚者,如果处理不当,致人死亡的话,他们就更脱不了干系。这种思维逻辑的前提,就是对生命的漠视,这在我们英国人看来,简直是完全无法理解和想象的。"

"这很正常啊,伤者移动就破坏了现场,很简单的道理。"老虎冷漠而轻描淡写地评论道,"况且,日本本来就已经人口过剩了。在我们国家,堕胎是合法行为。车祸不正好可以解决这个问题吗?让那些多余的人死于非命,缓解人口压力。这个道理和那些小姐太太去医院堕胎不是一样的吗?不过,我必须稍微纠正一下之前你所说的话,你说自杀是日本人的一种传统病态,但是我想说的是,这不是病态,而是真真切切的事实。自杀是日本人处理问题的一种特别方式,就是如此。这种暴力的自我解决方式,并不会像贵国一样,被烙上羞耻的印记。事实上,在日本有一个民间传说,几乎家喻户晓,那就是关于四十七武士的故事。传说这四十七武士的主公名叫浅野,由于守卫的疏忽,浅野被暗杀。四十七武士发誓要为主公报仇,最后,他们终于报仇雪恨。不过,完成这个任务后,他们相约到一起,来到一个叫作爱柯的地方。这是一个风景秀丽的地方,武士们以集体剖腹自杀的方式,为他们的失职、为主公的死谢罪。四十七个武士,没有一个人选择逃避。难道这不是另一种意义上的悲壮吗?难道你能说他们是懦夫吗?今天,每到这些武士的忌日,就会有大批朝圣者坐上火车,前往祭奠。这是一种病态,或者说是一种践踏生命的兴奋吗?今天的爱柯海峡,已经成为一个神圣的地方,庄严肃穆,武士们的生命虽逝,然其精神,不当与民族之精神永存吗?"

"确实,如果你们的孩子从小都是在这种故事的灌输下成长的话,长大了难免会做出自杀的行为,这一点毋庸置疑。"

"正是这样,"老虎不无自豪地说,"每年都有二万五千至三万人选择自杀。不过,只有政府当局会认为这是一个难以启齿的数字。自杀的行为越壮观,就会被人们寄予更高的崇敬。不久前,有一个年轻人,简直轰动了日本。因为他竟然希望能够看见自己的人头落地。还有一对年轻的恋人,或许是由于家庭的阻挠,竟然双双携手,跳进了日本最著名的华严瀑布,最后葬身水腹。他们精心选择自杀的地点,获得了国人的喝彩。大岛的三原火山,是一处自杀的圣地。他们来到炙热的火山灰堆积成的火山口,然后纵身跳下去。他们的鞋子首先着火,然后整个身体都进入那个大熔炉,顷刻间就燃烧起来。为了应对愈演愈烈的自杀新花样,也为了阻止越来越多的人随意结束自己的生命,当局甚至专门成立了一个'自杀预防办公室'。这个特殊部门耗费了大量人力物力财力,可谓是世界各国政府中最特殊的机构,说明日本的自杀问题业已到了一个登峰造极的程度。不过此举收效甚微,你知道,日本的旧式铁道星罗棋布,这是天然的断头台。而且这种断头台是完全可以自行操作的,只需要等待火车开来的一刹那,鼓足勇气,迈出步子跳出去就行了。"

"你真是一个嗜血的混蛋,如此血腥的事情,在你嘴里竟然那样轻描淡写,老虎兄。整晚都在听你说这些死啊、血啊的,这些跟夏特兰德的植物园有什么关系?"

"我说的每一个字都与那座美丽别致的植物园息息相关——每一个字!你知道,夏特兰德的花园是不对外开放的,至少他是这么坚称的。但是你不觉得这种禁止简直像一层窗户纸吗?在日本的自杀氛围下,如果有一个如此美丽的、可以轻松结束自己的生命的所在,就算严令禁止,也阻挡不住自杀者求死的心愿。这一点,夏特兰德不会不清楚。事实也确实如此,那里有一种神奇的魔力,把越来越多的自杀者吸引到那里。当然,那个布满毒物和死神的花园,已经成了全日本最具诱惑力的自杀天堂了。那些人坐上新干线到达京都(日本古都),然后沿着水路跨过美丽的大岛海峡,然后前往别府的最后一个海湾,最后从这里搭乘当地的火车到达福冈。到达福冈后,只需要打个出租,或者沿着海岸线,就能来到这个高墙耸立的神奇死亡城堡,肃穆萧瑟,阴森恐怖。你可以选择翻过高墙,或者贿赂送食物的人,躲在给园子送补给的车子里……总之,只要你想进去，就会有无数种方法越过那道高墙。进去之后，你将走完你人生最后一段绚烂的旅程，也许是和你爱的人手牵着手，穿过美丽的丛林，然后把自己的生命交给一场神秘的赌博，就像日本人最爱的弹球盘（日本一种类似于弹球的赌博游戏），一切都得交给命运。你将会打中哪一号弹球？你的死亡会充满痛苦，还是轻松达到？也许你正漫步在整洁的步道上，一条响尾蛇在你的腿上咬了一口；又或者郁郁葱葱的灌木上渗出的晶莹的树脂掉落在你的皮肤上，这时候或许你正在树下小憩，丝毫感觉不到痛苦；又或者你因为好奇或者饥肠辘辘，摘了一把草莓或者捡了一个橘子……当然，如果你想让这个过程变得更快一点，痛痛快快地走上幽冥的黄泉之路的话，也有的是方法。你看，那个热浪翻腾的，充满着硫黄味的火山口，只要轻轻挪动你的步子，踏进去，没等你回神，已经成为一摊血水了。那里一千摄氏度的高温，只能允许你发出一声惨叫，接着就什么也不知道了。那里就是一个死亡乐园，货架上充满了各种自残的玩意儿，就像一个潘多拉的盒子。也许你会想，那里各式各样的防御措施呢，是不是能够阻止人们一路进去？确实，防御是有的，警察还专门在外面竖起了禁止入内的牌子。真正的观光者和植物学家都必须出示证件才能进入。但是对于那些一心求死的人来说，这些禁止的牌子无异于一张张广告——他们本来就是要去最危险的地方结束生命。他们能够从海峡的丛林中辟出一条道路，翻过高墙，哪怕将指甲盖扒掉，也要找到入口。夏特兰德博士在那些最致命的地点竖起了骷髅头作为警示，但这些警示牌就像一面面通往死亡天堂的引路牌。这无形中省去了自杀者探路的时间。对此，也许'好心'

的博士会感到无比'沮丧'吧,又或者,这一切都尽在他的安排之中?"

"这个杀人狂,哪有那样的好心!"邦德咬牙切齿地诅咒道。

"不错,一切都不过是伪装和掩饰。这个狂魔还嫌他的死亡指示牌不够显眼,他在花园的城堡顶上放上很多巨大的氮气球。这些氮气球高高飞扬,警告那些擅闯者,将会受到最严厉的法律指控。但是,这些所谓的指控警告,不过是夏特兰德的死亡召唤——来吧,都到这里来,这里到处都是死亡!死亡乐园就在这里,想要早日超脱,就来这里吧!"

"老虎兄,我觉得在这个问题上,你也挺笨的。你为什么不逮捕他?然后把这个鬼窟一把火烧了不就行了吗?"

"逮捕他?理由呢!就因为他把这些珍稀植物搬到日本来展览?然后一把火把一个外国友人花几百万建起来的植物园烧掉?要知道,他可是日本的荣誉居民!他什么也没做错啊。如果非要去责备谁的话,那只能说是我们日本人咎由自取,不是吗?当然了,你可以要求他加强园区的管制和监视,此外园区的道路也要加强巡逻,但是你觉得这有用吗?前面我已经说过了,这些做得越多,对那些自杀者就越有挑战性和诱惑力。而且,就算他及时给救护队报警,受害者也或许早就死亡了,这并不奇怪。你想想看,如果跳进火山喷火口,不就只剩下一堆灰了吗?你记得那份死亡名单中,有不少人本来就是身有残疾的人。那位博士先生完全可以装聋作哑,故作震惊。然后他再假模假样地表示,死者是在失明或者意识丧失的前提下,失足掉进火山口的。因为你也知道,在他的园子里,有的是让人致幻的毒草。但是，我们不能再坐以待毙了，现在已经有五百人死于这个魔窟，我们不能让这个数字无限扩大。由于媒体的宣传，可以预计，会有越来越多的人前往这个死亡城堡。我们必须设法阻止这一切。"

"那么截至目前，你们采取了什么措施?"邦德焦急地问道。

"专门调查委员会已经去拜访了夏特兰德博士。夏特兰德这个老狐狸对我们的调查专员非常客气，他们均受到了最高规格的礼遇。在这种情况下，专员们只能耐心地听。夏特兰德甚至还厚颜无耻地向当局要求加强对植物园的保护。因为那些擅闯者简直让他不胜其烦。他抱怨道，这些人简直影响了他的正常工作。这真是恶人先告状。不过他说的也是事实，那些自杀者在走向死亡的过程中，不得不拜那些有毒的植物所帮忙，自然会对植被造成一定的伤害。可是，这不正是夏特兰德希望看到的吗？可是他还假模假样地表现出痛心疾首的样子，真是猫哭耗子。他还表示，愿意与当局通力合作，绝不放任那些攀枝折花者肆意进入。此外，他从内心深处感谢日本当局以及日本的植物学界为他提供的帮助，这让他的植物园能够顺利地开展正常的科研工作。看，这个伪君子，是多么善于伪装，多么善于作冠冕堂皇的陈词啊。为了表明他在植物学科研方面的专注，他还提出一个慷慨的建议。他正筹备建立一个标准化研究所——他将亲自物色研究人员和工作人员。这个研究机构专门负责对那些有毒植物进行毒素提取。然后，他会把这些提取出来的毒素无条件提供给日本的相关科研和医疗机构。要知道，这些毒素一方面是致人性命的毒药，另一方面却也是医学与科研上十分紧缺的原材料。这些毒素中,有的经过稀释之后,就能够成为临床上十分管用的灵丹妙药。说实话,这不就是变相的贿赂吗?所以不瞒你说,很多调查机构和专业机构的专家,甚至反过来为夏特兰德说话,真是气死人了。"

"可是这件事情,跟你有什么关系呢?貌似你的地盘不涉及这个领域吧?"邦德或许有些困意了,显得不大耐烦地问道。墙上的挂钟显示现在已经是凌晨四点了。邦德揉揉眼睛,朝窗外看去,远远的天际,高耸的大楼在晨曦的照耀下,泛着珍珠般灰白的颜色。东方已经泛起鱼肚白!他倒了一杯清酒,壶里的最后一滴清酒也已经倒干净了。也许是困意正浓,也许是酒喝得太多,总之这会儿,邦德觉得这酒淡淡的,一点儿味道都没有。是时候睡觉了,邦德心里盘算着。可是,老虎很明显还没有睡觉的意思。他一门心思地沉浸在夏特兰德这个疯子的植物园里,一时半会儿都还出不来。透过老虎的眼神,邦德能够感觉到一种微妙的,真正属于日本人的那份责任和担当。这份责任和担当透过今晚这个荒诞的故事,被演绎得淋漓尽致。老虎那一种近乎无助的低沉声音,那种娓娓道来的叙事艺术,就像著名的小说家爱伦·坡、勒法努、布莱姆·斯托克、安布罗斯·比尔斯。这些作家的笔下都曾经出现过吸血鬼、无比可怕的世界等阴郁恐怖的事物,但这些跟夏特兰德的植物园比起来,似乎都有些小巫见大巫。

不过,邦德确实太困了……

但是,老虎丝毫不觉得晚……

此时的田中老虎就像传说中的日本武士,但是他的脸上似乎铭刻着更深的凶恶,更多的残忍。这是因为,他正在面对的,是一个更加强大的敌人,他必须疾恶如仇!田中的神色处处显示出他是一个凶悍的人,但是显然,他还不是野兽,而是教化和文明下的强人。所以他的情绪多少还有所遮掩,否则,他一定会像出笼的野兽,把敌人置于死地。可是邦德此刻真的有点不敢看老虎的眼神,那眼神真的是猛兽在黑暗深处发出的炯炯的蓝光。他是预备做殊死的搏斗了吗?除此之外,他没有过多的动作,只有偶尔身体的摇摆,以及臀部在椅子上的姿势调整,还有就是跷起的那条腿的微微抖动,这些身体语言显示他仍旧处于兴奋之中。他继续说道:"邦德君,一个月前,我曾经派出我最得力的干将,进入这个园子。我想弄清楚,这个园子里面到底在进行什么勾当。其实,让我这么做的,不是我的直接上司,而是来自最高层——内阁大臣。而内阁大臣则是直接听命于首相的。其实,关于这个植物园的废留问题,早就在公开媒体上炒得沸沸扬扬,因此连首相都开始关注此事。但是你也知道,这件事情的调查不能公开进行,所以才找到我们部门。现在你该知道,为什么这件事情和我有关了吧?这是一桩钦点的任务。可是,我们精心挑选培训的调查员去了很久都没有消息。一个星期后,我们在植物园附近的海滩上发现了他。他已经昏迷不醒,等到他醒来时,我们发现他双眼已经瞎了,全身皮肤大面积烧伤。经过医护人员的紧急抢救,他总算捡回来半条命,可是他已经神志不清了,嘴里一直念叨着深埋在他心底的恐怖回忆:'坟墓上的蜻蜓。'这是一首十分阴森恐怖的日本俳句。后来,我们了解到,在他年轻的时候,曾经玩过我们日本小孩子都会玩的一种残忍的游戏。他们把一只雌性蜻蜓用细绳拴着,以此作为诱饵,吸引雄性蜻蜓。过不了多久,大量雄性蜻蜓飞来,他们把身体贴在雌性蜻蜓身上,希望获得交尾的权利。这样,它们也再也无法逃脱了,都陷入绝望。俳句,是日本的一种古典短诗,由十七字音组成。我们这个这个可怜的调查员,直到死,嘴里依然念叨着:'绝望而孤独,粉红色的蜻蜓在坟墓上飞舞,飞舞!'"

詹姆斯·邦德觉得他似乎正在梦境里:这个小小的房间,四周被纸门隔开,杉木板做成的写意屏风,让人仿佛置身画中。窗外是精致的小花园,花园里流水潺潺,远方露出了晨曦的微红的颜色。屋子里的桌面上,香烟和空酒瓶的影子拉得长长的,如鬼魅一般。他眼前这个与他称兄道弟的人,却在讲述这一个似乎不着边际、让人不敢相信的故事。这个故事本来似乎应该由说书人在书场的灯光下,声情并茂地娓娓道来。然而眼前的这个讲述者,明显声音低沉,显得有气无力。这个故事好像发生在遥远的过去,但是,又确确实实就发生在当下。老虎今晚把他叫来,就是要告诉他,这是一件真真切切正在发生的事情。未必,他是拿邦德来消遣的吗?这绝不可能!为什么呢?难道田中太孤独了?又或者他已经无人可以相信?邦德强直起昏昏欲睡的脑袋,打起精神,问:"对不起,田中兄,接下来你打算怎么办呢?"

田中老虎似乎在整理思绪,他在黑色镶边的金色长方形榻榻米上端端正正地坐着,似乎比刚才坐得更加端正。他直直地看着邦德,似乎有什么心里话要说。他停顿了一下,说:"我还能怎么做?我只能向我的上级道歉,我一直在等待时机。我一直在等待最合适的时机,把这个问题一并解决,我必须得拿出一个圆满的解决方案。我没有白等,你终于来了,你就是我一直苦苦等待的人!邦德君!"说这个话的时候,老虎表情严肃,似乎并不是开玩笑。

邦德则被这突如其来的话吓了一跳,他云里雾里地不知所措,只能茫然地问道:"为什么要等我呢?"

"因为我想派你去,作为我们的解决方案!"

"我?"邦德目瞪口呆,瞠目结舌!

不过邦德很快意识到他没有听错。他忍不住打了一个哈欠。看来,今晚的故事没个尽头。老虎曾经抓了几只日本蜜蜂养在铜罩子里,这几个小家伙偏偏这会儿不合时宜地嗡嗡乱叫起来。这让邦德尤其心烦意乱,他恨不得把这些该死的蜜蜂一个个踩死。他有些没好气地说:"老虎兄,太晚了,要不我们先休息吧。明天我们再从长计议,你看好不好?当然,明天我一定会给出我的建议。我知道,这是一个棘手的难题。但是,不睡个好觉,怎么有力气来解决这个难题呢?"他一边说,一边从椅子上站了起来。

不过,田中以近乎命令的口吻说:"坐下,邦德君。如果你对你的祖国还有足够的爱国之心的话,我希望你明天就动身。今晚,你必须做出抉择!"老虎看了看手表,接着说,"你从东京中央车站,搭乘十二点二十的新干线抵达九州的福冈。这中间还有一些时间,但是你不必回酒店了。你也不能再见德科。从今往后,你只听命于我一人。"田中老虎的声音异常平静,异常柔和,"还有什么不明白的吗?"

邦德好像被电了一下,他噌地站起来,质问道:"老虎,你他妈到底在说些什么?"

田中老虎不急不慢地说:"你还记得那一天,在我的办公室,你亲口对我做出的承诺吗?你说过,你会拿出筹码,和我交换四十四号密令。你还说过,为了这份命令,你已经被授权,为我做一些事情,只要我需要你!那么,我要弄清楚,你那天所说的话,还算不算数!"

"我并没有说我被授权,我只是说,我可以以个人名义,为你做任何事情。这是我个人的行为,和我的国家及组织无关!"

"这也足够了,兄弟。那么现在,就是你兑现你的承诺的时候了。我需要在夏特兰德那里为我们的首相安排一个观众。他一再询问我关于那座死亡城堡的事情,我必须派一个人去一探究竟。但是你也知道,这件事情,异常危险,而且保密要求很高。目前,只有你我,以及首相本人知道这件事情,你明白吗?"

"行了,老虎,"邦德有些不耐烦地说,"别说那些没用的,你就说,到底要我为你做什么吧?"

老虎依然是一副不急不慢的样子。他说:"邦德君,我接下来的话也许会无意冒犯,还请你多多原谅,好吗?谁叫我们是兄弟呢?而且,这一切,都是为了我们的国家,不是吗?事实是,现在有一个比较不好的局面。那就是自从战后,我们的当政者,以及百姓,其实也包括我在内,对英国的军事和情报力量,都是比较不看好的。你们号称日不落帝国,但是现在已经完全名不副实,你们日渐衰弱,许多地方相继独立,甚至完全脱离英联邦。你们相当于是在把帝国的地位拱手相让。这些都是不争的事实。你们的情报机关近年来更是乌龙不断,你们在苏黎世湖上的表现,几乎让全世界的同行们看了一次大笑话。大家甚至有些同情你们,觉得你们不是可笑,而是可怜。这真是一种莫大的悲哀和耻辱啊。而更进一步,你们国家的政府似乎已经无力统治这个国家了,不是吗?他们无法有效地治理好国家,于是把权力让渡给工会。工会是干什么的?无非是主张人们应该付出更少的劳动,而获得更高的薪酬和福利。傻子都知道,如果一个国家奉行这样的政策,怎么能不孱弱呢?这种浮报雇用(日本工会的防止失业对策),这种逃避诚实劳动的投机政策,正在慢慢削弱并蚕食英国的道德底线。这种城市劳动的道德准则是全世界都极力推崇的,而在英国,这项基本准则却正在逐渐堕落,逐渐被抛弃。在你们的国度,我们能够看到的,仅仅是空虚迷茫的一群群的纵欲者和享乐主义者。人们在轮盘赌桌上碰着运气,人们哀号着继续讨论所谓的天气,讨论着这个国家逐渐萎靡不振的国运。你们的官员则无所事事,只知道大谈一些皇家秘闻和宫闱之事,流言蜚语漫天散布。你们的小报每天都登载着那些花边和黄色新闻,极尽煽情之能事。你们所谓的贵族的丑闻,长期占据着小报的头版位置。你们的国家已经无可救药!"

詹姆斯·邦德忍无可忍,爆发出一阵狂笑。"老虎,你的评论真是一针见血啊。你完全可以把你刚才的话写成一篇通讯,署名耄耋老人,发给《泰晤士报》,一定能够在特别专栏发表。你不觉得你离开英国太久了吗?你的这些观点,不都是带着老眼光去看待新问题吗?你最好到英国去转转,你就会知道,刚才你的评论是多么荒谬。你一定会为你刚才所说的话感到羞愧的。英国已经今非昔比,绝对没你所说的那么糟糕!"

"邦德君,刚才可是你自己说漏了嘴。你说没那么糟糕,那么到底是有多糟糕呢?这不就像一个成绩很差的学生,每次没有考好,都会自我安慰道,没那么糟糕!事实上,你做得已经很糟糕了,这时候,或许只有真正的好朋友,才会指出你的问题。那些敢说真话的人才是对你好的人,不是吗?但是,我恐怕,这个世界上,敢于说真话的朋友越来越少了,不是吗?现在,你为了你的国家,那个曾经的伟大帝国,现在面临危机的老帝国,你需要同我交易。你不远万里来到日本,无非是想得到那份对贵国无比重要的情报。这份情报关系到在贵国的领土上,会不会发生最可怕的核爆,像战时日本的广岛和长崎一样。谁都知道,这份情报对贵国有多么重要。可是,邦德君,这么久的相处,我早已把你当作兄弟。可即便如此,那也只是我们的私交。我们的国家和组织,为什么要把如此重要的情报给你呢?天底下没有免费的午餐,情报界尤其如此,否则便是对自己国家的不忠。这一点你很清楚!那么现在的问题是,如果我们把情报给你,我们能够获得什么好处呢?那么,如果你答应我的要求,你又将获得什么好处呢?邦德君,请你自己掂量一下吧!这就好比一个酗酒、无助的拳手,在不可避免地要被对手击伤的时候,你却送上一把盐,能有什么作用呢?贵国那些拿来交换的情报,不就是这把盐吗?"

邦德义愤填膺地说:"喂喂,老虎,刚才你出球了,现在该轮到我出球了吧!要我说,你们日本的军国主义未灭,你们是东亚的潜在军事侵略者,所以美国必须在此长期驻守,以此来压制你们的势力抬头。不过你们早就想摆脱美国这个束缚,虽然表面上你们对美国毕恭毕敬,简直就是一副奴仆对待主人的媚态,而其实内心呢,你们早就包藏着不满。你们早就想重振所谓的武士道精神,再度成为军事强国。我说的这些,都没错吧!穷兵黩武给日本带来过灾难性的后果,现在,你们却依然梦想着这条道路,这难道就是对国民负责的政府?你们总是用自己的标准去衡量一切,你们盲目的自大,一定会让贵国再度受到教训。另外,我不得不告诉你,英国在经历了二战之后,确实元气大伤。但是,我们的福利政策,让我们可以有足够的理由,期待更美好的明天,获得更自由、更美满的生活。当然了,过去英国的殖民地相继独立,但是他们依然还是围绕在英联邦的体系中,英国女王依旧是他们的最高元首。而除了政治之外,我们在其他方面也成就斐然。我们早就登上了珠穆朗玛峰,我们在奥运会上的表现,世人有目共睹。我们赢得了一次次诺贝尔奖,为世界人民贡献了最顶尖的科技内容。也许我们的政治家有不尽如人意的地方,但是贵国的政治家就没有这样或那样的问题吗?要知道,人非圣贤!所有的政治家,都不可能是完美的。但是,英国人民是最伟大的——虽然我们只有区区五千万人口,但是我们创造了属于英国的历史和传奇,也必将开辟英国的光明未来。"

田中老虎哈哈大笑起来:"说得好,邦德君。果然不出我所料,您那英国式的隐忍主义最后还是在我的一再挑衅下爆发了,哈哈。邦德君,我其实无意冒犯您,更无意冒犯您的国家。我说过,我曾经受到过贵国的礼遇,这让我终生难忘,那是我人生中一段最美好的回忆。但是,我必须进行这个测验。很显然,你通过了测试,你对你的国家的忠诚和情感，可以保证你有足够的勇气，承担你接下来的任务。这一点，现在看来毋庸置疑。不过说到这里，我还是想给你讲一件有趣的事情。你猜猜看，我的首相是怎么对我说的。他说：'嘿，你去考验考验这个中校，看看他到底是不是个爱国者，他到底愿不愿意用自己的一切去换取国家利益。如果他通过测试，那么好吧，这表明英国人还是值得敬佩的，我们愿意与他们分享情报。如果他表现得不尽如人意，那么你就婉言谢绝他的请求。"

邦德不耐烦地耸耸肩。显然，邦德心里还是很不舒服，老虎刚才的语言攻击实在是太伤人了。而且，事实是，邦德也意识到，老虎所言并非全虚，这让他的心里更加难受。"好吧，老虎，你这又是什么测试？是不是又是你们武士道那套把戏。叫我说，你们就是喜欢拐弯抹角，就不能痛痛快快的吗？"

"确实有点，我承认。"田中老虎承认道，脸上浮现出一丝歉意。

他说："那么，请你务必前往这个死亡城堡，将恶魔斩尽杀绝！"

第九章　日本正危难

一辆黑色丰田法宝汽车在荒芜冷落的街道上疾驰,街面上的点点露珠闪耀着晨曦的光芒,向人们预示着,今天又将是一个晴朗的好日子。

老虎穿着便装,就像是要去干农活一样。他的坐垫后面是一副睡袋,看来他是准备好过几天艰苦的日子了。他们现在正在前往一处天然浴场的路上。老虎说,那是一个风景秀丽、形制特别的浴场,很值得一去。除此之外,老虎显得谨言慎行。因为他的心里清楚,现在是时候对邦德做出一些改变了,让他更接近日本的风物,从而更像一个日本人。

说实话,老虎颠覆了邦德的所有想象。一切证据都证明,这个博士,就是死亡代理人。这一切,仅仅是因为他太疯狂吗?又或者是因为死亡能够给他带来快感?老虎不知道,也不关心。由于政策的原因,他的暗杀计划虽然经过了高层批准和授权,但是依然不能由日本人来完成。邦德的出现可谓是非常及时。首先,他是一个外国人,是英国皇家特工。因此在这方面的训练是任何人都无法比拟的,秘密行动是他的专长。除此之外,老虎的阴险之处在于,无论如何,最终被动的都不会是日本方面。第一,如果邦德最终不幸被日本警方抓获,那么各大报纸的头版可就有得炒作啦——国外情报机关卷入日本事件、国外情报机关秘密潜入日本窃取情报等等。反正杀人的和被杀的都是外国人,与日本毫无干系。最多邦德接受所谓的审判,然后被悄悄地送出日本,一切都将风平浪静。而如果暗杀失败了,很有可能邦德会被博士的人杀害。不过这也不算是一个太糟糕的结果。因为日本方面就有理由将夏特兰德逐出日本,理由嘛,简直可以列举一堆——误杀英国情报人员,致使英日关系紧张。为缓解各方紧张局势,必须将当事者遣送出国。天哪,这真是一个天衣无缝,一箭双雕的好计划。

不过对老虎的计划,邦德一开始并没有欣然接受。他强调,自己与夏特兰德并无私人恩怨,也没有民族情仇和血债,怎么能轻取他人的性命呢?况且,暗杀这种勾当,本来也不是一个优秀的皇家特工应该做的。田中老虎立即反驳道:"你觉得轻取五百人性命的恶魔与你我毫无关系吗?像这样的恶魔,人人得而诛之,难道不是吗?我想,杀我同胞者,吾必杀之而后快。邦德君,你虽不是日本人,但我们情如兄弟,还望你帮忙促成此事。"邦德故意显出很无奈的样子,不过他的心里明白,为了魔鬼四十四号密令,他必须接受这个暗杀任务。他深知,这关系到英国的国家安全,他知道老虎是一个善于交易的人。这次只要能够帮助他清除夏特兰德,那么就有足够的筹码去换取四十四号密令。即便不是因为古道心肠,为民除害,为了英国,邦德也别无选择。他不大情愿地接受了任务,但他的心里早已觉得义无反顾,必须勇往直前。

不过,邦德很快发现了一个新的问题,必须向老虎求助。邦德说,现在看起来,这个任务根本不可能完成。邦德的这副容貌,一看就知道是外国人,在人群中太扎眼了。夏特兰德不会蠢到毫无防备的,就算是普通人,在几英里之外都会注意到他。这样一来,要完成任务绝非可能。田中老虎故弄玄虚地称,这件事情他早有安排。他说,现在首要的事情,就是到那个天然的奇特浴场好好洗个澡,然后美美睡一觉。明天用过早餐之后,他就陪邦德坐火车,前往秘密基地。他打包票称,一切都会为邦德精心准备,会让他愉悦而放松。说完这些,邦德又注意到老虎脸上邪恶的笑容。

这个浴场的内部宛然就是一座精致的日本小旅馆。里面曲径通幽,鹅卵石铺就的花径,让人心旷神怡。花径的两边是低矮的松树,清雅别致,很有东方细腻的神韵和意境。在小径的尽头,是一扇抛光的木门,掩门而入,光洁明亮的地板直通门廊。几个身穿和服的日本女子面带笑容,嘻嘻地侧身而过,就像清晨的百灵鸟。确实,现在差不多是凌晨五点。她们面对着邦德和老虎深深鞠躬行礼。然后,邦德、老虎与这几个女子面对面坐下,大家一再行礼,几个女孩的脸上红扑扑的,或许是有些羞涩吧。

那几个日本女子一直在默默看着邦德和老虎,而这两位仁兄却因为那一排整洁的拖鞋而起了小小的争执。原来拖鞋的尺码太小了,他们只能穿着袜子踩在地板上。老虎赶忙鞠躬表示歉意,那几个女子就马上鞠躬回礼,如此几次后,老虎又说了一些客套的话。邦德脱掉鞋子,穿着袜子(老虎一直解释着,大家都忍不住咯咯地笑出声来),邦德有点儿尴尬,只是按照老虎说的那样,小心翼翼地跟着其中一个女子。他们走过一面闪闪发亮的镜子,镜子的尽头有一扇门,里面是一个精致的小卧室,还有一个土耳其浴盆。浴盆旁边站着一个年轻貌美的女子,几乎全身赤裸,仅胸部围着一个精致的抹胸,下身则穿了一条蕾丝边带的丁字裤。她走到邦德面前,深深鞠了一躬,说了声:"你好,请多关照。"然后就动手为邦德宽衣。猎艳无数的邦德,被这突如其来的阵仗吓了一跳,急忙拉住那个女人的手,示意她等一下。然后他用一种近乎命令的口吻对刚才那个送他进来的女人说:"麻烦你把田中先生也请进来吧。"说完之后,他似乎感觉自己是在恳求她。那个女人得到命令后把门关上,去请田中去了。不一会儿,田中先生像一个救火队员,穿着裤衩,一脸坏笑地说:"兄弟,怎么样?"

邦德一脸严肃地说:"嘿,听着,老虎兄。我承认,这是位美丽的小姐,我都被她迷倒了。我在她怀里一定能够良宵得意。不过,我还是想问问,今天的尺度是什么?到底是我把她吃掉,还是她把我吃掉呢?"

老虎耐心地说:"邦德君,根据我们的约定,你现在必须学会服从命令。此外,改掉你问东问西的毛病,懂吗?在今后很长一段日子里,我们的关系都必须基于这种朴素的准则:我是你的上级,你要服从。你看到那只土耳其浴桶了吗?是不是有点儿害怕?别怕,那下面的火不会把你煮熟的。现在,先别想太多,这位美丽的小姐会替你宽衣解带,让后将你放到桶里。你只管尽情享受,大约十分钟,我保管你香汗淋漓、神清气爽。不过,蒸煮只是这道大菜的第一步,然后你会被请出来,美丽的小姐会慢慢给你清洗全身,每一寸肌肤她都会照顾到。她还会用一个小耳勺给你掏耳朵,那会有点儿痒。不过一旦她掏完之后,你一定会觉得整个世界都变得清亮了。然后,你会被请到一个浴缸里,她会给你端来一盆黑色的硅藻泥,用这个日本特产清洗你的脸部。保管让你一下子年轻十岁。此外,你的浴缸里会加上一些染色的颜料,让你泡完之后更像黄皮肤的日本人。洗完脸,着完色后,她会帮你擦干,然后给你理发、修面。末了,你会越来越接近日本人。这可是一次神奇的改造,而不是你想象的那么简单的纵乐。邦德君,在这一切过后,就进入欢愉时光了,你可以躺在小船上,让这位女郎为你按摩。她的手法一定会让你直上云霄的,也许你会做一个甜甜的美梦,在梦里,你的骨头都是酥软的。等你醒来,她早为你准备好了鸡蛋、培根、咖啡、面包。你要轻吻你的姑娘,向她道一声早安,或者你还有精力,去做点儿更深入的事情,那我就管不着了。总之,你尽兴,我就高兴。"田中依然是那副招牌式的笑脸,他转过身来,与那个女孩耳语了几句。只见那个女子撩动着披肩的长发,悄悄地回答了老虎,显得风情万种、风姿绰约。田中又转过身来,对邦德小声说道:"姑娘说她刚满十八,名字叫作真由美,真的意思是本真,美的意思是良善,真是个好姑娘,不是吗?另外,她的编号是一号,是这里的头牌。好了,我也要去快活快活了,不过第一我不需要染色;第二我那里没有一号头牌。所以今晚,你是主角！好好享受！别再叨扰我。哦，再多说一句，这种日式洗浴我已经是老油条了，不会有什么新鲜感。你就不一样了，你是第一次，因此一定会有一番截然不同的全新体验。也许你会觉得新奇而兴奋刺激。因此，你的体验值恐怕要超过我千百倍。我跟你说过，和我在一起，你不会有痛苦，一切都将是愉悦的。请你放松心情，好好享受，珍惜这难得的春宵。晚安，亲爱的邦德君。"老虎又握住邦德的双手，语重心长地说，"我希望明天看到的，会是一个焕然一新的你，你会变成一个日本人。"说完，老虎轻轻地把门关上了。

詹姆斯·邦德把老虎的每一句话都牢牢记在心里，他明白，要完成任务，必须按照老虎的计划行事。真由美的手指在他身上不断地游走，她褪去邦德的裤子，接着脱掉了邦德的衬衫。邦德轻柔地托起真由美的俊俏恬静的脸庞，给了她花瓣般的温润绵软的朱唇一个深深的吻。

邦德惬意地躺在浴缸里，大汗淋漓，整个身体都显得十分疲惫，他只想闭着眼睛，好好享受这一刻。他倒了一小杯酒，浅浅地抿了一口，十分高兴，无比惬意。他不由得想起忧郁、阴沉、惨淡、凄凉的玛丽皇后玫瑰园。他还记起了他去拜访 M，M 对他说，这次执行的只是一个单纯的外交任务，不需要舞刀弄枪。想到这里，邦德的嘴角浮现出一丝苦笑。看来无论他走到那里，都必然伴随着枪声。

看到邦德正在沉思，真由美有些百无聊赖，她对着墙壁上的镜子，随意撩拨着自己的长发，然后修剪了一下眉脚。邦德突然说："过来吧，真由美！"

真由美笑着鞠了一躬，然后不急不慢地解下抹胸，然后来到浴桶旁边。

邦德突然想起了另一个问题,老虎说希望他变成一个全新的人,这句话该做何理解?这时候真由美已经伸手过来拉他起来了,在真由美弯腰的那一刹那,邦德分明看见那白皙丰硕的乳房。那酥胸紧紧贴着邦德的身体,让邦德陷入一种芬芳的迷醉……

当邦德跟着老虎,在东京中央车站穿梭的时候,俨然已经是一个全新的人了。在车站金碧辉煌的大厅里,没有人对他侧目,即便是偶尔有人投来目光,也大抵是因为这个"日本人"太高大、太英俊帅气了。邦德的脸和手臂都呈现出黄种人的颜色,他黑色的头发,涂上了一层薄薄的发胶,干练潇洒。真由美把他的头发修剪得很整齐,留了少许鬓发。他脸上的胡须也被修剪得干干净净,光洁的面庞充满了男性的况味。就连他的眉毛也被仔细地修剪了一遍,尽量遵照日本男性的样式。加上他穿着日本的服装,就像车站来来往往的旅客一样。他的上身穿着一件棉质的白衬衫,打着一条丝质的廉价领带,下身穿着一件半旧的黑裤子。裤子的裆有些低,因为日本人总是习惯这种低裆的宽松裤子,不喜欢西裤那样紧身束缚的感觉。他脚上的拖鞋倒是十分合脚,就是走起路来多少还有些不适应。就连那双尼龙的袜子也是刚刚合脚,这让邦德舒服了不少。那条廉价的领带让他看上去精神了很多。他的肩膀上背着一个印有"日本航空公司"字样的旅行袋,这是日本人旅行用的最普通的一种旅行袋。里面装着几件换洗衣服,有衬衫、汗衫、裤子、袜子,十色牌香烟,廉价的洗漱用品。他的裤子口袋里是一把梳子,还有一个破旧的钱包,里面有五千块现金,这是他的活动费用。此外还有一把小刀,按照日本法律,这把小刀的刀刃长度并没有超过两寸。口袋里没有手绢,只有一些卫生纸。(后来,老虎解释说:"邦德君,在西方,如果你要擤鼻涕,你会用丝质的手绢或亚麻的帕子小心翼翼地把鼻涕包起来,然后放在你的口袋里,随你一起旅行。可是,如果你身体的其他部分的排泄物,你也能这么处理吗?当然不行!所以,在日本,如果你要擤鼻涕,你要做得更加高雅,并且需要立即处理掉,这样才符合卫生的需要。")

除了身材略微高大一些之外,邦德似乎已经完全融入熙熙攘攘的人群,在拥挤嘈杂的乘客中,他是那么自然,简直就是一个普通的日本人。他的伪装全得归功于浴室的那个小房间里神奇的改造。他记得真由美看到他这个全新的"日本人",高兴得就像一只欢喜的小鸟,叽叽喳喳,欢快地给他穿起衣服。"现在,你是个日本的绅士了!"真由美最后点评道,似乎在给这次神奇的改造下达一个完成的命令。不过,在这个命令发出同时,真由美不忘在邦德脸上深深地亲上一口。这一吻之后,她不得不到门口去开门,因为老虎已经在外面等候了。邦德的衣物和个人物品已经被拿走了。

"他们会把你的东西从酒店拿到德科那里寄存,"老虎说,"今天晚些时候,德科会通知你的头儿,你的上司会知道你即将和我一起离开东京,前往魔鬼四十四号的情报收集基地。事实上,从东京出发,一天就到了,不过你在那里恐怕要待上一阵子。德科会帮你处理好东京的一切事务。他也会相信这说法的,我想这件事情,最好还是暂时不要告诉他的好。而我们部门只会知道,我将去福冈执行一个任务。他们不知道,你会陪我同往。我们先乘坐日本新干线沿着南海岸线前往爱知县,再转机飞跃伊士海湾,到达鸟羽。我们也许要在那里住宿一晚,然后走陆路,慢慢旅行。你会问,为什么不直接飞到目的地福冈去呢?我的想法是,沿途你可以目睹更多的日本的风土人情,这样你就可以潜移默化地受到影响。因为与福冈的正式训练不同,正式训练只能提高你的作战能力,但是精神气质上的东西,你必须从生活中去汲取。日本的风俗习惯、人文地理,所有这些,你必须自己去感受。这样,你才有可能少犯错误。请你现在就按照日本的生活习惯处理你的一切吧。"

一列橘色的熠熠发光的新干线列车在站台缓缓停下。老虎不管三七二十一,跌跌撞撞就要往上面挤。邦德呢,正站在那里,恭恭敬敬地让几个妇女先上车。待邦德上车后,发现早已坐在那里的老虎一脸阴沉,不明就里的邦德只能抱歉地微笑。不过即便如此,老虎还是毫不客气地把邦德批评了一通:"邦德君,你感受到了吗?今天这是第一课!不要礼让女性,这是在日本。你可以推搡她们,甚至可以把她们踩在脚下。女人在这个国度是没有地位和特权的。在这里,你只要对年长者礼貌客气点就对了,对其他人,你只管横一点,明白了吗?"

"是的,老板!"邦德略带挖苦地唱喏道,故意装作一副毕恭毕敬的样子。

"请注意,现在你是我的学员,我们关系等级有别,你不要再像从前一样跟我开玩笑,更不要开西式玩笑。要知道,我们现在在执行一项很严峻的任务,容不得半点松懈和马虎。"

"嗯,明白。不过,老虎,"邦德严肃地说,"也不用这么死板吧!

我的天！"

老虎把一只手臂举起来："还有一件事情，不要说脏话，也不要赌咒发誓，在日本语里，是没有那些语言的。在日本话里，脏话是几乎不允许使用的。除非那些完全低级龌龊的浪人。"

"但是，老天爷，老虎！没有哪个自爱的人能够受得了生活中的一切烦恼啊，受不了的时候总希望发泄发泄，语言的发泄是最文明的方式。比方说，如果你和你的上司有约，不过你迟到了。这是一次重要的任务，但是你确实迟到了，更糟糕的是，你的所有的文件都落在家里。你会不会很懊恼，眼看你就要搞砸了。这时候，你会怎么说？你肯定要说，天哪，但愿我没有把事情完全搞砸，但愿还有补救的余地，诸如此类。"

"不，"老虎说，"我会说，我犯了一个错误。我不会指责老天，也不会提出那些不切实际的所谓愿望，那些都没用！"

"你不觉得你这么说，很糟糕吗？"

"没什么糟糕的，在日本，就应该这么说。"

"那好吧，如果说是因为你的司机的原因导致你迟到，导致文件没带，你会怎么说？你不会指责他吗？"

"如果我想换一个司机，我当然可以说他是蠢货，但是这些都是致命的脏话和责骂，他也许会在他的权力范围内回击我，这对我有什么好处呢？也许他会马上下车，然后扬长而去，那么谁来给我开车呢？"

"好吧，这些就是日本最不好的词汇对吧？那么你的忌讳呢？你们的天皇，你的祖先，那些神灵？你总不希望他们被诅咒进地狱吧？这些话不是更恶劣！"

"不，那没有任何意义，因为他们不会因为你说什么就进地狱！"

"那么，还有很多脏话啊，还有色情的挑逗的话啊，不恶劣吗？"

"有啊，男性，叫作 chimbo，女性叫作 monko，这没什么，只是男女私处的较为粗鄙的解剖意义上的解释，并不是什么诅咒人的话。在日本，没有那层意思。"

"哦，我，我被震惊了。你们这么一个暴力的民族，却没有暴力的语言。我必须对此专门写篇论文。怪不得你们日本人，一次考试失败后，只能自杀；又或者你女朋友只是说了句冒犯的话，你就要砍掉她的脑袋，太可怕了！"

老虎听后哈哈大笑："不，我们会把她推到火车铁轨上或者大货车底下，哈哈！"

"喂，这趟车票是我出的钱，所以你必须尊称我一声您，"邦德对老虎的陈词滥调有些冒火，"然后拿着你的箱子坐到那边去。"

"好了好了，邦德君，"老虎耐心地说，"课程到此结束，下课了。但是你最好还是克制地使用那些不好的词汇，甚至听到它们也要避让三分，这对你有好处。一定要沉着、冷静、克制、内敛。千万不要表现出你的愤怒。笑着面对不幸，你就能笑看风起云涌。如果你的手臂不慎摔断，笑着面对！"

"老虎，你真是一个残酷的教练啊！"

老虎满意地笑了笑："邦德君，你只知其一，不知其二。现在先让我们去吃点东西吧。对了，我们可以去餐车喝一杯。你记得昨天晚上,你逼着我喝了那么多三得利,现在我的身体就像被一群小狗啃噬,难受死了。今天必须再喝点,才能控制体内的平衡,看来我有点儿酗酒了。"

"才没有小狗啃你的肉,最多不过是挠挠你的头发罢了。你嗜酒那是深入骨髓。"邦德纠正道。

"挠挠头发已经够让人受不了了。管它呢,邦德君,我就是喜欢一醉方休!"

詹姆斯·邦德小心翼翼地用着筷子,银色盘子里的章鱼片和白米饭简直难以下咽。

田中老虎说:"你必须学着习惯这个国家的特产,邦德君。寿司和生鱼片都是我们的美食,你作为日本人,怎么能觉得味同嚼蜡呢?这太不正常了。"

邦德一边吃着日本的"美食",一边看着窗外的海岸线,沿途点缀着瑰丽的风景,让邦德暂时忘却了食物的味道。这时候,列车穿过了一片闪闪发光的金色的稻田。金色的稻浪迎风摇曳,显示出这片海岸线的富足和丰饶。邦德感到列车呼啸而过,他自己则陷入沉重的思索之中。这时候,他的背后被什么人猛然地推了一下。或许是因为人口众多的原因吧,日本人不管在哪里都喜欢推推搡搡,似乎这是他们的一种习惯,好像每一个日本人都是一个伟大的摔跤运动员似的,随时准备一显身手。因为他坐在转角的位置,所以今天一直被人蹭来蹭去,他都已经习惯了。然而这一次,那个家伙实在是太鲁莽、太无礼了。他忍不住回头去看,想看看到底是怎样一个没素质的家伙。邦德远远地看见一个强壮的身影,态度蛮横地往前面走,很快就从这节车厢消失了,进入了另外一节车厢。

那个人身体强壮结实,耳朵根上还有一圈白色的环,这证明他戴着面罩。此外,邦德还注意到,他戴着一顶黑色的丑陋皮帽子。当邦德他们走回自己座位的时候,邦德突然发现,他的那个廉价塑料皮夹子不见了,那是老虎送给他的钱包。他的钱包竟然丢了,一定是那个鬼鬼祟祟的家伙。老虎也感到很震惊:"这在日本是很少见的,日本的扒手很少!"说完之后,他安慰性地说,"不过没关系,等到了鸟羽,我再给你买一个差不多的就行了。何况你的钱包里也没什么重要的东西,除了那五千日元!我们最好不要惊动列车员,因为我们现在并不希望别人注意我们。如果现在惊动列车员,无异于自我暴露,会打草惊蛇的。那样,下一站,警察就会过来,到时候就会有一堆无聊的审问,还有一堆填不完的表格和单子!这些都是例行公事,对于抓到小偷,作用不大。你想,那个人会戴上面罩和帽子,谁也认不出他来。对这个小意外,我感到很抱歉,邦德君。不过我们现在身负重任,请你把这点小小的不愉快暂时忘却吧!"

"当然,这本来也没什么!我不会耿耿于怀的!"

他们在爱知县的蒲郡市下了火车,这是一个沿海的美丽小镇,坐拥连绵起伏的山峦,宁静安详的海湾,是一个让人神往和心动的地方。老虎说:"在海湾的小岛上,还有日本最著名的庙宇。如果乘坐速度五十节的海轮,从蒲郡到鸟羽,差不多要一个小时。不过这段旅程要跨过海湾线,沿途风光旖旎,将会是一段美妙的旅程!相信这段旅程一定会让你感到兴奋的。"他们登陆后,邦德在人群中瞥见一个强壮的身影,那轮廓很像火车上推搡他的那个人。难道那就

You Only Live Twice

是火车上的那个小偷？但是现在这个人戴着一副厚厚的眼镜，而且在人群中，和他类似的强壮的男人确实很多。一时之间，邦德很难断定他就是那个小偷。邦德把刚才的怀疑暂时抛到了脑后，紧紧跟随着老虎，在狭窄的街道上踟蹰地前行着。街道的两边，是挂着布幔纸帷、旗帜店标的小店，上面还悬挂着各色灯笼，这和日本其他地方没有什么不同。不过，这里的店家都在自家门口种上了低矮的松树，这倒让邦德觉得有些别致。不过，对于这些日本特色的街道和店铺，邦德都已经习以为常了。店前的招待侍女，毕恭毕敬地向他们打着招呼，期待他们的光临，这是日本店家招揽生意的最常用方式。不过，对于这些鞠躬和笑脸，他们都没有什么兴趣。他们走了一段，最后来到了一家陈设无比精致的店里。这家店是一幢别致的小庭院，茶具素雅，杯盘碗盏晶莹剔透。饭菜也做得很好，甜甜的酥肉，还有细腻的寿司，都让疲惫的邦德大快朵颐。吃过饭后，他被带到一间精致的卧室休息。今天，他们没有那么多繁文缛节，也不必点头哈腰，只需要暂时享受着海湾的宁静和欢愉。对此，邦德感到惬意而快乐，他站在窗口，侍者递上一方手帕，他擦了手面，凝视着远方。在微微的波涛声中，邦德发现波光粼粼的海面浮光掠过一尊巨大的雕塑。那是一尊巨大的男性雕塑，上半身穿着普通的睡袍，戴着帽子，态度和蔼可亲，就好像是这片海湾的守护者。田中老虎早先已经跟邦德说过，这是山木先生，是当地赫赫有名的富商，也是这个城镇的代表人物，珍珠产业的创始人。就是他发明了在沙砾中培育贝壳，然后由贝壳产出珍珠的产业链。这一条灰色珍珠产业链，极大地刺激了当地经济，为当地的人们致富提供了重要的途径。

当地人为了纪念他,就在海湾为他建造了一尊巨大的雕塑。这位先生从前只是一个普通的渔民,生于鸟羽,却创造了如此巨大的财富产业链,这无疑算得上一个奇迹。邦德心想,这个奇迹,和他与老虎现在要执行的任务,似乎有异曲同工之妙。但是山木先生成功了,受人敬仰;而他邦德呢?他到底该何去何从?邦德坐在那里,自怨自艾起来,他没有想到,此次到日本,执行的所谓外交任务,原来不过又是一个秘密暗杀任务。而且还是一个几乎不可能完成的任务。不仅要借用伪装身份,甚至未来的生死也很茫茫,让人觉得无限地凄惶。

这时候,田中老虎进来了,他态度蛮横地命令道:"衣橱中有和服和浴袍,都是为你准备的,一会儿你就先换上洗个澡!"田中可能意识到自己的语气有些强硬,换作比较温和的口吻接着说,"你必须集中精力,全力以赴!当然,看得出来,近来你已经进步不小。作为奖赏,我准备了上等美酒,管饱管够,还特意准备了当地的招牌菜——龙虾!相信你一定会喜欢的。今天,我们一醉方休!"

邦德的精神稍稍亢奋了一些,或许是受到了田中奖赏的激励。他脱掉了衣服,换上了那件深棕色的和服。这时候,田中老虎严厉地打断了邦德的穿衣动作:"停!你应该从右边系带子。在日本,只有死人才会从左边穿和服!"邦德换上和服之后,他以标准的日本坐姿,和田中面对面跪坐在榻榻米上。他们中间,摆着一张低矮的小桌子。他不得不承认,和服真是宽大而舒适,他浅浅地鞠了一躬:"听起来,接下来一定是一个有趣的节目,不,是课程!那么,一会儿我们边喝边聊,你要给我讲讲你当年是怎么被训练成神风队队员的。不要漏掉任何一个细节，所有关于神风陆战队的事情，我都很感兴趣。"

过了一会儿，清酒送上来了。美丽的女招待跪在榻榻米上，为他们斟酒。田中老虎似乎满怀心事。他已经预定了歌舞伎来助兴。邦德将满满一杯清酒一饮而尽。田中笑着说："你这种牛饮的方式，倒是和你将来的身份十分贴切啊！"

"那么我将来是什么身份呢？"

"一个煤矿工人，来自福冈。以你的身材，这个身份最为合适。矿工一般都是大个子！不过你的手还不够粗糙，不过你可以解释说，你主要负责在地下推煤渣车。到时候，还要在你的指甲缝里填一些煤屑。不过，为了确保万无一失，你必须装作很笨的样子，这样别人才不会怀疑你为什么连铲子也不会拿。另外，你要装作又聋又哑，这样才能掩盖你听不懂也说不出日本话的事实。"说着，田中递过来一张皱皱巴巴的小卡片，上面用日文写着几行小字，"你是小田龟子，一个又聋又哑的矿工。你的信息在这张小卡片上写得清清楚楚、明明白白。遇到紧急情况，你就把这张卡片拿出来。你的无能和弱智，会让人对你产生同情和怜悯，当然也有可能产生厌恶和鄙夷。当然，人们可能会过来和你说话，然后挥挥手让你滚开。不过也有些好心人会给你投几个硬币。你要深深地鞠躬，然后欣然接受。总之，你要做的就是尽可能地卑微，要卑躬屈膝，要装可怜、懦弱，要有深深的自卑感。你要让你自己相信，你就是这么一个可怜虫！明白了吗？"

"非常感谢你的热情招待！相信这顿饭一定花费不菲吧，而且还有娱乐消费。这些钱是不是又是你自掏腰包呢?那么我想,我得到的那些硬币是不是该还回你的私密基金中呢。这些钱我不能自己花,必须上交给你吧,领导!我会努力的,一定会把我们近期的花费都赚回来!"邦德故意显露出一副可怜巴巴的样子。

"那倒不必!"老虎的脸上浮现出尴尬的笑容,显得有些木讷,"我们这次任务的支出,都是从首相的内务府直接划拨的,不用我自掏腰包!"

邦德深深地鞠了一躬:"那么我荣幸之至,能够承蒙贵国首相抬爱!"突然,邦德挺直了腰杆,对田中老虎说,"好吧,我点头哈腰已经够久了,你这个混蛋,答应我的不限量清酒呢?还有你那神风陆战队的故事呢?在特定的训练课中,我随时准备成为一个来自福冈的又聋又哑的矿工,这没关系;在公众场合,我随时准备对人们点头哈腰,卑躬屈膝,这也没什么。但是,在我们独处的时候,也需要用暗语来接头?或者我必须把头放在打桩机下面,随时等待你一声令下,刀起头落!这样你满意吗?"

田中老虎听出邦德语气中的愤懑,赶紧鞠了一躬,说:"糟了,糟了,我错了!我管你管得太凶了。这都是我的错!对我来说,培训一个学员,和让自己的朋友感到快乐,这二者应该是可以并行不悖的。过去,我过多地把你当作了我的学员,而忽略了你更是我的朋友、我的兄弟。来吧,邦德兄君,举起酒杯,让我们满饮此杯。你不喝,姑娘怎么给你斟酒呢,对不对?今晚不醉不归。现在,请你问我关于神风陆战队的事情吧,我一定知无不言,言无不尽!"

田中老虎前后挪了挪身体,似乎想要调整一下姿势,做一个长篇故事演说。他杀手般冷峻的黑眼睛现在变得有些内省,似乎充满了淡淡的悲哀与无尽的回忆。他没有抬头看邦德,自顾自地打开了话匣子。他说:"那是将近二十年前的事情了。那时候,战况对我们国家极为不利,日本的局势日益危难。一切都似乎越来越糟糕!我当时正在柏林和罗马从事情报工作。我远离了空袭和炮火,我远离了前线,也远离了我水深火热的祖国。我的内心焦急似火,我坐不住。每天晚上,我都静静地等待无线电台播送最新的战况,然而我得到的消息往往都是我的祖国一步步沦陷。美国抢占了日本一个又一个岛屿,控制了日本一个又一个机场,美国军队势如破竹。当然,当时我完全没有注意到我们国家军国主义的错误,我只是感到,我的祖国需要被拯救!日本正处于极度的危难之中,到了最危险的时刻!我必须站起来,保卫祖国!"讲到这里,田中老虎显得情绪激昂,他停顿了一下,喝了一口酒,接着说,"那个时候,我简直是食不知味,夜不能寐。对我来说,美酒变成了酸水,美女也变得冷冰冰,我的一切精神,早已回到了祖国,我的所有想法,只有一个——为国效力。我听说了有一条效忠祖国的康庄大道,神风陆战队在招募队员。神风陆战队命名为"神风"的由来也很传奇。13世纪,忽必烈率领元军远征日本,然而出师不利,但他并不是被日本人打败,而是被台风摧毁。忽必烈不重视气候对战争的影响,选择台风多发的季节进攻日本,结果使元军成为台风的受害者,导致十几万人丧生。而这次台风则被日本人认为是神风,保佑日本免遭灭顶之灾。我告诉我自己,这是一条置之死地而后生的道路——没有嘉奖,必死无疑,或许是自杀。不过,一个人的死,能够让敌人付出巨大的代价,这就是神风陆战队的根本宗旨。对我来说,这支队伍意味着个人最高的荣誉,是最伟大的英雄壮举。那时候,我已经接近40岁,我已经活够了。我觉得,如果非要派人去为国而死,我愿意代替年轻人去死,毕竟他们还年轻。其实,神风陆战队的策略很简单,就是让每一位队员都学会驾驶飞机。但是,他们所驾驶的飞机往往是有去无回的废旧飞机,其实就是相当于一颗人肉炸弹。一旦你上了战机,需要决定的就只剩下攻击目标。到底是想攻击一艘战舰,或者是直接攻击那些对你的祖国发动攻击的战机,与他们同归于尽……在敌人的舰队编组上空盘旋,找到他们的作战甲板,找到指挥中心,然后俯冲下去,启动装载的炸弹,最后把自己的飞机作为最后的武器……一般情况下,我们不会关注大桥或者水运线,因为这些地方的军事布防都非常严密,还没有靠近就会被击落。那样就毫无成效,那是我们最不愿意看到的。我们一般都是直接冲向最容易受到攻击的作战甲板,你明白吗?有去无回!"

田中老虎完全沉浸在自己的故事中。从他的表情判断,他已经回到了久违的战场。其实对于邦德而言,这种感觉并不稀奇,他也是二战的亲历者,而且是英国皇家海军的中校。对于邦德而言,他也常常会进入自己的记忆森林,沉浸其中而不能自拔。对于任何亲历过二战的军人而言,那段岁月,都是难以磨灭的永恒记忆。他举起酒杯,一饮而尽,女侍者就给他斟满清酒,然后微微鞠了一躬。邦德对田中说:"田中兄,你继续!"

"我强制向日本宪兵队递交了辞呈,然后回到日本。我多多少少利用贿赂的方法加入了神风陆战队的飞行中队训练营。你要知道,要加入这个中队是非常困难的,何况当时我的年纪已经那么大了。其实当时,全日本的青年,都希望通过这种方式效忠天皇。就在此时,我们被要求从飞机中跳出去,还被强制驾驶更难操作的飞机——樱花机。其实这是一种基本上由木头制造的小型飞机,但是在飞机的鼻翼部分,却搭载着一千磅的炸药。这种飞机其实相当于一种飞行在空中的炸弹,连引擎都没有配备。一般情况下,这种飞机都是搭载在大型轰炸机上,然后由轰炸机的腹部发射出去。飞行员只能通过一根简单的操纵杆控制飞机的方向。"

说到这里,田中老虎抬头看了看邦德。他说:"邦德君,我可以告诉你,对于神风陆战队的队员而言,能够看到自己的战机在敌人中间爆炸,那是一件最美丽、最庄严的事。这些年轻的神风队队员穿着全白的衣服,脑袋上系着古老的勇士常常戴着的那种头巾,上面印着效忠天皇和日本国旗的图样。他们无比欣喜地登上飞机,就好像他们是去参加一次初恋的约会,即将拥抱他们心爱的恋人。而其实,他们最终拥抱的不过是死亡!伴随着飞机的轰鸣声,飞机引擎的呼啸声,他们被投入到夜幕中,又或者是投射到黄昏的夕阳中,他们对着遥远的目标俯冲。这些目标或者来自间谍的情报,或者是从敌军的电台拦截获得。他们就好像飞向祖先所在的天堂,事实上,他们确实马上就能见到自己的祖先。不过,可以肯定的是,他们再也不会回来,也不可能被俘获!"

"但是,你们的神风陆战队到底完成了多少使命?当然,一定程度上,你们震慑了美国海军舰队,当然也包括英国。但是你们失去了成千上万年轻人,这么做值得吗?"

"值得吗？我要说，这一定是日本二战历史上最值得书写的壮丽篇章！你知道吗？二战历史记载，神风队破坏了两百七十六架海军战机。而事实上，这个数量是三百二十二架。这是日本的骄傲！"

"但是你至少应该庆幸，在你被派出去执行自杀袭击任务之前，日本就宣布投降了，不是吗？"

"现在回过头去想想，也许吧。邦德君，但是你要知道，那是我最珍视的一个梦想，直到今天依然如此。我常常梦想能够在朝霞中冲进熊熊战火，引爆炸弹，看着那些敌人像仓鼠一样四下逃窜，逃进避难房或防空洞。我的战机冲上了甲板，敌军舰艇剧烈摇晃，伴随着巨大的爆炸声，敌军舰艇的作战指挥系统和战斗设备被一举消灭。而这，都是我一人之功！"

"可是，我想，那个司令长官大西泷治郎中将，神风行动的发起者，最后不是自杀了吗？就在日本宣告投降之际！"

"这是很自然的。而且他是以一种最荣耀的方式自杀的。当你选择自杀的时候，你会邀请几个最好的朋友陪伴你，如果到时候你无法完成自杀，就让他们替你完成。最荣耀的自杀方式是切腹自杀，用刀从腹部左边划到右边，然后向上划到胸腔肋骨。但是即便如此，我们的中将并没有马上死亡。他凝视着自己的内脏，静静地谢罪。最终，一天之后，他才死亡，他保持着最庄严的姿势，以表达对天皇最诚挚的歉意。"老虎的手在空中比画了几下，"当然，我不希望我的话会糟蹋你的晚餐。我知道，我们日本最荣耀的习俗和传统，在你们敏感的西方人看来，好像还是很难以接受的，对吧？好了，先不说了，让我们先享用美味吧。龙虾来了，这可不是什么高贵的动物,开吃吧!"

漆器的盒子里装着米饭,酱汁里是生的鹌鹑蛋,旁边还摆着一碗海带片。然后,他们的面前,各摆上了一盘子大大的龙虾。龙虾被放在一个碟子上,鲜红剔透。龙虾的头部和尾部被雕上了精美的图案,而中间是片开的新鲜的虾肉。邦德用筷子去夹。突然,他猛地一惊,把筷子缩了回来,心里怦怦直跳。他惊奇地发现,那个龙虾正爬出那个盘子,它的触须摇摇摆摆,它的足跟跟跄跄,蹒跚地爬过了桌子。

"天哪,老虎,"邦德目瞪口呆地大叫道,"这个该死的东西竟然还活着!"

老虎嗤之以鼻,哼哼地说:"真是的,邦德君,你太让我失望了。你一次次失败,每一次考验和测试,你都表现得一团糟。我真希望在接下来的旅程中,你能有点进步。现在,开始吃吧,不要再那么娇里娇气的。这可是我们日本最名贵的一道珍馐!"

詹姆斯·邦德讽刺地鞠了一躬,针锋相对地说:"哦,是我不对!我犯了一个错误!我脑子里一直想着,作为日本最荣耀的龙虾,应该是不会同意让人活着把它吃掉的吧?活着在你们日本,那可是顶耻辱的事情。对不起,我不该想这些没有价值的事情,对吧?"邦德说完,忍不住偷偷地笑出声来。没想到,这回他巧妙地回击了老虎和他的龙虾珍馐测试,真是让邦德高兴。

"你很快就会适应日本的生活方式的!"老虎也被邦德逗乐了,亲切而优雅地说。

"说实话,只是你们对待死亡的方式,让我多少觉得有些震惊。"邦德也温和地说。他举起酒杯,让女侍倒满清酒,借着酒劲,他想鼓足勇气,尝一尝这些日本的珍馐。他吃了一口龙虾,再吃一口海带……

You Only Live Twice

第十章　忍者训练营

田中老虎和邦德在一条林荫大道驻足，只见这条大道宽阔而悠长，两边栽种的是巨大的日本柳杉，浓荫蔽日，凉爽宜人！在这条大道上，脚步匆匆的，是前来朝圣的人们。因为这条大道，通往的正是著名的、日本神道教的太阳神庙。田中老虎和邦德脖子上挂着照相机，完全就是两个观光者的样子，这伊势湾的风光，委实让人迷醉。海湾的神庙，是日本最著名的神庙之一。老虎说："好了，你现在已经慢慢上道了，至少你已经开始观察周围的景致和身边的人物了。这很好，你尤其要注意每个人特定的行为方式。你看路上的人，都在讨论着去祭拜太阳女神。那一定很有意思，去吧，你也去祈祷祈祷吧。不过千万不要让别人注意到你，能做到吗，邦德君？"

邦德沿着光秃秃的道路往前走，走过了一道宏伟的木质拱门，进入了神庙的广场。这是明治神宫的入口处，有一座很大的鸟居，据说是用桧木制成。鸟居意为进入神社之门。两位朝圣者,穿着红色的和服,带着黑色的头盔,显得很奇特。邦德在神庙前鞠躬祈祷,俨然一副朝圣者的姿态。那两个奇装异服的朝圣者就站在那里看着邦德。邦德丝毫也不在意别人的眼神,虔诚地掏出一枚硬币,向空中一抛,嘴里还念念有词。突然,他伸出双手,把硬币接住,然后另外一只手响亮地拍了上来。他把双手慢慢拿到眼前,露出一条缝,看到里面的硬币,嘴角浮现出一丝祈祷后的满足的笑容。最后,他双手合十,向神庙再次鞠躬,然后毕恭毕敬地退了出来。整个过程,他显得无懈可击,没有露出任何破绽,完全就是一个日本香客的样子。

"你做得很好,"田中老虎赞赏地说,"我观察了,没有一个香客注意到你。也就是说大家都没有刻意关注你。不过下次,你拍掌的时候要最好拍得再响亮一些。因为这意味着,你在吸引神灵和祖先的注意,希望他们来到神庙,为你增加福祉!明白了吗?这样,他们就会更加注意到你的祈祷!老实说吧,刚才你都祷告了些什么,许了什么愿望?"

"我想我恐怕什么愿望也不曾许下,老虎兄,说老实话,我刚才所有的精力都集中于如何记住整套祈祷动作了,我真怕搞错了动作的先后顺序!"邦德怯怯地说。

"女神会注意到你的祈祷的。下次她一定会保佑你更加集中精神,保佑你绝对不会忘记任何动作,也不会搞错动作的顺序,哈哈。现在,让我们回到车里去吧,我们要去参加另一场仪式。这场仪式你也可以参加。快点走吧。"

邦德显得有些好奇,跟着田中,往神庙外面走去。

在鸟居的外面,车子停在那里。那是日本神社的牌坊,很宏伟,很精致,人们都喜欢在这里合影留念。这时候,一辆大型游览巴士在牌坊前停了下来。成群结队的学生从车上鱼贯而下,导游大声呼叫着自己的队员:"这边!这边!这边!"然后她还指挥自己的司机把车倒进车位去。那些兴高采烈的女学生一律穿着深蓝色的学生制服,下面穿着黑色的高筒棉袜。男学生则打着领结,穿着帅气的日本男生制服,带着两条杠的制帽,显得英俊而潇洒。田中老虎从人群中辟开一条道路,邦德紧紧地跟在后面。当他和邦德淹没在人群中之后,老虎显得很高兴,他回过头问邦德:"你注意到什么了吗,邦德君?"

"一群漂亮女孩子!可是她们对我来说,实在是太年轻了啊!"

"错了,错了,我说的不是这个。如果是在昨天,她们一定会用手捂着嘴巴,小声说道,看,那是一个外国人!可是今天,你看,她们根本没有认出你是个外国人。你外表的变化还是小事情,关键是你现在的气质已经越来越像日本人了,这一点非常难能可贵!很显然,你在行为举止上进步了不少,你现在简直就像在自己的家乡,很从容,很自在。我很高兴看到你的进步。"说到这里,老虎露出了旭日般灿烂的笑容,"看吧,我田中的训练,也并不像你想象得那么愚蠢而无用吧。"老虎得意扬扬地继续说道。

松阪,是到古京都的必经之地,穿过连绵的群山,一座座村落从他们的眼前消失,他们要去的目的地就是老虎所说的那个仪式的发生地。只见他用命令的口吻对临时雇来的司机说了些什么,司机果断加快了车速,朝一个高地疾驰而去。在一个高大的如同饲养场的建筑前,司机停了车。这里位于当地的后街,不是很繁华,但是静谧中也透露出几分恬静,邦德还挺喜欢这个地方。不过,一下车,一股刺鼻的气味让他有些反胃,那是牲畜的粪便发出的酸臭。牧场的主人,远远地迎了上来。那是一个有着苹果般面颊和一双睿智聪慧眼睛的男人。那男子远远地朝他们打招呼。这股子热情劲儿让邦德想起了苏格兰或者蒂罗尔的牧场主。一见面,老虎就和这个人长谈了一番。然后,这个男人看着邦德,眼睛里发出闪闪的亮光。他马马虎虎地鞠了一躬,然后领着大家进去。进到里面,邦德感到非常凉爽,终于没有了太阳的炙烤。在那里,一大排石槽一字排开,肥硕的肉牛在反刍着草料。一条灰色的小狗淘气地舔着牛鼻子,肥牛偶尔回敬似的和小狗互舔。真是一派祥和的农场景象。牧场主打开了栅栏,似乎对其中一头牛说了些什么。那头牛懒洋洋地站了起来,一步三晃地从牛栏里走了出来。它那纤细瘦弱的腿似乎在微微抖动,邦德心想,这一定是一头没怎么锻炼的牛吧。只见那头牛摇摇摆摆地走到太阳底下,一脸茫然,甚至带着些许敌意地看着邦德和田中老虎。这时候,牧场主拖出了一大箱子啤酒。他豪爽地打开了一瓶,递给邦德。老虎不容分说,专横地命令道:"去,让那头牛把这瓶啤酒喝掉。你去喂给它喝!"

邦德拿着啤酒,一步步逼近那头牛,心里七上八下,战战兢兢。说实话,给牛喝啤酒,他还是第一次听说,而且还要他亲自去喂。邦德发现,那头牛抬起头,嘴巴一直在咀嚼。突然,它的两眼泛出微微的光芒,张开正在咀嚼的嘴巴,流出黏黏的口水,似乎有点儿馋。邦德把酒瓶子塞到牛嘴里,开始灌酒。这头牛好像很享受,竟然连瓶子都想吞下去。邦德吓了一跳,本能地退后了几步。不过那头牛好像并没有恶意,还伸出舌头,轻轻地舔着邦德的手。似乎在感谢邦德的啤酒。邦德这下呆呆地站在那里,一脸诧异和茫然,不知道该怎么办才好。说实话,现在的邦德已经习惯了老虎的种种鬼把戏。他决定,不能让老虎给看扁了。所以这次,他一定要尽量表现完美一点。不管这次老虎想测验什么,他都一定要沉着应对。

这回,牧主给了邦德一瓶水一样的液体。老虎说:"这是生松子酒,是一种非常烈性的白酒。现在,你含上一口,要满满的一口,然后你把酒喷到牛背上。接着,你需要做的就是给这头牛做一下按摩,让这些美酒渗透进牛的身体里面去。"

邦德猜想,老虎一定在等着看笑话——如此烈性的白酒,邦德一定会被呛到,然后会忍不住咽下去。真那样的话,邦德一定会窒息,并且无比难堪。邦德心想,一定不能出丑。他锁住喉咙,含了满满一口白酒,紧紧闭上嘴唇,屏住呼吸,这样烈性酒的酒气就不会从他的鼻腔冲击去。他用手微微擦了一下嘴唇,他的嘴唇已经被烈酒弄得有些麻,而且嘴角上也渗出了几滴白酒。那头牛精神正亢奋,迷醉地低下了头,眼睛里充满了战斗的欲望……邦德使出全身力气,把口中的白酒喷射到牛背上,然后开始给牛背做按摩。刚才还有些昏昏沉沉的牛,突然好像触电一般,接着就听话地享受邦德的按摩。这时,邦德退后了几步,没好气地说:"现在怎么办?接下来这头牛将会为我带来什么吗?"邦德语气里充满了浓浓的火药味。他觉得田中老虎是在捉弄他。

田中哈哈大笑起来,把邦德的疑问翻译给了牧主听。牧主听后也哈哈大笑起来,然后带着几分尊重地看着邦德。这个时候,田中老虎向牧主付了钱,他们又站着聊了好一会儿,似乎都很高兴。不一会儿,田中带着邦德回到车上,牧主鞠躬道别。直到现在,邦德依然不明就里,只能任由老虎支配。车子开向了一个古朴的村庄,他们被迎进了一家别致整洁的酒店,这里一尘不染,光洁明亮,简直就是一个世外桃源,甚至有几分神圣和神秘。相信,老虎已经安排好了一切,邦德只需静观其变就好。他们坐在豪华的西式椅子上,美丽的侍女给他们斟满了清酒,这格调,既有点儿像西方,但其实质,又完全是日本式的。可能是刚才感觉到受到了戏弄,邦德拿起一杯清酒,一饮而尽。又或许,刚才的白酒残留让他很不舒服,需要一口清酒,来去除白酒的味道。借着酒劲,他向田中老虎叫板道:"田中,现在你该告诉我这一切究竟是怎么回事了吧?"

田中老虎看起来很自得,也很高兴,他得意扬扬地说:"你一会儿可以吃出一切真相——世界上最嫩滑、最美味多汁的牛肉。算你有口福,毫不夸张地说,这种牛肉就是在东京最有名最昂贵的饭店,你也吃不到。这牛肉是我一个朋友的专利,刚才那个牧场就是我朋友的,那个牧主是他最得力的助手。刚才那个牧主可是一个好人,是不是?至少他对他的牛是非常好的。他每天要给他的牛喂四品脱的啤酒,然后用白酒给牛按摩。这些牛每天都可以享用到营养的燕麦粥,而不是只吃些草料。对了,忘了问你了。你喜欢吃牛肉吗?"

"不!"邦德觉得好像受到了极大的戏弄,语气中一股无名之火喷薄而出,"我很讨厌吃牛肉!"

"那真是太遗憾了!"老虎说,不过他的表情却一点儿遗憾之情都找不出来,"你知道吗?你即将吃到的是世界上最好的牛排。当然了,现在这种牛排在阿根廷还是可以找到的。不过你要知道,阿根廷和日本的距离相当遥远。在日本,要吃到如此精致的牛排,那可不是一件容易的事。不过,这顿牛排是你自己赚到的。刚才那个牧主可是对你印象颇为深刻啊。他说,你对他的牛,可谓鞠躬尽瘁,实在是很让人动容!所以没有谁能比你更当得起这份牛排了。"说完,老虎又哈哈大笑起来。

"可是这些又能证明什么呢?"邦德一脸苦恼地问,"下午又有什么光荣的任务在等着我呢?"

就在此时,牛排被端了上来。旁边是各种小碟子,装着各种蘸料和浓汁。其中有一盘鲜血酱汁,这让邦德难以接受,他断然拒绝了这味调料。但是,这个牛排确实很嫩,用餐叉就可以切断,这和邦德原来印象中的牛排还真有点儿不一样。老虎呢,早已经在贪婪地咀嚼着。

"我将带你去我们情报机构设立的一处秘密训练基地。"田中整理了一下思绪,接着说,"这处秘密训练基地建在深山老林中,挂名中央登山学校。虽然我们在这里主要进行秘密训练,用更加严酷的手段培养特工、间谍人员,但是,这里地处偏僻,社会上鲜有人知。即便周围有些民众知道这所训练营,也往往并不会作过多评论。在这里,日本最严酷的忍术是最基本的训练课程。忍术,顾名思义,就是袭击术,或者隐身术,这是一种神秘残忍的必杀技。这也是日本古代武士道中最隐秘、最奏效的神秘武技。你将看到很多进行这方面训练的人,他们至少要掌握十八种武士道武技,才能从这里毕业。他们现在正在化身为忍者,这是日本最特殊的群体。几个世纪以来,忍者专门从事情报、间谍、暗杀、破坏等秘密行动,让人闻风丧胆。你可以看到能在水上行走的水上漂,能飞檐走壁的人,他们几乎无所不能,因为他们将来最可能从事的工作就是杀手,所谓杀手,不杀掉对手,那他就必死无疑,要么被杀,要么自杀谢罪!当然,你也可以看到,他们借助一些简单的工具,比如一根空心的秸秆,就能够在水面以下潜伏达一天之久。当然,还有一些别的独门秘技,都是你闻所未闻的。不过,这些忍者并不是天生神力,也不会像传说中那样拥有超人的力量,像鬼神一样。他们的所有本领,都是通过残酷的训练得来的,可谓十年磨一剑。很多忍者为此付出了极大的代价,包括身体受到了极大摧残。不过,纵然如此,忍者的奥秘直到今天,依然是被严格保守的秘密。忍者的武技分为不同的家族和门派,各个家族和门派之间很少沟通,互相保密。武技的传承一般以家族为单位,口传心授,代代沿袭相传。因此,外界很少有人能够习得此术,甚至根本无法一窥其中奥秘所在。所以忍者就被传得神乎其神!目前日本的忍者主要分为两大门派,一是伊势忍者,一是户隐忍者。由于我们的势力强大,所以我们的训练营打破了原来忍术的门派芥蒂,高薪聘请了各派高手作为教练。怎么样,你是不是跃跃欲试呢?相信你对这所训练营一定很感兴趣,那么我们赶快去看看吧,说不定你还可以学到不少必杀技呢。你知道,我的队员,从来都不允许携带枪支或者可见的武器,他们常常都是赤手空拳,或者只携带一些秘密的武器。这是因为,在中国、朝鲜、苏联,如果情报人员被发现携带武器,那么一定会被治以重罪。但是,从我们的训练营出来的特工人员,本来就不需要枪支或者明显的刀具等兵器。他们上天入地,遁形隐身,无所不能,可以杀人于无形之中。这就是他们的高明之处。他们随身携带的常常不过是一些文件材料,一小节锁链,这些小东西很容易开脱罪名。你明白吗?"

"是的,这听上去很有道理。我们也有类似的专门培养突击队员的训练学校,他们必须赤手空拳,且直接隶属总部,专门执行重要任务。不过,据我所知,日本武技都是很难掌握的,需要经年的刻苦训练,比如说柔道和空手道。田中,你的柔道段位是不是很高?"

田中老虎一边回忆,一边剔着牙齿。"不算很高,黑带七段。我从来没有达到红带,那是八段到十一段的高段位。要达到红带,意味着你必须放弃所有其他活动,放弃日常生活。其实,习武的目的究竟何在?难道只是为了达到更高的段位吗?还是一辈子都待在东京的柔道道场里,沾沾自喜于自己的武技!当然不是,只有傻子才会满足于此!那是武痴或者武疯子干的事情,我田中老虎可不想这样。"田中老虎眨了眨眼睛,笑着说,"啊呀,如果我的生命中没有清酒和女人,那么,我还不如去死算了。另外,如果我空有一身武艺,却只知道与人比试,而不能到社会上去发挥作用。在我有生之年,我都不能实践自己的武艺,去抓个抢劫犯,或者制服一个杀人犯,又或者降服那些带枪的刺客,那该多么糟糕!而在柔道的最高境界里,现实的人生是很模糊的,他们已经进入了另一个空灵的世界,有点儿像艺术或者哲学中所讲的化境。大约只有虔诚的教徒和伟大的艺术家,比如芭蕾舞演员,才能理解这种化境。这显然不适合我!"

汽车在开阔的、尘土飞扬的道路上疾驰。邦德出于职业的本能和敏感,朝汽车的后视镜看了看。他这无意之举,竟然有所发现。他注意到,就在他们车后的不远处,一辆摩托车紧追不舍。当他们的汽车钻进小路准备进山时,那辆摩托车也跟了进来。邦德意识到这其中定然有些不正常。他把自己的观察告诉了田中老虎,并提醒田中小心为好。然而老虎耸耸肩,心不在焉地说:"邦德君,你多虑了!也许那只是一个普通的路人。又或者他本来就与我们同路。如果他是别有用心的人,我只能说,他选择了错误的时间和地点来跟踪我们!"

那座秘密训练基地采用了日本常见的飞檐斗拱建筑,和日本风光照片中的差不多。它坐落在山峦之间,那里一定是古代的咽喉要道。因为在路口对面的黑色的花岗岩屋顶上,邦德赫然发现一门古代的铁炮。这给这个地方涂抹上了一层更加神秘的色彩。

他们在基地外的护城河边停下了脚步,沿着一段木头栈道,他们小心翼翼往前走,跨过满溢的护城河,他们来到了基地的入口。田中老虎出示了通行证,那个守卫就深深地鞠了一躬,嘴里说着客套的欢迎词。那个身穿便装的守卫吹了一声口哨,从那座高耸入云端的宏伟建筑的顶端,传来阵阵钟鸣。在院落里,邦德发现这里是那么古旧,斑驳的墙壁油漆已经完全脱落,木质的回廊和柱子似乎都不足以支撑起这个宏大的建筑。慢慢地,车停了下来,大家从车上下来后,邦德感到一阵清爽的空气灌入肺中,这让他觉得心旷神

You Only Live Twice

怡。一群身穿短裤、脚穿运动鞋的年轻人从古堡里跑了出来，列队欢迎他们。他们的队伍前面，端端正正站着三位年长者，这也许就是他们的教练。老虎从车里走了下来，大家都向他鞠躬行礼。邦德觉得有些不自在，这个场面倒是有点儿像黑帮老大巡查。他跟在老虎后面，礼貌性地鞠躬回礼。田中老虎和那几位长者简单地打了个招呼，然后老虎走向其中一个中年男人。那个人应该就是这里的头儿，听见老虎似乎在训话，那个男人就一直毕恭毕敬地回答："嗨！"这是日本的下级对上级最常用的词汇，意思是好的，但是用日本话说起来，显得特别有劲，也显得特别干脆。能够表达出对上级绝对地服从。那个中年男人最后说："嗨，田中君！"然后他转过身去，面对着那些年纪不过在 25 到 35 岁之间的年轻人，下达了一个命令，那些人就列成一队。那个男人好像在叫号码，叫完之后，六个人齐刷刷出列，然后整齐划一地跑进了基地中。邦德一头雾水，不过他意识到，好戏就要上演了。

老虎向邦德解释道："这是我派出去的一个小分队，他们要稍微伪装一下，然后顺着我们的路下山埋伏。如果有人胆敢跟踪我们，他们就会带他回来，接受我们的审问。所以我刚才告诉你，如果有人在跟踪我们，他一定是选错了时间和地点，哈哈。好吧，现在让我们去参观一下这里的武技展示吧！"

老虎继续发布了一些命令，剩下的队员就两两一组分散开来。邦德紧跟着老虎，主教练把他们带到旁边的辅路上。这个过程中，老虎一直在与那个教练亲切地交谈，就好像他们是多年的好朋友一样。他们还热烈地讨论，看得出来，老虎也是一个行家里手。大约一刻钟后,城墙上响起了清脆的口哨声,这应该是他们的命令。突然,十个人从旁边的树林蹿到老虎他们的左侧。邦德被这飘忽不定的行踪震惊了,如果他们要取人性命,完全是轻而易举的。只见这些人浑身上下都穿着黑色的衣服,头上还戴着黑色的头罩,只有一双眼睛露在外面,而且也只是在面罩上开了一条细缝。这么严实的装束,谁也无法辨认出到底来袭者是谁。他们跑到护城河边,踏在一块椭圆形的轻质木板上。这块木板有点儿像滑水板或者冲浪板,但是显然太小了,而且抛光度不够,并且过于简易。更何况,护城河的河面上可没有风,也没有浪,那么小一块板子,也根本无法承载一个成年男子的体重。不过,那些黑衣人就像一道道幽灵,踏着木板在水面上划过,轻而易举地就来到了高墙下面。那是一道黑色的花岗岩城墙,在那里,他们丢掉木板,拿出了一段绳子,和一个小小的金属岩钉。邦德惊奇于他们紧身的黑色衣服里,竟然还可以藏得下这么多东西。紧接着,他们就像一只只黑色的蜘蛛,迅速地沿着墙壁攀缘。邦德心想,这就是所谓的飞檐走壁吧。

老虎转向邦德,说:"你要知道,这是夜行。过不了多久,你也会遇到这样的挑战,你必须趁着夜色爬上高墙。注意绳子末端那个铁钉,他们必须准确地把它抛到岩石之间的缝隙,作为支撑。但是,这也只是在特殊情况下使用,因为那样会发出巨大的声响,很容易被发现。所以大部分时间,他们都是徒手攀缘。"这时候,教练跟田中老虎耳语了几句,然后指了指高墙上的一个队员。老虎同意地点了点头,他对邦德说:"你注意到了最后的那个人吗?他的体能已经透支了,教练说,他很快就会掉下来。如果是实战,掉下来就没命了!"

田中老虎严肃地说。

那些攀缘的人眼看就都要到达两百英尺的高墙顶端了,仅剩下几步之遥。就在这时,最后面的那个人一脚踩空,高高扬起自己的手臂,希望能够抓住一个东西,或者保持平衡,但这一切都是徒劳。他惨叫了一声,显得很害怕,摔了下来。那个人脸朝下掉了下来,邦德注意到那个人脸上被黑头罩围着,什么也看不清,但那里面的表情一定是无比害怕的。在下坠的过程中,他被突出的树枝撞击了一下,这减缓了他下坠的速度。最后,他跌入了静静的护城河中,溅起朵朵水花。教练小声咕哝了几句,似乎在表达他的失望和不满,然后脱掉了自己的衬衣,沿着辅道一阵飞奔。然后跨过辅道的围栏,一个纵身鱼跃,跳入水中,那高度足足有一百英尺高。真是艺高人胆大,邦德简直叹为观止。这一跃真是堪称完美,教练敏捷而迅速地游向那个落水的队员,那个人身体向下,面部浸在水里,对此,邦德有一种不祥的预感。也许老虎已经看出了邦德内心的担忧,转过身对邦德说:"这是常有的事情!无论如何,他都将失去这个队员,不论是死是活,这个人都无法再待在训练营了。现在我们到里面去吧,看看攻城大战。入侵者已经翻过城墙,马上就要和守城者厮杀了,他们将使用剑道,就是用竹刀打斗。不要再难过了,这里就是这么残酷!今天的残酷是为了让他们将来不被伤害。"

邦德最后看了一眼教练,只见他正在用麻绳捆绑那个死去队员的尸体。这个尸体会在河滩上的丛林中被掩埋,一条年轻的生命就这样消逝了。邦德觉得心里很难受,他甚至希望在接下来的棒术格斗中,老虎的学生们会以失败告终,这样他的残酷训练营就没有存在的必要了。可是真的会如邦德所料想的那样吗？

在庭院中，邦德发现，那些年轻人，两两一对，激烈地打斗着。他们手持竹刀，凶狠地朝对方挥舞着，自己则躲闪着避免被攻击，这暴虐的格斗让邦德简直难以呼吸。他们挥舞着竹刀，双手握住竹刀，深呼吸一口气，用尽全身力气把棒子戳出去，似乎在戳一柄长枪。近身格斗的时候，他们就用尽一切可能的攻击手段，甚至用头去撞击对方，弄得头破血流。突然，有一个场景让邦德大感不解。一个人重重地攻击另一个人的腹股沟和阴部，但对方却纹丝不动。邦德知道，对于男人而言，最脆弱的地方无疑就是腹股沟和阴囊，这里受到打击，将会导致巨大的疼痛。很多人因为这种疼痛难以忍受，最后竟会放弃抵抗。那么为什么那个人能够一点儿反应也没有，真是太奇怪了！

邦德问老虎，这究竟是怎么一回事情。老虎的两眼放光，正津津有味地看着这场格斗，似乎没有注意到邦德的问题。邦德就立即追问了一遍，老虎有些不耐烦地让邦德好好看着，等以后再向他解释。

就在这时候，防守的一方显然已经占据了优势。场面可谓惨不忍睹：那些黑衣人有的痛苦地倒在地上呻吟；有的陷入昏迷，没了知觉；有的头破血流，捂着头大声喊叫；有的眼睛都被戳瞎了，鲜血直流；还有的捂着肚子和腿，好像肚子被捅破了，腿也被打断了……这简直就是一副变相地狱图！邦德真的很想快点结束这场打斗！

突然，一阵刺耳的哨声传来，那是教练发出的终止命令。毫无疑问，防守一方胜利了。这时候，几个医生模样的人手忙脚乱地查看伤者的伤情,然后照料他们,把他们抬离现场。那些伤势不重的人都站了起来,大家互相鞠躬,退出了场地。最后他们聚拢起来,深深地朝着田中老虎鞠躬。老虎在队伍面前趾高气扬地做了一番简短而有力的讲演,他指出了大家的精神可嘉和不足之处,俨然就是一副残酷的教练模样。随后,他侧身告诉邦德,过一会儿会有一个庆祝会,到时候邦德就可以近距离和这些忍者接触了。邦德被带到基地里喝茶休息,然后在田中老虎和教练的指引下,他参观了忍者的武器装备。这些秘密武器包括风火轮——锥形的铁轮,形状有点儿像小小的硬币,但其实却是致命的暗器。忍者握住其中一端,用力甩出,风火轮高速旋转,可直接击中敌人的要害,让敌人顷刻之间丧命。此外还有一种武器,末端是锋利的铁链,连接着一个链圈,有点儿像南美洲牛仔的套牛绳,但是这个东西的威力却不容小觑,谁要是被这个东西套中,一定会丧命。此外还有锋利无比的铁钉,长得有点儿像水生的菱角,把这种东西洒在地上,就能够减缓敌人的行进速度,刺伤敌人的足底。这对于那些赤足的敌人来说,更是致命的武器。邦德想到过二战时期,为了阻止德军的进攻,在地上洒满倒立的钉子,只不过那种钉子更大,而忍者使用的更为精细。对于这些武器,邦德简直不敢相信,他们怎么想得出这么多致人性命的花招呢。此外,还有一些武器叫人更加难以置信。如可用于水下呼吸的空心竹筒,有了这个东西,忍者可以在水下生存超过一天一夜的时间。邦德在加勒比海泅渡的时候,用过相似的装备。但是要在水下待那么久,邦德肯定做不到。此外还有各种铜制的护具,还有手套,上面布满了锋利无比的铁钩,既是一件护具,也是致命的攻击性武器。此外,还有用于飞檐走壁的铁钩;还有许多用于进攻和防御的暗器或者遁形隐身的火药。一颗小小的遁形弹药,只要往地上一投掷,忍者就能乘机逃脱。

邦德一边看,一边对这些东西发出情不自禁的赞叹声和惊讶声,他不禁想起二战时期,苏联发明的一种秘密武器,在对阵德国的过程中,发挥了重要作用。那是一种氰化气体手枪,攻击时不会留下任何痕迹,死者也不会有任何外伤。医生诊断只能显示受害者是死于心脏衰竭,谁也不会怀疑是被人谋杀,更想不到是死于一种特殊的手枪。忍者的那些武器不正有异曲同工之妙吗?

就在邦德觉得叹为观止的时候,老虎则一副得意扬扬的样子,似乎在说:"看,我们的忍术,可不一般吧!"

他们走出博物馆,回到庭院中,这个时候,伪装小分队的头儿回来报告说,他们发现了摩托车的踪迹。不过那辆车在距离城堡一英里的时候掉头回去了。他们一直往前追,但是没有发现更多踪迹,所以就回来了。

邦德觉得这个忍者训练学校实在是太厉害了。他和那些忍者告别后,就与田中又踏上了返回京都的旅程。一路上,邦德思绪万千!

"邦德君,你觉得我的训练学校如何?"田中老虎打破了沉默。

"我觉得很不错!我可以想象,他们所学习的技能都将派上大用场。不过,我想,如果他们被抓住,他们的夜行服,还有那些暗器,那么奇妙的装备,就会像枪械一样,成为他们的罪证。到那个时候,该怎么办呢?不过,说实话,他们飞檐走壁的本领确实太厉害了,而且他们爬墙的速度真的太快了。所以,我想,如果夜间擒拿小偷,这些人可比那些骑着自行车、拿着警棍的巡警们要管用多了!如果是我的话,对付这些忍者,我一定要拿一根长长的棍子作为武器,所谓一寸长一寸强,不能让他们接近我!"邦德有点儿揶揄地说。

田中老虎有些不耐烦地咂了咂嘴巴,说:"看来你还是不能理解我们忍术的真意啊。你还是坚持你们西方格斗的那一套。可是,你要知道,如果你在朝鲜,要对付那些穿着像普通农民一样的对手,你的那套光明正大的格斗方式一定会毫无用处的,而且你会死得很惨,信不信?"

邦德没有回答,只是露出了无奈的笑容。忍者的训练极其残酷,手段极其残忍。而且处处都使用阴招,这在邦德看来,确实不够正大光明,但是在死亡面前,这算得了什么。一天下来,邦德觉得筋疲力尽,他对那个训练中死去的队员感到很遗憾。他自言自语道:"至少在东柏林,这种忍术的用武之地是不大的!"

择日而亡

第十一章　浴火后重生

出乎邦德的预料,这天晚上,他们在京都最雅致清净的酒店住了下来。这是一家被称作"宫古"的酒店,在整个京都都是最有名的酒店之一,这让邦德感到说不出来的轻松。那软软的床垫,还可以享用空调的清凉,最重要的是,这里的装修风格全都是西式的,而且带着西式的盥洗间,以及坐便马桶。这些小东西在几乎日本化的邦德看来,是那么陌生,又那么熟悉。他似乎听得见自己的心底对这些西式玩意儿的呼唤。现在,他可以舒舒服服洗个澡,然后静静地暂时逃离这个喧嚣的世界了。

更让邦德喜出望外的是,老虎说,他必须去赴宴,设宴者是当地警局的头儿。邦德终于可以一个人单独待一会儿了。邦德十分珍惜这来之不易的惬意清闲时光,他为自己点了一份本尼迪克蛋,一杯杰克·丹尼,然后静静等待服务员来送餐。他实在是太怀念这些西式的点心和饮品了。酒足饭饱之后,邦德突然觉得有些无聊。他觉得这份悠闲和自己的职责颇为不符。不过这会儿他管不了那么多,他打开电视机,电视上正在播放日本最火的电视剧《七武士》,这些身怀绝技的武士们到处侦查,却一个坏蛋也没碰上。终于像堂吉诃德一样,找不到真正的对手。看着看着,邦德就进入了梦乡,这一睡就睡了十二个小时。他真的是太累了!

第二天上午,还没从酒劲中完全清醒过来的邦德,见到了已经回到酒店的老虎。他明白,自己的美好时光到头了。他的本心告诉他,该收收心,跟着老虎继续奋斗了。他顺从地表示,完全接受了老虎的下一步计划。他说:"老虎兄,我们接下来是不是应该去逛一逛京都最古老的妓院呢?"邦德这么说不是没有道理的,在那里可以体味到最原汁原味的日本文化,这对邦德的改造和训练不无益处。最关键的是,接下来,从京都到大阪的旅程,至少需要一天,他们必须穿过内海到达九州岛南部。而在这之前,又没有什么别的安排。在这段空闲时间,不去找点乐子,似乎完全不符合老虎的一贯风格。

老虎没有立即答复,而邦德只是咕哝了一句:"让我们早点去见识见识京都的老牌妓院吧。"

田中大笑道:"很遗憾,邦德先生,虽然你一贯都直觉很准,但是这回,恐怕你考虑得不够周全。你要知道,现在在日本,买春是犯法的。那么,邦德君,不如让我们说,我们去参观国家风情博物馆吧。"

"哦,风情展览,妙!"

他们终于来到了"风情博物馆",里面到处都是卑躬屈膝的笑靥和你侬我侬的甜言蜜语,红男绿女,好不热闹。其实在京都,如果真的要建一座风情博物馆的话,这家妓院完全可以担任。妓院坐落在京都的老城中心,不过现在,这里最出名的就是这套霓虹闪烁的红灯区。这是一幢宽敞古旧的大房子,古韵盎然,邦德非常喜欢。

热心的"馆长"(其实就是老鸨子),拿来了许多精美的小画册,里面是"名媛佳丽"。邦德和老虎在抛光的木地板上踱着方步,他们一个个房间看过去,希望能够找到共度良宵的伊芙。不过,首先让他们感兴趣的却是斑驳木柱子上的刀痕。邦德似乎能够在脑海里浮现出那些刀光剑影的场景。怪不得这里堪称日本的风情博物馆,老虎说:"这些痕迹就像一段段被铭刻的历史,不是吗?当年那些年少轻狂或者戎马倥偬的武士们,因为内心狂野的情欲刺激,又或者因为争风吃醋,变得暴躁易怒。他们就在这纵欲的欢场拔剑相向。想想看,还真有几分血性,哈哈。"

邦德似乎并不觉得好笑,他只是神情凝重地看着那些痕迹,心里想着妓院的古往今昔。他突然颇有感触地问:"请问这里的卧室一共有几间?"因为在邦德看来,虽然这里是妓院,可是他并没有看到供客人纵欲的卧房。而大部分的房间要么是厨房,要么是餐厅,又或者是茶室和演艺厅。

"有四间卧房。"老鸨笑着回答道。

"这可不像是在经营一家妓院?"邦德一脸狐疑地说,"你必须扩张经营,就像赌博娱乐场那样,多摆些台桌。"

"邦德君!"老虎有些尴尬地抱怨道,"你不能把你们那一套理念带到我们国家。其实,不同的国家,生活方式,包括享乐的方式,都是不一样的。在古代,这里只是一个供人休息小憩以及放松心情的地方,并不像你所想,只是一个发泄性欲的地方。在这里,最惬意的享受并不是在床笫之间,那种享受是很肤浅、很低级的。你设想一下,我们的古人,在这里可以享用精致的膳食,可以听音乐,还可以欣赏歌舞伎和能乐狂言,还能听相书。人们还会写短歌俳句,甚至一时兴起,拔剑题诗。那些看透人生哲理的人,也许会写上:'明朝太阳依旧会照常升起……'"

邦德睁大了眼睛,看着老虎,他从来没有见过老虎如此一本正经的样子,而且还是在妓院里。他觉得老虎的话过于冠冕堂皇,因此他不满地说:"哦,那个武士或许本来就是一介武夫,靠的是烧杀劫掠。他可能拔剑一扔,然后就歇斯底里地大叫:'怎么四号房间的婊子还不来伺候我?'他其实就是个充满兽欲的男人,不是吗?也许我很难理解贵国所谓的风情!不过,我可不可以打个比方。这就好比那些新成立的非洲国家,那些国家首领或者部落首领在自己屋子里挂着食人族的铁锅。这些铁锅也许原来就是食人的器具,可是他们却硬是说这些铁锅是他们的祖先用来给饥荒的儿童炖山药瘦肉粥的器皿。人们都希望忘记自己野蛮的过去,而不是真正敬畏自己的历史,并为自己的历史而感到骄傲。就像我们也许拥有摩根血统,或者内尔·格温血统,但是也许我们都羞于启齿。伟大的武士(其实也许是杀手)和妓院都是日本历史的一部分,这不必讳言。你为什么偏要遮遮掩掩,给他们加上那么多光环呢?你总不能说,你们古老的妓院高雅得如同阿文河上的斯特拉福德城堡吧。"

老虎爆发出一阵狂笑:"邦德君,你对日本的生活方式的评论也太离谱了吧。走,是时候让内陆海的微风净化一下你的大脑了。来吧,吹吹海风吧,不要再和我争执了。"

"暴龙号"是一艘十分现代化的海上游船,排水吨位高达三千吨,装修豪华,设施奢靡,能够乘坐如此豪华的游轮,还真得感谢田中老虎的安排。岸上成群结队的人们挥舞着手臂,和船上的游客道别。那阵势,似乎这艘船是横穿大西洋的探险船,而不是一日游的游览船。其实,这艘船的航程半径和一个大湖差不多,无非是做一次环湖游而已。在这艘游船上,也不全然是富足的游客,还有不少别有目的的观光者。其中,很多人身披绶带,向船外抛洒彩色的纸带,其实这些人不过是一些公司的小职员。他们的游览,不过是以肉身为载体,为自己的东家做广告。从那些绶带和纸带上就可以分明地看出他们各自所代表的商业公司、派出机构、学校、俱乐部、社会组织等等。其实日本像这样的旅行队伍非常普遍。可以说,日本人是非常热爱旅行的,经常旅行的人占日本人口的比重很大。他们喜欢欣赏沿途的风景,喜欢人在旅途的漂泊感和冒险感。他们通过旅行走亲访友,求学游艺,或者云游布施,踏寻神庙名胜。或者仅仅只是为了看看沿途的风光。日本是一个滨海的多地震国家,每次遇到大的灾难,就会有云游的僧人通过苦行的方式,为国家和人们祈福。这大约也成为日本人旅行的一个重要缩影吧。游船在一望无尽的岛屿间穿行,穿过了一道道海峡,一直往海天驶去。老虎告诉邦德,可不要轻视这些看似平静的岛屿,因为在岛屿之间,往往会有在非常湍急的漩涡。这些漩涡的原理大约就和抽水马桶差不多。这些涡流可谓是专门为自杀者量身打造的。人一旦进入漩涡,必死无疑。

他们在讨论这些恐怖的涡流的时候,正坐在豪华的头等舱餐厅里。他们正在享用"汉姆雷特",那其实是一种日本的食物,发音与英国著名的戏剧《哈姆雷特》近似。此外,他们当然还点了清酒。老虎一副悠然自得的样子,摆出了一副说教的姿态,好像很博学似的。他好像已经决定好趁此时机,彻底纠正邦德对日本文化的无知和漠视。

"邦德兄,我不知道能否向你推荐日本的短歌和俳句。要了解日本文化,你必须学会欣赏这些短歌和俳句,那是最精妙的文学,也是日本诗歌的最经典形式,蕴含着丰富的日本人文意涵。比如,你有没有听说过松尾芭蕉呢?"

"没有听说过。"出于礼貌,邦德表现出有兴趣的样子,问道,"他是谁?"

"这么跟你说吧,"老虎有些挖苦意味地说,"如果我连莎士比亚、霍默、但丁、塞万提斯、歌德这些诗人都没有听说的话,你一定会觉得我没文化。但是,你应该知道,这些人都是西方人。在日本,与他们同时代的文学巨匠也不少,其中17世纪的日本俳句诗人松尾芭蕉,在日本文坛的地位,甚至要远远高于那些西方的文学巨匠呢!"

"那么他都有些什么作品呢?"

"他是一个游吟诗人,不过他最擅长的文体就是俳句。这是一种十七音节的诗歌。"说到这里,田中老虎沉吟道:

  咬一口苦涩的萝卜,

酸楚的滋味，

恰似一阵黄叶舞秋风。

"你能不能从这首诗歌的意境中受到什么启发呢？你能抓住诗中的意向吗？"田中老虎意犹未尽地问邦德。他接着吟诵：

蝴蝶在翩翩起舞，

它的翅膀，

扇动起郁金香的芬芳。

"说实话，和莎士比亚的诗歌比起来，这首诗确实有些晦涩难懂！"邦德坦白地说。

这时候，田中老虎又开始吟诵：

在渔翁的小屋里，

与晒干的小虾为伴的，

是窸窸窣窣鸣唱的蟋蟀。

老虎满怀期待地看着邦德，希望他能够欣赏这些诗歌的内涵和美。

"我确实难以理解这些诗歌的妙处！"邦德略表歉意地说。

"你难道真的无法抓住这些诗歌幽静的特质吗？那其中有我们东方禅宗和写意的精神实质。其中处处渗透着人性与自然的和谐统一,充盈着强烈的人文关怀和智慧闪光。现在,邦德君,我已经吟诵了几个篇章了,你能不能赏个脸,也即兴写一首俳句吧。为你自己写一首吧,我相信,你一定可以轻松完成,毕竟你的教育经历可是很辉煌的。"田中老虎发难道。

邦德哈哈大笑起来:"不过,我所受的教育大部分是拉丁文和希腊文。这些文学课程涉及的不过是恺撒、米凯尔等人的英雄史诗。现在,这些知识基本上可以说是没什么用了,更别说创作诗歌了,我想大约只有在罗马或者雅典的咖啡店里点杯咖啡还勉强派得上用场。至于写诗,我看那就很难了吧。而且,当时音律学课上的三角定律,平平仄仄,我早就忘记了。不过,既然你如此盛情邀请,我当然没有拒绝的道理。那么请拿纸笔来,我来试试吧。不过如果一会儿我献丑的话,还请你多多包涵,就权当是个笑话吧。"

田中老虎把纸和笔递给邦德,邦德双手托着腮帮,冥思苦想。他写写画画,又删删改改,终于,他停下了笔,注视着自己的作品,小声对田中老虎说:"老虎兄,勉勉强强完成了。请你看看我写得怎么样?看看我有没有一点松尾芭蕉的味道,见笑了。"说着说着,邦德情不自禁地朗诵起自己的作品来:

> 生命的意义在人生中只有两次绽放
> 一次是你出生的时候,你获得生命,
> 一次是你死亡的时候,你彻悟生命。

田中老虎温柔地鼓着掌,他感到很高兴,是一种发自肺腑的欣慰。他没有想到,邦德竟然有如此好的才情。他兴高采烈地说:"邦德君,坦白说,你的诗歌比起松尾芭蕉,还是显得过于直白,深意和意境不够。不过,的确已经很不错了。我这可不是恭维你,你值得接受我最诚挚的赞美。这是我发自肺腑的话。"接着,田中老虎拿起纸和笔,在上面用日文唰唰记下邦德刚才的俳句。他微微摇了摇头,说:"邦德君,这首诗歌如果用日文来书写,有些不合音律。不过这不能怪你,这仍然是一次无比宝贵的尝试。你写得已经足够好了。"说到这里,他无比热切地看着邦德,说,"你这首诗歌的创作灵感来自哪里,是不是你对于即将执行的任务,有感而发?"

"也许吧。"邦德显得有些淡漠地说。

"告诉我,你是不是觉得压力很大,前途未卜?你的任务已经压得你喘不过气来?"田中老虎无限关切地问。

"可是现实的困难让我无法轻松啊。我必须将一切的道德准则,人的尊严和底线,通通抛到脑后,像一个完成任务的机器,不是吗?情况似乎一点儿也没有好转,我不得不接受不择手段的方式。这不就是这些天我接受的训练的全部要义吗?"

"可是,你想过没有?如果不接受我的训练,你自己的安全会受到极大威胁吗?要知道,我们也是身不由己啊!"田中老虎耐心地劝慰道。

"其实也不是特别不堪。我做过比现在更恶劣的工作!"邦德自嘲地说。

"我不得不祝贺你,你的坚韧刚毅又增加了几分。你并不像一般的西方人那样高傲,你能屈能伸,这一点很重要。大丈夫,就应该如此,逞一时意气,常常是于事无补的。"田中老虎友善而关切地问邦德,"为什么你能做到如此隐忍,且能够不顾自己的性命呢?你的力量源泉在何处?"

邦德显然不想正面回答这个问题,有些顾左右而言他地说:"老虎,我为什么会变成这样?我想,你最好还是别问了,就算我回答了你的问题,也未必是我内心的真实想法。其实有很多事情,都是解释不清楚的,连我们自己也往往十分迷惑,不是吗?好了,你们日本人最喜欢给人洗脑,把自己的观念强加于人。好了,先不说这个了,给我再来几瓶清酒吧,让我们接着喝。然后你再好好回答一下我昨天的问题——为什么那些人被击中腹股沟和阴囊,却能全身而退,甚至丝毫没有受伤的迹象?比起那些无聊的俳句诗歌来,这些东西也许对我更加有用。"

田中老虎为邦德点了酒,哈哈大笑道:"很不幸啊,你太老了,无法从中受益了。如果你14岁的时候进入我的训练营,那么今天,你也可以拥有这项神功。人生的际遇往往就是这样,相逢和别离都是无法预知的。谁也不知道茫茫人海中,下一个与你相遇的人是谁;你也无法明了,到底有多少重要的人物,曾经与你擦肩而过。在解释这个问题之前,我想问问你,你知道日本的相扑运动员吗?对,就是那些穿着裤衩摔跤的大胖子,正是他们,发明了这种绝技。因为,从某种意义上而言,掌握这项绝技,对他们的生死至关重要。因为拳脚无眼,相扑手为了避免最致命的伤害,必须想方设法保护自己最敏感、最脆弱的部位,以避免这些脆弱部位受到攻击,从而导致死亡或者残疾。另外,这里还要向你普及一个小知识,也许你之前就已经知道了。那就是男人的睾丸一开始并不在阴囊里,而是在体内。等到进入青春期以后,睾丸才会由特定的肌肉组织,释放到两腿之间的阴囊里。这样,阴囊及其器官所在的腹股沟,就成为最易受到攻击的人体环节。"

"对此,我略知一二!"邦德冷静地回答道。

"相扑手的选材一般在青春期,也就是在这个时候,他们的睾丸已经不在体内,而是在阴囊里。相扑手的选取标准很简单,要么是体重和气力过人,要么是出生在相扑世家,有深厚的家族渊源。为了让睾丸缩回到体内,他们通过经常性的按摩,孜孜不倦地进行练习,这样经年累岁之后,睾丸就能沿着腹股沟,缩回到人体之内。"

"我的上帝啊,你们这些日本人!"邦德敬佩地说,"你们对这些小玩意儿还真是了解挺多的。那么照你所说,那些相扑手真的能够把睾丸从阴囊提升到盆腔骨里,或者其他什么地方?这些只要孜孜不倦地训练和按摩就可以做到?"邦德一脸疑惑。

"是这样的!"田中老虎坚决地说。

田中沉思了一会儿继续说:"看来你的人体解剖学知识和你的诗歌鉴赏水平一样,都还比较肤浅。不过你的理解还算比较靠谱,就是那样的,只要通过训练,人体可以超越自身的极限,达到很多常人觉得不可能完成的事情。这样一来,他们在格斗之前,就能够将自己最敏感、最容易被伤害的器官缩到一个隐蔽的地方,从而避免攻击。这种做法在你们西方人看来,是不大好理解的吧?不过,也不能一直这样缩在里面,在洗澡的时候,他们会放松地把睾丸垂回阴囊中,就像正常人一样。不过,长期这样,对男性的性功能还是会有很大的损害的。你知道很多日本的艺伎嫁给了相扑手,最后都分手了,其中恐怕很重要的原因就是这个。所以啊,虽然我曾经亲眼看见相扑手的这项绝技,但我自己是绝对不愿意做这样的训练的。而对于你而言,你要学会这门绝技,也为时已晚,这实在是很遗憾,不是吗?如果你掌握了这门绝技,也许你会更有信心完成任务。因为就我的经验判断,我的特工在执行任务的过程中,最怕的就是那个部位受到伤害。尤其是他们在打斗的过程中,或者在被捕之后,如果那个地方受到攻击,很多人都是不堪忍受,甚至不惜泄密的。像睾丸这样的人体器官,你知道的,一受到残酷的摧残,就会让人痛苦不堪,很多人都会因此而松口,供认出同伴和情报!”

"这我哪能不知道!"邦德发自内心地说,"我们的一些朋友在打板球的时候都要在裆部戴上防护罩,不过说实话,我不喜欢戴,太不自由了。但是,我也不会去练习什么缩睾丸的绝技!"

"什么防护罩?"

"就是我们的板球运动员在击球和接球的时候所佩戴的一种防护设备,用来保护特殊的敏感部位,那是一种铝制的轻薄护具。"

"很抱歉,我对于你说的这项运动一无所知。我们日本人不玩板球,不过我们喜欢玩棒球。"

"看来,你们很幸运,没有被大英帝国的文化帝国主义所侵占。"邦德半开玩笑地说,然后他换了一副严肃的神情,评论道,"不过,我不得不说,板球是一项更难掌握、更讲求技巧的运动。"

"美国人可不是这么说的!"

"那是自然,要不然他们怎么向你们倾销他们的棒球设备,怎么向你们兜售他们美国的生活和休闲方式呢?"

在日暮时分,邦德和田中老虎来到了九州南部岛别府。田中老虎说,这个时候,最适合去观赏别府著名的喷泉和火山喷发形成的温泉浴场,还有数不清的溶洞!不过这有一个很恐怖的名字,叫作别府十狱。他们必须抓紧晚上的时间,好好放松一下,因为明天一大早,他们就要启程前往福冈。福冈才是他们的最终目的地。邦德听到福冈这个名词,心里一阵颤抖,因为今晚很快就会过去,明天很快就会来到。当他再次看到晨曦和朝阳时,一切美好的享受、清酒、美女、沿途的风光,都将戛然而止。剩下的只有严酷的任务和不可预知的命运!

在别府,他们去参观了那十座阴森恐怖的地狱。其实这也不是什么地狱,而是火山地带的一种特有的地貌,实则算得上一种难得一见的壮丽景致。置身其中,你能闻道空气中弥散的硫黄的恶臭。火山喷发的熔岩散布在洞内。沿着石洞往前走,简直是步步惊心,火山口的岩浆在汩汩冒泡,火红的岩浆在上下翻滚。那火山口一个比一个恐怖。火山灰将周遭的一切染成了特殊的色彩,云蒸霞蔚,蔚为大观。红色、蓝色、紫色、橘色,让人目不暇接,恍如置身于另一个世界。在暮日的余晖下,这里似乎并不像地狱,而是宛如仙境。可是当你的目光稍微偏斜一点点,又会看到那些警示性的木牌。上面赫然用英文和日文写着警示性的标语,还画着骷髅和骨头,让人不寒而栗。这些标识时时刻刻提醒游人,一定要站在安全距离之外,切不可靠近喷发的岩浆。邦德赶紧朝脚下看,生怕跨越了危险的界限。在第十个"地狱",木牌上用英文和日文写着游客的注意事项。其中注明,这个喷发口很精确,每二十分钟就会准时喷发。这时候,田中老虎、邦德和一群游客小心翼翼地向前行进,他们发现在前面不远处,岩浆的积聚更加厚实,而在那一圈岩浆中间,有一个小小的洞穴。这肯定就是那个火山口了。在那个洞穴旁边,竖立着耀眼的射灯,灯光在提醒人们注意,同时也照亮了那个洞穴。这个时候,大家都屏住了呼吸,生怕那里随时会喷发出灼热的岩浆。大家屏气凝神,静静地等待,既害怕又期待。过了五分钟,突然大家感觉到大地在微微颤抖,一阵轰隆隆的声音似乎由远而近。不,是由深深的地底慢慢传到地表。那声音就像万千怪兽在怒吼。那个洞口里发出耀眼的红色,渐渐地,那红色在翻滚,在沸腾,在爆发。突然,一条红色的火柱从洞口直冲天空。那不是火柱,是喷薄的岩浆和火山灰,呼哧呼哧落到地上,马上变成了坚硬的熔岩,灰色的灰尘和灼热的气息让人窒息。光焰万丈地喷发让人本能地退后了几步,然后闭上口鼻,希望能够快点儿恢复平静。果然,喷发结束了,只剩下灼热的空气和散发着烟雾的火山灰和熔岩。邦德这才意识到什么叫作地狱。他转身要走,这时候,他发现了一个被铁丝网密密实实地围在中间的一块独立区域,在那片区域里,竖立着好几个骷髅头,显示出那是极度危险的地方。其中,有一个被锁得严严实实的红色小盒子,好像一个开关总闸,或者是其他什么东西,总之一定是个非常重要的东西。邦德感到非常疑惑,于是问田中老虎,那到底是个什么东西?

"我也不是很清楚。不过我听人说,那是一个总控开关,可以控制火山口的喷发频率。如果这个旋钮被旋到底的话,这里的一切设备都会被摧毁,到时候就会引发大的火山爆发,那结果将是灾难性的,其爆炸当量相当于一千五百吨烈性炸药。到时候,也许整个别府都将不复存在。不过这种说法,也有可能是为了招揽游客而胡诌的,可信度恐怕不高。但是,我相信,确实可以通过人工装置去控制小型的岩浆喷发。但是现在,我们没空去讨论这个了。让我们回去吧,邦德君。今天是我们此行最后一个晚上的相聚了,"然后他急促地说,"为了给我们这次旅途画上一个圆满的句号,也为你即将执行的任务践行,我在船上就通过无线电订好了一桌南北大菜,是一次河豚宴。这可是我们日本最名贵的一种鱼。"

邦德在心里暗暗地诅咒。他的记忆中,河豚的鱼子和内脏不是有剧毒吗?这个田中老虎,今天又要耍什么花样?跟着田中老虎,邦德已经吃尽了奇奇怪怪的生物。邦德没好气地问:"这东西吃不死人吧?"

河豚,是一种常见鱼类。河豚为暖温带及热带近海底层鱼类,栖息于海洋的中、下层,有少数种类进入淡水江河中,当遇到外敌时,腹腔气囊则迅速膨胀,使整个身体呈球状浮上水面,同时皮肤上的小刺竖起,借以自卫。

田中老虎哈哈大笑,说:"这种东西确实有剧毒,你知道什么叫作拼死吃河豚吗?但是,这可是人间的美味。另外,我们还常常把它的皮晒干,然后在里面放上蜡烛,这样做成一个漂亮的小灯笼,是不是很可爱?但是,最让我难忘的,还是它的美味。很多相扑运动员都必须大量进食河豚,据说,吃了它可以补充体力,让人精力充沛、体能充盈。不过,由于它的肝脏和生殖器附近都有剧毒,所以也常常是自杀者和谋杀者的首选毒药。如果误食了这些部分,必死无疑!"

"那么田中兄,拿这种上品来招待我,你是想让我自杀呢,还是你自己想谋杀呢?"

"哎,你说哪里话呢!邦德君,不用害怕,把心放回肚子里。因为这种鱼有剧毒,但是又很畅销,所以别府餐馆的厨师都是精于此道的。他们不仅是剔除毒素的专家,也是烹调的专家,你就等着享用美味吧。我敢说,在整个日本,只有别府的河豚是最安全,也是最正宗的。"

田中老虎和邦德先回到旅馆,把随身的行李放到卧室,然后好好地在大浴盆里享受了一次洗浴。然后再到小型的泳池里去舒展舒展了一下筋骨,身上舒服极了。一路的劳顿和风尘似乎都被涤荡得干干净净。这里的泳池都是天然的温泉池,因此水温很热,而且散发着浓浓的硫黄味。不过硫黄刚好可以杀灭身上的细菌,泡完之后,邦德整个人都显得神清气爽。洗完澡之后,他们沿着向海的街道漫步,径直朝饭馆走去,一路无话。

邦德心想,为什么他现在对日本式的洗浴方式如此习惯和钟爱呢?这种洗浴方式和罗马式的洗浴很相似,都是露天的浴池,洗净身上的恶臭和污垢。所以日本人身上都显得干干净净,甚至带着有一股清新的体香。老虎曾经说过,在日本,最好的浴池才是上层人的生活必需品。而西方人,并不知道其中的妙处,所以总是有一股子甜猪肉的味道。

不过这些似乎都是无聊的问题。不一会儿,他们就来到了饭馆,那是一家别致的餐馆,似乎是专卖河豚,至少河豚是招牌菜,因为首先映入眼帘的就是一个大大的河豚形象的招牌。那河豚真是形态可掬,一点儿也不像身负剧毒。进到里面,店内的陈设雅致,和很多日本餐馆一样,一尘不染,整洁、温馨。在红色的灯笼下面,田中老虎领着邦德入座,那是他早就定好了的位置。更加让邦德喜出望外的是,里面竟然陈设着西式的椅子和餐桌,不过全神贯注大快朵颐的却都是日本人。他们入座之后,招待早已在旁边等候。邦德开玩笑地说:"今天晚上就算是死,我也要喝完五壶清酒再死。田中兄,今天酒你要管够!"这个时候,清酒上来了,五壶一扎。女招待给两位客人斟满了酒,邦德一饮而尽,女招待轻轻鼓掌,又倒上一杯,邦德抓起酒杯又是一饮而尽。他感到意犹未尽,直接拿起酒壶,咕咕地喝了起来。喝了几壶清酒之后,他感到身子有些踉踉跄跄,才满足地说:"好了,我这算酒壮尿人胆,现在,把你那个河豚端上来吧。"他说这话的时候,显得十分豪气,好像是准备赴死一般。

　　田中老虎一脸堆笑,说实话,这么多天的相处,他们早就建立了深厚的友谊。这时候,邦德仍然不依不饶地说:"要是我今晚被毒死了,我们古堡里的朋友——夏特兰德博士,一定会对你感激不尽的,哈哈!"

　　这时候,招待端上来一个巨大的白色瓷盘,那个盘子足足有一个自行车的轮毂那么大,他小心翼翼,似乎端着的是什么神圣的器物,这让邦德忍不住笑出声来。一切准备就绪后,邦德盯着那个盘子。这真像庆典专用的祭祀品,周边用大朵的花瓣做着装饰,鱼肉也被片成了巨大的花形,一片片晶莹剔透的鱼片端端正正摆在盘子的中央。鱼被片得很薄,让人垂涎欲滴。可是一想到剧毒,邦德又不得不把口水咽了回去。邦德静静地看着,他看到田中先动筷子,然后就学着他的样子,也开始动筷子,夹了一片鱼肉。他很自豪的一点就是,如果用筷子也算一种武艺的话,他现在已经达到黑带的等级了——此外,他吃那些奇特食物的能力,他现在至少是黑带段位,包括那些半生不熟的煎蛋、灌酒的牛肉,还有剧毒的河豚。难道这些就是日本文化的全部?

在邦德看来,这鱼清淡味寡,吃不出什么特别的味道。他甚至都吃不出这是鱼。不过,说实话,这鱼在盘子里看起来很精致,就像一盆艺术品。而且田中老虎好像吃得津津有味,赞不绝口。邦德只能附和着说了些称赞的话。接着,端上来一些小碟子,那是鱼的其他部分,分别被做成了各种不同的菜肴。这就是所谓的一鱼多吃。田中老虎很享受,不一会儿,他的餐盘前面只剩下一大堆鱼骨头,他的嘴巴里发出嗒嗒的咀嚼声。邦德喝了更多的清酒,希望能够稀释鱼的滋味。就在这时,招待竟然端上来生的河豚鱼鳍。

邦德有些无奈地把椅子往后面推了推,然后点上一根烟,悠闲地吸起来。他看着满嘴流油的田中老虎,问道:"我的学习就要结束了,明天我就要离开你去独自觅食了。来吧,老师,如果满分是一百分,你准备给我打多少分?"

田中老虎一脸疑惑,又略带戏弄地回答道:"哦,学生邦德听好!为师觉得你做得很不错。不过,还是有些不足,比如你总是喜欢用西方的习惯开些西式玩笑,这可要不得。不过幸运的是,我是个大度的人,对西方文化了解颇多,所以我不会怪你。我对你很有耐心,而且说老实话,这么久以来和你相处,我感到很快乐,你真的为我带来了很多美好的回忆。一百分的话,我能够给你打七十五分。"

吃完饭后,他们起身要走,一个男人从邦德身边穿了过去,那个人那么强壮,背影还有些熟悉,头戴皮帽,脸上戴着口罩,天哪,这不是那个火车上的扒手吗?不过,等邦德再定睛一看,那个身影已经闪出大门了。

邦德心想,如果去福冈的路上再碰见他,非和他好好算账。不过如果叫邦德给田中老虎的观察力打分的话,总分一百分,田中老虎的得分应该是零分!

第二部分　最美的是沿途的风景

第十二章 萨迈拉任命

早上六点,警察局长派来专车,接邦德和老虎出发。车的前排坐着两位警官,穿着笔挺的制服,非常精神。车子一路朝北风驰电掣,突然,老虎下达了一个命令。车子减速行驶,这样他和邦德可以更好地欣赏沿途的景致。突然,邦德说:"老虎兄,你注意到没有,我们被跟踪了。不管这回你怎么说,我敢说我的直觉没错。这个追踪者就是偷走了我钱包的那个盗贼。其实昨天晚上在吃鱼的饭馆,他就出现了。不过我记得你说过的话,不能轻举妄动。现在,他就在我们身后一英里处紧紧尾随。他就是那个骑着摩托车的人,我敢打赌。如果我输了,我宁愿把我的帽子吞进肚子里去。现在最好让司机把车开到一个隐蔽处躲起来,然后从后面逮住那个可恶的盗贼。我相信,那个家伙一定别有用心,绝不仅仅只是个小蟊贼。我的鼻子很灵的,这回一定不会错。老虎兄,行动吧!"

老虎嘴里咕哝着什么,似乎在怪邦德小题大做。他通过后视镜看了一眼,向司机下达了一个新的命令。司机干脆利落地回答:"是。"旁边的警官解开枪套,掏出 M-14 自动手枪准备行动。老虎则弯了弯自己强有力的手指,发出咯咯的声音,看来他也准备出手了。

他们沿着一条左拐的小路开了进去,车头扎进了一个灌木低矮、小树密布的林子。司机漂亮地把车倒了进去,在马路上根本看不到这辆车的踪迹。一切停当后,司机熄了火,默默待命。大家竖起耳朵,听路面上的动静。突然,一阵摩托车的轰鸣声远远地传来。这声音由远而近,突然又慢慢变远,直至消失。司机立即打火,将车开回公路,疾驰追赶。老虎发出一声尖锐的指示,然后告诉邦德:"我让警官们打开警笛,警告前面的摩托,让他靠边停车。如果他不听指挥,就把他挤到路边的阴沟里去。"

"嗯,这很好,我很高兴你能给这个小贼一个机会。"邦德说。虽然他嘴上这么说,显得很轻松,不过他的心里却七上八下的,有点儿忐忑。他心想:"如果我错了,如果这个人不是那个盗贼,只是一个赶时间的农民,或者小商小贩什么的,那该怎么办?"

不过现在来不及想这么多了,前面的摩托车已经可以远远地望见了。那辆摩托车扬起的灰尘让司机不由得踩了一脚刹车。这一脚刹车下去,前面的摩托车又逃窜得更远了。不过,在这条弯弯曲曲的沿海公路上,大家都跑不快。汽车的速度已经接近八十迈,没一会儿,就赶上了摩托车。不过那个人还是负隅顽抗,他紧紧拧动着油门把手,拼命逃窜。警车则警笛长鸣,紧追不舍。

突然,那个摩托车手说了些什么。老虎翻译道:"那个家伙可能意识到逃脱不了,但还是嘴硬。他说他的摩托是本田 500 系列,本来可以轻松地甩掉我们。不过在日本,就连恶棍也知道服从警笛,所以他愿意停下来配合检查。"

警笛依旧呜呜地鸣响着,声音震裂云霄。那个带着白色面罩的男人朝后面看了一眼,意识到逃无可逃了。他慢慢地踩下刹车。他的右手则似乎在夹克兜里摸索着。邦德的右手紧紧握住汽车门把,警告说:"老虎兄,小心,那个家伙有枪。"就在靠边停车的一刹那,邦德蹿出车门,一把把那个家伙连人带车推倒。坐在副驾驶座上的警官也鱼跃上前,紧紧抱住那个人。只见两个粗壮的身体在地上翻滚,跌进了路边的沟渠。不一会儿,警官站了起来,手里握着一把血淋淋的刀子。他把刀子往旁边的地上一扔,然后在那个男人的身上擦着手上的血迹。他朝上边看了看,摇了摇头,示意对方没有携带枪支。老虎大声喊叫着,这个警察就开始抽那个家伙耳光,噼里啪啦打了几巴掌后,那个男人的面罩被打落下来。邦德意识到,那个人嘴咧开着,似乎已经死去。他赶紧说:"老虎,让警官停下来吧,我看那个家伙已经死了。"

老虎走下沟渠,捡起了那把小刀,弯下身子,把死者的衣服划开。在他划开死者右手手臂的袖子时,他大吃一惊,赶紧叫邦德过来看。他指着地上那个人的手臂,还有肩窝的位置,那里有一个蓝色的文身。老虎低声说:"你来看,这个文身可不简单。这是黑龙会的标志。"田中老虎一边说,一边怒不可遏地朝那个文身扎了一刀,嘴里骂骂咧咧的,"这些狗东西!"

两位警官呆呆地站在那里，显得毕恭毕敬，大家面面相觑，不知道该说些什么，也一时间不知道该做些什么。老虎再次向他们发出一个命令。他们才回过神来，上前搜查了死者的衣服口袋。他们从死者身上取获了一些平常的小物件，邦德的钱包也在里面。五千日元现金，一分不少，看来这个人的目的并不在钱。此外，有一件东西引起了老虎的注意，那是一本廉价的笔记本。他们把这些东西悉数交给老虎，然后把尸体从沟渠里拉出来。他们小心翼翼地把尸体塞进了汽车后备厢。然后，再把那辆摩托车掩埋在灌木丛中。大家掸去身上的灰尘，然后回到车上。谁也没有多说话，也不想多说话。

过了好一会儿，老虎若有所思地说："真是难以置信！这个人一定早就盯上了我们，我想在东京的时候我们已经陷入了他们的监视中。你看，这本日记本上，我们的一举一动，他们都有详细记录。真是可怕、可恶！这上面写得多么清楚，我们在哪里逗留、在哪里出发，甚至到过哪里、接触过什么人……有意思的是，邦德君，你连个名字都没有，他们直接简称你为外国人。如果不出所料的话，他一定将这些情况报告给他的老板了。不管怎么样，我们现在只能做最坏的打算。这样一来，情况就不太妙了，我们的行动很可能已经暴露，处境将非常危险。这真是不幸！邦德君，对不起，我必须向你道歉，请接受我诚挚的歉意。是我太掉以轻心，我早该听你的，把这个家伙抓住，说不定情况还会好一些。现在，你不可避免地会受到此事的牵连。所以，我不得不取消你的任务。这都是我的错，我太小瞧这些小角色了。我们一到福冈，我就要把此事向东京报告。不过，邦德君，你已经见识了夏特兰德博士的手段了吧？为了自保，他的能耐可真够大的。你想想看,这个人是被我们发现了,那么还有多少躲在暗处、我们没有发现的眼线呢?我想,有这种能耐的人,一定不是普通人。我猜在他的人生中,一定有在情报机构任职的经历,不仅如此,他甚至很可能曾经是一个王牌间谍。他能够辨别出我的真实身份,没有情报机构的帮助,这是断然做不到的。要知道我的身份可是国家机密。仅此一点,就可以证明,这个人委实不简单。他以我为头号敌手,而且先下手为强,以确保他的私人安全。你可以想象,这个人不仅是一个疯子,而且也一定是一个无恶不作的罪犯!邦德君,现在你该同意我的看法了吧?"

"似乎确实如此。我现在真想早点会会这个夏特兰德博士。不过,老虎兄,请你不要担心我们的任务。说实话,这点小风小浪,我还不放在眼里。而且,在我看来,这段小插曲倒是可以提醒我们,往后应该更加留意。在我前行的路上,确实需要刮一刮这样的打头风。"

经过漫长而无味的旅程,老虎和邦德来到了福冈。他们首先要拜访的,就是当地情报机关的总部。福冈情报机关的总部,负责的是九州岛南部的区域,死亡城堡恰恰就在它的管辖范围之内。总部大楼就在距离福冈大街不远的弯道上,不是很起眼,但是还算气派。房子的外墙贴的是黄色的方形小瓷砖,这明显是德国建筑的风格。后来,邦德才知道,这里原本就是二战时期德国宪兵司令部的旧址。老虎确认了这个地址,于是他领着邦德,进入了这幢大楼。经过外层的盘查后,他们来到了总部的核心区。在这里,老虎受到了极高的礼遇,大家似乎对老虎都非常恭敬。看得出来,他在日本情报机构的地位非同小可。他们被带到了负责人的办公室,这是一件杂乱狭小的办公室,似乎与头儿的身份有些不符。这里的头儿名字叫作安杜,这个安杜在邦德看来,和其他日本当局的官员没什么两样。不过,这个安杜多了几分军人气质,虽然他戴着一副眼镜,有几分斯文,但是在那副眼镜后面,邦德可以觉察到他眼神的锐利和睿智。这应该也是一个厉害的角色,邦德心想着。

田中老虎和安杜的谈话持续了很久,似乎还没有停下来的意思。邦德于是耐心地坐在椅子上抽烟。突然,安杜从文件柜里抽出了一份文件,他小心翼翼地把这份文件摊在桌子上,并用烟灰缸和手边的重物压住文件的四角。老虎则召唤邦德一起来看。邦德走近一看,才发现,这是一张放大的航拍照片。如果他没猜错的话,这照片上的地点就是死亡城堡及其周边的实景图。老虎对邦德表现出格外尊敬的样子,相信安杜也已经注意到了。老虎此举,或许是想让安杜知道,邦德是个很重要的人物。邦德心想,也许自己在老虎心中的地位,确实有所提升。又或者,因为黑龙会那个追踪者的事情,老虎一直愧疚于心,为了偿还这个人情,他处处请教邦德。

老虎指着那张桌子上的图,说:"邦德君,请你来看看这张图。这就是死亡城堡的全景图,包括它周围的环境,上面都有详细的记录。安杜先生说了,想要从陆路秘密进入死亡城堡,绝非易事。尤其是随着自杀人数的攀升,城堡各处加强了戒备,要进去就更加困难。那些自杀者得以进入,首先得买通附近的农民,由农民做向导,穿过这片沼泽地。你看,就是这里!"田中老虎指了指那张图片,"看,这是围墙。你可以清晰地辨别出围墙有一些缺口。其实,这些缺口是非常微妙的。根据我们掌握的情况，缺口的位置和数量都是随机变化的。这样一来，自杀者就可以通过缺口进入城堡。因为，即便你在已经发现的缺口处增设警力戒备，但新的缺口又会出现。安杜先生就是在这一点上疲于应付。上个星期，在一个新发现的缺口附近，警方发现了二十具尸体。为此，安杜先生可谓是绞尽脑汁，疲于奔命，可是自杀者的数量却一直在攀升。这些新出现的缺口，其实都是城堡的守卫放风给农民的，农民再将自杀者成群结队地引来。完全无法证明这到底是谁的责任。如果继续这样下去，安杜先生很可能就要引咎辞职了。"老虎故意把安杜抬到一个高高的位置上，不过这顶高帽子，无非是想换取安杜的支持。

"那是自然。说不定，安杜先生还得尝尝河豚的味道。我是说，用你们日本人觉得荣誉的方法，去尝尝河豚的毒。"

"那倒不至于！"安杜先生尴尬地笑了笑。是啊，他自己都在阻止别人自杀，自己怎么能自杀呢？

"我开玩笑的，安杜先生，别在意。让我仔细看看这张图！"

邦德仅仅看了一眼，心就揪了一下，显得无比沮丧："天哪，这简直就是固若金汤。要单枪匹马闯进去，无异于以一己之力，攻打温莎要塞。"邦德心里想的全是不可能。然而，他并没有气馁，他仔细观察了周边的地形。他发现这个城堡的一角伸入海中，而且面积很大，易于隐蔽。可是，他马上又注意到，与这片海相连的海岛都是绝壁，差不多有几百英尺高。想从中借道，似乎又是一个死胡同。这绝壁并不是自然形成的，而是人为地用巨大的石头修建而成的。看来，历代城堡的主人，早已想到了防卫的需要。

在那几百英尺的绝壁下面,就是波涛汹涌的大海,这无疑给这座死亡城堡增设了一道防线。朝海面倾斜的城堡建筑除了堡垒和射击孔外,就是高高的瞭望塔,周围的一切动静,都难逃城堡内的岗哨监视。当然了,也难逃堡垒里狙击手无情地追击。这些不规则分布的岗哨和堡垒,就像一个个龙潭虎穴,让人不禁毛骨悚然。不过邦德注意到,在那面朝海的高墙顶上,只需纵身一跃,就可以进入花园,其高度不过十几步的距离,没有什么危险。而且那下面被浓密的灌木丛和树枝掩映着,很容易藏身。在这片小树林里,有一条蜿蜒崎岖的小河,这条小河源于不远处的一个天然小湖。那片湖水就在小树林的中央,它分流出来的小河简直可以直接到达死亡城堡的脚下,这又是一层便利。很多自杀者应该就是从这个路径进入死亡城堡的。在那张航拍的图片上,死亡城堡在图片的后方,它被一道城墙拱卫着,不过这道墙相对而言就低矮得多了。它周遭还有一些小的建筑物环绕。那或许是附近的农民,又或者是早就被夏特兰德收买的守卫。翻过这道墙,就能够进入死亡城堡了!城堡是日本传统式样的五重叠檐建筑,是一幢巨大的古建筑,巍峨气派。在这幢建筑中,还有许多纷繁的装饰,亭台楼阁、小桥流水,若不是被一个恶魔控制,这里一定是一个人间天堂。这整座城堡,被涂成了庄严的黑色,其边缘则是金碧辉煌的装饰。难怪老虎说这里简直就是世外桃源和海边的宫殿。然而,这偌大而空旷的城堡,总散发着一股阴森的气息,似乎是吸血鬼德古拉居住过的一般。任何人看到这座城堡,都会生起这种可怕的想法。

不过,对于现在的邦德而言,城堡里有没有吸血鬼并不重要。

更何况,那个夏特兰德,根本就是一个比吸血鬼还要可怕的人物。必须把这个魔鬼擒住!邦德拿起一个放大镜,开始对着这座死亡城堡,一寸一寸地审视。但是他什么发现也没有,只有零零星星的几个园丁,在修剪着花枝,打扫着花径。此外,就是一些守卫分布在各个地方。在图片上,这些人物都显得那么渺小,不过邦德心想,可不能小瞧了这些人物。他们中可能就有夏特兰德请来的绝顶高手!

邦德放下放大镜,心灰意冷地说:"这不是一座普通的城堡!这完全就是一座堡垒!我该如何进入这血腥之地呢?真见鬼!"

"安杜先生说他倒有一个主意,不过他得先问问你,你会不会游泳?我从我的忍者训练营带了潜水和游泳设备,会有你合用的。他的意思是,你从海里游过去。从那道靠海的绝壁进去,应该不会被发现!"

"游泳完全没问题啊!但是我怎么样才能到达那道高墙的脚下呢?我从哪里开始游呢?"

"安杜先生说,这个问题好办。在距离那不远的地方,大约半英里,有一个小岛。这个岛是一个海人岛。如果从这里游过去,应该没问题!"

"海人岛?住着海里的人吗?"

"差不多吧!他们分布在日本的各个地方。我相信,现在日本还有不下五十个这样的海岛。他们以岛为家,群居,是一个古老的部落家族。海人岛的女孩子常常裸露着身子,到海底去采集鲍鱼和珍珠。当然,她们也捕鱼,是一群能干的女孩。要知道,她们捕捞上来的鲍鱼,那可是我们日本最名贵的珍馐。你一定注意到了一个细节，那就是我说了，她们常常光着身子劳作，是不是想入非非？确实，有的女孩非常美丽，就像美人鱼，哈哈。你要去的那个岛叫作黑岛，这个部落很封闭，不轻易与外人交往，更不与外人通婚。因此，如果有人想去观光，那是不受欢迎的。他们拥有自己的文化和习俗，是一个特殊的民族。我想你可能会把他们比作吉卜赛人。不过因为他们从来不与外族通婚，所以他们是日本最特殊，也最独立的一个民族。"

"有点意思！不过真是让人难以置信。那么，我怎么样才能上那个岛，而不被驱逐出来呢？因为，我必须在那个岛上待几天，等待一个合适的天气才能游过去！"

田中听完邦德的话，转过身去对安杜快速地说了些什么。安杜先生的回答很长，田中连连点头，脸上浮现出一丝诡异而调皮的微笑。他转过身来，笑嘻嘻地对邦德说："这个你不必担心！不过我现在倒有点儿担心你！安杜先生有一个远亲，就住在黑岛，那家人一家三口，爸爸、妈妈，还有一个女儿，是一个很有趣的三口之家。我要说的正是这个女儿，邦德君，你一定很感兴趣吧！"

邦德露出一丝羞赧，点点头。

"她叫铃木薇琪，蔷薇的薇，安琪的琪，像花一样清香，像天使一样纯情，动心了吗？我可不骗你，因为这个姑娘我早有耳闻，确实是一个大美女。因为她18岁那年，被好莱坞相中，出演了一部好莱坞与日本合作的电影，从此声名大噪。这个年轻貌美的日本姑娘在美国一炮走红，很多制片公司都希望与她签约。不过她拒绝了美方的邀请，回到了黑岛，继续做起了渔家女。"

"这倒是很难得……"邦德若有所思。

"不过,一个海岛的渔家女突然成了大明星,这件事情可是轰动一时。她甚至成为新闻人物,登上了各个报纸的头版。不过,你也知道,日本人好面子。大家无非是觉得她为国争了光,虽然她被誉为日本的葛丽泰·嘉宝,但我想或许她自己并不想时时被贴上国家这么大的标签。海人岛的女孩都是非常自由而洒脱的。安杜先生说,这家人会安排你的生活。安杜先生应该是有恩于人家,所以那家人一定会好好招待你的。安杜说,那家的屋子虽不大,但雅致干净。因为他家姑娘在好莱坞赚了些钱,把家里布置得很舒适。这个海岛上的其他房子,就是普通的渔民的窝棚。"老虎说。

"我想,别的村民会不会对我这个外来者有敌意呢?"

"不会的,这个岛上的居民都以神主为最高权威,他们信奉神道教,宗教教义就是他们的行动准则。安杜会向神主交代好一切的,你只需放心地待在那里就好。一切都会顺利的!你要做的就是好好照顾自己,等待合适的时机采取行动!"

"好吧,那么我就先去这个小岛上住下来,然后趁着某个月黑风高的晚上,泅渡到对面的高墙那里去。可是那么高的墙,我怎么爬过去呢?"

"你将会借助忍者的攀爬设备,我已经给你准备好了,就在这里。怎样使用你已经见识过了,其实非常简单,你一定可以做到。"

"是的,我是见识过了,我亲眼看到你们一个队员从高墙上跌落到护城河里摔死了。好吧,但愿我不会那么倒霉。那么之后呢,我该怎么办?"

"你就找个地方先躲起来,然后等待时机,杀了他。具体怎么做,那就看你的了。不过我要提醒你,他全副武装,身披盔甲,不容易下手。不过,反过来说,一个要躲在盔甲后面的人,一定也是不堪一击的。到时候,你只需要把他摔倒,然后从你的手腕上解下忍者训练营的锁链,把他勒死就好了,很简单。而且,他穿着厚厚的盔甲,行动一定很笨重,到时候你有的是时间处置他。如果他的妻子和他在一起,你就把她也一并勒死,他们都是一丘之貉,都是十恶不赦的恶魔,死有余辜。她参与了夏特兰德博士的一切罪恶勾当,她那么丑恶,简直就不配活在世界上。我最讨厌这样恶毒阴险、无恶不作的婆娘。做完这一切之后,你就从高墙逃跑,游回黑岛。到时候,警察会第一时间到黑岛巡逻,然后把你接回来。安杜会亲率人马,直捣夏特兰德的老巢,把那些黑龙会的余孽一网打尽。随后,他们死亡的消息就会被发布。一切都在我们的计划之中!"

"一切都在计划之中?听你这么说起来,倒确实很简单。但是那些守卫呢?他们难道只是摆设?而且那个地方到处都是毒物,到处都是陷阱,那么容易进去?"

"当然了,你要学会避开那些有毒的植物,还有毒蛇和食人鱼。当然,还要避开火山口。但是,你也应该看到,这座园子里,到处都是你的藏身之所。"

"哦,谢谢你的提醒,那些浓荫之下,确实很好藏身。可是你想过没有,一不小心,上面的毒液就会溅到我身上,到时候你再见到我的时候,恐怕不是瞎子,就是疯子了。"

"忍者服能够给予你足够的保护。白天,你需要一套伪装服,晚上你需要一套黑色的夜行服,有了这两套衣服,你的胜算又增加了一层!在泅渡的时候,你要戴上护目镜保护你的眼睛。所有这些设备你都必须装进一个塑料袋里,所有这些我都已经为你准备好了。你就大胆地去干吧。"

"我亲爱的老虎先生,不得不说,你确实想得够周到的。但是我想,我至少得有一把小手枪吧?"

"邦德君,你的想法实在是太疯狂了。你要知道,你的行动,必须保持绝对地安静。手枪的声音多大,那会破坏你的行动计划。而且,当你泅渡时,带着手枪,太重了,根本就无法游动。你要知道,你的对手身负盔甲,你的子弹可是打不穿的。所以你带着这么个没用的东西做什么?我亲爱的朋友,使用忍术就足够了。这是唯一的办法!"

"哦,好吧,既然你这么说,我还能说些什么呢?"邦德有些屈服地说,"那么现在,让我看看这对丑恶家伙的照片吧。你们的安杜先生有没有得到照片?"

那是一张用远焦镜头拍摄的远距离照片。照片上那个人身材高大,身穿盔甲,那是中世纪武士的盔甲,显得很厚重,头上戴着头盔,那是古老的日本武士所佩戴的那种式样的头盔。邦德仔仔细细地看着那张照片,注意到那个人最薄弱的环节是脖子和膝盖。这个人的腹股沟被一块巨大的铁片包裹得严严实实,看来他一定没有练过收缩睾丸的秘技。他的腰上悬挂着一柄宽口的日本武士剑,但是从照片上看,他没有佩带任何其他武器。

邦德深思熟虑地说:"这个家伙看起来并不像一个蠢笨的家伙。

或许是由于他身上的那套装备,让他看起来伟岸了不少。把那身上的装备脱掉,还不知道这究竟是个什么样的人物呢。请问,你们有他的脸部照片特写吗?也许他的脸能够表现出他就是不折不扣的疯子,而不是现在这么全副武装的样子!"

安杜从一大沓文件的底部翻了翻,终于在文件柜里找到了一张照片。这张照片非常清楚,是一张半身照片,大约是从夏特兰德博士的护照上翻拍后放大而成的。安杜把照片递给了邦德。

邦德小心翼翼地接过那张照片。突然间,他的身体剧烈地抖动,然后僵直地坐在那里,一言不发!他自言自语道,天哪,天哪,上帝保佑,上帝保佑……是的,毫无疑问,千真万确……那个人现在留着黑色的胡子,他的鼻子进行了修补,前面的门牙也重新安上了,是两颗金光闪闪的牙。这张面孔虽然比以前要稍微好看些,但依旧是一副恶魔的面容。邦德捶胸顿足,这个人就是化成灰,他也认得。

毫无疑问,邦德仰头望天,但是他还不敢最终确认,他急切地问道:"请问有没有那个女人的照片?"

看见邦德铁青的脸孔,安杜和老虎都吓了一跳,他们对视了一眼,面面相觑,不知道邦德到底是怎么了。不过直觉告诉他们,一定有什么事情。安杜认真地在一大堆文件中翻检,希望能够找到邦德所要的那张照片。终于他找到了!

是的,就是她,这个婊子——丑陋的面孔,肥大臃肿的身体,恶魔般的气息,眼睛死鱼般木讷,就是这个女魔头,就是她!

邦德捧着照片,简直不敢去看,只是陷入无尽的思索。恩内斯特·斯塔文罗·布洛菲尔德、艾玛·本特,原来他们改头换面,在这里躲藏。真是命运作弄,天意弄人,造化弄人,没想到在这里,在这异国他乡,他们又狭路相逢。天下之大,只有他们是不可饶恕的,无论是到天涯海角,邦德都要报仇雪恨。日本如此之大,邦德搭着计程车,从海角到了这里。那一对恶魔,能够嗅到仇家的味道吗?那个该死的扒手有没有把他的信息传递回去呢?应该还没有!田中老虎的势力和手下保护了他。他现在应该还没有暴露。深仇大恨,一路的奔波,残酷的训练,所有这些,为的都是今天。那一对恶魔知道自己大难临头,死期将至了吗?他们知道自己的仇敌已经在路上了吗?是命运安排了这次任务!邦德的眼神从照片上挪开,往上面看了看,他冷静地控制着自己的身体和情绪,他不能这个时候爆发。因为现在,这一切变成了他个人的恩怨。这一切和田中老虎、和日本毫无关系,与魔鬼四十四号密令也毫无关系。这是旷古的恩怨情仇。邦德强压下心头的怒火,平静地问:"老虎先生,请问安杜在那个黑龙会的间谍身上,有没有什么新的发现?我现在很好奇,他有没有把我们的行踪和我的任务提前泄露给夏特兰德。不过现在,这一切都不重要了,他死路一条,他的主子,也必然命不久矣。"

突然之间,这个屋子里一片死寂,大家一言不发。这时候,老虎看了看邦德的脸色,显得很有兴趣,他向安杜使了个眼色,提醒他注意邦德的表现。这个时候,安杜拿起电话,拨通了电话,他叽里呱啦说了一通话,然后平静地挂上了电话。这个时候,他跟老虎简单交流了几句,老虎转告邦德:"据安杜的人报告,被抓的人不过是个地痞流氓,有犯罪前科,是夏特兰德手下的小喽啰。根据电话局的通话记录显示,此人在被抓之前,并没有向夏特兰德所在的地区打电话,也没有和东京地区通过电话。因此,可以基本判定,我们的任务,还有你的身份并没有暴露。在他的日记本上,我们发现了他的任务。上面显示他不过是负责跟踪我们,然后把我们的踪迹告诉给他的主人。没有什么更深入的刺探工作。所以我们应该可以放心。"

说完这些,田中老虎本来以为邦德会表现得轻松一点,可是他惊奇地发现,邦德的脸上仍然是一副冷若冰霜的严酷,他死死盯着照片上的人,咬牙切齿。田中似乎读出了邦德的情绪,他试探地问:"邦德君,你认识这些人?"

詹姆斯·邦德大笑起来,这笑声如此之大,简直有些刺耳。即便是邦德自己,也觉得这笑声有些突兀,有些急促刺耳。不过,他很快恢复了思绪,他理智地想了想,现在绝对不能揭露夏特兰德的真正身份。因为一旦揭露,这桩案子就会被日本政府接管,到时候,日本的情报部门,还有美国的中央情报局就会联合行动。他们会以迅雷不及掩耳之势空降福冈,然后荷枪实弹地去进攻古堡。到时候,布洛菲尔德和本特这两个恶魔都会被逮捕。这样,邦德就无法亲自报仇雪恨了。到时候,一切就都完了。想到这里,邦德又咬牙切齿地哼哼起来。他心里知道,那是不共戴天之仇!

不过虽然邦德的心里确实有万千的惆怅和数不尽的仇恨,但是,他还是故作镇定地说:"上帝啊,不,我怎么会认识这些恶魔。不过,我略通心理学和面相学,当我看到这两个人的面孔时,我就感觉到似乎与这两个人有不共戴天之仇,就好像他们在我家的祖坟践踏过一样。我有一种感觉,不论我成功与否,这个任务的结果都已经注定,不是我死,就是他亡。这不是儿戏,而是一场你死我活的较量。不过现在,我还有一些问题,要劳烦你和安杜先生解答。这些问题非常重要,是一些事情的细节,在我行动之前,我必须弄清楚这些细节。还请你和安杜先生多多包涵。"

听到邦德这么说,老虎显得放松多了。刚才邦德铁青的脸色说实话真是让他吓了一跳,这么久以来,他所认识的邦德,是一个幽默的人,他是那么喜欢邦德,因为邦德是能够给人带来微笑和欢乐。这一路的旅程,让他们建立了兄弟一般的情谊。他露出灿烂的笑容,对邦德说:"当然了兄弟,有什么问题,你尽管问。如果你还有什么担忧,或者困扰,也请你告诉我。我一定会竭尽所能,提前为你安排好一切。最后请你原谅,在这离别之际,我很想吟诵一首俳句诗歌:狗没有跳蚤就不是狗了,如果没有跳蚤,他会忘了自己还是狗。也就是说,一些小的困难和困扰,对于干我们这行的人来说,并不是什么可怕的事情。如果我们可以高枕无忧,那么国家恐怕也就不再需要我们这个行当的人了,你说呢,邦德君?"

"这个松尾芭蕉,真是很伟大!"邦德说。

择日而亡

第十三章　安琪与蔷薇

邦德沉浸在巨大的仇恨中不能自拔。这天上午,他像一个机器似的机械地与周边的人偶尔沟通一两句,就像灵魂迷失了。他目光呆滞地试穿了他的忍者装备,每一个细节他都仔细检查,以防万一。然后,他把这些东西小心翼翼地放进一个可以浮在水面上的塑料箱子里。在完成这些工作的时候,他的脑海里一片空白,只有一个影子在不断地闪现——布洛菲尔德,他不共戴天的仇人。真没想到,在日本,他们又狭路相逢!就是他成立了臭名昭著的鬼怪幽灵组织——魔鬼党,而他则是这个组织的头目。这是一个特殊的秘密恐怖组织,他们从事反情报秘密行动,煽动恐怖主义并发动恐怖袭击,绑架、敲诈、勒索、杀人,无恶不作。他们还负责替其他犯罪集团进行复仇暗杀,这个组织什么卑鄙龌龊的事情都做得出来。这个恶魔头目几乎是国际刑警组织所有成员国共同的通缉犯,只可惜他一直逍遥法外。突然,邦德的脑子嗡的一声,杀人!他们就是刽子手,在九个月前,杀害了邦德新婚宴尔的妻子。此仇不报,邦德的人生都是昏暗的。他必须手刃恶魔,斩草除根,邦德暗暗发誓。

让邦德做梦都没有想到的是,这个恶魔在这九个月里,从没停止过杀戮。不过据田中先生所说,这个家伙又发明了新的杀戮方式——让一群群人集体自杀,真是丧尽天良。这个世界,只要肯出钱,恶魔竟然也能堂而皇之披上专家的外套。布洛菲尔德办到了——他通过贿赂专家,给知名植物园捐赠珍稀植物的方式,得到这些知名植物园和专家的举荐,成为荣誉科学家。然后再各方使钱,比如赞助植物学科考探险队。最后竟然摇身一变,成为富有的瑞士植物学家。不过布洛菲尔德最擅长的就是伪装和掩饰,他有无数个伪装身份。不过这次的名头,可谓绞尽脑汁,搜肠刮肚。如此用心地伪装,一定是为了掩盖更大、更不可告人的罪恶。而现在,他的脑海里,可能已经在计划为自己找一个退休后的安乐之地,可以种点花花草草。这就是他修建的那座花园。可是这到底是一座怎样的花园呢?这就是一个杀人的魔窟,阴森的坟场,是一个收集亡灵的魔鬼瓶——不过,这些亡灵都被安上了自杀者的标签。这样一来,那些他们想谋杀的人,都可以在这里被处死,然后轻描淡写地归咎于自杀。这真是天衣无缝的周密计划啊!那么全世界,又有什么地方能够给他提供天然的庇护呢!只有日本!因为日本的自杀率之高是举世公认的。这个国度疯狂地追求离奇、残酷的死亡方法。而这,恰巧给布洛菲尔德提供了最后的避难所。

布洛菲尔德一定绞尽了脑汁,他一定是个疯子,不过是一个魔鬼般的、计划周密的疯子——他是那种天才式的疯子,他无疑是世界上最具头脑的疯子之一。一旦他确定目标,就会不惜一切代价,甚至不惜成为全人类的敌人——魔鬼。这类人在历史上比比皆是,每一个人几乎都能导致巨大灾难。就像罗马皇帝卡里古拉,还有尼禄,当然还有二战时期的纳粹首领希特勒。这些人,都是全人类的敌人!然而最可怕的是,他们都是些天赋异禀的魔鬼。眼下,布洛菲尔德的死亡花园的建设速度很快,让人难以置信,这是他的一次新的冒险吗?而在这之前,他利用黑龙会,以无犯罪记录的比斯格里为掩护,缔造了一个强大的犯罪组织。这差不多只是一年前的事情,当时这个组织被邦德一举捣毁。没想到,这么快,他就死灰复燃,而且扩张速度让人瞠目结舌。现在这两个恶魔再次浮现。但是这次,邦德与他们狭路相逢,不再是执行国家的任务,而是为了亡妻报仇雪恨。他的内心正有一腔热血,滚烫无比,一定要取了那两个恶魔的命。但是,用什么武器呢?他只有赤手空拳,外加一把匕首、一条钢链。但这些对邦德而言就足够了,之前,他曾经用这些装备出色地完成了多次使命。这次,他绝对不容有失。决定性的要素恐怕就是要攻其不备,另外还需要九泉之下的亡妻多多佑护!邦德带上了一对黑色的脚蹼、一包肉干、安非他命片(紧急情况下的苏醒剂),还有一把塑料船桨。一切准备停当后,他才长舒了一口气。

现在,万事俱备,只差东风了。

这第一缕东风,自然是要从黑岛获得。一大早,他们就坐上汽车,沿着主干道来到了码头。警察局在码头上准备好了汽艇。汽艇速度很快,时速接近二十海里,像是在海里穿梭的蛟龙。视野之内,是海湾优美的海景。然而这一切对邦德来说,都是奢侈的享受,他必须首先报仇,否则一切美好的事物他都不会放在心上。田中老虎拿出了三明治和清酒,给每人都分了一份。大家就在汽艇上享用着午餐。邦德无味地咀嚼着。这时候,汽艇已经慢慢地离开了港口,进入浅浅的海湾,海水澄清,几乎能够看到海底绵软的细沙。海岸则是绿油油的一片。若不是有心事萦绕心头,这里确实算得上是如画的美景。老虎大概意识到了邦德的消沉,只见他指着水天一色之际,故意挑起话题说:"黑岛!"他的语气里明显带着几分不自然的夸张和兴奋。他接着说:"开心点,邦德君。你怎么好像魂不守舍,心事重重的呢?想想看吧,过不了多久,你就能和那些赤裸的伊芙们戏水,难道你不开心吗?你不是就喜欢这个吗?而且你还可以和日本的佳丽共度良宵,那可是我们日本的国宝啊,让你小子给独占了。这才叫独占鳌头!"

"可是,老虎,你想过没有。一旦我要游向城堡,就会有成群结队的鲨鱼等着我?"

"他们既然不会吃那些海女,自然也不会吃你这个外国友人。更何况你粗皮硬肉,要吃也不会吃你。想开点吧!看,天上翱翔的鱼鹰,两只。它们是杰出的预言者。在我们日本文化里,两只是吉祥的预兆,一只则要差些。不过如果是四只,那么就是灾难性的凶兆。在我们东方,四就相当于你们的十三,都是最不吉利的数字。但是,邦德君,这会不会让你想起一件有意思的事情。那就是你们英国的圣·乔治和龙的故事。那只蠢笨的龙一直趴在城堡里睡大觉,毫不设防。乔治到了它的巢穴了,他都不知道。要知道,这可是我们日本最畅销的故事书之一。他告诉我们，一切坏人都是纸老虎。"

"老虎兄，你怎么还幽默起来了。"邦德嘴角勉强露出一丝笑意。

"你以为我们日本人都缺乏幽默感吗？只是我们的幽默方式不同罢了。我们的大部分笑话段子，都是包含死亡和灾难的元素。我不是一个看图说话的爸爸、不是一个讲故事的能手，但是我愿意和你分享我最喜欢的一则故事。故事讲的是一个小女孩，她要过一座收费的桥。她投了一枚硬币，然后就走到桥上。这时候，看守桥的人大喊：'嘿，小姑娘，你投的硬币太少了，必须投两枚硬币。'那个小姑娘回头笑着说：'大叔，我可没想要过桥，我想的是过到一半的时候，然后把自己丢到河里去。'"讲完之后，老虎笑得前俯后仰。

邦德礼貌性地笑了笑。他说："看来我得把省下来的那枚硬币带回伦敦。不过，我们的小姑娘可能不会那么做，她们会走远点，绕过那座桥。"

在这种沉闷的气氛中，汽艇越开越快。突然，天际的那个小点越来越大。一座带着岬角的小岛慢慢地浮现在大家的眼前。邦德用肉眼估算，他们差不多距离那座小岛还有五英里。小岛被陡峭的绝壁环绕，岩石峥嵘，只有一个小小的渔港，可以成为小岛通往外界的出路。那个渔港的北面，正对着死亡城堡。邦德第一次近距离观察那座死亡城堡，它坐落在大陆上，有一个海岬伸到海里。那是夏特兰德占据着的小小半岛。壁垒森严的黑色高墙矗立在海边，被汹涌的波涛拍打得轰轰作响，溅起层层白色的水雾。高墙之上，是茂密的树林。在那片树林后面，矗立着层峦叠嶂、飞檐环抱的城堡。城堡的顶端尖饰直插云霄。从地平线往城堡远远望过去，只能看到一个可怕的、令人敬畏的建筑物，但邦德心里也清楚，是非常难对付的城堡的轮廓。这遥远的轮廓，似乎就是恶魔岛。一想到即将在寒气逼人的夜晚泅渡过海，然后像蜘蛛侠一样攀登那数百英尺的防御工事，邦德就觉得有点儿不寒而栗。而那之后呢，他又会遇到什么？如果大海里的鲨鱼和堡垒上的枪口都还是看得到的危险的话，那死亡城堡里面则是步步惊心，充满了不可预见的致命危险。不过现在这一切都不重要了，就算是九死一生，邦德也必须前往。邦德整理了一下思绪，把目光收回来，看看那座越来越近的小岛。

眼前的这座小岛由黑色的火山岩构成，但是在火山岩上却生长着茂密的植被。汽艇越开越近，似乎能够闻得到岸上花草的芬芳。在山岩的顶上，是一座石头建成的灯塔，守卫着这座神秘的小岛。灯塔的下面，是一座小小的码头，邦德距离那座码头越来越近了。汽艇环绕着海岬缓缓前行，一座小小的渔村渐渐映入眼帘。渔村里熙熙攘攘的人群也渐渐看得分明了，这真是一座世外桃源。在海面上，三十多艘渔船散乱地分布着，显得安详而宁静。海面上时时反射出金色的阳光，波光粼粼，五光十色。赤身裸体的孩童们在海滩的沙砾间玩耍，那些沙滩上的石头在阳光的照耀下，就像一群群河马裸露的脊背，在海面上微微颤动。沙滩上晾晒着渔网，散发出海鱼新鲜的气息。这是一幅美丽的景致，有一种飘然的野趣，让人充满了浓浓的亲近之感，宛如置身童话中的仙境。这里和世界上的其他小渔村一样，朴实而安静。邦德感到这个地方似乎已经静静地等待他很久了，他似乎已经感受到了这片土地对他的欢迎和友善。

一群老者满脸皱纹、表情严肃，这是村子里的德高望重者，他们在神主的引领下，在码头上驻足等待。这种情况在这个渔村很难得出现，这一般只有很重要的场合才会惊动神主和如此多德高望重的老人。这在当地几乎算得上一种仪式，用于欢迎远道而来的尊贵客人。神主穿着礼服，是一件红黑相间的宽大半长和服，衣服的袖子很宽大。他的头上戴着同样宽大的亮闪闪的传统道帽。在帽檐的遮掩下，一双深邃的眼睛注视着眼前的一切。他朝汽艇上的人扫视了一周，目光在邦德身上停留了颇久，似乎对这个长相奇特的外国人很有几分特别的敬意。邦德礼貌性地回看了神主一眼，才发现这个神主其实是个圆脸和蔼的中年人，态度很威严，但看上去并不冷淡。相反，邦德觉得眼前这个人很好接近，很平易近人。不过神主鼻梁上的圆框眼镜以及他微微撅起的嘴唇让人觉得他是一个很有学识和涵养的人。那些前来迎接的人群，对安杜先生格外尊敬，他们显得十分和善，前前后后把安杜围在中间。不过这也难怪，因为这片海岛本来就是安杜管辖教区下的地方行政区，甚至这个村子的渔业许可证都必须经过安杜先生签发。从这个意义上而言，安杜可真算得上这个地方的父母官。邦德虽然心里这么想，但眼见的事实是，那些村民们的鞠躬并没有丝毫夸张和谄媚，而是那么自然，那么发自内心。邦德只是觉得很幸运，能有这么一位有权有势的朋友帮他做大使，替他安排岛上的一切。大家一一鞠躬问候之后，就排成一列，沿着沙砾的小道缓缓走向村子。大家首先朝神主的家走去，

You Only Live Twice

这是一个用被风雨侵蚀的海岩和木材建筑而成的房子,古朴而雅致。大家进了屋子,坐在一尘不染的地板上。大家围着神主坐成一圈。安杜做了一篇长篇大论的开场白,大家唯唯诺诺地听完了他的话,除了点头颔首,没有其他的动作和神情。不过神主那双睿智的眼睛,似乎总是有意无意地朝邦德看,显得若有所思的样子。安杜的开场白结束之后,神主做了一个简短的回应性讲话,老虎和安杜先生都很认真严肃地在听。最后,老虎简短地问答了神主几个问题。神主命人上了茶点,欢迎仪式就算正式结束了。东方式的礼仪和规矩还真是多,邦德心想,但是这让他更深入地了解了日本的文化。

欢迎仪式后,邦德有点儿担心地问老虎,自己的秘密任务和出现,将如何对神主解释。老虎一脸轻松地说:没有必要向神主撒谎。因为神主是一个极其睿智的人,什么都不可能瞒得住他。而且与其隐瞒,不如坦诚相待,这样才能获得他的支持和理解。因此我把大部分事实都提前告诉神主了。不过,你也知道,你所执行的毕竟是血腥的暗杀任务,对此神主表示非常遗憾。不过他也早就知道对面那座死亡城堡的罪恶行径。那是一个最最邪恶的地方,那个死亡城堡的主人不过是与恶魔为伍的人。因此,他特别通融,允许他的村庄协助你的任务。在这个过程中,他会向上天祈祷,祝愿一切安好。在此期间,邦德可以获得短暂的居住权利,以保证能够获得完成任务的必要时机。

神主将铃木一家邀请过来,向他们隆重介绍邦德,也表达他对邦德的敬意和欢迎。邦德在村庄里的时候,会以著名的国际人类学家的身份居住在这里,并以科考的名义,出海执行任务。他此次在岛上的停留,也被解释为研究海人岛生活方式的需要。因此,邦德需要学习一些这方面的知识。不过神主希望邦德有足够的诚意,与岛上的居民和谐共处。对此,老虎嬉皮笑脸地补充道:"所谓的诚意,据我推断,不过是希望你这个年轻力壮的外国人,不要打岛上女孩子们的主意。底线是不准和女人上床。哈哈,这一点你做得到吧,邦德君?"

邦德一脸无奈地笑了笑,现在他的心里已经被仇恨所充满,哪里还想得到别的。

入夜时分,他们步行返回码头。海水黑黢黢的,如一面澄澈明亮的镜子,那么宁静。突然一阵晚风吹来,波光粼粼,就像万千珍珠滚滚而来。那些小小的帆船,悬挂着各色的小旗帜,这说明,他们今天超额完成了捕捞任务,这是得胜的归舟。

黑岛全岛的居民,大概有两百多人,除了出海捕鱼的人,大家都站在海滩边的码头上,迎接归来的海女,这些女性就是今日的英雄。年长的人小心翼翼地绷着折叠好的衣服和毯子,准备迎接自己女儿的返航。看,他们的女儿就在那里,他们赶紧迎上前去,用毛巾帮女儿把身体擦干,然后裹上毯子,一家人开心地回家去。这其乐融融的场面,让邦德不禁有些暖意。这才是真正的天伦之乐。据田中老虎说,这些海女回到家里,都要享受一次盆浴,用温暖的洗浴恢复体力,排出体内的寒气。同时,温水洗浴也可以把她们身上的盐分全部冲洗干净。现在是五点左右,岛上的居民们开始炊制晚饭,她们晚上八点准时睡觉,几乎没有什么夜生活。第二天清晨,她们又要开始新一天的劳作。很显然,田中老虎对此有些同情,说:"邦德君,你要慢慢学会适应这里的作息时间,也要学会这里的生活方式。你看,这些海女生活如此简朴,如此简单,因为归根结底,她们的收入是很微薄的。用我们日本话说,她们的收入就如燕子的眼泪,是非常稀少的。所以,看在上帝的分上,你一定要对那家的父母格外礼貌,尤其是那个体弱多病的父亲。至于铃木薇琪嘛……"他故意没有讲下去,话停滞在空气中,似乎有无限的弦外之音,尽在不言中。

热切和盼望的手臂不断地挥动着,每一只船的归航都能引来一阵阵的欢呼。大家欢快地叫喊着自己女儿的名字,合力把船拖到黑色的鹅卵石的沙滩上。大大的木桶承载着丰收的喜悦,被拖上了岸,里面有鲍鱼,还有活蹦乱跳的海鱼海虾。这些海产将被运到简易的海产交易市场,有点儿像都市的跳蚤市场或者集市。据田中老虎所说,鲍鱼的品级是很高的,价格也很高昂。与此同时,欢快的海女叽叽喳喳讨论着收成,开着玩笑,脸上挂满了灿烂的笑容。她们步态轻盈,就像一群仙女。不过她们曼妙的身姿,挺拔的乳房,纤细的腰身,肥硕的臀部,修长的美腿,所有这些又让她们从天上进到人间,成为人间的尤物。她们在海滩上迈着轻盈的步伐,突然,她们低下了头,小声耳语着。她们在偷偷地张望码头上三位陌生的访客,她们投来温和但有些好奇的目光。然后她们爆发出一阵银铃般的笑声。

对邦德而言,她们都是非常美丽的,尤其是在黄昏临近的灰色夜灯的照耀下,她们显得那么自信。她们的手臂上,系着粗壮的绳子,用来捆扎和提起沉重的木桶和船具。每个人的腰间都别着一条腰带,腰带上挂着铅锤和钢钩,那是她们劳作的工具。

她们的嘴唇丰满,微微上翘,充满了无言的幸福和满足,欢庆着今天的好运和收成。看到这一切,邦德突然觉得,对于生活,对于人生,他都不得不汗颜。他那都市的装扮和追求,那些算计,实则是道貌岸然,藏污纳垢。生活其实原来可以如此简单!

有一个女孩,比其他的女孩都高大些,似乎并不像其他的女孩子那么叽叽喳喳,她甚至根本没有注意到码头上的陌生人。她对于停在码头边的警用汽艇也似乎没有什么兴趣。她是那么高傲,那么风姿绰约。她走在一群欢快的海女中间,不过她的步伐显然更大,她的腿显然更加修长,似乎是专门训练过的。她的脚踏过光溜溜的黑色的鹅卵石,然后来到沙滩。她朝自己身后的同伴喊了一句什么话,后面的女孩们就都被逗得哈哈大笑起来。她们一边笑,一边用手捂着嘴巴,似乎生怕自己的小秘密被别人听见。突然,一个老妇人冲了过去,给那个高挑的海女披上了一条棕色的毛毯。那个女孩把毛毯裹在身上,渐渐地,那队人消失在邦德的视野中。邦德有些怅然若失,心情久久不能平静。

那个老妇人和年轻的女孩,来到市场。年轻的女孩兴奋地边走边说,似乎在回味今天的劳作。母亲在一边认真地听着,脸上浮现出满足的笑容,不住地点头。不过,老妇人似乎并没有听清楚女孩说了些什么。这个时候,神主已经在那里等她们了。她们深深地鞠了一躬,神主和她们交谈,她们虔诚认真地聆听着。她们偶尔抬头看看码头上的人群,才发现几个陌生人。高个子的女孩把身上的毯子裹得更加严实。詹姆斯·邦德现在已经知道,那个女孩,就是铃木薇琪。

那三个人,神圣不可侵犯的德高望重的神主,那个满脸皱纹、和蔼可亲的老妇人,那个光着身子、裹着毯子的高挑女孩,他们三个一起走向了码头。那个女孩跟在最后面,似乎有些不好意思。这是一种奇怪的组合,让人很容易误解,认为神主是这个家庭的父亲。突然,那个老妇停下了脚步,神主走在了最前面。他向邦德鞠了一躬,然后向邦德介绍了铃木薇琪母女以及她们的家庭情况。田中老虎翻译道:"神主说,铃木薇琪的父母都很欢迎您的到来。他们感到万分地荣幸,但是因为家境清寒,如果有招待不周的情况,还望您多多包涵。此外,他们对西方的生活方式和文化不甚了解,所以日后若有冒犯,还请您多多见谅。但是,她们的女儿精通英语,因为她曾经在美国工作了很长一段时间。因此,未来的生活中,您有什么要求,她都会转告父母和神主。神主还问您是否会划船,因为这家的父亲,以前一直都是为自己的女儿划船的,但是最近患了风湿,无法出海。这个家庭少了一个劳动力,如果您愿意帮忙的话,他们会不胜感激。如果您能够顶替这个位置,那对她们家的帮助实在是太大了。所以,要委屈阁下屈尊答应。"田中老虎的翻译直截了当,邦德不住地点头。

邦德深深地鞠了一躬,他说:"田中兄,烦请你转告神主和铃木母女,我非常感激神主的精心安排和铃木家的热情接待。就我个人而言,没有什么特殊的要求,我也会充分尊重日本和黑岛的生活习惯和独特文化。当然,我是一个闲不住的人。如果能够为铃木家尽一份自己的绵薄之力,那将是我最大的荣幸。所以我很愿意接替铃木先生的位置。虽然我的划船技术不算很好,但应该可以应付,而且在铃木薇琪小姐的关照下,一定会大为精进。能够在铃木家暂住,我已经感到万分荣幸。我很赞赏日本简朴雅致的生活方式,期望能够亲身感受这种生活。我一定会好好为铃木家划船,当然,我也会在日常生活中做一些力所能及的家务。我会尽快融入这个家庭。"说完之后,他用暗语对田中耳语道,"老虎,在我找到合适的时机之前,我很需要这些人的帮助,尤其是铃木薇琪小姐。那么对她,我能够告诉她多少真相呢?"

田中温柔地说:"这个嘛,你自己看着办吧。不过只要神主知道了,这个女孩就会知道。相信她不会到处散播的。现在先别想这么多了,上前去,让神主给她们母女介绍你吧。不要忘记,你现在在这里的名字叫作雷太郎,这个名字中'太郎'的意思就是说你在家里排行老大。而'雷'的意思就是雷霆万钧。神主并不在意你的真实姓名。我说这是你英文名的音译。不过没关系。没有人会注意到你的。不过,你一定要注意保密,尤其是当你外出的时候,一定要严守你的日本身份。你的身份证上也是这个名字,不能让任何人知道你的真名实姓。另外,你要收好你的身份证,还有你的矿工工会会员证,你要记住你是来自福冈的矿工。在这里,你不需要过分担心,因为你是生活在朋友之间,所以你的身份不会被怀疑。将来,如果万一被抓住了,你只需要表示你是聋哑人,然后亮出你的身份证件就是了。知道了吗?"

田中老虎和神主交谈了一会儿,邦德则走向了铃木薇琪母女俩。他向铃木薇琪的妈妈深深地鞠了一躬,不过他马上记得田中老虎的话,腰不能弯得太低,因为对方毕竟是一个女人。在日本,男人不能过于尊重女人。然后,他转向铃木薇琪。

铃木薇琪开心地笑了,她笑得那么自然,那么纯真。她说:"你不必向我鞠躬,不过我也绝对不会向你鞠躬。"她伸出手,"很高兴认识你,我叫铃木薇琪!"一口标准纯正的美式英语,有板有眼的西式开场白。

那双手冰凉酥软。邦德说:"我叫雷太郎。我很抱歉,让你在这里待了这么久,你一定有点儿冷吧。你应该赶紧回去洗个热水澡!说实话,我真的非常感激你们家能够接纳我这个客人。我希望,这不是你们被迫接受的。所以我想再问一次,你们真的愿意接受我吗?"

"在我们这里,神主说的,都是对的。既然是他安排的,我们一定会欣然接受,而且会倍感荣幸,因为黑岛这么大,神主却格外信任我们铃木家,不是吗?另外要谢谢你的关心,其实我早就习惯了,在海上一直是这么冷的。一会儿,你和你的那些地位显赫的朋友们办完事,道完别之后,我和我母亲就会把你带回我们家。不过,我希望你在削土豆方面有些擅长。家里还有一堆土豆等着削呢。今天的晚饭就看你的了。"说完之后,铃木薇琪偷偷地露出了调皮的笑容。

邦德也很开心,感谢上帝,让他遇到了一个如此坦率而真诚的姑娘,这真像是上帝的恩赐。再也不用鞠躬,不用寒暄和客套!他回答道:"说到削土豆,我还算略知一二,希望不会让你失望。我很强壮,有什么需要我做的事情尽管吩咐。另外,划船我也没问题,明天早上几点钟出海呢?"

"大概五点半吧。这个时候太阳初升。也许你能带给我好运!你知道吗,现在鲍鱼可不好抓。不过今天我们运气很好,我赚了大概三十美金。不过这种好日子可不是天天都有。"说着说着,铃木薇琪嘟起了小嘴巴,煞是可爱。

"我们一般不说美元,让我们说十英镑吧。"

"难道英国人不就是美国人吗?你们的货币不是一样的吗?"

"很相似,但其实完全不同。虽然我们都说英语。"

"是这样吗?"

"就是这样!"邦德用日语说道。

铃木薇琪被逗得哈哈大笑,说:"看来你已经接受了良好的训练,那个东京的重要人物是不是就是你的老师?也许你可以和他说再见了,我们要回家了。我们的家就在村子的另一头。"

神主、安杜、田中老虎在一起讨论着什么,完全没有注意到邦德和铃木薇琪。铃木薇琪的妈妈毕恭毕敬地站在那里,眨着眼睛,把邦德和铃木薇琪的一举一动都看在眼里。邦德这时候再向铃木薇琪的母亲鞠了一躬,就回到他朋友圈中。

在一个简短的告别之后,黄昏已经渐渐临近海滩。橘红色的红日渐渐失去了明亮的色彩,夜幕的雾色笼罩着整个村庄。这个时候,警用汽艇的引擎发动了,发出阵阵轰鸣声。邦德感谢神主的安排,并希望他吉祥。田中老虎表情有些严肃,他双手紧紧握住邦德的手,这是一个日本男人很少见的姿势。他说:"邦德君,我相信,你一定可以马到成功。祝你好运！让我们道一声珍重,再道一声再会。兄弟,其实在我心中,你一直都是最棒的,你是无往不胜的。我很荣幸能够结识你这个好兄弟。最后,我还有一件小小的临别礼物要送给你。如果事情朝着于你不利的方向发展,一切都不再顺利,那么也许这个小东西能够派上用场。"这个时候,他拿出一个小小的盒子,无比沉重地交给了邦德。

那个盒子那么精致,但似乎有千钧之重。邦德接过盒子,慢慢地打开它。里面是一粒长长的咖啡色的药片。邦德笑了笑,把盒子还给田中老虎,说:"谢谢你,兄弟! 不过我想我用不着这个。松尾芭蕉不是说过嘛,人最多只能活两次。如果我的第二次生命来临了,我一定会直面它,拥抱它,不会拒绝它。我早就做好了准备。不过还是要谢谢你,谢谢你为我所做的一切。我想我在这里不会待太久的,那么,也许一周之后,我们就会再见的。到时候,不醉不归!"

田中老虎坐回到汽艇上,快艇轰隆隆地开出了海湾的出口。田中举起手臂,然后做了一个砍切的手势,示意加速前进。很快,汽艇就绕过海湾,渐渐消失在人们的视野中。

邦德转身离开,神主已经走了。铃木薇琪有些不耐烦地说:"别看了,雷太郎,我们走吧。神主交代,说我要把你当作同志,就是说必须和你保持平等。那么这两个袋子,差不多重,你看你背哪一个吧。到时候,村民们都会围观,因为她们还没有看过男人帮女人拿东西。到时候,我该多有面子,你说是吧?"铃木薇琪依旧是一副调皮可爱的表情。

一个高高的男人,黑色的脸孔,蜷曲的头发,粗重的眉毛;一个修长的女孩;一个老妇人,沿着海岸走着。他们的背影形成了一个和谐的三角,他们一步一步,像一家人一样,慢慢地走着。一路上大家相对无言,不过每个人的心里都暖洋洋的。

You Only Live Twice

第十四章　金色的薄暮

迟暮的落日把西天的云彩染成金色,黄昏的薄雾笼罩着美丽的海岛,似梦幻般朦胧。邦德走了出去,就着清淡的豆腐吃掉了一碗米饭,东方的饮食已经不再让他难以接受了。吃完饭,他悠闲地喝着茶,欣赏着晚霞与海水相交的水天一际。他坐在门前一尘不染的台阶上,他身后的小屋是用石头和圆木垒成的,简洁而舒适。屋子里别是一番温馨的景象:一家人吃着晚饭,叽叽喳喳像夜莺一样闲聊;女主人吃完饭,开始收拾家务。

邦德被安排到家里的客房坐着,那是一间小巧精致又整洁朴素的起居室,榻榻米上铺着亚麻的垫子,半旧的家具让人体味到岁月的沧桑。高处供奉着一尊神龛,那是家族的守护神,是祖先之灵位栖居的圣地。此外,还有一样小东西,那就是一个小小的笼子里装着的小家伙。可爱的铃木薇琪说,这个小家伙是她专门安排来陪伴邦德的。那是个好斗的暴脾气家伙——在东方草丛里经常可以撞见的蟋蟀将军。在地板上，安安静静地躺着的是一领素雅的和服，这是日本的传统服装，也是邦德现在要开始适应的着装。今天晚上，邦德就要开始适应那硬邦邦的木枕头了。东方人真是有些奇怪，竟然能枕木而眠。据说这还只是平常人家的枕头，富贵人家用的是瓷枕和玉枕。那样冷冰冰的东西，一定会让西方人做噩梦的。不过邦德要开始适应这种全新的生活了。夜幕降临时分，薇琪的父亲过来看望邦德，薇琪就开开心心跟在后面。老人家须发花白，身形消瘦，然而耳聪目明，眼神犀利，似乎能够看透人心。他说话的时候，气若游丝，不知道是身体虚弱的原因，还是沉稳平静的性格使然。邦德恭恭敬敬地和老人家闲谈，薇琪小姐在旁边做翻译。老人家所谈之事，大抵是些家长里短，和海岛的风物习俗，此外就是他的宝贝女儿。邦德呢，就把他和老虎在东京的所见所闻，包括一些冒险的事迹和尴尬的趣事，都细细地说给老人家听。其实与其说是说给老人家听，不如说是故意在薇琪面前显示他的阅历和幽默。这一招果然引起了姑娘的兴趣，她哈哈大笑。那笑容里不知包含着多少纯真与无邪，而这也是最打动邦德的地方。这欢快的交谈让大家彼此都放下了那一丝不自在和紧张，就像一家人一样和气而融洽。神主也曾经说过，邦德应该成为铃木家的一分子。当然了，邦德的外貌和性格都显然与这家人有不同之处，这就需要彼此之间多磨合。不过没想到，这么快他们就亲如一家了。薇琪对邦德已经赞赏有加。这种赞赏，还多多少少有些爱慕的成分在里边。而在薇琪家里，二老都是很疼爱这个女儿的，可以说是凡事都依着她。女儿认定的人，二老自然都是非常欢喜的。

大家谈得很投机，不知不觉已经是九点了，皎洁的月亮已经挂在半高的天际，这时四周万籁俱寂。薇琪的父亲把邦德叫到身边，然后步履蹒跚地领着邦德往屋子后面走去。他把邦德带到一个小屋，屋子的地板上有一个洞，一叠码放整齐的《朝日新闻》被钉在那个洞里。邦德最后一点儿担心也烟消云散，这个岛屿并不是什么与世隔绝的地方。相反，这里是一个充满了人情味的世外桃源。在微弱的烛光下，邦德可以看到这间屋子也是那么一尘不染，在这里生活，一定能够延年益寿。过了一会儿，另外两个房间微弱的动静慢慢平息，变作完全的寂静，邦德也早已睡熟了，他或许正在重温一席美梦呢。

第二天一大早，薇琪已经起床了，她走出屋子。她穿着白色的棉质睡袍。她那一头秀丽的波浪卷长发被一块白色的棉质方巾拢了起来，高高地悬在头顶，美艳娇羞。她洗漱完毕后，换上了装备，穿上厚厚的潜水服，只有双臂和双脚露在外面。开始被薇琪的睡美人形态所吸引的邦德，这下子有些不满起来，他的眼神里透露出些许失望的神情。薇琪觉察出了邦德的神色，哈哈大笑起来，故意用挑逗的语气说："坏家伙，这可是跳水的正式服装，只有在重要的客人面前表演的时候，才穿的哦。神主特别指示，说让我和你一起出海的时候，务必穿上这件潜水服。怎么啦？不好看吗？这可表示我对你的尊敬，哈哈！"

"薇琪，快别说那些冠冕堂皇的说辞了吧。我知道事实是，你觉得，如果在我面前露出你光洁的肌肤，会让我这样血气方刚的男性产生不洁的念头。我想,这也并不完全是因为我,你们本来就是这样想象我们西方人的,我们粗野,不温文尔雅,任性而纵欲,是不是这样?不过我要告诉你,如果你真的是这么想我的,那么你大可不必。不过,对于你的善解人意,我还是表示感激。确实,像我这样容易动感情的动物,你还是提防着点比较好。但是现在,让我们把这些无聊的事情先放到一边,我们不是还有正事要做吗?好吧,让我们出发吧。我们今天是不是要打破捕捉鲍鱼的纪录?你有没有信心,我们的目标是多少?"

"五十只鲍鱼就算很不错啦。不过今天有你相助,说不定运气再好点,一百只也不是没有可能。但是,你可千万要小心点,给我好好掌舵,否则船翻了,我也淹死了。到时候,什么都白搭。还有一件事情,你记住,千万要好好对我的大卫。"

"大卫是谁?"邦德一脸疑惑地问,语气里多少透露出一些醋意。他心想,这么好的姑娘,难道已经名花有主了吗?

"过一会儿你就知道了,急什么?"薇琪故意娇嗔地抱怨道,那神情真让人神魂颠倒。只见她走了进去,拿出一个轻木桶,这个想必就是用来装鲍鱼的容器。此外,她还拿了一卷十分之一英尺粗的绳索。他把绳子递给邦德,自己则用肩膀扛着那一圈绳子。他们一前一后,沿着田间的小径慢慢走出了村子。不远处,已经看到了波光粼粼的海水,海边就是码头。一叶小小的渔船正停靠在码头边。小船被固定在一块大礁石上,上面覆盖着芦苇,那是为了防晒而做的装置。芦苇的上面,还覆盖着一层厚厚的芭蕉叶,看来,渔民们对自己的小船还是非常爱护的。邦德把叶子和芦苇移开,放到地上码放整齐。薇琪则绕到后面,去解开礁石上的缆绳。邦德则开始把捕鱼的工具搬上小船。然后他使了一把劲,不怎么费劲地就把这条当地制作的小渔船推下了海。这艘船是用质地坚硬的木材打造的,吃水比较浅。不过它在颠簸清澈的海水中行进,还是比较平稳的。

　　船缓缓划出海面,薇琪把缆绳缠好,放在船上,然后站在船舷上。突然,她吹了一声清脆的口哨,那哨音低沉而响亮,有一种摄人心魄的力量。这声音,似乎能够穿透水面,到达更深的海底。晨曦中,海天交接处朦朦胧胧的,邦德划着小船,微微的海风吹拂着他的鬓角,让他感到心旷神怡。薇琪的哨音变得更加尖锐,也更加激烈,这时候,让邦德大吃一惊的事情发生了。只见不远的海面上突然溅起一阵水花,伴随着水花,一个大大的涟漪荡漾开来。在涟漪的中央,一只黑色的大家伙扑棱棱地蹿了出来。邦德吓了一跳,完全不知道发生了什么。他只感觉那家伙像一只利箭,划破了清晨海面的宁静,好似一个不速之访客,突然闯进你的世界。等到它大摇大摆地沿着船板走到薇琪的脚下时,邦德才看清楚,原来这是一只大鸟。只见这只大鸟得意扬扬地抖着翅膀,发出咕咕噜噜的叫声。邦德认出来了,这是东方的一种水鸟,常常被渔民用来捕鱼,叫作鹭鸶。邦德正为自己的博学而有些骄傲,突然看见薇琪在向他使眼色。原来薇琪正在和那个大家伙交流。那大家伙一会儿用脑袋敲击着船板,一会儿发出急躁的叫声,看来有些生气了。薇琪弯下腰,对着那只大鸟说着话,一面轻轻抚摸着大鸟的羽冠和细长优雅的脖子。大鸟好像能够听懂薇琪的话,不停地点着头,然后蹲下来,任由薇琪抚弄。大鸟还淘气地用嘴巴去啄薇琪的手臂。薇琪开始收鱼线,那只大鸟就蹒跚地跟在后面,显得很开心,又似乎有些期待。大鸟好像完全没有在意邦德的存在。

薇琪也进到船里,她把双腿盘起来,礼貌地缩成一团,刚好放到邦德张开的双臂之间。邦德则把狭长的船桨放到桨架上,然后用有力的节奏划动着船桨。在薇琪的指引下,船往北前进。

邦德发现,铃木薇琪用来拴鹭鸶的长绳子的最末端,套着一个铜环,直径大约两英寸。铜环被套在鸟脖子上。这个鸟或许就是日本专门用于捕鱼的鸟,他心里这么想着,然后悄悄地问铃木薇琪。

薇琪回答说:"这个可爱的小家伙是我在三年前发现的。当时它的翅膀上沾满了石油,我替它洗干净羽毛,悉心照料它,并且给它套上了铜环。当然了,它越来越大,这个铜环也要放大。现在,你看,它可以把小鱼吞下去,但是,比较大的鱼,因为它的脖子被铜环卡住,吞不下去,只能留在嘴巴里,然后含回来给我。我就再奖励它一些小鱼。刚开始的时候,它还不乐意,不过久了,它就乖乖地这么做了。它可是捕鱼能手,有时候,我也会把它的铜环解开,让它可以吃到大鱼。它总是在我的身边游来游去,从来不会乱跑。在海上,只有它一直陪伴着我。如果不是它,我在这里的劳作将会很孤独啊。你可以抓住那根绳子,然后等着它回来给你大鱼。今天它已经很饿了,我已经三天没有出海了,我的父亲病了,没有人给我们划船。这几天,我就跟朋友出去了一趟,它肯定饿坏了。幸亏你今天充当了我们的划桨手,哈哈。"

"这么说,它就是出海前你对我说的大卫?"

"是的,这个名字其实是我最喜欢的一个好莱坞的明星的名字,我就拿他的名字来给自己心爱的水鸟命名,这不算冒犯别人吧,呵呵。那个人是个英国人,他叫大卫·尼文,是一个出色的演员,也是一个金牌制片人。你听说过他吗?"

"当然,一会儿我要向他的化身、一个东方的大卫,投掷几条大鱼,以感谢他在我的娱乐生活中做出的贡献,哈哈!"

豆大的汗珠开始从邦德的脸上流淌下来,他的前胸后背都已经汗流浃背,汗水甚至打湿了他的泳裤。铃木薇琪把手上的手绢解了下来,然后轻轻俯下身子,温柔地为邦德擦汗,从额头一直擦到胸前。邦德似乎能够听到薇琪芬芳的呼吸和怦怦的心跳。邦德笑着看薇琪,那一双大大的水汪汪的眼睛,俊俏的脸蛋……邦德第一次和薇琪如此亲密地接触,薇琪的翘鼻梁、樱桃似的红唇,都几乎要贴着邦德的身体,一阵阵体香让邦德陷入迷醉。铃木薇琪从来不化妆,因为她根本就不需要化妆。她那玫瑰花一样光洁的肌肤柔软细腻,任何脂粉与这光洁的肌肤相比,都显得俗不可耐。她的肤色是淡淡的橘黄色,这是东方人的特点,这种黄皮肤在阳光雨露的映衬下,格外妖娆。她的一头秀发,在扎头手绢被解开的一刹那,自然地散开,呈现出自然的蜷曲,就像黑色的瀑布披在肩上,在阳光下发出亮丽的黑色光泽。她的牙齿洁白整齐,发出珍珠般的光泽,这一点,连欧洲的白人女孩都很难达到。一般而言,日本女子通常比较矮小,牙齿也不大光洁,而薇琪却似乎在这一点上不大像日本女孩。她的手脚纤细,腿部修长,这也不大像一般的日本女子。不过,由于劳作的原因,薇琪的指甲都剪掉了,还有几个坏掉了。她手脚的肌肤比较粗糙,布满了老茧。不过,在邦德看来,这更加讨人喜欢。因为对于黑岛的海人来说,就像薇琪一样,身体里流淌着桀骜不驯的血液。她们就是要和大海搏斗,要和大海里的生物搏斗,她们的眼睛里,充满着对那个蔚蓝世界的信心,对未知恐惧的漠视。对于薇琪而言,她的天性,她的天真烂漫、澄澈的瞳孔、迷人的微笑,都让人倾倒。尤其是她善良的本性,就像她给邦德擦汗这个小举动一样,是如此让人怜爱,简直就要触碰到邦德心灵最柔软的地方。那一刻,对于邦德而言,再也没有什么东西比这更加美妙的了。如果能够趁着清晨第一缕晨曦与薇琪出海劳作,将小船摇向天际;趁着黄昏最后一丝暮色,划船而归,就此度过残生,那该是多么美妙的事情啊。

邦德正陷入美妙的遐想中,可是突然,他的思绪被打断了。因为他的脑海中,另外一个小人在提醒他:再过两天,也就是月圆之夜,他必须回到现实,回到那个他自己选择的黑暗人生道路,去擒拿罪恶的魔头!他把先前那些美好的遐想关进了心里。现在,他什么也不想去想,他只希望自己能够过好今天和明天。因为,对于他来说,如此美妙的际会,如此甜蜜的光阴,似乎都是偷来的,原来并不属于他。因此他要格外珍惜,这或许就是偷得浮生半日闲的真谛吧。他要好好享受和薇琪在一起的日子,好好享受船上的光阴,享受大海、水鸟,以及现在的一切。他一定看到了今天的收成,今天对于他们来说,一定是一个开心的日子,他们都是幸运儿。他们今天一定可以大丰收。

铃木薇琪说:"你划得很不错!"她顺着右边看去,只见海上的渔人和渔船已经星星点点,布满了海面。这一派如火如荼的劳动场面,让邦德大为惊叹。"对我们而言,如果你选定了一块地方,这块地方今天就属于你,别人不能过来强占。所以,每天的劳作,对地点的选择可是很关键的。今天,我们要到一块暗礁处,大家都知道那里的鲍鱼最多了,所以我们要赶紧去,要抢占先机,对吧?那里的海草很厚,而这为鲍鱼提供了天然的食物,所以鲍鱼一般都躲在岩石的海草中间。不过那里很深,有四五十步深。不过没关系,在水下,我可以潜一分钟。这些时间能够保证我抓到一两只鲍鱼。当然,如果我运气好,一下子发现了更多,说不定捞起来三四个也是有可能的。这主要靠运气,你把手放在水草里摸索,运气好的话就有,运气差的话只能下次再来。在水下,看不见鲍鱼,全靠手去摸索。这可不是一件容易的工作。你感觉到它们之后,就用这个把它们敲下来,然后穿到上面。"薇琪一边说,一边敲了敲三角形的钢钩,"过一会儿我累了,会需要休息,到时候你是不是愿意下去碰碰运气呢?他们告诉我说,你是一个游泳健将。而且我带了一副父亲的潜水镜,你会合用的,就在那旁边,你看!"说着,薇琪向邦德展示了那副眼镜,大小差不多正合适,"这副眼镜能够隔绝你的眼睛和海水,防止眼睛被海水灼伤。当然,最开始你可能不大适应,在水里也待不了很久,不过慢慢就好了。谁都不是天生的捕鱼能手,除了大卫,对吧?哦,对了,你在黑岛准备待多久呢?"铃木薇琪突然略带悲伤地问。

"恐怕只有两三天吧。"邦德说。

"呀,那真让人难过。到时候没人给我划船,我和大卫该怎办呢?"

"到时候,说不定令尊就康复了呢。"邦德只能这样劝慰道。

"那倒也是。不过我现在必须想法子带他去大陆的火山温泉疗养院静养和治疗。也许为了他的晚年着想,我必须离开这座黑岛,陪他一起去大陆。在这之前,我必须在黑岛找个好人家嫁了,可是这又谈何容易呢?黑岛合适的青年本来就不多,情投意合的更难寻觅。而且你或许也知道,因为拍电影的缘故,我还有些存款。可是如果那个小伙子因为这个和我结婚的话,我是断然无法接受的。如果感情一开始的初衷就是错误的,其结果一定难以甜蜜。只是,到底谁才能明白我的心呢?"薇琪的脸上少有地浮现出一丝凄凉哀婉的神伤。

"那你想过彻底和这里告别,重新回到你的电影事业中吗?"

薇琪突然由哀伤变成愤懑,她像机关枪一样说道:"绝对不可能!我讨厌影视圈。好莱坞那群家伙没一个好东西,他们就知道欺骗我,伤害我。他们看我是个日本人,就认为我低人一等,可以像畜生一样被呼来唤去。他们认为我的身体谁都可以触碰,像一个娼妇和妓女。没有人真正尊重我,除了那个尼文。"她一面说,一边摇摇头,似乎想抹去那段不愉快的回忆,"不,我绝不会离开黑岛,我会在这里待一辈子。也许我会陪父亲去大陆治病,但我们都会回来。神灵会帮我解决所有问题的。"说到这里,她又露出了天使般的笑容,"就像今天,不是吗?"她一边说,一边努努嘴,深情地看着邦德,"就像今天,神灵不就给我安排了一位最好的舵手吗?"

邦德心领神会,耸耸肩,笑了笑。

邦德注意到,薇琪的脸上红扑扑的,显然,她可能为刚才的话感到有些害羞。她赶忙换一个话题,说道:"前面,大约还有一百码就到了,加油哦。"薇琪的水灵灵的眼睛平静地盯着海面,手指着前方。她站了起来,随着船的左右摇摆,她艰难地保持着身体的平衡。她把绳子的一端缠在自己的手腕上,然后将护目镜从前额调整到眼眶的位置,又紧了紧绳子,再调试了一下眼镜,转过身来对邦德说:"你一定要小心,要时刻保持绳子处于绷紧状态。只要你感觉到绳子的拉力,就赶紧收绳,速度一定要快。当然,这肯定是很吃力的。不过,如果你表现良好,我是有奖赏的。等晚上回到家,我亲自给你按摩。不怕告诉你,我的按摩手法那可是一流的。我在我父亲身上已经试验过很多次了,哈哈。"

邦德轻轻地收起船桨。在他的身后,大卫正对着他扇动着翅膀,发出不耐烦的咕噜声,脖子高高扬起。它似乎对这个陌生人有些不满,不过又好像在提前热身,准备到水里去大显身手。薇琪把绳子拴在木桶上,木桶漂浮在水面上。然后她像一条鱼儿一样,优雅地钻进了水里。她把白色的内衣紧紧裹在膝盖上,这样潜水的时候,衣服就不会像花朵一样缠绕着她。突然,大卫也跳进了水里,神奇的是,水面既然连一层涟漪也看不到,它真是天生的潜水生灵啊。拴在邦德划座上的绳子很快被放了出去,越放越长。他把拴着薇琪的绳子拽在手里,站起来,拉了拉,因为微微的紧张,他的膝盖都有些颤抖。薇琪把护目镜戴好,然后潜入水中。过了一会儿,她浮了上来,俏皮地说:"下面看起来还不错,今天应该有个好收成。"然后,她那性感的嘴唇又吹了一声口哨,然后深深吸了一口气——邦德想,这可以使得肺部储存尽可能多的空气——接着她就轻松地再次潜入水里。只见她的头先钻进水里,身子弓成一个弧形,臀部高高耸起。接着,薇琪就像一个白色的幽灵,完全消失了,看不见了。她直直地入水,蜷曲的身体在双腿的最后一蹬的力量下,完全隐入水下。

邦德开始快速地放线,以保证绳子的绷直状态。他焦急地盯着手表,计算着薇琪潜水的时间。这时候,大卫出现在船舷底下,它正叼着一只半斤重的银鱼。那条鱼横在它的嘴巴里,还在蹦跶,大卫则显得无比得意。

然而邦德哪里有空管它,邦德心里只是在想:"这只笨鸟,得意什么。我现在可没时间去打赏你。"大卫似乎看出了邦德的意思,乖乖地自己把鱼吐到船舱里。不过这个小家伙还是不满地瞟了邦德一眼,只见邦德还在手忙脚乱地甩绳子。大卫好像有些鄙视地抖了抖翅膀,然后又像一颗黑色的子弹,钻入水中,一下子就不见了踪影。

四十八秒……五十秒!突然,绳子动了一下,邦德揪得紧紧的心咯噔了一下。他没有多想,立即拉绳子。他拼命地拉,那个白色的幽灵终于出现在不远处水晶般的海里。她宛如水晶宫派往人间的女神,就是这样!薇琪在出水的一刹那,邦德发现她的双手紧紧缠绕着自己的身体。突然,她双手张开,高举着两只肥硕的鲍鱼,一个劲地朝邦德挥舞。然后,她把鲍鱼投进了木桶,又游到船舷边,扒着船,调整好呼吸。很快,她又吹了一声口哨,憋足了气,然后弯曲身体,臀部高耸,再次潜入水下。

很快,一个小时过去了,邦德早已是轻车熟路,他不再那么紧张,甚至可以清晰地看到别的渔船的船舷,可以悠闲地欣赏一下周围的海景。那些渔船在方圆一英里的海域排开,拉出一副大大的捕鱼架势,这种景致邦德在其他地方,是很难瞧见的。平静的海面上,一切显得那么安详自在。突然,从不远的海面上传来一声怪异的叫声,邦德知道,这又是那只鹭鸶大卫发出的得意的叫声。看来,它又有所斩获了。大约一百码开外,一艘小渔船被固定在岩石上,邦德发现一个年轻的男人正在放着绳索,他的眼神焦虑地盯着海面。突然,从海里钻出一个美丽的姑娘,他们四目相对,柔情似水。那个姑娘的肌肤嫩滑如水,古铜色的肌肤就像一只海豹,健硕而美丽。邦德听到他们热切的交谈,兴奋的声音或许是因为今天的收获,但更多的恐怕是因为彼此的爱情。邦德心里暗暗在想:一会儿轮到他潜水的时候,可不要丢脸才好。清酒和香烟呢!没有这两样东西,可真叫人心里没底,以前邦德可从来没有受到过这方面的训练!

桶里鲍鱼的数量越来越多,堆积起来,已经有半桶多高,在它们中间,是跳跃的鱼儿,这是大卫的战利品。邦德数了数,那些鱼儿有十二三条之多。突然,大卫又回来了,邦德取下它嘴巴里的鱼。每次邦德把鱼投进桶里,大卫就只能乖乖地钻进海里继续捕捉。这一次,这个小东西用轻蔑的眼神看着邦德,似乎在对这个陌生男人表示不满:我的奖励呢?它那宝蓝色的眼睛眨巴眨巴,似乎在表达愤怒。

过了一会儿,铃木薇琪上来了,她的定额已经完成。她爬上船,这次的姿势可没那么优雅，甚至有些许狼狈。她翻身进了船中，脱掉了头上的方巾，摘下了潜水镜，安安静静地坐在那里喘着气。她这次可能潜水太久了，显得很累。最后，她看了看水桶，大笑着说："二十一个，很不错啊。好吧，现在该轮到你了，你去看看下面究竟是个什么样子吧。别担心，我会隔三十秒就把你拉上来的。把你的手表给我。还有一件事情，就是你千万不要把我的钢钩弄掉了，否则的话，我们今天接下来就没法工作了。切记，不要害怕！没事的！有我在上面呢。"铃木薇琪不断地给邦德打气。

邦德第一次下潜显得很笨拙。他下潜的速度太慢了，几乎没有时间到达海底的海草层。他只略微发现那下面厚厚的都是水草和黑色的岩石，还有很多海浪蛤，那是一种最常见的海藻，在任何海域都能发现。这时候，他发现，有一股拉力把他往水面拉。他上来后，不得不对薇琪承认，他的肺部简直受不了，根本憋不了那么久。不过他已经侦察到一处厚厚的水草，那后面的岩石上一定会有鲍鱼。下次他潜水的时候，就可以直接到那个地方去捕捉。

第二次，邦德果然直接下潜到了那个位置，他伸出右手，在水草里面到处摸索。他感觉到了一个椭圆形的滑滑的东西，那一定是鲍鱼。没错，就是的。可是还没等他来得及去把它挖下来，他再次被拉了上去。第三次，他终于抓到了鲍鱼。薇琪高兴地哈哈大笑起来，这时候，邦德得意地把鲍鱼丢进桶里。他决定，坚持三十分钟，不过他的肺开始觉得有些疼痛，九月的海水已经有些冰凉彻骨，于是他只能浮上来，上了船。几乎同时，大卫也钻出了水面，嘴巴里还含着一条大大的鱼。大卫从邦德身边飞过的时候，就像一只黑色的精灵,扇动着美丽的翅膀,神气十足。它抖动着头部的羽毛,这次似乎对邦德也充满了赞许,眼睛很柔和地看着邦德把第五只鲍鱼丢进桶里。然后,大卫像撒娇似的在邦德的头顶盘旋,似乎在庆祝邦德的胜利。对于一个第一次潜水抓鲍鱼的新手而言,五个已经是相当不错的成绩了。

因此,薇琪显得格外地开心,对于邦德的成绩,她显然也很满意。她拿起船上那件蓝色的和服,然后帮邦德把身上的水擦干。邦德耷拉着脑袋,伸直双腿,坐在那里,重重地喘气。他手扶着船舷,显得筋疲力尽。就在邦德休息的时候,薇琪把木桶拉了过来,然后把战利品倒进了船舱底部。她拿出一把小刀,把一条鱼一破两开,给大卫做奖赏。大卫在船头高高地扬起羽毛,一边吃着鱼,一边抖落着身上的水珠。吃完后,它心满意足地开始整理自己的羽毛。它可能也意识到,今天上午该收工了。

等到邦德歇息得差不多了,薇琪拿出准备好的鱼肉寿司,加上生鱼片和紫菜,和邦德一起分享。这种寿司的做法,就是在米饭里放上佐料和生鱼片,再用干紫菜把饭团包起来。干紫菜吃起来有点儿像西方的咸干菠菜,不过更加美味。来日本这么久,邦德已经渐渐习惯了日本的饮食。吃完午饭,他们在船上休息了一会儿,然后接着工作。工作一直持续到下午四点左右,这时候,阵阵凉风袭来,似乎在他们和温暖的阳光间无形中添加了一道屏障。他们身上的衣服湿透了,被微风一吹,不禁打了一个寒战。现在,是时候划回家了,划回去还需要花掉不少的时间!

铃木薇琪完成最后一次潜水后,回到了船上。她轻轻地拉动了大卫的绳索,大卫就从不远处的水里钻了出来,轻车熟路地在他们的头顶盘旋,然后轻轻一跃,优雅地滑行回船舱上。它稳稳落在船板上,依然是一副高傲的姿态。它摇摇摆摆走着,一直走到它栖息的地方。薇琪给了大卫轻轻的爱抚,然后又喂它吃了一些鱼。它把翅膀张开,似乎在晾干,然后优雅地拍打着羽翼。它以这么一个高傲的姿态站立着,似乎在等待它的主人带它回家,而它还等着回到家里那个温暖的巢呢。

薇琪换上她正式的和服,然后在宽大的和服下面擦干自己的身子。她大声宣布着今天的战果,一共有六十五只鲍鱼。这真是一个优异的成绩。当然,这里有十只的功劳要归功于邦德。对于一个第一次抓鲍鱼的人而言,这也算是一个值得骄傲的成绩了。或许是因为开心,邦德竟然有些得意忘形了,他把回家的方向都弄错了。因为现在的渔船,似乎正摇摇晃晃往天际而去,而黑岛则越变越小,几乎要成为一个小小的斑点。不过,他索性停下船桨,像一个苏格兰老奴仆一样,整理着船上的物件。整理完毕后,在薇琪的引导下,他们终于沿着正确的方向,朝黑岛划去。

他的手臂酸痛得厉害,他的腰腹、脊背,都非常疼,就好像被警棍抽打过一样。他的背上因为被烈日灼伤,开始脱皮,并且开始剧烈刺痛。不过他自我安慰道,所有这一切,都是他乐意效劳的。而且,这些也都是他必须做的,是他的必修课。因为接下来的任务,要求他不断锻炼游泳和潜水技能,薇琪无意间给了他最好的训练指导。不过,从薇琪忽闪忽闪的大眼睛中,邦德获得了一次又一次的鼓励。薇琪的爱意从来没有离开过邦德。这个时候,太阳渐渐地落下去,海面上金光灿烂,暮色昏沉。这时候,那个远远的点开始变成一个小团,那个小团就是黑岛。最后,他们终于到家了。

铃木家的爸爸妈妈早在门口等候他们归来。

第十五章　黑岛守护神

第二天又是一个阳光灿烂的日子，一如前几日一样，如此晴朗的天气，最适合出海捕捞鲍鱼了。今天，他们捕捉到的数量已经突破了六十五，达到了六十八个之多。这还要归功于邦德潜水功夫的进步。

这天晚上，铃木薇琪卖完鲍鱼回来，发现邦德捂着肚子，佝偻着身子，侧躺在地板上。他的胃部剧烈地痉挛，无比疼痛。薇琪的母亲只是在旁边唠唠叨叨，什么忙也帮不上。铃木薇琪无奈地把她的妈妈支开。薇琪把褥子摊开在邦德身旁，帮助邦德脱掉泳裤，将他的身子放在褥子里面，让他脸朝下躺一会儿。然后，薇琪直立着站在邦德的背上，小心地踩动着邦德的脊背。她一直从臀部踩到脖子，这样，过了一会儿，邦德的疼痛感渐渐减轻。薇琪的这手按摩功夫，真是太厉害了。她温柔地低声朝邦德耳语，示意邦德安安静静地躺着,她去给他拿热牛奶。喝完牛奶之后,她把邦德带到一个小小的浴室,从浴桶里打出温暖的水,给邦德淋浴。当温润的手指在邦德皮肤上游走时,邦德感到无比地惬意。过了一会儿,邦德身上所有的盐分,包括头发上海水的味道,都被冲走了,整个人无比清爽。薇琪温柔地给邦德擦干身上的水,然后拿走了他手上的牛奶杯,将他送回到自己的房间。然后,她像威吓小宝宝一样,哄他睡觉,这种温柔的命令,让邦德觉得无比温暖。她还不忘提醒邦德,如果他晚上醒来有什么需要,都可以叫她。铃木薇琪吹熄了邦德房间的灯,离开了邦德的房间。可是邦德看着天花板,怎么也睡不着。他走出了房间,来到那个悬挂着蟋蟀笼子的窗棂下,似乎在沉思,又似乎在遐想。那个蟋蟀笼子就像一个灯笼,照耀着未来的路途。

第二天一早,邦德的胃部的疼痛感完全没了踪迹,不过他的手臂还是有点儿酸。铃木薇琪给予他罕见的特殊待遇——在邦德的饭里打了一只鸡蛋,并且给他煎了豆腐。邦德对前一天薇琪对自己的照顾向她表示感谢。铃木薇琪露出了天使般的笑容,笑声像风中摇曳的银铃。她说:"太郎君,你具有十倍于武士的精神和意志,但是你毕竟只是血肉之躯。我知道,任何人都不可能对自己的身体要求太多,毕竟谁都是凡夫俗子,有血有肉,不是不食人间烟火的超人或者神灵。今天,我们不会走太远。今天,让我们到这个海岛附近看看能够发现些什么。今天让我来划桨吧,毕竟不是太远。但是,今天,我们说好了,你要多潜水。因为这个地方的地形我很熟悉,不过我很多个星期没有去过了。这片海域是内陆海,海水只有几十英尺深,你可以好好锻炼锻炼。"

天空万里无云,这一碧的长空让邦德可以清楚地看到海峡对岸那黑色的城堡和森严的壁垒。城堡的高处飘荡着两个黄黑相间的气球,上面写着警示性的文字和示意危险的符号。那触目惊心的危险符号让人不寒而栗、毛骨悚然。城楼上的石头柱子巍峨而峥嵘,邦德简直不愿意把它和死亡联系在一起。

他们捕鱼的间隙,邦德不经意间问铃木薇琪,是否知道对面的城堡。让邦德大吃一惊的是,一向活泼开朗的铃木薇琪脸色突然变得阴沉,似乎很生气。"太郎,我们通常都不讨论那个地方的。对于黑岛而言,那里几乎是一个忌讳。那里就像一个地狱,张开它的血盆大口,随时想要侵吞掉我们的家园。我们的人,其实和你欧洲的吉卜赛人一样,是一个自由的民族。但是,我们没有掌握太多现代科技,我们很迷信。我们相信从那个地方,会有鬼魅出现。我们虔诚地祈祷那块地方不要给我们带来灾难。我们能做的就是不去触碰那块忌讳之地。"邦德注意到薇琪的眼睛都几乎不敢往那边看,只是摇了摇头,她继续说,"就算是我们的神主也无法趋避那块地方给大家带来的恐惧。我们的祖先曾经告诫我们,说外国人都是坏的,他们欺负日本人,外国的鬼魅横行。而这块地方,恰恰就是那些恶魔集中的地方。所以,渐渐地,这种恶魔就变成岛上的一个传说,代代流传下去。不过,在我们的岛上,有六个守护神,传说他们会派一个人漂洋过海,到达魔窟,取死亡之神的性命,所以我们都虔诚地信奉这些守护神。"

"那么这些守护神是谁呢?"

"是我们东方的神灵,专门保护小孩子的,我想他们一定是佛教里面的菩萨,或者罗汉尊者。在这座岛的另一端,在浅滩上,矗立着五尊雕像。其实本来有六尊的,但是那第六尊被海水冲走了。这些雕像法相庄严,由巨大的岩石雕刻而成。他们在浅滩上排成一条直线,任凭海潮击打,海风吹拂,他们静静地守护着我们这座小岛。每当涨潮的时候,海水会没过这些神像,而当潮退的时候,他们就平静地凝视着海面,给我们的黑岛带来安宁。我们岛的海人,被称为大海的孩子。这些神灵就是专门给孩子们提供保护的。每个7月的上旬,海水渐渐变暖,我们就要开始潜入水下,开始劳作捕捞。每当这个时候,我们就要成群结队地到佛像那里祈祷歌唱,来娱神,以求得神灵的眷顾,希望风调雨顺,岁岁丰收。"

"那么这个黑岛传说中,那个神秘的漂洋过海人,就是你说的那个可以终结死亡之神的人,他到底来自哪里呢?"

"谁知道呢?但是我想,这个人一定神通广大,或者从海里来,又或者从天而降,又或者这么一个英雄式的人物根本就不存在,只是人们臆想出来的。一般而言,故事中这种英雄式的人物从哪里来的我也说不清楚,不过,大家对这个人的存在确信无疑。"

"哦,原来如此!"邦德用蹩脚的日语回答道,他们都被这突如其来的怪异表达逗得哈哈大笑,然后继续劳作。

第三天,邦德和往常一样吃着早饭,他坐在门槛上,活脱脱一副渔民的样子。铃木薇琪从门廊走过来,温柔地说:"进来,太郎。"邦德一脸疑惑,走了进去。铃木薇琪把门关上了。

铃木薇琪声音低低地说:"我刚才听一个从神主那里过来的信使说,昨天从大陆来了一只船,船上有三个人。他们带来了丰厚的礼物——香烟和糖果,这些东西在黑岛可是稀奇玩意儿。他们好像在询问你们那天乘坐的警用汽艇,看来他们已经盯上你们了。他们说,他们发现当时快艇上坐了三个人,可是走的时候却只有两个人。他们想知道那第三个访客现在怎么样了。他说他们是对面城堡的守卫,他们必须防止外人侵犯,而那第三个访客,很有可能会擅闯城堡。这只是他们的职责所系,并没有别的意思。这不是此地无银三百两吗?他们收下了礼物,但是长老们一个字也没有说,他们把来访者带到了神主那里。神主略微想了一想,巧妙地回答道:'当时确实来了三个人,他们是过来检查捕鱼许可证的。其中有一个人晕船,吐得七荤八素。他回去的时候一定是躺在甲板上,所以没有被你们发现!'神主对这些人鬼鬼祟祟的行径有些担忧,于是派了一个孩子到高处去监视他们。孩子回来报告说:'那些人驾驶着小船驶入了古堡旁边的海湾。他们把船安顿在那个船棚里,然后就回到城堡去了。'神主觉得此事非同小可,和你一定有莫大的关系。于是派人来告诉我。"

说完,铃木薇琪无比忧虑地看着邦德,说:"太郎,其实我已经感到我们之间已建立了深深的友谊,我相信你也一定把我当朋友。那么我就直言不讳了。我感觉你和神主一定有什么秘密。而且我相信这个秘密一定和对面那座古堡有关。"

邦德笑了笑,他走到薇琪身边,用双手托起薇琪的脸,然后轻吻了她的红唇。他深情地说:"亲爱的,我们不只是朋友。你那么美丽,那么善解人意,薇琪。好吧,今天我们不要出海了,我们趁今天休息一下吧。我们一起到山顶的庙宇里去,你来带路。在那里,我可以尽可能清楚地观测到对面古堡的地形。然后,再让我慢慢把一切真相都告诉你。其实我早就想把这一切都告诉你,因为,说实话,我需要你的帮助。等过几天,我还要去拜访那些守护神。你知道,村民们都以为我是一个人类学家。既然是人类学家,当然要去探访这些历史遗存。而且,我们或许需要守护神的保护和帮助呢。到时候让我们一起祈祷吧。"

铃木薇琪把准备好的午餐装进了一个小小的篮子里,然后穿上棕色的和服,脚上穿着绳子扎成的鞋子。他们沿着一条弯弯曲曲的小路朝山顶迤逦行去。那个小山包在村子的后面。山坡上开满了野菊花,他们一路往上面走。又发现了红色和白色的山茶花,散发出淡淡的花香。现在他们的位置,刚好在铃木家的正上方。薇琪在前面带着路,邦德小心翼翼地在后面跟着,在如此美丽景色的映衬下,他们仿佛是去赴一场浪漫的约会。突然,前面出现了一个小小的牌坊,牌坊后面是一个小小的神庙。薇琪神秘兮兮地说:"这个神庙很古老,据说在它的背后,有一个深不可测的山洞。这个山洞冬暖夏凉,空间很大,但是黑岛的人却并不愿意光顾,他们听说里面住着很多恶鬼。不过,我可不怕,我去过一次,毫发无伤。我想,即便里面真的住着鬼,也不会是恶鬼,说不定是好鬼、善良鬼,哈哈。"说着说着,铃木薇琪爆发出银铃般的笑声。邦德觉得这个美丽的姑娘就像上天赐给他的天使,他多想上前去把她搂在怀里,好好呵护她,与她长久厮守。然而现在还不可以,他必须去对面的古堡完成任务。

就在邦德遐想之际,铃木薇琪已经跪在神庙前,拍打着双手,然后双手合十，在默默地祷告。祷告完毕后，她叩首跪拜，接着又重复了一次刚才的动作，嘴里一直念念有词。看得出来，她是那么虔诚。过后，他们继续往高处爬。他们爬到了差不多一千尺的高度，美丽的山鸡从灌木丛中惊起，呼哧呼哧扇动着金色的翅膀，一飞冲天。薇琪兴奋得像个孩子，邦德则脸色凝重，因为他终于看清楚了对面的古堡。山鸡美丽的尾巴还在天空中飘荡，然后飞到了悬崖旁的灌木丛中。邦德让薇琪在这里等他，他自己攀爬到乱石上面，极目远眺。他清楚地看到了海峡对面的古堡，高大气派，古意盎然。

　　他看到了那一道高高的壁垒城墙，在花园的中央，是一个金黑相间的巨大的城堡主楼。现在是上午十点，在花园里，几个农民模样的园丁穿着蓝色的便装，脚上穿着高筒雨靴，手里拿着长长的棍子，在花园里忙忙碌碌，他们似乎在锄地，又似乎在翻检草坪。他们偶尔用长木棍在灌木丛中戳动着，清一色戴着黑色的面罩。突然，一丝念想从邦德脑中闪过，让他不寒而栗。他们是不是在寻找昨天晚上的猎物，那些可怜的自杀者？如果他们发现了一些半死的人，又或者他们在火山喷发口旁边发现了一堆衣服，火山口下将死的人在熔岩中垂死挣扎。又或者他们在湖里发现只剩下半张脸皮的活人，他们会怎么办呢？邦德似乎能够看到在园子里，到处飘荡着火山喷发的蒸汽，到处散发着死亡的气息。他们会把这些人带去见博士？就算如此，接下来博士会怎么处置这些半死的人呢？又或者他们根本就见不到任何人，只是被稍稍一踹，就直接和这个世界说再见了。要知道，那些食人鱼，喷发的岩浆，可是不讲情面的。而这些死亡机器的锻造者，显然也不可能是个讲情面的人。邦德心想，如果今天晚上,他顺利翻进了高墙,进入了园子,他该怎么办呢?他将在何处藏身?要不被守卫发现,不被拿去喂鱼,从今天起,邦德就必须做好万全准备。而且至少可以确定的是,海峡风平浪静,天空万里无云,这一切,都是有利因素。一切似乎都在往好的方面发展,他似乎能够顺利地到达对岸。邦德从高高的岩石上跳了下来,回到铃木薇琪身边。他们一同坐在一块大大的岩石上,神情很放松,他们一起充分享受这秋日的晨曦。他们的目光不约而同聚集到了海湾,在那里,黑岛的人们正在劳作,他们在海湾排开,构成了黑岛最美丽的一道景致,那么安详、宁静、自在。

突然,邦德说:"薇琪,今晚,我必须游到古堡去。我要从那面临海的壁垒翻过去,进入园子。"

薇琪善解人意地点了点头,低声说:"我知道。然后你会杀了那个魔头,也许也会杀死他的妻子,另外一个魔头。你就是那个黑岛传说中漂洋过海来为我们除害的外国人,对不对?看来传说是真的。"说到这里,薇琪并没有显现出往日的兴奋,她只是呆呆地看着海面,目光呆滞地说,"为什么偏偏选中了你?为什么不是其他的人,至少是个日本人吧?"

"傻姑娘!你想想看,对面的那个恶魔,是外国人,而我也是外国人。如果到时候,出了什么乱子,他们可以堂而皇之地宣称这是外国人针对外国人的行动,日本方面并不知情。这样一来,他们什么风险也不必承担。而如果我成功了,他们对我也不必给予太大的褒奖。应该说,你们日本高层的算盘打得太好了。"

"这些我都理解。那么请问,神主同意你的行动了吗?"

"是的,从我到黑岛来的第一天起,他就已经知道了一切。他默许了我的行动。"

"那么如果……我是说以后,你还会回来吗?还会回来替我划船吗?"

"也许还能替你工作一小段时间吧,然后我要回到英国复命。不过,我相信,有缘我们一定会再见的!"

"不,我相信,你一定会在黑岛住很长一段时间!"铃木薇琪倔强地说。

"你为什么会这么说?"

"因为我在神庙已经许过愿了。这是我许下的最大的愿望,以前我还从来没有求过神灵什么事。我想,这次我如此虔诚,一定会应验的。我一定能够打动神灵,我是认真的。"说到这里,薇琪似乎有一点点难为情的样子,她停顿了一会儿,连眼神都不敢往邦德那边瞟。

"而且,今晚,我会与你一起游到古堡去。"说到这里,她伸出一只手臂,"在黑暗的大海里,你需要一个同伴协助你。而且我熟悉洋流的方向,熟悉这片海域的情况,你不能没有我。"

邦德紧紧地抓住薇琪小小的干裂的手。他看见薇琪孩子般被咬短的手指甲,那么可爱,那么讨人喜欢。但是,他马上换了一副严肃的神情,斩钉截铁地说:"不行,这绝对不行,这是男人干的事情。"

铃木薇琪瞪大了圆圆的眼睛,看着邦德,她那双蓝色的眼睛那么澄澈,那么冷静,那么坚定。她说,这次她直呼邦德的名字:"雷太郎！你的名字的另一个意思是雷电。但是，我从小就不怕雷电。所以我一点儿也不怕你。我已经打定了主意。我会每晚准时在午夜零点的时候，在墙脚下的岩石缝中隐蔽着等你。我会在那里等你一个小时，以防你需要我的帮助。我知道，那些人一定会想尽一切办法伤害你。如果到时候你受伤了，在大海里，女人的泅渡能力比男人要强。你看，我们岛上，去潜水的都是女人。对于黑岛周边的海域，我了如指掌，就像农民对他农场土地的了解一样。在茫茫的大海，要想求生，必须了解海洋的脾气，否则，再强大的人，也有可能被大海吞噬。说实话，我对这片大海充满敬畏之心，但我一点儿也不害怕它，我相信，它和我是一体的。我是海的女儿。在这件事情上，希望你不要固执己见了。而且，你应该清楚，如果你真的去了，我每晚都将不能安眠。与其这样，不如让我与你并肩战斗。你就当我是上天派来帮助你的，你的需要，就是我最大的满足。如果我能够帮助你，我一定会获得更大的安详和宁静。所以拜托了，太郎，说你同意！"

"好吧，薇琪，好吧。"邦德有点儿粗声粗气地说，不过听得出来，他这气是装出来的，他接着说，"我本来只想让你把我送到一个适当的起始位置，然后我自己泅渡过去。"邦德一边说，一边将身子倾向了那片海峡，"但是，如果你执意要和我一起去争着喂鲨鱼的话……"

"相信我吧，这里的鲨鱼不会吃我们的。因为我们有守护神守护，你忘了吗？六个守护神会一直在你我身边，所以我们不会受到任何伤害。几年前，有一个海女的绳子绊在了岩石上，眼看就要被淹死。这个时候,鲨鱼聚了过来,你一定在想,鲨鱼会吃了她。不,没有,鲨鱼帮她咬断了绳子,救了她一命。因为那些鲨鱼,认为我们海人也是和它们一样的大鱼。"说到这里,薇琪简直笑得俯后仰,"所以啊,现在一切问题都解决了,让我们赶紧吃点东西吧。吃饱了,我带你去祭拜我们的六大守护神。估计一会儿我们吃完饭,潮水就退了,我相信他们也一定很乐意见到你。因为你就是那个漂洋过海的终结者,是守护神召唤你来的。"说着说着,铃木薇琪的脸上荡漾着幸福而自豪的笑容。

他们沿着山顶的另一条小路往下走,经过了几片丛林,蹚过了几道小溪,他们来到了村子东面的一片隐秘的海湾。现在,潮水已经完全退去。他们可以沿着平坦的黑色鹅卵石铺就的浅滩,一路往前走。在海岬的转角处,巨大的岩石像一层层屏障,装点着美丽的海湾。绕过这些岩石,在一片平坦的岩石基座上,五个巨人眺望着远方,似乎在凝视水天交接的茫茫天际。然而,他们并不是人。正如铃木薇琪所描述的那样,他们的头是圆形的石头雕刻而成的,栩栩如生,和蔼慈祥;他们的身子由巨大的长柱形岩石雕成,伟岸挺拔,穿着白色的神袍。他们的面部,还雕刻有头发和眉毛,真是宛如真人,不过比人更加庄严。他们白色的神袍被绳子紧紧系在身上,任凭海风吹拂,也不会掉落。他们的眼神那么严肃,似乎在评判人世间的不公,又似乎在审视着人世间的悲欢,总之,芸芸众生,都是他们苦心超度的对象。略有遗憾的是,第六尊雕像只剩下台基,其余的部分或许是被海水冲走了,又或者是他隐藏到了海底,给黑岛的人们提供大海里的佑护。

铃木薇琪拉着邦德,在神像前静静地徜徉。他们抬头仰望着神像平滑苍白的脸庞。这一刻,在邦德的内心深处,第一次对东方的神灵涌动着无限的敬畏。这或许也是他这个西方人第一次有如此感触。这东方的信仰,如此虔诚;当年的建造者——黑岛的祖先,是多么富有担当,富有开天辟地的豪情。这些原始的偶像,寄寓着黑岛祖先朴素的愿望和虔诚的心灵。这些守护神守护着无忧无虑的欢快的海女。这时候,邦德感到一种难以名状的冲动,他多想跪倒在地,第一次祈求守护神给他好运,助他一臂之力。他的祈求就像十字军东征之前,向上帝的祷告。所不同的是,十字军东征,未必都是正义的;但邦德此次的前行,则是完全正义之举。可是,西方人的矜持让他终于摒弃了这种想法,他只是微微鞠躬,简短地祈求自己好运,并祈求自己能够顺利完成任务。

做好这一切后,邦德退后了几步,眼前的一幕打动了他的心扉,就像一个优雅的乐师拨动着他的心弦。只见铃木薇琪,那张美丽的脸庞,严肃而紧张,充满了祈祷的肃穆和庄严,她拍打着手掌,希望引起神灵的注意。然后做了一长串絮絮叨叨、毫无表情的祷告。对于邦德而言,他几乎一个字也听不明白,不过让他怦然心动的是,在这一大长串祷告的声音中,有几个音节在不断地重复,那就是他的名字——雷太郎。邦德觉得有一种深深的歉疚之情,直到现在,这位善良的姑娘都还不知道他的真名。但是现在,他还不便透露,因为那样会给这个姑娘带来很大的危险。不过邦德相信,将来,他一定会有机会向这位天使报上自己的真实姓名——詹姆斯・邦德,007。

最后,薇琪再次拍打着自己的手掌,那些大大的神像会点头答应这个姑娘的祈求吗?当然不会。邦德这么想着。不过当他拉着铃木薇琪的手,和她一道离开的时候,铃木薇琪兴奋地对邦德说:"现在好了,一切都好了。太郎,你看到刚才我祷告的时候,那些神像一直在点头微笑吗?他们答应了我的祈求!"

"不,"邦德坚定地说,"我并没有看到他们点头啊!"说完,他不禁暗自笑起这个姑娘的痴来。

他们在这个月黑风轻的晚上,正式行动。他们翻过了东边的海滩,然后把小船推到岩石缝隙中。一点儿踪迹都没有留下。他们悄悄地观察着海面,希望能够寻找到最佳的出发地点。现在已经是十一点了。夜空中一轮巨大的明月高悬在天际。突然,一阵鱼鳞状的乌云把月亮罩住,但月亮的光芒却穿过云层,隐隐地发出柔和的光。这真是一个美妙的晚上。铃木薇琪挽着邦德的手臂,他们情话缠绵,神色依依,虽然他们完全在古堡的监视范围以外,离古堡还有半英里之遥,但他们还是小心翼翼,仅用耳语呢喃。这时候,铃木薇琪脱掉了棕色的和服,叠得整整齐齐,放在船上。她的胴体在月光下闪耀着迷人的光芒。

邦德小心地穿上了自己的棉质忍者服。这种衣服质地柔软舒适,在水中可以防寒,是老虎训练营中的秘密装备。他没有戴上头罩,而是把它垂在脑后。他的额头上挂着一副潜水镜,那是薇琪的爸爸赠送给他的,他爱护有加。他的背上绑着浮囊,突然他意识到了什么,把浮囊解开,然后紧紧绑在手臂上。这里面,都是最重要的擒贼工具,他必须保证随时看到它,千万不能掉进大海,绑在手臂上是最好、最稳妥的选择。

  一切准备就绪后,他笑着朝铃木薇琪点点头。

  铃木薇琪走到邦德身边,双手抱住邦德的脖子,然后给了邦德一个深深的吻。

  还没等邦德反应过来这幸福的时刻,铃木薇琪已经戴上了潜水镜,潜入平静而微波荡漾的海水里。

择日而亡

第十六章　盟证三生石

薇琪保持着匀速划行，显得很轻松，邦德紧随其后，并没有显得很吃力。不过，令邦德苦恼的是右边手腕上系着的那个浮囊，简直就像一个刹车片，让他快不起来。幸运的是，他带着脚蹼，这多少为艰难的前行提供了一些力量。前半程，他们沿着海峡朝东边前进。这一段风平浪静，没有花费太多的气力。不过，突然，薇琪转变了方向，这时候，他们才算真正面对那面高墙。只见墙根惊涛骇浪，层层浪花飞溅，让人不寒而栗。不一会儿，整个的高墙都已经进入他们的视野，他们离目的地越来越近了。

在墙根下，有一些嶙峋的岩石，这为他们提供了一个不错的栖息地。不过薇琪依然把自己的身体藏在水里，她还从周围扒来一些水草，盖在自己的周围。这是因为，月光下，她光洁的身体很容易反光，要是惊动了高墙上的守卫，那就前功尽弃了。不过在邦德看来，夜间的巡逻队恐怕会很松懈,因为这样正好可以吸引更多的自杀者进入死亡城堡。所以,邦德大胆地爬到岩石上,把浮囊解下来,取出登山工具和装备。这其中最重要的是攀爬用的钢钉,他把钢钉插入岩石,向上爬了几步,以便脱下脚蹼。脚蹼被丢进一个岩石缝隙中,这样既可以避免潮水把它冲走,又可以防止被岗哨发现。他准备出发了,他轻轻地吻了他的爱人。薇琪挥了挥手,这是日本人道别最郑重的方式。然后她把脸埋了下来,或许是怕夺眶而出的泪珠会给邦德带来情绪上的波动。然而在月色下,那莹莹的泪光,斑驳的泪痕,却早已深深刻印进邦德的心。薇琪没有停留,她知道,邦德必须去完成使命。她像一颗白色的鱼雷,飞也似的离开了岩石,回到了大海的怀抱。她能够安全地回到黑岛吗?邦德相信,一定可以,因为她答应在黑岛等他回去的!

邦德把一切的离愁别绪都暂时忘却,回望了一眼波涛汹涌的海面,那白色的鱼雷已经蹿出去很远,看不见了。邦德看着他身上那被海水浸透的黑色夜行服,不禁倒吸了一口冷气,他是真的要深入龙潭虎穴了。他仔细查看了花岗岩石壁上的缝隙,他发现这些缝隙很大,足以提供脚部支撑,这算是万幸,因为他在老虎的忍者训练营接受了系统的登山训练。若是常人,恐怕寸步难行!然后,他解开自己的黑色头套,拖着身后的背囊,开始艰难地攀登。

这二百多尺高的绝壁,邦德足足花了二十分钟,才爬到制高点。不过在这个过程中,他几乎是徒手攀登,只有两次借助了登山设备。一是因为他接受了训练,能够抓住攀缘点,二是铁钉敲击岩石会发出很大的响声,万一惊动了上面的守卫,那就得不偿失了。这时,他已经来到了一处碉堡枪口的下面。他小心翼翼地挪动着步子,尽可能地把他高大的身躯隐藏得不易被人察觉。他沿着缝隙朝里面看,终于看见了那个罪恶的死亡乐园。和他想象得差不多,从碉堡下去,有一层层的台阶。他趁着浓荫悄悄屈身潜入,来到内墙的墙根。他的步子是那么轻,没有发出一点儿声音。但是他的心跳是那么剧烈,似乎可以撞死一只可爱的兔子。他蹲在那里,慢慢调整呼吸,慢慢使自己冷静下来。然后,他找了一个隐蔽的地方,先藏起来,竖起耳朵听外面的风吹草动。一阵清风拂过树梢,发出沙沙的响声。不远处是潺潺的流水。而在地底下,似乎有什么东西在翻滚沸腾,发出噼噼啪啪的声音。天哪!这一定是火山岩浆,喷发口一定就在附近!邦德像一个暗夜的黑色幽灵,又像一个天国的索命使者,他沿着墙角,缓缓地向自己的右手方向前行。他现在最首要的任务,就是先找到一个庇护所。在那里,他可以宿营,可以暂时休养生息。但是,在这死亡乐园里,要找到这么一个地方,谈何容易?此外,这个地方也可以成为一个紧急情况下的大本营,他可以把自己的装备暂时安顿在这里。他到处搜寻,不放过任何一个小树林,不放过任何一片灌木丛。该死的是,这些地方都被仔细打扫过,根本没有容身之地。那些高大乔木下面的杂草和小树都被清理得干干净净。不愧是一个"园艺大师"!不仅如此,更让邦德觉得恐惧的是,这些树木都散发出淡淡的芳香,邦德知道,这香气,是毒液为诱惑人们发出的,切不可靠近。

终于,他发现了一个小屋,挨着墙壁而建,然而已经很朽败了,似乎是座被遗弃的房子。房子的小门虚掩着,邦德把耳朵贴在门

You Only Live Twice

口,静静听里面的动静。确定里面无人后,邦德推门而入。果然不出邦德所料,这是一个储藏间,在阴暗的角落,堆放着园丁的工具,耙子、手推车之类。在这间小屋里,尘土的气息和木头陈腐的味道扑面而来,让邦德觉得窒息。邦德小心翼翼地四处查看。在木板墙壁透进来的月光的照耀下,邦德渐渐熟悉了这间小屋的情况。他回到屋子的后面,那里杂乱地堆放着许多脏兮兮的袋子。这些袋子应该都是已经用过的废弃袋子,正好可以用来藏身。邦德思索了一会儿,心想这里虽然常常有人来,但是正所谓最危险的地方才是最安全的,只要他躲得隐秘,应该不会被人注意到。他把手腕上的浮囊解了下来,然后把那些袋子归置了一下,腾出一个地方作为自己的小窝。然后他把自己的东西藏在袋子下面。钻出来的时候,他又故意把袋子弄得凌乱一些,避免引起注意。现在,他还要做的一件事情,就是清点一下自己随身携带的物品,看看是否有所遗漏。确认无误后,他来到屋子外面,四下观望,开始打探地形。他必须第一时间掌握园子里的情况,时间紧迫,他必须加快速度。

邦德紧紧贴着墙,就像一只暗夜的蝙蝠,遇到开阔地或者断壁无遮挡的区域,他就像幽灵一样,一跃而过。树丛中,花影下,都是他的藏身之处。虽然他身上穿着黑色的夜行服,但是他还是尽可能避免接触到那些有毒的植物。这些植物散发出强烈的味道。这些气味让他想起了遥远的过去,让那些令加勒比地区的探险者丧命的东西——山茱萸,或其他散发毒气或溢出毒液的植物。

他终于来到了湖边,这个湖和当时他在航拍照片上看到的那个湖很相近,应该就是同一个地方。湖面平静得如同一面魔法镜子,上面升腾着缭绕的云雾,显得神秘莫测。邦德站在那里,静静地观察,为自己的位置寻找一个坐标。而那张坐标地图就印在他的脑海里。突然,他的头顶上一片硕大的树叶掉了下来,飘飘荡荡落进湖里,荡漾起一层浅浅的涟漪,然后就被湖水吞没了。邦德心想,如果是一个人,掉了进去,会怎么样呢?湖里一定有什么特别的鱼类,这些鱼一定是食肉动物。只有食人鱼会对湖面上轻微的动静那么敏感。那片树叶不是被湖水吞没的,而是被食人鱼一口吞了下去!想到这里,邦德的后背阵阵冷汗冒了出来。

在湖的旁边,就是一个小火山口,发出浓烈的硫黄臭味。火山口里面岩浆翻滚,滚烫的气息扑面而来。这灼人的热浪让人仿佛置身魔窟。一旦喷发,邦德可以想见,那灼热的岩浆就会像喷泉一样溅到半空,然后落到人的身上。任何人都会顷刻之间化为脓水。几码以外,邦德依然可以感受到那股灼热,他只能站得更远!邦德知道,这岩浆,会定时喷发。他注视着火山口咕咕的气泡,时而翻滚,时而消失,正仿佛人的命运,漂泊不定。就在邦德不经意间朝空中仰望的时候,他透过树梢,发现了一个尖尖的屋檐。哦,那就是城堡的飞檐,像一只击破长空的飞鹰,青面獠牙,阴森恐怖。邦德万分谨慎地朝前爬行,避免发出任何声响。因为他知道,他已经来到了鬼蜮,恶魔和幽灵已经在他左右,不可掉以轻心。突然,穿过一个树丛后,他已经直面那座城堡了。邦德停了下来,躲进了树荫中,他的肋骨以下,心脏在剧烈跳动。似乎那颗心脏要撞破肋骨,跳将出来。邦德告诉自己,一定要冷静,一定要冷静!

再靠近一点,邦德已经能够看到古堡黑色的墙壁,还有金色的雕饰。屋檐上悬挂的金色的铃铛,就像催命的乐器,迎风摆动,发出鬼魅般的刺耳声音。那翘角屋顶,就像一只张开翅膀的巨大蝙蝠,又像暗夜恐怖的魔鬼,张牙舞爪,冲向星空。这座城堡比他想象得还要大,那些花岗岩的基石,也似乎更加牢固,坚不可摧。他的脑海里浮现出一万种进去之后的可能性。而在考虑这些可能性之前,他还要思考的是如何进去。他的身后可能就是主通道,那低矮的墙体,开放的门首!但是,一般而言,城堡不都有用于紧急情况下逃生的小门吗?从大门进去过于危险,如果从逃生小门进入,安全性就会高很多。邦德小心谨慎地继续前行。他将脚底板整个压在地面上,这样可以减少脚步和地面之间的摩擦,从而发出更小的声音。城堡上似乎有无数双眼睛在看着他,他能够透过淡淡的月色,看到那些白色的闪耀着微光的东西——或者是监视者的眼睛,或者是上了膛的枪口。这些白色的微光以一种漠然的态度注视着邦德的到来,但是如果他们一旦发觉来者不善,就一定会火力全开,让邦德碎尸万段。不过幸运的是,他们或许还没有注意到邦德,或者以为那只是一只小猫小狗,或是其他的什么东西。不管如何,邦德已经开始记住它们了,那些白色的扫视光柱,那些黄色蓝色的篝火。所有这一切,他必须烂熟于心,否则就可能轻易送命。幸运的是,当他来到城堡的城墙跟前的时候,他依然毫发无伤。于是他沿着左边继续前行。因为他记得,在训练的时候,他学到过关于东方城堡的知识。一般而言,城堡的小门都设在吊桥的下面。夏特兰德博士的城堡应该也不例外。

邦德找到了!

那是一个锈迹斑斑的铁门,门锁显然已经太久没有开启,拴着的铁链都生满铁锈,但仍然牢固。这是双保险锁,邦德眉头紧锁!这一扇被岁月和风雨侵蚀的小门,上面布满了铁钉。邦德试探性地推了推,才发现门锁和铰链都被锈穿了,简直就是一个摆设。不过那一道铁链,又该如何打开呢?那道铁链把小门静静缠在岩石上,坚不可摧!这里曾经是一道进出城堡的门,现在却一点儿月光也不肯前来眷顾,杂草丛生,荒凉凄清。而门下面的护城河,也早已干涸,长出了一人多高的杂草,正好可以隐蔽。邦德用手指摩挲着那道门,突然有了主意。他那魔术师般的工具袋里有各种开锁的工具,不如试一试。

邦德用万能钥匙试了试,果然可以打开,真是谢天谢地!现在的问题就是门里面是不是还会有门闩呢,或许没有吧!邦德心里默默祈祷道。因为如果有的话,那么门外的那道锁就纯粹是多余的。没有问题,可以打开!一切情况都摸得差不多了,今夜应该赶紧回到小屋好好休息。他沿着来时的足迹,蹑手蹑脚回到城墙,然后准备朝右回去。总之,明天这道门,就是他的目标。

他朝右沿着城墙扶行,他跳出去观察了一下周边的情况。就在这时,有什么东西被他的脚步声所惊扰,嗖的一声蹿进了旁边的落叶中。那是响尾蛇,矛头蝮蛇,还是黑曼巴蛇,又或者是眼镜王蛇?总之,一定是世界上最毒的蛇!听!还有别的什么?或许又是别的什么毒物,被惊扰了,慌忙逃窜。这些毒蛇猛兽到底是习惯于白天捕猎还是晚上呢?邦德不得而知!在惊慌恐惧下,邦德只能更加小心谨慎。这就像在玩俄罗斯轮盘赌,谁也不知道下一转是子弹还是空盘！一旦子弹上膛，你只有六分之一的希望死里逃生！

  现在，邦德已经来到了城堡边的湖畔。他突然听到了一些异响。他忙躲在一棵大树的后面，静观其变。在不远处的灌木丛中，听起来有一只受伤的动物在呻吟。但是，过了一会儿，那个动静逐渐靠近，终于出现在道路上，那是一个衣衫褴褛、摇摇晃晃的人！不，不是一个人，或者只能说那曾经是个人！而现在，天哪，已经完全没了人形。在皎洁的月光下，邦德看到了最恐怖的一幕。那个人的头肿胀得像一个足球，变形的脸庞上，眼睛和嘴巴都成了一条细缝，太可怕了。那个人跟跟跄跄地前行，发出低沉的呻吟，显得痛苦万分。邦德似乎能够看到，那个人的手在拼命地撕扯眼睑周围的皮肤。他或许以为把那块皮肤扯掉，他就能够看得更加清楚。突然，他可能意识到无望，那皮肤已经膨胀得厉害，几乎把整个眼珠都盖住了，又怎么扯得下来。就算扯下来，那人又怎么活呢？只见那个人仰天号叫了一声，在月光下，他就像一个绝望的灵魂，等待着魔鬼的召唤。这声号叫不是因为害怕或者痛苦，而是因为这地狱般的遭遇和无尽的绝望。突然，那个人站着不动，似乎在思考着什么！他好像第一次看到了那个湖。在一声撕心裂肺的哭喊声中，他张开双臂，似乎在拥抱自己的恋人。他快速走到湖边，纵身一跃，跳入湖中。他就像邦德早前看到的那片树叶一样，很快被吞没，只留下一圈涟漪。这圈涟漪更大，伴随着鲜红的血迹，湖内的食人鱼、岸上的毒蛇、空中的秃鹫，都齐刷刷聚了过来。那个人的身体在水里扑腾了几下，最后完全消失了。这个过程并不比那片树叶的消失长久。

  那个可怕的场景，邦德一辈子都不会忘记：大群的食人鱼啃噬着那个可怜人的手臂、大腿、脸部,以及每一寸裸露的肌肤。一大群六七寸长的食人鱼在月光下就像一大堆粪蛆,上下翻腾。它们的鳞片发出微光,在鲜红的血肉里游刃有余。这个人的头极力想伸出水面,被一只食人鱼一口咬住,就像一只银色的发簪,直插进他的脸庞。然后他的头就被拖回到了水里。他的身体在急剧地扭曲和翻转,想用这种无力而无助的姿势躲避攻击。然而这一切都是无望,他身边越来越多的黑点,慢慢聚集,那是越来越多的食人鱼。最后,那个人不再发出声音,或许是因为他的气管已经被刺破了。他直直躺在水里,脸部朝下,头颅发出吱吱的声音,那是食人鱼正在啃噬脑浆。随后,攻击终止了,水面恢复了平静,只有几件破烂的衣服漂在湖面,偶尔引来一两只食人鱼的追逐。

邦德的额头上,一颗颗豆大的冷汗冒出来。他用手擦了擦汗,心有余悸地朝自己身上打量,好像怕自己哪里也少了一块皮肤。天哪!据说在南美洲有一种食人鱼,牙齿无比锋利,可以在一个小时内把一匹马,吃得只剩下骨架。不过这毕竟只是传说,没想到今天邦德竟然看到了传说的真实版。只是那个可怜的人,成了这个故事的主角。实在是太惨了!不过这个人也许在来这里之前,就打定了主意自杀,并且想试一试这种死法的。所以他到处寻找那个湖泊,不幸的是,在到达目的地之前,他就被毒液刺破了脸。所以他的脸才会肿胀得那么大。可以说,这场死亡盛宴,正是夏特兰德精心为他准备的,这里真不愧是死亡乐园!

詹姆斯·邦德的身子微微颤抖着,是恐惧,还是同情,他不大清楚。他慢慢地拖动着步子,心里的仇恨又增加了十分。邦德心想,布洛菲尔德,你这个恶魔,现在你的罪孽又深重了一层。架在你脖子上的利刃又多了一丝冤魂的仇恨,你一定会死无葬身之地。这真是勇者的复仇宣言!邦德穿过矮墙,继续走着。东方的碉堡黑黢黢的枪口正对着他的胸膛!然而,那胸膛里的复仇之火,发誓要将这杀人的魔窟一举粉碎。

不过,这还不是这座死亡乐园的全部家当!

在整座院子里,死亡的气息无处不在。空气中弥漫着硫黄的恶臭,邦德必须不断绕开那些岩浆翻滚的火山口。这些火山口被一些白色的石头围起来,作为危险的标志。但是邦德知道,很多冤魂还是被这灼热的岩浆无情地吞噬了。有纵身跳进去的,有被喷发的岩浆袭击的,当然也有被无情丢进去的。不过,从表面上看,夏特兰德博士还真是够细心的,他真像是想要防止任何人不小心掉进那岩浆里面去呢。可是事实呢?邦德来到一个网球场大小的地方,在这个地方的后面,一个破旧的神庙隐藏在一个岩洞中。神庙被打扫得很干净,在神庙的祭坛上,放着一束美丽的菊花。因为这时正是秋菊盛开的季节,阵阵秋风让人觉得凉爽而陶醉。这些菊花被插在枫树叶子周围,这种插花艺术,是日本最普遍、最原初,也最精致的一种插花艺术。这一点,邦德在过去的学习过程中,已经习得了很多。在这个神庙的对面,邦德穿着他幽灵般的忍者服,躲在阴影里面。邦德注视着神庙方向的一切。突然,他注意到一个日本人,身形俊朗,衣冠楚楚。邦德再仔细地一看,这个人头戴高高的礼帽,系着领花,一看就是政府的高官或者是婚礼上的父亲。在邦德看来,他简直就是日本的绅士,相信那精美的插花,也一定出自他的双手。只见他静静地站在那里,对着汩汩冒泡的岩浆发呆。他如此虔诚地为神庙献花,又如此凄清地立在这里,到底是为了什么?是祈祷,还是祈求宽恕!不,也许正确答案只有一个,他来这里,为的是结束自己的生命!

想到这里,邦德又是一身冷汗。布洛菲尔德这个恶魔,到底要背负多少冤魂才能满足!

这个绅士手里拿着一把伞,伞被小心翼翼地折叠起来。他的头低了下去,嘴里念念有词,似乎在向神灵祷告。他一直在说着什么,就像大教堂里最有威望的牧师带领信徒们做礼拜。但是他没有做牧师那些动作,他只是静静地站在那里,态度是那么和蔼、谦逊,看上去那么安详、宁静。他是不是在向神灵坦白什么,或者请求什么?邦德不得而知。邦德只是害怕,这个绅士,很快就要走向死亡之路。

邦德站在一棵树下,一边秘密关注着眼前的一切,一边做好隐蔽。邦德心想,他是不是应该出去和这个绅士谈谈。至少他应该了解一下这个绅士来此的目的。但是这也不大容易,邦德不会说日语,而且他身上只有一张聋哑人残疾证,而最关键的一点是,他现在还不能现身。他必须在阴影下做一只暗夜的幽灵,准备随时给魔鬼致命的一击。在任务没有完成之前,他不可以轻举妄动,绝对不可以!即使他现在过去与此人做无谓的辩论和争执,这个素昧平生的人也未必会听他的话。更何况这个人到底心中有什么心结,邦德能不能理解,这一切都未可知。而且如果一旦引来了守卫,邦德的任务就将前功尽弃。邦德只能默默站在那里。树荫底下,一个长长的影子拖得越来越长。这是那个绅士在移动脚步。邦德看清楚了那张脸,那是一张铁青的冷冰冰的脸,就像一块石头,这个人或许真的已经走到了死亡的边缘了。

只见那个人停止了祷告,他抬起头,看着夜空,皎洁的月色下,他显得那么孤独。他静静地凝视着夜空,很有礼貌地摘下礼帽,高高举起。然后他又举起他的伞,然后他把伞挎在手臂上,双手互相拍打,发出啪啪的响声。然后,他开始迈步,就像去参加一场商务谈判,那么冷静、沉着。他好像胸有成竹,又好像早有预想,他来到火山口的边缘。汩汩的岩浆似乎已经在鸣响警报,不过他没有止步。他越过白色的警戒石头线,继续往前走。他慢慢陷入岩浆,可是直到现在,他的嘴唇中没有一句呻吟。那致命的灼热已经到达他的腹股沟了,他终于爆发出一声"啊!"露出了金黄色的烧焦的牙齿!这显示,他的生命已经结束了!他是那么勇敢,那么淡定,那么有魅力,可是,他仍然逃不脱夏特兰德的鬼窟。这个绅士永远地走了,只有一顶黑色的礼帽,还没有完全燃烧。不过很快,这顶礼帽也会化为灰烬!没有人会知道,此时此地,这个火山口,又吞没了一个灵魂。

突然,火山口喷发了,那顶礼帽被送到了半空,然后落到离邦德几米远的地方。邦德一阵心悸,闭上眼睛,不忍直视。当邦德再次睁开眼睛,那顶帽子已经完全燃烧,消失了,只留下一抹黑色的痕迹。生命果真如此脆弱吗?还是夏特兰德这个魔鬼的伎俩太过高明?邦德闻到了一股刺鼻的硫黄的酸臭味,或许夹杂着尸体血肉的味道。是的,就是有一股血肉烧焦的味道,就好像烤肉店发出的一样,不过更加恶心,简直让人呕吐。邦德捂住口鼻,不知该怎么办才好!

短短的时间内,两条鲜活的生命,就被吞噬了!

邦德简直难以抑制内心的悲哀和仇恨,他稍微冷静了一些。心想,对这个绅士而言,或许他以一种光荣的方式回到了祖先的身边。不管他生前所犯何罪,他肯定获得了救赎。当他的骨骸慢慢沉入大地母亲的怀抱时,他的罪一定能够得到宽恕!而布洛菲尔德的账上,又多出一条人命。为什么空军不派飞机来炸掉这个魔窟?让这座死亡城堡万劫不复,让这杀人的坟场,永远消失?为什么这个恶魔至今依然能够逍遥法外?为什么那些道貌岸然的植物学家和政府高官还要袒护他,纵容包庇他?他们到底得了这个恶魔多少贿赂?难道一点点贿赂就真能泯灭科学家和官员的良知吗?而现在,只有他邦德,赤手空拳,来完成那些日本高层所无法完成的任务!

邦德简直义愤填膺,既然日本首相都想除掉这个恶魔,为什么却要利用他一个外国的情报人员呢?他们是想用最廉价的方式达到目的——即便牺牲,也不过是一个外国人!他那么无助,但是他不能退缩。国家的利益,爱人的仇恨,都促使他必须和布洛菲尔德做一个了断。然而他知道,现在他的机会过于渺茫。老虎和日本高层当然希望邦德用血肉之躯去换取四十四号密令,可是就是不知道,他那二百四十几磅血肉,能否换得成功!想到这里,邦德连老虎也憎恶起来。什么兄弟,不过是利用关系而已!他怨恨自己的命运,诅咒老虎,诅咒整个日本,邦德意志昏沉地继续走着。

突然,他的耳边似乎有一个声音:"难道你不想杀死布洛菲尔德?难道你不想给心爱的人报仇雪恨?这难道不是天赐良机吗?

你今晚干得很漂亮，已经突破了防线，进入敌人的腹地，你马上就可以深入敌人的心脏，给予致命一击了。难道你不兴奋吗？你甚至已经掌握了地形，明天就可以进入城堡，进入他的卧室。趁他熟睡，手刃这个恶魔！何等畅快！相信你等待这一天已经很久了吧？！还要杀了那个丑女人，你知道的，就是那个天底下最恶毒的妇人。然后，回到薇琪的身边。一两个星期后，你就可以回到英国伦敦，等待国人给予你的欢呼，等待你的头儿给你的嘉奖吧！来吧，邦德！在日本，每三十分钟就会有一个人自杀，不要那么多愁善感，不要为了几个自杀的人，就心慌意乱。你不是救世主，想想看，在医院，每天有多少病人的名牌会被撕掉，因为他们已经死了！死亡是不可避免的！现在你应该做的，就是完成任务。那样才能拯救更多的人，才能对得起你的爱人和祖国！"

这当头一棒，邦德释然了，他的眼前豁然开朗！

邦德如释重负，走完了回到小屋的最后一英里路程。在进去之前，他还是左右观望了一阵，他看到那银色的河道和镜子般澄澈的湖面。谁曾想到，如此美妙的景色竟是人间坟墓。遥远的天际出现了古铜色的朝霞，天将要破晓了，新的一天就会来到。在缓缓升腾的薄雾中，巨大的昆虫扇动着翅膀，发出嗡嗡的声响。那是绯红色的，还有粉红色的蜻蜓。它们唱歌、跳舞，似乎在给魔鬼吟唱最后的葬歌。当然，他突然想起了老虎曾经吟唱过的俳句——绯红色的蜻蜓在坟头上飞舞！这是美景，还是地狱？那是老虎的部下在临死之前所反复吟唱的。或许，他就是在这里，遭遇了劫难。那最后的梦魇般的经历，就是这些鬼怪的精灵。在死亡乐园里，一切美好的东西,都有可能是魔鬼的深渊。而这一切,都拜布洛菲尔德夫妇所赐。邦德暗暗发誓,在新的一天,他一定要杀死这对魔鬼,还给世人一个清清朗朗的世界!

  邦德回头张望,再朝屋里张望,确认安全后推门而入。他在各种工具和手推车之间小心地循着自己出去时候的足迹,来到那个小小的窝。他把几个袋子盖在身上,陷入浅浅的睡眠。在他的睡梦中,到处都是鬼魅,到处都是惨叫,到处都是绝望……

  但愿,明天,明天一切都会终止!

You Only Live Twice

第十七章　罪恶关何处

四个小时后,邦德迷迷糊糊地醒过来,梦魇中的惨叫真真切切地从不远处传入他的耳朵,这是真实发生的,这让邦德不禁惊出一身冷汗。他藏身的那座小木屋静得可怕。邦德觉得恍然如梦,他艰难地站起身来,才意识到自己还活着。他从木屋折断的木板缝隙中向外看去,看到了一个正在惨叫的男人,穿着宝蓝色的破旧不堪的棉制服,应该是一个可怜的农民。这个可怜的人沿着湖滨一路狂奔,充满了惊惧与无助!还有四名守卫一边紧追不舍,一边发出一阵阵狂笑。他们似乎在玩老鹰抓小鸡的游戏,神情是那么轻松。可是,那个农民的尖叫显然是哀号,又或者是绝望的求救!那四个守卫手执木棍,似乎要赶尽杀绝!突然,前面狂奔的农民摔了一跤,跌倒在地。他膝盖受伤了,只能痛苦地坐在地上,用手指着追上来的守卫,似乎在求饶!然而,那些粗壮的守卫还在狂笑,好像跌坐在地上的不是一个活生生的人，而是一个牲口，或者一只蝼蚁。他们围了上来，每个人都体格健壮，穿着高筒靴子，显得凶神恶煞。他们的脸上都戴着黑色的面罩，鼻子上戴着黑色的鼻夹，头上还戴着黑色的帽子，这身装束，让邦德想起了火车上偷他钱包的黑龙会的人。难道这些人并不是普通的守卫，而是黑龙会的杀手？！他们无情地把自己手中的木棍挥向了地上的农民。一声声惨叫就像一记又一记拳头，砸在邦德的心上。可是那些残忍的守卫，依然是面带轻蔑的嘲笑。突然，那四个守卫似乎得到了命令，同时弯下腰，抓住那个农民的手和脚，在空中荡起来，反复荡了几次之后，他们奋力一抛，可怜的农民被扔进了湖里。湖面上荡漾起恐怖的涟漪，慢慢地散开。那个农民拼命挣扎，高声尖叫。他用手护住自己的头，但是身体还是不住地往下沉。他似乎想往岸边游，但是他的尖叫声越来越急促，也越来越微弱，最后渐渐消失了。一大片鲜红的血迹在水中慢慢荡漾开来，越来越宽，越来越宽！

又是一阵狂笑，那些杀人的恶魔心满意足地离开了湖滨。接着是一阵更大的笑声，原来对面河岸上的守卫也"欣赏"到了刚才那"动人"的一幕，发出了野兽般的欢呼。现在，表演结束了，大家又各就各位。那几个刽子手慢悠悠地朝小木屋走来。邦德的心都要提到嗓子眼了，不过他还是可以看见那些恶魔因为刚才的狂笑，都笑出了眼泪，泪痕在脸颊上依然清晰可见。

现在该怎么办？邦德马上找到一些破旧的麻布袋作为遮盖，把自己藏在里面。他已经无法看到外面发生的情况，于是他竖起耳朵，收集周围的信息。脚步声越来越近，接着是戏谑打闹声和浪笑声,声音从几码外传来,邦德的心怦怦直跳。他知道,这几个人已经进了屋子。他们把屋子里的耙子和手推车推了出去,然后开始分配各自的工作。邦德甚至能够听清楚他们和园子里的人打着招呼。等他们都出去后,邦德悬着的心才算落了地。他长舒了一口气,耳听得城堡方向传来沉重的钟声,除此之外,周遭陷入一片死寂。邦德掏出一只廉价的日本手表,这只手表是老虎赠送的,虽然破旧,但走时还算准确。现在是早上九点整!那么刚才的钟声是不是宣布今天的工作正式开始呢?或许吧。

在日本有一个不成文的规矩,就是雇员一般会提前半小时开始上班,推迟半小时下班。这是因为他们都想在老板面前尽量表现,以此表示自己对公司的忠诚和热爱。这是员工工作的一种基本方式。过了一会儿,邦德心想,如果真的是这样的话,那么除开中午一个小时的吃饭时间,他们的下班时间应该是下午六点左右。这样他就可以等大家都下班之后,也就是六点半以后,再偷偷溜出去,打探地形。毕竟现在的邦德对这里简直是两眼一抹黑,他必须尽快进入状态。他必须多听,多看,多思考,找到那些守卫的路线规律,尽量避免与之正面相撞。今天他已经目睹那些守卫的恶行,感到心里堵得慌。整个晚上,他都在想象那些自杀者的悲惨结局,他的心就像被什么东西无情地揉捏着,那么脆弱,那么柔软。他翻来覆去,难以入睡。刚才外面的动静和味道,让邦德觉得饥肠辘辘。他小心翼翼地拉开褡裢,拿出了三片肉干,粗粗地咀嚼起来。然后他拿起水壶,喝一口水。他感到身心俱疲,脑海里死亡的场面久久挥之不去,天哪,要是这时候有根烟抽,那该多好啊。

一个小时后,邦德听见布满沙砾碎石的路面上传来一阵急促的脚步声,脚步声有点远,应该是从湖的对面传过来的。他透过屋子的缝隙朝外面看,只见四个守卫排成一排,僵直地站在那里,似乎在小心地警戒着。邦德的心跳加速,这也许是他们在侦察,或者在搜捕,要是他们搜到这间小屋子里来,该怎么办?难道布洛菲尔德已经知道他来了?难道他接到了什么秘密情报?难道邦德已经暴露了?种种谜团就像一堆蚂蚁,啃啮着邦德的脑汁,让他觉得脑袋嗡嗡作响。或许没那么严重,只不过是布洛菲尔德例行的巡查罢了。

　　邦德屏气凝神,睁开眼睛向右看,他看见古堡似乎没有什么异常。不过,他的视线被一大片夹竹桃挡住了。这些看似洁白无瑕的灌木丛,开出了最美丽的花朵,那么妖娆明艳。那些引人入胜的花束迎风摇曳。可是,谁能想到,这些全是用来捕鱼的毒药。鱼儿一吃到夹竹桃的花朵和树汁,就会死亡。亲爱的、美丽的夹竹桃,我一定要记住,远离你们。请你们不要再用花枝去诱惑我,我不会上当的,邦德心里暗暗想着。

　　过了一会儿,邦德的视线中出现了两个人,他们在湖的对面悠然自得地散着步,这可不像是自杀者的步态。难道刚才那列整齐的队伍,就是为这两个人而来?邦德的心中一阵迷惑。突然,那两个身影近了,邦德咬牙切齿,紧紧攥着拳头,真是冤家路窄。那不是别人,正是邦德的仇人。邦德全身发抖,恨不能冲上去手刃仇敌,但是理智告诉他,他还不能这么做。他必须等待更好的时机!

　　布洛菲尔德穿着耀眼的盔甲,那是日本武士们所穿的盔甲,显得陈腐而僵硬。他的头盔上面有一根长长的矛刺,显得奇异而怪诞。铰链的头盔是钢铁制成的,面颊部分关闭起来了,只有一双眼睛留在外面。这谨慎的老狐狸,肯定是意识到自己的仇敌太多,所以不敢掉以轻心。但是即便如此,就真的能够保障他的安全了吗?真是太可笑了。尤其是那头盔,那么滑稽,简直就像瓦格纳戏剧中古老城堡中的将军装束,不过因为这是在日本,因此如果用东方的某种东西去做比较的话,大约只有能乐和狂言中那狂妄的武士的头盔才能与之相提并论。不过邦德想起来歌舞伎中的那种滑稽头盔,好像与布洛菲尔德的装束也有异曲同工之妙。他的右手臂上悬着一把寒光闪闪的武士刀,他的左手则像笨猪一样装模作样地搂着自己的恶婆娘。他们这种秀恩爱的方式简直叫人作呕。那个恶婆娘体态臃肿,却涂脂抹粉,走起路来大摇大摆,活脱脱就像一只大狗熊,笨重而装腔作势。她的脸都被遮住了,因为她戴着一顶硕大的太阳草帽,此外还蒙着防蜂的面罩。那一层厚重的面纱就像是死人的蒙脸布,一直垂到她的肩膀上。乍一看,还以为是一个行走的僵尸,或者行尸走肉。但是毫无疑问,就是那个女人。她那笨拙的轮廓现在换上了塑料的雨衣,下面穿着橡胶雨靴。雨衣一直垂到雨靴位置。就是这个身影,多少次出现在邦德的梦魇中,就是她!艾玛·本特,邦德不共戴天的仇人。

邦德屏住呼吸,如果他们从湖那边绕到这边来……突然一个念头从邦德脑海中闪过,他要把那个全副盔甲的人推到湖里去,到时候他一定会在湖里挣扎。那些食人鱼能够穿透盔甲,把他吃得只剩下骨头吗?不过邦德很快理智下来,如果真的这么做的话,那些守卫可能会趁食人鱼进入盔甲之前,就把那个恶魔打捞上来。如果此举不成功,邦德一定难逃追捕,那么就再也没有机会了。想到这里,邦德不禁冒了一身冷汗,暗道,不能轻举妄动。否则喂鱼的不是他的仇敌,而很有可能是他自己。

当布洛菲尔德夫妇走近那四个彪形大汉时,他们齐刷刷地跪在地上,匍匐前进,然后将额头重重叩到地面,发出了砰砰的响声。这是做什么?难道这就是跪拜礼或者叩首礼,这一对恶魔也太狂妄自大,太自我膨胀了吧。这对恶魔好像做了什么手势,那几个大汉就立刻站了起来,又恢复了警戒的状态。

布洛菲尔德将头盔的面罩抬了起来,然后对其中一个人吩咐了几句,那个人就像一条哈巴狗般毕恭毕敬,丑态百出地聆听着训话。邦德第一次发现这个特殊的守卫,不仅是一副奴才嘴脸,同时更像鹰犬,随时可能攻击。他的皮带上拴着一把自动手枪,手腕上还挂着一把钢刀。这种奴才虽然对主子摇尾乞怜,但是对别人,肯定是无比残忍的。邦德心想,如果遇到这个人,一定要万分小心才是。不过,邦德没有听清楚他们的对话,不知道他们到底是用哪种语言对话。这么短的时间内,布洛菲尔德肯定无法掌握日语。所以他到底说的是什么语言,英语,或者德语?也许应该是德语。因为二战时期,布洛菲尔德就曾经做过德国纳粹的鹰犬。突然,那个献媚的鹰犬用手指着湖面,似乎是在邀功。如果邦德没有猜错的话,他们一定是在汇报又有多少人在那里被食人鱼吃掉。那个人一面说,一面哈哈大笑起来。这时候,邦德看见湖面上一件蓝色的衣服浸在水中,形成一个大大的水泡,发出了咯咯的声音。那蓝色的衣服里面,本来有一个鲜活的生命和脆弱的灵魂,还有一个血肉之躯,可是现在呢？成群结队的食人鱼尾随着那漂浮着的如幽灵一般的血衣，贪得无厌地啃啮着，撕咬着，似乎在享用一顿丰盛宴席的残羹冷炙。只是，这顿宴席的终结，就是一个善良灵魂的升天，但愿那个可怜的人，可以永享天堂的安宁！

这时候，布洛菲尔德轻轻颔首，做出了一个肯定的手势，那些鹰犬又跪倒在地上。布洛菲尔德举起一只手，简单做了几句点评，就结束了视察，他把头盔的罩子放了下来。这对恶魔夫妇像帝王一般缓缓离开了。

邦德仔细地观察着那队整齐的队列，想看看他们在主子转身离开之后，会有什么个人表情，会不会有轻蔑，或者感到轻松快乐。如果这样的话，就能证明，这些鹰犬不过是迫于布洛菲尔德的淫威，那么邦德就有空子可钻。不过，出乎邦德预料的是，这些人一点儿不敬的意思都没有。他们各自散去，立即投入各自的工作中去，那么严肃，简直有点儿像军队中训练有素的士兵。这倒让邦德想起了德科·亨德森曾经提及的日本人对权力和纪律的愚忠，下级往往就像蚂蚁一般卑微。这让日本在20世纪出现了一桩最为诡异的罪行。如果亲爱的德科现在在这里，目睹了刚才发生的一切，他一定会火冒三丈，捏紧拳头，将那些疯狂的奴才一顿暴揍。当然，德科肯定也不会放过那对装模作样的恶魔夫妇。想到这里，邦德不禁有点儿想念老朋友了。不知道什么时候才能再聚在一起喝酒，他相信，一定还有机会的。

说到那一起由于服从而导致的诡异犯罪事件，就是著名的"帝银事件"。昭和二十三年（1948）一月二十六日的午后十五点零五分,日本帝国银行东京椎名町的分店走进了一位中年男子。银行已经锁上了正门,他从员工通行的便门走了进来。这时分行的支店长吉田武次郎以下十六人,他们正在埋头整理票据和处理事务,谁也没有注意他。

这位中年男子一看这番情景,大声说道:"我是东京都派来的,支店长在哪儿?"他的大衣袖子上套着写有"东京都防疫班"(有时称消毒班)的臂章。

吉田支店长接过对方递过来的名片,上面写着医学博士,头衔是东京都卫生课兼厚生省(卫生部)厚生部医学办事员(这张名片在罪犯离开现场时被带走,所以上面的姓氏不详)。中年人不紧不慢地说道:"这个银行附近地区爆发了集体性的赤痢中毒。GHQ(美国占领军司令部)命令我前来附近调查,调查结果是一位赤痢患者的同住者今天来过这里,我向上级报告了这件事,消毒班马上就会来,我现在先给大家发预防的丸药。"当时 GHQ 在日本可以说是呼风唤雨,比日本政府还要有权威。

他从随手提的小箱子里拿出一个小瓶,让茶房准备了十七把调羹。

"丸药分两种,请大家在服用完第一种药以后的一分钟左右再服用第二种药,GHQ 给的这种药很有效,但是如果它碰到牙齿上的珐琅质会有疼痛的感觉,请照我示范的动作服药。"中年人边说边用注射器往调羹里滴了几滴药水,张开嘴,伸出舌头,一口气咽了下去。

在场的职员一个一个毫不怀疑地把药喝了下去。当一分钟以

You Only Live Twice

后喝下第二种药不久,这些职员全倒下了,十六个喝下药的人中十二人死亡,恢复意识并且活下来的人只有四人。犯人的汽车里装着两亿五千万日元,然后开着车大摇大摆逃走了。警察在现场发现的十六把调羹里(犯人使用的一把不见了)和死者的呕吐物中检验出氰化钾的成分,如此大规模的投毒并且成功的事例在日本犯罪史上是前所未有的。犯人所用的第一种药是氰化钾,第二种药其实就是水,为什么要在喝完氰化钾以后,还要让人喝水?警视厅分析,下毒的人对剧毒药品有相当丰富的知识。第一,犯人对氰化钾的致人死亡的计量把握得相当准确,他知道如何用最小的计量,达到最大的杀伤效果。(生存下来的人回忆犯人是从小瓶子里把氰化钾倒出来的。)第二,他让职员服下第二种"药"的原因是他对氰化钾的发作时间很有把握。当职员喝下氰化钾以后,如果有人反应过大,发出声响,或是往外乱跑,他的计划就全盘泡汤了,罪犯经过精确计算,如果让职员等一分钟,再喝"第二种药",就能确保这些人能够失去反抗能力。为了抢劫计划更圆满,"第二种药"就显得非常有必要了。

现在在这里,不也是这样的绝对服从与愚忠吗?想到这里,邦德不禁有些毛骨悚然。帝国银行事件中有那么多人丧命,而在这个死亡城堡里,不知道有多少生命也在慢慢消殒。但是,在这座死亡城堡里,遵行的是心照不宣的黑龙会的准则和行规,在这里,黑龙会的处世哲学死灰复燃。布洛菲尔德盼咐手下干的罪恶勾当,邦德一个小时前已经亲眼看见,这令人发指的罪行,让邦德切齿痛恨。

布洛菲尔德的权威来自他对日本政府各个部门的强力投资,他代表了政府的利益阶层。所以他的命令会被绝对地遵从和执行。这在日本是司空见惯的。不仅如此,他还很会做表面文章,做了很多看似高尚荣耀之举。这样一来,媒体对他的神化就更进一步,让他获得了让人遵从的资本。报纸上成天都是关于他的新闻,简直是在助纣为虐。然而这就是日本的现实,所以要铲除这个恶魔,谈何容易。现在,布洛菲尔德是荣誉的外国友人,是日本的好朋友,是一个实权派的大名鼎鼎的人物。他现在可谓身居高位,神通广大,谁能不给他面子,谁能不服从他?而且,如果有人要自杀,对于布洛菲尔德来说,对于日本来说,又有什么好担心的?就算这座死亡城堡不能够达到那些自杀者的目的,他们也还是会去卧轨,或者撞车,人若一心寻死,是很容易的。而表面上看,这座死亡城堡,不过就是一个公共设施,是一座用于科研和参观的植物园,仅此而已。这个幌子,不正像帝银事件中那个让人一看名片,就不得不盲从的"占领区健康委员会"吗?正是这个幌子,让他们得以逍遥法外。现在,他们的面罩和雨衣可以让他们免于园中的毒害,他们只要小心地工作,说不定到时候还能获得日本自杀管理委员会的特批,成为合法的自杀。到时候,黑龙会的余孽们就可以重新培植势力,那些恶魔势力就会抬头。他们又将占据半壁江山,肆意妄为了。全世界大约只有日本有如此合法的黑势力,这一切,都是日本文化中的盲从和愚忠导致的。

不久,那对恶魔夫妇巡视了一圈,再度回到邦德的视线中。这一次,他们是从湖的左边走过来,应该是刚才已经完成了湖边的巡视。他们应该是要去别的守卫小组查看或者发布命令。田中老虎说,这个园子里的守卫至少有二十多个,他们负责管理面积超过五百亩的死亡城堡。如果每四个人一组的话,至少有五个小组。邦德心里暗自盘算着,如何应付这些守卫。现在首先要弄清楚的,就是他们的位置,还有他们的巡逻习惯、作息时间等等。不过,这些小组每个组要巡视的面积实在很大,因此一定是有盲区的,这正好给了邦德机会。

这时候,布洛菲尔德摘下了盔甲上的面罩,显得神情自若,不过又有些奇怪。他走到自己妻子的身边,驻足看着湖面。这时候,他们和邦德的距离只有二十码。他们在湖边,似乎在沉思。他们的面目诡异而可憎,那些狂躁的食人鱼依旧在追逐着那件漂浮的蓝衣服。那衣服越发破烂了,不过中间还是鼓起一个大大的水泡,水泡下面估计已经没了血肉,只有贪婪的食人鱼,一群群,像粪蛆一样上下翻滚。他们的距离是如此之近,邦德可以完全听清楚他们的对话,他们这次用的是德语。邦德竖起耳朵来听。

布洛菲尔德阴阳怪气地说:"那些食人鱼和岩浆还真是很好的管家,把家里打扫得这么干净、整洁!"

"那片大海和鲨鱼也功劳不小啊!"

"但是好像鲨鱼并不能完成任务啊。你记得上次我们在刑讯室招待过的那个间谍吗? 本以为把他丢到海里,鲨鱼会把他啃个干净。没想到他漂到海滩,竟然毫发无伤。早知道如此,当时直接把他丢进湖里该多好。还有,我可不喜欢那些福冈的警察经常来烦我们。这些警察一定是听到周围农民的传言,说有多少多少人翻过我们的高墙,进到我们的园子,然后就再也没有出去过。不过确实是太多了，你看救护车来访的次数也是越来越多。照这个速度发展下去，我们一定会有大麻烦的。我听卡诺给我翻译的日文报纸，说是政府已经打算派驻工作组进入我们花园调查了。而且现在好像民怨沸腾，大家对我们这里越来越不满了！"

"亲爱的恩内斯，那么我们现在该怎么做呢？"

"这还不简单，我们到时候就要求一大笔赔偿金，然后拍拍屁股走人。我们现在这种模式在全世界的很多国家都能够如法炮制。所以广阔天地，到处都是我们潇洒快活之地。因为到处都有人想自杀，我们只需要为他们提供具有诱惑力的死亡方式就好了。我们不正在举办死亡展览吗？不过，可能其他国家没有日本这样迷恋暴力和恐怖的死亡方式。但是没关系，各个国家都有自己的民族性格，死亡方式当然也是五花八门，只要我们找准他们的软肋，就一定没有问题。一座宏伟的大桥，一次令人眩晕的坠落。我们的选择多得是。下一站，我们也许可以去巴西，或者南美洲的某个国家。那里也能提供这么一个死亡乐园！"

"但是可能死亡的数字会少很多。"

"亲爱的，重要的是观念，不是数字，这么简单的道理你还不明白吗？要给世界的历史涂抹上一丝亮色，或者创造些新的东西，这是很困难的，但是我现在做的，就是在创造历史！如果我设计的大桥，我的人造瀑布，每年只有十个人从上面跳下来，那也没什么关系。关键是我的策略奏效了。这种美丽的死亡方式会落地生根，被世界所铭记，自然也会被人们所流传。这正是我的意义所在。"

"对对对，就是这样，亲爱的，你真是一个天才，利伯·恩斯特。

你建造的这个地方,真是一座死亡神庙。哦,还远不止这样。这是死亡的天堂。人们在这里看到了伟大的奇幻杰作,一如鲍尔、洛特雷·阿蒙、德塞这些伟大的文豪。但是没有人在现实生活中创造过这么伟大的幻境,你做到了,亲爱的。这就像是一个伟大的神话降临了人世。这是一座死亡迪士尼,但是当然,这里更加宏伟壮观,更加具有诗意,不是吗?"

"以后我一定会把这一切都写下来。到时候也许全世界都会知道,在他们中间,还活着我这一类人。一个不慕虚荣,未被赞美的人,但是确实是一个真正伟大的人。"布洛菲尔德的声音简直是在咆哮,"一个他们想打倒或者射杀的人,就像射杀一条疯狗。但是这个人,不过是用尽一切智慧活下去!为什么我要如此伪装?因为如果我们不隐藏得这么好,说不定早就有人找上门来,把我们都杀掉。或者把我们抓起来,交给他们愚蠢的国家法庭去审判。艾玛,我的妻子,"他的声音变得理智而平静,"我们错生在一个满是蠢人的世界,在这个世界,真正的伟大却被定义为罪恶。来吧,现在我们该去巡查别的小分队了。让我们走自己的路,让别人去说吧!"

他们转过身去,准备沿着湖离开。突然,布洛菲尔德停下脚步,指着邦德的方向,就像一条狗闻到了什么异味。"看那个树丛中的小屋。门是开着的。我跟他们说了一千遍了,叫他们一定要把那道门锁上。这里可以成为一个间谍或者逃命者的绝佳避难所。我确定,如果再这么下去的话,那里面一定会躲着间谍。"

邦德的身子在瑟瑟发抖,一阵阵冷汗从背脊上流下来。他小心翼翼地把身子伏低,然后从顶上拖来一些袋子,加上一层掩护。然而这层掩护其实是那么薄弱,现在一切都只能听天由命了。实在不行,只能殊死一搏!脚步声越来越近,邦德屏住呼吸,大气都不敢出。他听见有人进了屋子。邦德几乎能够感觉到布洛菲尔德就在几码开外,而那个恶魔婆娘,恐怕只在咫尺之遥。邦德甚至能够感觉到那扫视的眼神,还能听到那丑陋的脸庞上的鼻孔在出气。这时候,一阵金属的叮当声传来。堆放着袋子的一面墙被翻来覆去地倒腾着,布洛菲尔德的剑在到处乱刺。布洛菲尔德停了一会儿,接着又是一阵猛刺,胡乱地上下左右刺了个遍。邦德紧紧缩成一团,牙关咬紧,嘴唇紧闭。嗖嗖的冷汗顺着脊背直流下来。他的脊背被重重地刺了一刀,他强忍着疼痛,紧紧咬住嘴唇。这时候,布洛菲尔德好像满足了,一阵盔甲的脚步声越来越远。邦德长舒了一口气,静静地呼出了胸中的愤懑。他听见布洛菲尔德的声音说:"这里没有什么,但是记得提醒我,我一定要好好训斥那个该死的卡诺。明天我们过来巡查的时候,我一定要处罚他。这个地方要好好清理出来,必须上锁。否则一定是安全隐患!"

过了好一会儿,脚步声似乎到了那一片夹竹桃林子里,渐渐地消失了,什么也听不见了。这个时候,邦德呻吟了一声。他感觉到背部十分疼痛,还好,他的背上有很多袋子。要不是这些袋子保护着他,那么后果就不堪设想了。他伸手去摸自己的后背,幸运的是,布洛菲尔德的剑并没有划开他的皮肤。他自己揉了揉,伸了一个懒腰,感到一种大难不死的庆幸和轻松。

邦德站了起来,重新整理了一下自己的藏身之所,他接着揉了揉受伤的背部,然后吐掉了嘴巴里的尘土。这些尘土是他紧紧贴在口袋上沾到的,一股说不出的血腥味道。他拿出水壶,漱了漱口,然后狠狠地喝了一口水。他小心谨慎地透过木板的缝隙向外面张望,确认没有人的踪迹之后,才躺倒在一堆废弃的袋子上。他觉得如此舒适,他一直在遐想,想自己该如何行动,如何脱身,如何寻找机会。然而这一切,都归结到布洛菲尔德的那些话上。现在邦德最想弄明白的,就是布洛菲尔德到底想做什么。他说的每一个字,邦德都细细地琢磨起来。

首先可以肯定的是,这个家伙一定是疯了。邦德清楚地记得,一年前,布洛菲尔德还不会说这些疯疯癫癫的话,那时候他的话更加平静,更加理智。他那个时候不会这样歇斯底里,也不会这样无缘无故咆哮嘶吼,他说话的语调原来是低缓的,逻辑清楚。而现在呢,完全是一副癫狂的样子,狂妄自大,语气粗暴。简直让人想起了当年的希特勒和墨索里尼,过去这个魔头布局精密,步步为营,很有自信,那是一个运筹帷幄的恶魔,因此更加可怕,更加难以对付。邦德的新婚妻子,就是在对付这个恶魔的过程中,牺牲了。想到这里,邦德的心中一阵悲痛。然而,现在看来,这个恶魔原来那些优点似乎都不见了,只剩下疯狂的变态和看似强大的外表。这对邦德而言,似乎是更有利的。邦德分析,之所以造成布洛菲尔德这种变化,很大原因在于他接连受到两次致命的打击,心理恐怕发生了很大的扭曲。那可是布洛菲尔德精心策划的两件阴谋。不过纵然如此,邦德还是必须小心。现在可以肯定的是,这个藏身之所已经暴露,不能久留。今晚就必须行动。现在,是时候好好计划一下了。如果他能够顺利进入城堡,他就有足够的自信干掉布洛菲尔德。不过,他同时想到，他自己很有可能在这个过程中被杀。事已至此，也管不得那么多了。今晚就是决战之夜，他已经准备以死相搏。不过，很快，他的脑海里闪现出一个人影，那就是铃木薇琪。如果他死了，倒没什么可怕的，就怕铃木薇琪会苦苦等待他，她该怎么办呢？这个给他的生活重新带来甜蜜的女孩、一个可以与之携手终老的善良女孩，她又该怎么办呢？

邦德陷入了浅浅的、提防的小憩，他的梦里全是恶鬼，是嚎叫……

You Only Live Twice

第十八章　遁入地宫牢

晚上六点，钟声从古堡传来，似乎宣告了白昼的结束，夜幕的降临。漫天的尘土在夕照下笼罩着整个园子，遮天蔽日，就像给城堡涂抹上了一层晦暗的颜色。蟋蟀开始合唱，声音响亮、清脆，草丛中的秋虫鸣响着交响乐章。晚霞下的世界，像一层红色的纱幔，给万物以柔软的覆盖。粉红色的蜻蜓飞呀飞呀，不见了。巨大的癞蛤蟆从泥土中的洞穴里来到湖边，成群结队，开始了它们的表演时间。邦德却无福消受这静谧而柔和的晚景，他透过小小的门洞，视力所及，到处都是飞舞的夜虫。波光粼粼的湖面，荡漾着点点光芒，吸引着那些小昆虫的眼睛，共同谱写着一曲悠扬的小夜曲。然而，这只是表面的宁静与和谐，在这层面纱之下，却是一片血腥和杀人的坟场。四个守卫又出现在邦德的视野中，这时，邦德闻到了一股篝火的芳香气味。一定是这些守卫点燃的篝火，他们一定是白天收集了一些枯枝残叶,用作对抗晚上寒冷的储备。邦德密切注意着他们的一举一动,他们走到了湖边,用一个耙子把湖里的那件蓝色的衣服捞上来。那是那个可怜农民最后的遗物,不,还不只这些,邦德瞪大了眼睛,发现从那件血衣中,两截大腿骨伸了出来。天哪,那些可怕的食人鱼,将这个可怜的农民啃得只剩下几根骨头!那几个守卫嘻嘻哈哈地打闹着,随手将骨头丢回湖里。然后其中一个人将那件血衣丢到了火里,一瞬间,火焰里冒着水汽,又过了一会儿,那件衣服化为了灰烬。这个农夫,终于没有在这个世界上留下任何遗物,谁也不会知道,他究竟是怎样走完了人生最后一段路。突然,邦德从巨大的悲伤中惊醒了过来,因为他看到几个守卫推着手推车,朝他走来。他们是要把工具放回邦德藏身的小屋子里。邦德赶忙将覆盖物严严实实地盖在自己身上,不留一丝缝隙。那几个推着推车的守卫已经进了屋子,他们在布满灰尘的屋子里愉快地扯着闲话,等待最后一个人进来。他们胡乱地把工具堆在墙角,丝毫没有注意到在阴暗的角落里,在那些破烂的袋子里,藏着一个活人。他们漫不经心地关上了屋子的门,但仍然没有上锁,就懒懒散散地朝古堡走去。

　　过了一会儿,邦德听到外面再也没有什么动静,才放下心来。他站起来,抖了抖身上的尘土,甩掉了头发上的碎纸屑和灰尘,伸了个懒腰,长舒了一口气。他的背疼得厉害,不过和这疼痛相比,更要命的是他的烟瘾发作了。他现在是如此渴望能够点上一支香烟,不管什么牌子的都可以。他下意识地四下摸索着。有了,他掏出了一根香烟,心想,这也许是他此生的最后一支烟了吧。他舒舒服服地坐了下来,喝了一口水,就着一片肉干,有滋有味地咀嚼着,然后他又拿起水壶喝了一口水。等到吃饱喝足之后,他才小心翼翼地拿出烟盒,里面只剩下最后一支了。他点燃了香烟。他用食指和中指夹着香烟,吞云吐雾。烟在他的心肺间徘徊,他似乎不舍得那么早把它吐出来,觉得无比地通泰,浑身酥麻。他深深地再吸了一口,脑海里浮现出很多美丽的回忆,他的爱人,他的朋友,从英国到日本,当然还有那可爱的铃木薇琪!抽了几口烟之后,他感到这静谧清冷的长夜,变得不再阴森恐怖。一切似乎都会好起来的!他似乎看到了希望。他的脑海里都是铃木薇琪的影子,薇琪这会儿一定在吃着美味的豆腐和鱼片,而且现在一定在计划游到高墙下面来。她说过的,每天晚上,她都会游到高墙下面来等待邦德。也许几个小时后,他们就能在那高墙下面重逢。不过前提是,邦德只能成功!因为一旦失败的话,他就很有可能再也无法回到薇琪身边了。无数的想法在邦德的脑海中盘旋,不知不觉中,烟已经烧到邦德的手指了。他下意识地把香烟屁股甩到地上,然后用力踩进地板的缝隙里。他的一切痕迹都不能被别人发现!现在是晚上的七点三十分,黄昏时分低吟浅唱的虫儿们,现在消停了一些。邦德开始一丝不苟地琢磨着他的行动计划。

九点钟的时候,他离开了藏身之所。皎洁的月光像水银一般泻满了整个院子,周围一片静寂,不过远远地,依稀还能听到火山口的岩浆发出的汩汩声。此外,就是灌木丛中偶尔传来的壁虎或者蟋蟀的声音。他沿着前一天晚上探好的路,走过了同一片树林,远远地看见那飞檐斗拱的城堡,像一只展翅高飞的雄鹰。他第一次注意到，在城堡的高处，悬挂着巨大的气球，下面绑定着巨大的警示标语。气球被绳子拴在城堡的最高层，应该是拴在栏杆上。那一层应该是第三层的平台，要么就是中间凸起的第五层的城楼顶上。现在，透过一些窗户，昏黄的灯光发出微弱的亮光，邦德注意到，那也许就是他的目标。他重重地打了一个哈欠，然后静悄悄地迈着步子，穿过灌木丛，然后不出意外地来到了昨天晚上发现的木门那儿。他的头顶上，就是进入城堡的木质吊桥。

  黑色的忍者服到处都是暗袋，里面放着各式各样的工具，都是邦德行动中必不可少的装备。这件衣服，堪比魔术师的燕尾服。这个时候，邦德拿出了一支小巧得像笔一样的手电筒，和一套钢制工具，开始打开那道锈迹斑斑的锁链。他用力地锯着，锉刀和钢锯发出灼热的气息。他偶尔停下来，在锯断处的缝隙中清理掉铁屑，然后继续锯。突然，铁链发出了咔嚓一声清脆的断裂声。他立即将钢锉作为撬棍，将那一节断裂的链环撬开。他成功了，链条被打开了，他小心翼翼地把锁取掉，尽量不发出任何一点声音。不一会儿，立柱上的锁链都被清除掉了，现在只需要把门推开，就能进到里面了。不过且慢，不能如此冒失！邦德心里暗暗告诫自己，千万不能轻举妄动。他轻轻地推门，那道门朝里面开了一点点缝隙。他拿出手电筒，将门推开了一点儿，借助电筒的灯光，观察里面的动静。在电筒微弱的灯光下，里面黑暗的世界慢慢被揭开神秘的面纱。幸亏邦德留了这一手，否则的话，他踏出的第一步，就能让他丢掉性命。门的另一面是石头地板，不过，一步之遥，就是一个捕人陷阱。邦德如果冒失地一步跨过去，现在在那个陷阱里的人，就是邦德了。想到这里,邦德的后背冒出阵阵冷汗。他仔细看了看那个陷阱,太可怕了,下面立着的尖尖的木桩,足以插入人的心脏,那个陷阱差不多有一码见方,上面用稻草秸秆遮掩着。邦德赶紧避开这道陷阱,他的脑海里想象着,这道陷阱中的机关上下的尖齿互相咬合着,将他的膝盖咬在中间,然后是他的腰身,他的胸膛,他的心肺,他的头颅。最后他的脑浆迸裂,粉身碎骨,血肉模糊……想到这里,邦德心有余悸地呼了一口气。邦德心里暗暗地想着,这里面,一定还密布有许多这样的陷阱,他一定要小心谨慎才是。否则,还没见到仇人,就化作冤魂厉鬼了。

邦德轻轻地关上了身后的门,绕过陷阱,用手电筒扫视着周遭的环境,四周仍然是一片死寂,只有无尽的黑暗。毫无疑问,他现在所处的位置应该是一个仓库,足以储存一小支部队的食物供给。相信这里以前一定有堆积如山的军队补给品,不过现在已经空空如也。突然,一个黑影从电筒的光束中越过,邦德心惊肉跳了一把。接着又是一个个黑影。邦德定睛一看,才发现是黑暗潮湿处的暗夜幽灵——蝙蝠。是他打破了蝙蝠们的清梦,他应该心有愧疚才对。他的身边到处都是扇动着翅膀、如鬼魅般的蝙蝠,让人毛骨悚然。但是邦德并不惧怕,他并不在意这些舞动着的精灵,在维多利亚时期的神话传说中,哪怕一根头发丝都能够被蝙蝠所发觉,所以它们绝对不会撞到人。蝙蝠的雷达系统是非常高明的。邦德小心翼翼地匍匐前进,只能看到他眼前石头雕刻成的战旗,那一定是古老军队的遗存。他绕过了一两个庞大的柱子,这个时候巨大的天花板似乎变小了一点,他只能看见向左或向右的墙壁。此外,就是蜂网密布的穹顶,那么阴森,不知道通向哪里！是的,这里就是向上攀爬的阶梯。他沿着阶梯缓缓向上攀登,生怕有什么机关和陷阱。他心里默默地数着,十九,二十,石阶一共二十级,他来到了一个出口。在出口处,一扇敞开了一丝缝隙的宽大对开门安安静静地在那里,没有上锁,真是谢天谢地。那扇门好像在那里故意等待邦德似的。这让邦德有些喜出望外,不过他必须小心。他轻轻地想把门推开,不过才推开几公分,就没法继续打开了。糟糕,外面上了锁！他听到了一阵摇摇晃晃的虚弱的铁器撞击声,那应该就是锁。他拿出一柄沉重的羊头镐,往外面试探。羊头镐锋利的镐头触碰到了一根横着的门闩。邦德把羊镐当作撬棍,将门闩拼命地朝一边撬动。突然,他听到金属吱吱嘎嘎的声音,接着传来铁钉和螺丝掉落在岩石上的清脆响声。邦德意识到离成功不远了。

  他在裂缝处轻轻地推了一把,里面隐隐约约传来一阵响动,他意识到门上残留的锁具也脱落了,接着大半扇门都敞开了。古老的铰链发出咯吱咯吱的响声。四周都是一片晦暗,周围更加死寂。突然门里吹来一阵冷风,邦德不禁打了一个寒噤。邦德小心谨慎地挨门而进,静静地听着周围的风吹草动。他的手电筒灭了,不过他知道自己依旧在这个碗状城堡的最底端。四下寂静无声,只有邦德怦怦的心跳。他重新打开了手电筒。眼前出现了更多阶梯,通往一扇现代的大门,上面是抛光的漆面,亮锃锃得如镜面一般。他爬上那些台阶,轻轻地转动门把手。真是太幸运了,这次门竟然没有上锁。他轻轻地把门推开,发现自己正处在一段长长的石头走廊里。这条走廊有一点儿向上的坡度,不知道通往何方。邦德一步一查探,走到这条走廊的尽头。突然,他发现另外一扇现代的大门,格局和式样和前一扇颇为相似,但愿没有上锁。他轻轻转动门把手,果然没有上锁。门后面传来一丝微弱的光线。不过邦德没有立即把门打开,他静悄悄地将身体贴近木门,将耳朵贴在锁孔的位置,屏住呼吸,静静地倾听里面的情况。一片死寂!他用手轻轻地握住门把手,一寸寸地把门打开,一丝异样的满足感袭遍全身。没想到一切居然这么顺利。他跨过那道门,将门从身后关上,他又把门闩闩上。现在,他已经在城堡的月城里,进入城堡的主要通道就在他的左边。那是一道巨大的门,一条红色的地毯从那里往里面延伸,绵延至无尽的黑暗。邦德明白,那应该就是城堡的大厅。然而那盏昏黄的大油灯无法照耀到幽暗的深处,邦德的视线所及十分有限。在有限的视域中,他四下张望。那大厅并没有怎么装饰,古朴而简洁,除了那条地毯,看不出有什么特别。大厅的天花板只有横平竖直的如魔宫一样的篾竹的边框装饰。在梁上,也是这样的篾竹一圈圈往上盘旋。这些简朴的装饰和塑料的墙面交相辉映,共同谱写出一曲质朴简约的古城堡之歌。到处仍然弥散着冰冷的城堡岩石的气息,陈腐而酸臭,让人不寒而栗。

邦德有意识地绕开地毯,紧紧挨着墙根,他的影子拖得长长的,他猜想自己现在所在的楼层,一定是城堡的核心区域,是主楼。他相信,一直往前,应该就能接近他的猎物。他的仇人一定还安逸地躺在自己的城堡卧室里,现在,这个仇人的死期将至,邦德觉得现在的距离和心情都无比微妙,他这种状态正是复仇的节奏。

另外一扇门,很明显,是通往一个公共房间的通道。那上面只有一根简易的门闩。邦德弯下腰,透过钥匙孔往里面张望。这种窥视并没有让他看清里面的情况,因为里面仍旧是一片灰暗,一片死寂。他把门闩打开,轻轻地推开门,门开了一条缝隙。他确认了里面没有陷阱,没有埋伏,也没有危险之后,把门打开,挨门而入,随后缓缓地关上了门。进去之后,邦德才发现,这又是一个巨大的房间。但是这个房间的装饰并不简朴,简直堪称富丽堂皇,镶着金边的红色窗帘低垂至地面,墙壁上挂着威严的古董盔甲和武器,还有很多沉重的古老家具。这些家具陈列样式古朴。金黄色的地毯绵延到房间的尽头,显示出皇家的气派。邦德心想,这一定是布洛菲尔德的接待室,才会如此富丽堂皇。邦德缓缓踩在地板上,这地板如此光洁,简直像一面镜子。地板上反射着天花板上两盏油灯的光线,让邦德觉得非常刺目。这两盏油灯和进入大厅之前看到的那盏油灯很相似,估计也是这古老城堡的宝贵遗产。不过这个房间的天花板装饰得更加艳丽,不仅有木质的吊顶,而且雕梁画栋,每一根立柱上都刻有精美的纹饰和"之"字形的图案,这些纹路和图案呈现出暗红的颜色,庄重而凝滞。邦德并没有特别注意这些外在的东西,他首先需要做的就是寻找藏身之所。他必须找到一块宽大的窗帘,然后在一块块避难所之间游移。最终,他的目的是要接近远端的那扇小门。那一定通往布洛菲尔德的私人卧室。一旦接近那里,距离成功就不远了。想到这里,邦德的心不由自主地加速跳动。

　　他弯下腰来听周围的动静,突然,他闪到一块窗帘布后面,那是距离他最近的一块窗帘布。因为,他听到不断逼近的脚步声。他解开缠在手腕上的链子,将它缠绕在自己的左拳上,然后右手拿着羊

You Only Live Twice

头镐。他立在那里静静地等待。他的眼睛死死地盯着那道灰蒙蒙布满尘土的窗帘的细缝。

邦德看到,那扇小门开了一半,一个黑色的背影出现在邦德的视野中,那应该是一个守卫。那个人戴着一个黑色的手枪皮套,用带子拴在腰间。这个人应该就是卡诺,就是那个为布洛菲尔德翻译的小子。这个人在二战的时候从事过与德国人交流的工作。那个时候,他工作的地方应该是日本宪兵队。他的具体工作邦德无从知晓,邦德关注的是,他现在在做什么。只见他在门背后摆弄着什么东西,似乎是一种装置,又好像是一个开关。那是房间的电灯开关吗?不是的,那里面并没有电灯。看得出来,那个家伙摆弄完那个神秘的开关后,表情很满足地退了出来。他深深地朝里面鞠了一躬,然后关上了门。日本给人最深刻的印象就是日本人的服从和谄媚,所以才会出现像"帝银事件"那样的惨剧。邦德注意到,那个人没有戴面罩,邦德瞥见了那个人的脸。那是一张面目狰狞、谄媚十足的丑恶嘴脸。那眉宇之间,透露出一股子阴邪的气息。他的脸是黄褐色的,从邦德藏身的那道窗帘前面一闪而过,然后继续朝着接待室走去。邦德听见远远的房门咯噔一声关了起来,那个人一定已经进了接待室,邦德悬着的心才终于放了下来。接着,四下再次陷入一片寂静。他又静静待在那里一动不动,等待了足足五分钟。然后,他缓缓地把窗帘掀开,这样,他可以看清整个房间。现在,邦德独自一人!

到了千钧一发的时刻,就差最后一步了!

邦德的紧紧地握住武器,然后跳回到门后。这一次,门那边再也没有什么声音。可是,刚才那个守卫明明在朝里面鞠躬,那就证明里面一定有人,怎么会没有一点儿声音呢?不过,在日本,这也没有什么好奇怪的。在日本,忠实的奴仆和走狗,为了表达对主人的尊敬,竟然要对主人的物品和住所顶礼膜拜。这种愚蠢的鞠躬和行礼在日本是不足为奇的。邦德静静地把门推开,然后一跃而入,他已经做好了殊死搏斗的准备。

让邦德觉得万分奇怪的是,里面空荡荡的,过道上毫无人行走的痕迹。这彻底打破了邦德原先的设想。邦德原来预设的戏码,是一场惊心动魄的复仇大战。可是现在,里面什么也没有,这真让邦德不知所措。他的面前,只有差不多二十步的距离,就能到达房间的另一端。在屋子的中央,点着一个发着微弱光线的油灯,地板则被抛光的镜面似的,甚至能够反射出人的影子。难道这就是传说中的鬼魅地板?这种地板只要陌生人闯入,就会发出巨大响声,这样主人就可以第一时间采取应对措施。不过刚才邦德明明听到那个守卫从里面走出来,并没有发出巨大的声响,邦德不敢掉以轻心!

就在这时,对面房间里传来了瓦格纳歌剧悠扬的乐声。这是瓦格纳戏剧中的著名段落《女武神的骑行》,乐曲优美极了,是用中音乐器伴奏的,是最正宗的瓦格纳作品的完全演绎。谢谢你,布洛菲尔德!这给了我最重要的启示,邦德缓缓地踩在地板上,想走到过道的中央去。

危险来临的时候,往往没有任何征兆。在地板正中央的位置,有一格突然陷落下去,不,不是一格,是整个的地板突然像跷跷板一样,沿着中间一根看不见的中轴在转动。地板发出吱吱嘎嘎的嘈杂响声,邦德的手臂和脚胡乱地摆动着,他的手绝望地四处摸爬,希望找到一个可以抓手的地方。不过这一切都是徒劳。他发现自己突然急速坠落到一个黑色的空隙里。邦德想到,那个守卫,那个摆弄门后装置的人。那个门后的装置并不是什么灯的开关,它不过是调节地板的水平面的开关。这是一种古老城堡和古墓中常见的地牢陷阱,看似平坦,一旦你踩下去,就会陷落,哪怕你速度够快,走得够远,另一端也会陷落下去。总而言之,除非你恰好站在中轴的位置,并且永远保持静止,否则的话一定会落入陷阱。而如果人真的站在中轴位置不动的话,也只有死路一条。这么简单的陷阱,邦德怎么会忘记了呢?都是那首优美的曲子,让邦德忘记了一切,只想去寻仇。这个时候,他的身体滚落到倾斜的地板的底端,落入地下的空气中,突然警铃大作,发出歇斯底里的响声。这是邦德触动了陷阱的报警装置。他感到身体一阵失重,重重摔在地上,他的身体被重重地撞击了,他失去了意识。

迷迷糊糊中,邦德进入了梦境。邦德疲惫不堪地在黑漆漆的海面上游动,在晦暗的远方,有一丝灯塔的光亮。他拼命朝那个地方游去。可是,突然他感觉有人在打他。他到底做错了什么,要被打?他已经抓到了两只鲍鱼了。他真真切切地感受到,那两只鲍鱼就在他的手上,锋利的边缘和粗糙的贝壳,那就是鲍鱼。就像铃木薇琪平常所期待的那样,他抓到了鲍鱼!他很想对薇琪说:"薇琪,快让他们停下来啊!让他们住手,薇琪!"

那个灯塔的位置的灯光逐渐变得明朗,把周围照得亮堂堂的。周围的一切开始变得明晰,铺着稻草秸秆的地板,邦德蜷缩在地板上，一个凶神恶煞的男人挥动着粗壮的手臂，给了邦德一记重重的巴掌。邦德的嘴角，渗出殷红的血迹。啪啪，又是左右各一巴掌。每挨一巴掌，邦德都感到脸上一阵剧痛，这痛感很快传遍身体的每一个角落，让邦德痛苦不已。邦德又陷入昏迷中。他仿佛看见在他的不远处，船的边缘就在他的前方。他伸手去抓，可是怎么也抓不着。他高高举起鲍鱼，示意他已经完成了任务，可以回到船上了。但是没有人来回答他，没有铃木薇琪，没有大卫，有的只是漆黑恐怖的海面，和一只漂漂荡荡的鬼船。他用力伸开双手，想把鲍鱼抛进木桶里。这时候，他的意识如潮水般恢复了一些。他看到的其实只是一个稻草秸秆的垛子，上面微微沾着一些水汽。他依旧蜷缩在地板上，没有挣扎，也没有动弹，只有微弱的喘息和轻轻的呻吟。

　　但是，这会儿，凶神恶煞般的日本人停止了殴打。他强忍着疼痛，模模糊糊地看见一张黄褐色的脸庞，一双眯成了缝的小眼睛，尖嘴猴腮，趾高气扬。这还能是谁，就是那个守卫，卡诺。这时候，有人用手电筒照着他。所有的一切都回到了现实。没有鲍鱼，没有铃木薇琪！现在，最恐怖的一幕即将上演。最危险的时刻来临了，必须做好最坏的打算。邦德的脑海中拼命回忆老虎交代过的策略。糟糕！他记不大真切了，不，绝对不能犯错误，他必须好好回忆。现在，他想起来了，他是一个聋哑人，来自福冈的矿工。他的身上还有关于这个身份的证明文件。现在，他把这一切都回忆起来了。虽然他的头部因为遭受了重创，疼痛难耐，不过他知道，里面并没有受内伤。他要冷静地应对，绝对不能不战而败。邦德把手放到自己的身侧，才意识到自己光秃秃地躺在那里，只穿了一条三角裤。他站起

You Only Live Twice

来,深深地鞠了一躬,然后站在那里。卡诺,一只手扶着腰间打开的枪套,用最恶毒凶狠的日本话大声训斥着邦德。不过还好,邦德一句也听不懂,这倒减少了一些精神上的烦恼。他只当是一条疯狗在发疯就好了。邦德擦了擦脸上渗出的血迹,面无表情,似乎什么也没听到!他看起来就像一个白痴或者弱智,卡诺觉得受到了戏弄,火冒三丈,拔出手枪,用枪指着邦德。邦德仍旧是一副憨态,又鞠了一躬,然后瞥了一眼这间铺着稻草秸秆的地下陷阱。他明白,这就是刚才他掉下来的地方,而在这间房子外面,还有很多守卫。那手电筒的光线,就是外面的守卫照射进来的。

在地牢的一侧,有一段楼梯,楼梯上面是一段过道,通往一扇门。卡诺发现自己并没有威吓住邦德,灰溜溜地走了,然后把门关上了。邦德四下打量自己的处境,脑子里七上八下地寻找脱身的办法。不过,目前看来,想脱身,太过艰难了。他只有等待,等待时机!

过了一会儿,邦德被带到了另外一个房间。这个房间有点儿像实验室,邦德傻傻地立在中央,一言不发。这时候,另一个警卫出现了,手里拿着邦德的忍者服,还有一些可以成为罪证的东西。他把这些东西丢到地板上,似乎在质问邦德。邦德一脸茫然,没有任何表示。就在这时候,布洛菲尔德出现了。他身穿丝质的豪华和服,上面绣着张牙舞爪的金龙,神情自若地坐在一张真皮沙发上。他的头顶上是日本的风情画,显得一副很有品位的样子。不错,那就是布洛菲尔德。他就是化成灰,邦德也认得出来。不过邦德还是强压下心头的怒火,控制住自己即将喷薄而出的仇恨,他现在必须装作什么也不知道,什么也不曾发生过。因为他现在的身份并不是

007,而是福冈的一个普通的矿工。邦德斜眼瞟了一眼布洛菲尔德,那高耸的颧骨和扁平的额头,那嘴角紫色的伤痕、斑白的头发,还有那被打掉的鼻子,现在已经被补上了。尤其是那小胡子后面隐藏着的绛紫色的伤痕,那是邦德亲手所赐,无论如何,邦德都不会忘记。现在这个恶魔虽然看上去一副悠然自得的样子,但其实他简直就是世界上最阴险最毒辣的魔头。他现在故意装作一副道貌岸然的样子,不过在邦德看来,简直令人作呕!最让邦德无法忍受的是,布洛菲尔德竟然把自己的发型修剪成了英式伯爵的样子,加上一双黑洞洞的如弹孔一样的眼睛,简直是对英国贵族的极端挑衅和侮辱。在他旁边,另一个恶魔艾玛·本特,就像晚餐后小憩的贵妇一样,一脸无辜地端坐在那里。她的神情举止,就像日本社会最上层的贵妇,她腿上假模假样地放着一朵菊花,她一会儿拿上来闻闻味道,一会儿又摆弄着花枝,就好像她对花道真的很感兴趣似的。这表面上的宁静掩饰不了她内心的狂乱,她一定已经被眼前的一幕吓得失魂落魄了。她恐怕已经意识到自己的死期将至了。那扁平的脸庞,如蛇妖般的油腻的头发,凸出的嘴唇,叫人想用刀子割掉,那几乎掉光的眉毛,还有一双发黄的眼睛。这或许就是上帝对恶魔的惩罚吧,让他们面目狰狞,形容可怖。邦德心想,现在他的仇敌就在眼前。离他一步之遥,他可以轻而易举地上前制服他们。他们现在就会双双丧命,只要邦德豁出去,与他们同归于尽。然而,邦德心里突然想到,现在自己深陷埋伏,要取仇人性命,哪里有那么容易呢?况且,现在他的头痛得厉害,根本无法行动。要是现在能够推倒重来,或者重新洗牌,或者哪怕让他的头不要那么痛,那该多好。可是这一切,现在看来都是奢望。现实是仇人近在咫尺,而邦德却无能为力。这种懊丧的心情,简直比肉体上的折磨更加让邦德觉得难以忍受。

邦德必须耐心!必须静静地等待!哪怕等到头痛稍微缓和一点,哪怕等到体力稍微恢复一点。与此同时,他还不能掉以轻心。不能忘记自己的身份,一个来自福冈的聋哑矿工!

布洛菲尔德的长剑立在墙边。他抓起剑,在房间里装模作样地挥舞着。他在那一堆罪证和衣物前舞弄着,似乎在宣告邦德的罪行。他用剑的尖头去刺那些东西,好像怕那些东西仍然带有什么危险性,又好像在挑衅和示威。总之,他的行为,让邦德觉得很不屑。他挑起一件忍者服,用德语问卡诺:"这是什么东西?"

卡诺用德语回答道:"这是忍者服,主人!在我们日本,很多人通过训练,成为忍者,他们的训练内容叫作忍术,是一种可以飞檐走壁、穿墙遁地的奇妙绝技,是很神秘的武术。忍者都是最残忍的杀手或者特工!"卡诺的话显得有些局促而不自然,他眯成一条线的眼睛似乎在尽量给予自己的主人多一点尊重。他好像邀功似的继续说道:"这是一种古老的秘技,可以来无影去无踪,而且可以不用武器就轻松地取人性命。这些人曾经让日本的民众闻风丧胆。我并不知道,今天日本依然存在忍者,因为他们确实销声匿迹很久了。很多人都根本不相信有这样的秘技存在。那么这个人,肯定就是来暗杀你的刺客,我尊敬的主人。如果不是我们的陷阱起了作用,说不定现在他已经成功了呢!"

"那么他是谁呢,"布洛菲尔德急切地看着邦德,"他可不像是日本人,他长得太过高大了!"

"日本有一类人很高大,比如矿工,我的主人。这个人身上的身份证件显示,他是一个聋哑人,另外一些有顺序的文件显示,他是福冈的矿工。但是我并不相信这一点,虽然他的手指甲断裂了,而且里面有煤渣,不过我仍然不相信,那不是一双矿工的手。矿工的手要粗糙得多!"

"我也不相信,不过很快我们就能知道真相了。"布洛菲尔德转过身,对着那个女人,"你怎么想呢,我亲爱的?你不是对这些人很敏感吗——女人的直觉!"

艾玛·本特站了起来,走到邦德面前。她仔细打量着邦德,眼神似乎要穿透邦德的身体,然后她围着邦德走了一圈,最后站到邦德的正对面,保持着一定的距离,生怕邦德上前攻击。她这种一惊一乍的样子真是太恶心了。突然,她走到邦德的左侧,凝视着邦德的左侧轮廓,突然,她像触电似的,惊惧地大叫起来:"哦,我的天哪!"她像发现了什么新大陆似的走回到布洛菲尔德身边。她的脸色煞白,像一具僵尸一样小声嘟囔着:"不会吧,亲爱的,这不会是真的吧?!"她好像惊魂未定,眼神里充满了惊惧。她凝视着邦德,脸上的肌肉似乎都在抽搐,接着说:"你看,那道疤痕,是不是很熟悉?那右脸颊上的伤痕。还有,你从左边看,这脸部的轮廓是不是似曾相识?你看他的五官、体型,所有这一切,让你联想到什么?……哦,不……"女魔头简直要死过去了。她浮夸的表情,做作的动作,让邦德觉得既可笑,又可恨!

不过邦德可以肯定,眼前这个女魔头一定已经发现了什么。她对着布洛菲尔德,坚定地说:"没错,就是他,那个英国的特工。邦德,詹姆斯·邦德!那个被你干掉了妻子的男人。曾经化名海莱·布雷的英国特工,就是他!"女魔头的表情更加惊恐说,"我发誓,请你相信我,亲爱的!他是来要我们的命的。"

布洛菲尔德眯着眼睛,认真审视着眼前的这个人:"我也觉得非常相似。但是,你跟我说,他怎么会来到这里的呢?他怎么能够找到我?谁派他来的呢?"

"我想一定是日本情报局。日本情报局一定和英国情报局有合作!"

"难以置信。日本方面如果要逮捕我,为什么不直接派军队,或者检察官来呢?何必让一个英国人来送死?"布洛菲尔德一脸疑惑,他若有所思地说,"事情一定没有这么简单,我们要小心行事。一定要从这个男人嘴里榨出真相!我们首先要知道,他到底是不是哑巴和聋子。这是第一步。我们的刑讯室一定可以撬开他的嘴巴。但是在送他去刑讯室之前,一定要让他先尝点苦头。我可不希望看到一个臭硬的石头!"他转向卡诺,吩咐道,"是时候让山木处理这件事了!"

第十九章　地下刑讯室

在这间地狱般的小房间里，十来个彪形大汉围在邦德左右，这些都是夏特兰德的爪牙，而他们的表面身份，是园子的保卫人员。老虎说过，这些都是十恶不赦的坏人，这下邦德完全相信了。他们手里拿着长长的棍子。其中一个男人将长棍放在一处靠墙的三角地带，走上前来。这是一个长得粗粗壮壮的人，水桶腰，像一个大大的箱子，头已全秃。他在邦德面前摆出一副盛气凌人的高傲姿态，他叉开双腿、扎着弓步，以保持身体的平衡，准备随时出击。他的嘴唇轻轻地向上扬起，发出咆哮似的狰狞笑声，他笑的时候，露出的那一排黑黑的牙齿，叫人有一拳头把门牙打落的冲动。他把右手搭在邦德的头上，然后用尽力气朝邦德瘀青的脸部扇去，那力量如此之大，发出了响亮的声音。紧接着，那个人又是一拳，邦德眼前一阵黑，满脸是血。邦德怒目圆睁，心中一团烈焰正在升腾。接着，左边一个男人走了过来,把邦德往角落里挪了挪。被打中要害的邦德一下子失去了还手之力,透过眼睑上模模糊糊的血迹,邦德看见了布洛菲尔德和他的臭婆娘,像一个科学家一样正在研究他,布洛菲尔德对此充满了研究的兴趣;那个人咧开嘴,唾沫横飞,发出恶魔一样的吼声。

真是冤家路窄,邦德又见到了他不共戴天的仇敌!

过了一会儿,邦德恢复了一点体力,他做出了十几次反击,他想,在他还清醒、有力量反击的时候,一定要瞅准时机,绝不能就这样坐以待毙。那个叉开双腿,扎着弓步的人,就是最好的目标。不过幸运的是,那个男人并没有使用日本传统的柔术,否则邦德一定吃不消。邦德屏气凝神,目光炯炯地瞅准目标,另一个守卫冲上前来,从左翼攻击邦德。那个人恐怕连吃奶的力气都用上了。不过邦德巧妙的一侧身,闪过了对方的攻击。这时,邦德已经铆足了劲,准备给予对方致命一击,他把所有的力量都汇聚到腿部,然后一个蹬腿,直中对方的要害。那个刚才还无比得意的男人,发出野兽一般的惨叫,倒在地上痛苦地呻吟。他抱着自己受伤的大腿,在地上滚来滚去。在场的其他守卫一起冲了上来,高举起棍子,那个小头目卡诺则掏出了枪。邦德跳到一把高高的椅子旁边寻求庇护,然后他举起椅子,投到那群凶神恶煞的守卫身上,发出雷霆万钧的怒吼。椅子腿正中一个守卫的牙齿,他的牙齿被打掉在地上,那个男人捂着脸,痛苦地躺倒在地,也许他的下颌已经粉碎性骨折了。

"住手!"突然,一个希特勒似的狂吼终止了打斗。这个声音邦德是如此熟悉。对,那不是别人,正是布洛菲尔德的声音。那些守卫站在原地,把棍子放了下来,静候他们头儿的命令。"卡诺,让这些废物先滚出去!别在这里丢人现眼。"布洛菲尔德注意到躺在地上的两个人,他阴阳怪气地说,"这个废物我看也活不长了,这么没用,给他点处罚吧,看看是去湖里洗澡还是去火山口泡温泉,让他自己选择;另外一个,算了,送去补补牙齿吧,以后还有用。这个人用常规办法是撬不开他的嘴的。如果他能听到,那么在讯问室,他一定无法承受那么大的压力。把他带到讯问室,其余的守卫在大厅候命,出发!"

卡诺用枪做了个撤离的手势,那些守卫们两两一对,另外有两个人把那两个躺在地上的人扶了起来,退出了房间。然后,卡诺用枪威胁着邦德,他打开书柜后面的小门,示意邦德从那里下去。这是一个一路通向地下的密道,顺着一条阴冷狭长的石头过道,就能达到幽深的鬼蜮。接下来会发生什么? 邦德舔了舔嘴角流出的鲜血。现在,他的意志和体能都达到了极限,恐怕一点点压力都会让他崩溃。那么这个讯问室到底是一个怎样的地方? 他的神志有些模糊,不过很快,他就镇定了精神。他想,无论什么地方,他都不能忘记扼住布洛菲尔德的喉咙,送他上西天。也许,讯问室就是一个好机会。如果他能够抓住机会,给布洛菲尔德致命一击,就不枉费自己受了如此多的艰难和困苦了。邦德舒了一口气,顺着石梯走在前面。他的后面,一把手枪正顶着他。这个时候,邦德已经完全进入角色,装聋作哑。当卡诺命令守卫打开石道尽头的一道石门的时候,邦德故意装作什么也没听见,要转头回去。不过卡诺马上用枪顶住他的脊背,示意他往前走。邦德一脸无奈,用面部表情表示前面没有路了。这时候,卡诺推了他一把,他就来到了一个奇怪的房间。这个房间是如此怪异,四周都是岩石,突兀的未经过修整的岩石,坚硬而灼热。房间里散发出浓烈的硫黄味,令人作呕。

这时候,布洛菲尔德和他的恶婆娘走了进来,然后门被关上了。他们坐在两张硕大的椅子上,显得无比神气。他们的头顶上,燃着一顶巨大的油灯,墙上挂着一只钟。这只钟和普通家庭厨房用的钟表没什么两样。唯一不同的是,每隔一刻钟的下面,都用红色的横线标注出来。现在,指针显示时间是十一点过几分。突然,金属指针发出重重的咔嗒声,分针摆动了一格,更接近那根红色的标线了。卡诺示意邦德走到屋子那头十几步远的地方。那里有一个高高立起来的台子,台子上有一个带着扶手的石头椅子。那把椅子上被灰色的火山灰厚厚地覆盖着,显得斑驳可怕,在这把椅子的周围,也都是厚厚的火山灰。在石头椅子的正上方的天花板上,有一个巨大的开口,那是为火山喷发预留的出口。透过那个口子,邦德能够看到悠悠的天际和怅惘的星空,繁星点点,似乎代表着邦德的无限心事。

就在此时,卡诺的靴子在邦德的身后发出嘎吱嘎吱的响声,不知道这个恶魔又要搞什么鬼把戏。邦德还是装作什么也听不见,什么也说不出,卡诺只能用手势比画着,示意邦德坐到那张椅子上。邦德走上那个高高的台子,才发现那张石头椅子上有一个巨大的窟窿。在那个窟窿下面,就是灼热的岩浆在翻滚,发出刺鼻的硫黄气味和灼人的热浪。邦德的心揪了一下,但仍旧义无反顾地坐了上去。就在邦德的臀部接触到石头椅子的一刹那,黏黏糊糊的火山泥沾到他的衣服上,让他感觉到一阵强烈的灼烧感。他的肌肉猛地一缩，这是人的机体对危险的本能反应，但是邦德并没有退缩。他的身体已经严重透支，他疲惫不堪地坐在石头椅子上，双手扶着扶手，显得很享受的样子。这种苦中作乐的姿态，让在场的布洛菲尔德大为光火。他想这个家伙死到临头了，还这么虚张声势。邦德的心里，早已经是七上八下，因为他不知道，接下来等待他的，将是怎样的一种酷刑和讯问！不过他已经做好了应对一切的准备，哪怕付出宝贵的生命，也在所不惜。

突然，从石屋里面传来了一阵狂暴的声音，这声音就像一层浪花拍打在石头房子嶙峋的岩石上，恶魔般的声音回荡在整个地下。这是布洛菲尔德的声音："邦德中校，别来无恙啊！或许我应该称你为雷太郎？不不不，我相信你更喜欢英国情报局给你的代号，007！哈，尊敬的007先生，欢迎光临寒舍。这是我的天才设计，怎么样？这里可不是一间普通的讯问室，这里是生与死的展览馆，是哲学家和科学家都梦寐以求的试验场。当然，我们试验的材料是你们这些胆大妄为、自以为是的人。到了这里，就是死人，也一定会开口讲话。相信你一定已经感受到了这股神秘而奇特的力量了吧？哦，不不不，你可能感受不到，因为你，雷太郎先生，是又聋又哑的对吧？你现在一定不知道我在说什么对吧？你看我的口型，我说的是英语，是不是很熟悉呢？你你别再做无谓的挣扎和伪装了吧。快点承认，你就是007，快点儿告诉我，你到这来的目的究竟是什么，谁派你来的？"布洛菲尔德简直歇斯底里地吼叫起来，像一只怪兽。

邦德装作什么也没听见，东看看，西望望，似乎对这一切充满了兴趣，但是脸上一丝恐惧的神情也没有。布洛菲尔德大发雷霆，警告道:"邦德先生,说实话,我很佩服你的勇气,坚韧的毅力,还有你的耐性,你的伪装能力。你真是一个天才的演员,不是吗?不过这次我可得提前告诉你,这里远比你想象的要危险一万倍。你现在是不是还很享受你的专座?可是你别忘了,那里正是火山的喷发口。其实这整间讯问室,就是建在一个活火山口上。你一定相信科学对吧,科学的数据将告诉你,你所在的位置,顷刻之间的温度就能升到一千摄氏度以上。我恐怕你应该明白这个概念吧。就算是一块钢铁,也会化成铁水。何况你只是号称铜皮铁骨,但不过是血肉之躯。而且我还在这里做了一个天才的设计。我在你所坐的位置上方开了一条石槽,石槽会把灼热的岩浆导流到你头顶上方的巨大漏斗里。我通过精确的设定,火山口每隔十五分钟,就会冲破石槽和漏斗,喷发一次,刚好落到你现在坐的座位上。想必你已经注意到墙壁上的钟了吧,滴答滴答,这可是催命的音符,哈哈!"

布洛菲尔德面目狰狞,发出了刺耳的笑声。他朝身后看了看,然后转了回来,对着邦德说:"你大约已经注意到了,再过十一分钟,分针就将到达红线位置。知道那意味着什么吗?死亡的狂欢,再过十一分钟,岩浆将浇遍你的每一寸肌肤。哈哈,你是不是还听不见我在说什么,或者说听不懂?如果说听不懂,我可以给你找个翻译。如果是听不见,那么就只能对不起了。我相信,如果你真是那个又聋又哑的日本人,你一定不知道提前挪开位置;而如果你提前挪动位置,那就证明,你根本就是在装聋作哑。是你该做出选择的时候了!让我看看,你在十一点十五分到底会怎样选择,是逃生,还是被烧成血水。当然了,你也可以选择逃生,不过那样,我就会知道,你不仅听得见,而且根本就不可能是哑巴,到时候我就会让你说说看你是谁,为什么来这里。我还有的是折磨人的办法,不怕你不招。只要你回答我的问题,我就能确认你的身份,你来这里的目的,你们这次有预谋的行动到底有哪些成员,背后受谁指使。你明白吗?很好。也许你的身份证上的信息是对的,那么我会让我的守卫用日语给你解释一下这个房间的绝妙设计,希望你竖起耳朵来听。"这时候,一个守卫叽里呱啦用日语对邦德比画着。

邦德面无表情,没有任何反应,但他的心里却在紧张地谋划着反击。这时候,那个叽里呱啦的守卫退到了门边。他刚才大声复述布洛菲尔德的话,让这个房间都在微微颤抖,不过邦德似乎一个字也没有听进去。邦德没有注意到那些守卫,只是轻轻闭上眼睛,集中注意力,恢复体能。他需要养精蓄锐,安静一会儿。他放松地坐在椅子上,环顾了四下。他突然想起了别府十层地狱的最后一层,他开始寻找什么东西。啊,是的,就在那里,找到了。那是一个小小的木头盒子,就在他所坐的位置的右手边。那上面没有钥匙孔。那里边无疑就是岩浆喷发装置的调节器。现在他绞尽脑汁,想去搜索一些用得上的知识。那个小盒子能够派上什么用场吗?该如何去调节呢?暂时无计可施,邦德只能把这个事情先放到一边,然后继续开动他那受伤的大脑,去制订下一步计划。如果该死的头部阵痛能够稍微缓和一点,那该多好。他紧蹙着双眉,强忍着剧痛,把双手放在膝盖上,尽量放松。然后绅士般地把受伤瘀青的脸挨着手掌,以减轻一丝疼痛。至少,那几个受伤的守卫,现在一定比他要痛苦得多,他们的伤更加严重。

卡诺终于停止了他叽里呱啦的复述。这时候,时钟又重重地响起了指针转动的声音,时间又无情地过去了一分钟。这一声声转动,就像催命的音符,让邦德有些心烦意乱。

分针又这样转动了九次。邦德看着那个黑白相间的钟面,时间已经是十一点十四分。他的底下,似乎有千军万马在奔腾,伴随而来的是剧烈的热浪和灼人的硫黄气息,还有就是越来越临近的死神的气息。邦德慢慢地站起来,缓缓地离开了那个座位,走向没有火山泥的地面。然后他微微地回身去看刚才走过的地方,只听得地底下原来轰隆隆的声响变成了更加悠远的咆哮,地底下似乎在积聚着力量。这咆哮由远慢慢变近,就像一列新干线列车呼啸而过。但是那声响更大,更让人毛骨悚然。然后,轰隆一声巨响,石头椅子的中间喷射出一条液态的岩石石柱,紧接着是灰色的岩浆,就像被一挺巨大的机关枪扫射出来的子弹,直冲天际。邦德心有余悸地想:"刚才我就坐在那里,如果没有移动,现在就和岩浆一起冲出天花板,到繁星灿烂的夜空去参加星空派对,而且永远回不来了。"熔岩的喷发持续了一会儿,喷发出来的岩浆很快固化。大约半秒钟后,整个屋子充满了灼烧的热浪,邦德不得不用手擦拭着自己额头上豆大的汗珠。紧接着,那条石柱回到了洞里,火山灰则到处飞溅,溅到天花板上,散落在房间内的地板上。到处狼藉一片,留下很多小片的斑点。洞的深处汩汩地冒出气泡,发出一阵阵咕噜咕噜的声响,整个房间烟雾缭绕,什么也看不清。强烈的硫黄味开始慢慢散去。然后是一片死寂,一切尘埃落定,恢复如初。这时候时钟的指针指向了十一点十六分。滴答滴答的声音突然显得很刺耳,就像刚刚进行了一次残忍的屠戮。

邦德转过身去，直面钟表下那一对恶魔。邦德一脸讥讽地笑着说："好吧，布洛菲尔德，你这个疯子，恶魔。我不得不承认，你很高明，你在谋害人命、管理下属方面，都堪称天才。现在把你的看家本领都拿出来吧，我希望这次能够和从前一样精彩。让我们伴随着音乐去欣赏一下你的杰作吧，看看你到底是怎么提升本领的。但愿你的恶毒功夫已经赶上了你那魔鬼妻子。让我们这一次好好算一算账，一切听从上帝的旨意，怎么样？"

布洛菲尔德转过去，面对着他的恶魔妻子，艾玛·本特，说："亲爱的姑娘，你是对的。你真是料事如神啊，这就是那个讨厌的英国佬，是同一个人。为了奖赏你，到时候记得提醒我给你买一条名贵的项链。就和米克莫托夫人一样的那种灰珍珠项链。现在，让我们和这个英国佬做一个了断吧。要不然，该打扰到我们的睡觉时间了。"

"是的，亲爱的，不过他必须先开口交代清楚！"

"当然，亲爱的，不过在我这里，他坚持不了多久就一定会开口的，放心吧。现在，他已经自己打破了第一层伪装。他的第二道防线很快就会被我突破的。你就瞧好吧。"布洛菲尔德一副沾沾自喜的样子说。

邦德被带到了刚才下来的通道，又回到了地上的实验室。布洛菲尔德夫妇坐在舒适的椅子上，他们的旁边生着火炉，布洛菲尔德的手臂扶在长剑的剑把上。他们神态悠闲自若，就好像刚刚参加完朋友的晚宴，玩得意兴阑珊。整个房间温暖舒适，气氛欢快，似乎刚才地下讯问室里发生的一切都和他们无关,什么都没有发生过。邦德对此义愤填膺,这些吃人不吐骨头的家伙,怎么能够活得如此自在?邦德暗自下定决心:这该死的伪装,什么福冈的聋哑工人,简直不堪一击。现在,我必须恢复本色了。书架前有一张写字桌,邦德抽出一张椅子,坐了下来。桌子上摆放着香烟和火柴,他点了一根烟,悠闲地吸了起来。完全一副00特工的派头。他吞云吐雾,态度优雅,就像欧洲的贵族,又像睡觉前让自己彻底放松一下。他把烟灰直接弹到地毯上,然后跷起二郎腿,好像完全无视他的对手。

布洛菲尔德指着地板上邦德的包袱,对手下说:"先把这些东西拿走,一会儿我要检查。然后你们退出去,和守卫们在大厅等着。然后,你们去把那些设备都打开,内燃机灯、电椅什么的都要准备好。不要到用的时候手忙脚乱,明白吗?"

他的手下说了一句"是",就把地毯上邦德的衣服包裹都拿了出去。

这时候,布洛菲尔德转向邦德:"好了,现在坦白吧,这样你还能死得痛快一点,我剑起,你头落,不会有太大的痛苦。绝对不会有多余的动作,我可是用剑高手。而且你也看到了,这把剑,就和剃须刀一样锋利无比。如果你不说,我会慢慢折磨你,让你求生不得,求死不能。等你受尽折磨之后,你还是得交代。我想你是个聪明人,这么简单的选择题难不倒你。你的职业敏感恐怕也会提醒你,任何人都无法忍受无限延长的痛苦的,对不对?所以还是乖乖地交代吧。"

邦德淡定地说:"布洛菲尔德,你从来都不蠢,今天怎么这么愚不可及啊。要知道,伦敦和东京,很多人都知道我来了这里。此时此刻，你大可以聘请最优秀的律师，为你以前的罪恶开脱。也许你只会受到微小的处罚，然后你又可以改头换面，重新开始。可是，如果你把我杀了，哈哈，那么我想，你也一定活不成！"

"邦德先生，你可没有说实话啊！官场上的那套陈词滥调，我都烂熟于心，要是他们拿我有办法，早就来拿我了，何必再多此一举派你来送死。虽然我很鄙视你的故事，但是我对你所说的话并没有什么敌意，更谈不上反感。如果我在此地的行为已经获得了官方的确认，他们一定会派小支部队来逮捕我，不是吗？而且这个队伍一定会由中情局的头头带队，这里面的名堂，我一清二楚。我知道我自己做过什么，但是我也知道，这里是美国的地盘。就算你要来拜访我，怎么也要等我被逮捕之后。现在我还是一个合法的公民，日本和美国方面都不来逮捕我，你一个英国佬凭什么充当警察的角色。你也太狂妄自大了吧，007！"布洛菲尔德的不屑之情溢于言表。

"谁跟你说这是警方行动？我在英国的时候，就听过一些流言，说日本有这么一个地方。我就闻出了你的味道，上峰批准我来看看。我的行踪在我的头儿那里都有记录，如果我不回去的话，他们一定能够追查到我的下落。"

"中校！你也太会扯了吧。追查到你的下落，追查到了呢，就把你出现过的地方的人全部抓起来枪毙？你以为你是谁？邦德先生，你真是太天真了。他们可以追踪到你见过我吗？可以追踪到你来过我这里吗？凡事都讲求证据，你的证据呢？没有足够的证据，我只会被请去喝茶，然后他们又要毕恭毕敬地把我送回来。我们机构的一名特工近期向我报告，说日本情报机关的头儿，好像是叫田中什么的,朝我们这个方向来了,与他同来的,是一个穿着日本服装的外国人。现在看来,你的出现,和我的下属描述的事实刚好吻合,不是吗?"

"那么这个人现在何处呢?让我来问问他。"邦德淡定如初。

"他现在不在这里。"

"真的不在,还是不敢现身啊?"邦德轻蔑地说。

布洛菲尔德的瞳孔里正迸发出一团烈焰,他是如此生气,他的气愤更多地来自邦德的轻蔑。他以天才自居,可是屡次被这个邦德坏了好事,上次虽然给了邦德教训,可是这个家伙依然阴魂不散,这让布洛菲尔德大为光火。他恶狠狠地说:"邦德先生,请你不要忘记,现在是我在审问你,而不是你在审问我。现在,我已经知道了那个田中的底细,他是一个不折不扣的粗蛮人,而且恕我冒昧揣测,他的这种性格,和你暴躁的个性倒是很般配。所以,你们混到一起,一点儿也不稀奇。如果我没记错的话,这个田中刚失去了一个得力的手下。那个人被派到我们这里来,想要查探我的底细,最后的下场如何?想必你跟田中那么久,应该听说了吧。我想,以你的职业能力,你一定是和这个田中有什么交易,他答应给你好处,所以你来杀我。可是,你别忘了,他是怎么对待下属的,不过是以因公殉职,就草草了事。你这个不相干的外国人,下场只会更加悲惨。所以,你想想看,给他卖命,值得吗?我相信,你此次来,不过是为田中,为日本政府挽回难堪的颜面。不过这些事情,恐怕都是前面的故事,那个时候,你只知道我是夏特兰德博士对不对?"说完这些,布洛菲尔德停顿了一下,似乎在观察邦德的反应。

邦德的脸上毫无表情，依然在尽可能恢复体力，以做出最后的搏击。

"不过，我相信，一旦你知道我这个夏特兰德博士的身份是假的，而其实是恩内斯特·斯塔文罗·布洛菲尔德时，你一定想找我报仇。所以你来杀我，又多了一层私人恩怨。我知道，正是由于这一层私人恩怨，你不可能把我的身份向政府方面供认。因为那样的话，就如我刚才所说，日本方面就会派军队来围剿我，到时候你就会失去亲手报仇的机会。"布洛菲尔德阴冷地笑着，温柔地说，"我说过，我拥有世界上最天才的头脑，谁也休想骗我。邦德先生，请问你还有什么要说的吗？死到临头，我就让你把想说的话通通都说出来。你是不是想和美国人一样，说没有比这更对的呢？哈哈哈！"

邦德似乎一点儿也不在意这个恶魔的申辩，他点燃了第二根烟，依然悠闲地享受着吞云吐雾的快感。他双眼眯成一条缝，轻蔑地看着布洛菲尔德，说："我尊重事实，也相信天命。布洛菲尔德，如果我有什么不测，你和你那个可恶的女人，都必将受到上帝的惩罚。你们必将死无葬身之地。"

"那么好吧，邦德先生。现在，我想遗憾地告诉你，我将亲手杀了你，然后把你的尸体拿去喂鱼。本来，我想让我的手下慢慢把你折磨死的，现在看来，没那个必要了。你的一切我都了解得一清二楚，你活着无非是在浪费生命。说实话，你一直是我的一块心病，现在是时候去去病气了。现在我跟你说的每一句话，都是发自肺腑的，是我心里话。今天我们在这里解决的也是我们之间私人的恩怨，明白吗？你来日本这么久，应该知道日本文化中的很多要素吧，其中最基本的就是对人要尊重。我对你是足够尊重的吧?"

邦德轻蔑地说:"布洛菲尔德,你这些陈词滥调是从小泉八云的书中照搬过来的吧?"

"其实,在日本,从武士时代开始,就讲究决斗的规矩。其中一条就是杀戮和离开。如果一个下等人挡住了武士的去路,或者没有表现出足够的尊重,武士就可以一刀把那个人的脑袋砍下来。今天,我觉得我自己就是一个当代的武士,我的剑还从来没有沾染过鲜血。你的头颅刚好可以给我祭剑,这是你的荣幸!"他转过身,对他的恶婆娘说,"你说我说得对吧,亲爱的?"

那个恶婆娘拿腔拿调地说:"亲爱的,你说什么我都赞成。但是,请你千万小心一点,这个野兽,可是有点儿危险!"她脸上的肌肉似乎要僵住,露出让人作呕的笑容。

"你忘记了吗,亲爱的? 去年1月开始,他就不再是猛兽了。因为我们给他动了一个小小的手术,把他的恋人永远从他身边切除了。哈哈,从此之后,他不过是一个懦夫! 一个病猫! 你还怕他做什么?"布洛菲尔德得意忘形地说。

那个令人恐惧的人从座位上站起来,后退了几步,他高高扬起自己的剑,大喝一声:"看剑!"

……

第二十章　血染雷霆谷

邦德把未熄灭的烟蒂扔掉,任凭它在地毯上烫出焦黄色的烟,发出刺鼻的气味。他的整个身体都陷入紧张的状态,恶狠狠地说:"我想你们知道吧,你们这两个疯子,魔鬼!等着下地狱吧!"

"疯子?魔鬼?哈哈,我喜欢这个称呼,这简直是对我的尊称,谢谢!你看,历史上的伟大人物,很多都是疯子,不过都是天才一样的疯子,就像我一样。腓特烈大帝(普鲁士国王)、尼采、梵·高,哪个不是疯子呢……这些人在各个方面都堪称天才,政治家、军事家、艺术家、文学家……邦德先生,你再看看你自己,你是什么呢?你就是个普通的刺客、暴徒、恶棍、凶手,到底我应该说你是什么呢?你不过是你们高层的一个杀人工具。上面叫你做什么,你就必须做什么。你做这些血腥的杀戮,还不忘加上一个七彩的光环,什么忠诚、责任、爱国主义……但这些都是很虚无的东西,不是吗?你看不见它们,你所能看见的只有赤裸裸的流血和杀戮,还有就是你日益暴虐的人生。你是不是感觉到那些身居高位者对你的压榨,你不满,你愤怒,你借酒浇愁。为了所谓的任务,你自身难保,连最爱的女人也不得不为你丧命。你的精神慢慢变得空虚,你的心灵被渐渐掏空,酒精、尼古丁已经无法拯救你,你只有去寻找性的刺激。可是,没有爱情的性是没有任何慰藉的效力的,不是吗?你只有像一头野兽一样,盲目地去执行上司交给你的任务。一旦没有任务,你就是一个行尸走肉!邦德,我说得没错吧!你的老板一次又一次让你来和我作对,邦德先生,这你不会忘记吧?你的运气加上你的蛮力,让你两次捣毁了我天才的设计。你和你的政府把我的设计看成是对抗人类的罪恶!"布洛菲尔德显得愤愤不平,脸部的神经也显得明显地扭曲。

"邦德先生,不过你看,那么多国家的政府联合通缉我,要控告我,可是我怎么样呢?我现在不是还活得好好的吗?我受人敬仰,是一个炙手可热的头面人物!你不想知道这是为什么吗?邦德先生,你想想自己那平庸的智慧,再想想我天才般的奇思妙想,是不是觉得很惭愧?你们这些凡夫俗子,又怎么能够理解我超人类智慧的光芒,怎么能够理解我超人类的伟大设想。告诉你,邦德先生,罪恶是相对的,也许我跨越一步,就成为推动人类前进的伟大导师!"

布洛菲尔德沾沾自喜地自我吹捧,邦德则趁机将周围的环境加以仔细地观察,他可没心思听布洛菲尔德巧舌如簧的蛊惑。布洛菲尔德身形高大,足有六英尺三英寸那么高,而且体格健壮。这个威猛强悍的家伙双腿分开站立,呈一个八字形,手握武士刀的刀柄,将刀尖立在地面上。这种刀锋利无比，是一种弯月形刀锋的攻击性战刀。只见布洛菲尔德的双手青筋暴出，显示出他的力量强大。透过整间屋子把视线放到布洛菲尔德的身上，邦德首先感受到的是那逐渐靠近，隐隐约约的阴森的眼神，显得那么飞扬跋扈而专横。邦德不得不承认，这个家伙确实有着常人所难以拥有的旺盛精力。他的眼神带有一种天然的催眠性，直勾勾地看着你，让你无从回避。他高高的额头和花白的眉毛，扭结成一小撮的薄薄的嘴唇，让人毛骨悚然的鹰钩鼻，所有这些，都让他看上去更加阴森可怕。他披着一件宽大、熨烫细致的和服，这种服装本来是一个矮小的民族为了使自己看起来高大而设计的，这种服饰穿在高大的布洛菲尔德身上，让他显得更加巍峨，如高耸入云端的尖塔。让这个恶魔在心理上占据了一个制高点，俯视一切，傲视一切，那么盛气凌人，不可一世。而那件和服上的刺绣，更是让人忍俊不禁。那上面绣着的是一只金龙，这大约是东方人孩提时候才会有的奇幻想象。这个高大的男人竟然把它绣在了衣服上，实在让人觉得可笑。布洛菲尔德突然停下了高谈阔论。邦德没有说话，因为他太熟悉对手的套路了，他在等待布洛菲尔德继续。他知道，接下来布洛菲尔德将要辩解一番了，他一向如此。而邦德正好可以利用这个时机，好好观察对方，找到攻击的突破口。

其实对于犯罪者而言，他们在心理上都希望为自己的罪行找到一个辩解的出口。尤其是当他把你带到了他的地盘，他知道自己已经占据了绝对的上风，那么他就越倾向于在干掉你之前，找一堆冠冕堂皇的理由。布洛菲尔德现在就是如此！虽然他清楚，他的对手马上就要死了，甚至已经明显濒临毁灭的边缘，他还是愿意把邦德当作听众，向邦德灌输自己犯罪的理由。这能让他觉得更舒服，更快意，或许也能减轻他的内心的罪恶感。对于刽子手而言，为自己的杀戮辩解，真的是一件能够让他们不那么负疚的绝妙做法。布洛菲尔德手放在剑柄上，身子微微绷直，开始辩解。他的语气那么自信，可谓"有理有据"。

他说："现在，邦德先生，让我们来谈谈雷霆行动吧，这还是贵国给的行动代号吧。这个行动的初衷不过是想让西方政府付赎金拯救西方人。我想让他们知道，我手上掌握了两枚原子弹。这次行动的所谓罪恶，不过是给国际政治格局添了些小乱子而已，不是吗？你知道，有钱人家的孩子玩昂贵的玩具，穷人家的孩子尾随其后，把玩具悄悄藏起来。然后用这玩具去有钱人家换几个钱给妈妈看病，这有什么错呢？如果这个穷孩子成功了，那么这对他的妈妈，对整个世界不都有好处吗？那个富贵人家本来也不在乎几个钱嘛！这就叫作损有余而补不足。只不过，这一次，穷孩子身上的玩具有点儿危险。打个比方，如果这个玩具落到了卡斯特罗的手里，你想想看，是不是会对人类造成毁灭性的打击呢？不过我可不一样，我不过是想在全人类面前演一出戏，我可不会真的把这两颗原子弹投出去。因为那对我没有好处，我不可能轻易地把这么重要的筹码丢掉。如果我得到了我想要的东西，我还会故技重施，让西方召开紧急裁军会议吗？还会轻易地放弃这些玩具，让更危险的激进政府轻而易举得到这玩具吗？更何况，我也不是单纯为了钱，我这么做，就是想警告你们这些狂妄自大的西方人，不要以为武器能够解决一切问题。或许今天你们引以为傲的武器,明天就可以成为毁灭你们自己的坟墓。我讨厌你们的政治家,讨厌你们那些道貌岸然、蝇营狗苟的商人,我不过是用另外一种方式给这个世界做一点贡献。而你们却要对我赶尽杀绝!我说的这些,你能理解吧,邦德先生?"

邦德凝视着布洛菲尔德,一言不发!布洛菲尔德则兴致正起,继续说道:"再说说最近的事情吧。就是我发动的对英国的细菌攻击。我亲爱的邦德先生,你不得不承认英国现在已经成为一个堕落的国家,不是吗?从许多方面而言,它都显得那么孱弱不堪。说实话,我觉得英国已经到了崩溃的边缘。而且英国孱弱的速度还在加剧。英国从二战以后,就像一头昏睡的狮子,不是吗?与其这样半死不活,不如加剧死亡的速度,这不是另外一种人道主义的关怀吗?什么叫作残酷,什么叫作同情?邦德先生,一切都是相对的,不是吗?所以我想问问你,我到底犯了什么罪,要让你对我赶尽杀绝!你看看你们的国家,自私、狂妄、傲慢,你们一直期待建立所谓的福利制度,可是最后呢,社会荒淫无耻,不劳而获,投机倒把,这样还不如全部扫除干净,不是吗?所以我替你们做了清道夫的工作,还给你们社会一个清清朗朗,这有什么不好?以后,你们就可以梦醒,一切推倒重来,这对你们大英帝国,只有好处,哪里来的坏处呢?"

布洛菲尔德咂了咂嘴巴,显得心满意足,他稍微停顿了一下,接着说:"再说说这次的死亡城堡吧。我要向你坦白,邦德先生。我现在的身体状况已经大不如前了。我的心脏越来越差,我知道,像我这个年纪的人,身体各部分的机能全面退化,这是无法避免的。我的脑力和意识也在退化,虽然我竭力想减缓这种退化的速度,但是,

You Only Live Twice

你知道,像我这样的天才,在这个世界上,是会觉得孤单的。这种孤独感让我觉得我各方面的情况都不大妙。我现在对人性,对人生,都没有什么兴趣。我对人类的前途,也充满了隐隐的担忧。人生除了枯燥无味的追逐,还有什么乐趣?世界上这些庸庸碌碌的人,不过是赶着来生,赶着去死罢了。打个比方来说,一位美食家,尝遍了世界的珍馐美味,再也找不到什么美味的佐料。而我,就是那个打破这种局面的天才。我要寻找人类味蕾的真谛,不仅是生理上的味觉,还有精神上的味觉。我想让人们获得安宁和真正的幸福,你懂吗?这是很微妙的,不是你们这些凡夫俗子所能理解的。邦德先生,我到日本来,就是想建立一座人类的伟大工程,必不可少的工程——为人们提供自由的死亡殿堂,以帮助那些迷途的羔羊,找到解脱。帮助他们脱离人生的苦难和负担,脱离苦海,早日去往天堂。我做的这件事情,不是简单地给人们提供一个是或者否的解决方案,我是帮他们彻底地超脱。我这也是为了帮助日本政府,虽然他们现在还不能体味我的良苦用心。你知道,日本社会的压力有多大!日本政府甚至要专门成立自杀委员会,处理自杀的问题。你看,每年有多少人卧轨自杀,或者跳楼、服毒……日本政府不得不从铁路、公路、旅馆、江河湖海中,收拾无数具尸体。而这只是表面,无论如何,日本政府都无法缓解国人的焦虑,所以只有提供一个死亡的天堂,让那些压抑已久的心灵获得释放,这样日本才有救。你不得不承认,我这个伟大工程,不仅不是犯罪,而且是一处顶好的公共服务设施。我的这个死亡城堡一定会载入日本史册。当然,我并不期待名垂青史,但是至少你应该理解我才是,不是吗?没有我,日本人也会自杀!"

"说得好听,可是昨天我明明看见一个不愿意死的农民,被你们活活地屠杀了。这你又作何解释?你能说你们不是谋杀,你不是杀人犯?"邦德目光冷峻地说。

"邦德先生,请你不要多想。你要知道,这个农民之所以来到这里,就是为了寻求解脱。不过,他的内心是很脆弱的,在面对死亡的时候,他退缩了。但是这种退缩只是一种本能,并不是来自他的心灵深处的声音。为了帮他战胜恐惧,顺利渡过冥河,我们不能不推他一把。不过,邦德,我们这么久没见,没想到你还是完全无法进入我的世界。我所做的一切,你都是无法理解的。因此,我现在对你的解释,或许也不过是对牛弹琴。以你的眼光,你看不到万事万物的本质,你的目光太短浅了。打个不甚恰当的比方,你差不多只能看到你点燃的那根香烟的长度罢了,不是吗?你只能从这种短暂的麻醉中获得满足和快感,如果再加上一壶清酒,一个火辣的女郎,你这辈子就算圆满了。你们这些武夫,不就是这样吗?所以,我现在跟你说这些也是没有什么意义的。你耽误了我们太多睡觉的时间了。现在说吧,看看你到底想怎么死。你是打算慷慨赴死,还是像粪蛆一样挣扎几下。不过,不管怎么样,都是一死,只是快或者慢的区别罢了。我劝你还是把脖子伸出来,吃上一刀,干脆利落,不要多受罪。亲爱的邦德中校,做出你的选择吧?"

这时,布洛菲尔德朝前走了一步,举起刀,就像残忍的日本浪人。也许他自己真的狂妄自大地以为自己就是日本武士呢。在灯光的照耀下,刀光闪闪,寒气逼人。金色的刀柄雕刻精美,就像一把艺术品，而不是杀人的工具。邦德凝视着布洛菲尔德，一点儿也没有退缩。

邦德的大脑里想的并不是那把刀，他想的是如何抓住机会反击。他知道该怎么做！他稍稍往后面挪了一步，然后注意到那个被他踢伤的山木还躺在那个阴暗的角落。他注意到在他躺着的那个墙角，立着一根他刚才用过的棍子。但是，邦德同时注意到，那个女魔头的右手边，有一个机关，一旦她触动机关，就会有大队人马赶到。邦德果断决定，先解决那个女魔头，防止她触动警铃。现在是时候检验他在忍者训练营学习的格斗功夫了。邦德将身子放低，向左边微微蜷曲，以迅雷不及掩耳之势拿到那根木棍，然后朝女魔头打来。说时迟，那时快，女魔头的手刚想抬起来，就被邦德打翻在地。

木杖打在女魔头的左脸上，她向前滚了几圈，就躺倒在地上，一动不动。这个恶贯满盈的女人，终于像一个僵尸一样躺在那里！这时候，布洛菲尔德的刀嗖嗖地向邦德劈过来。刀锋距离邦德的肩膀只有毫厘之差。邦德蜷曲着身子，躲过布洛菲尔德的刀口，然后纵身一跃，将身体尽量舒展，将棍子猛地劈向布洛菲尔德。布洛菲尔德来不及躲闪，棍子的一头就像台球棍一样捅向了他的心窝，这一击正中他的胸腔，把布洛菲尔德顶到了墙根上。不过布洛菲尔德猛地朝邦德扑过来，邦德也打了一个趔趄。布洛菲尔德稍微占据了一点儿上风，接着挥动着自己的长刀，就像用镰刀割稻子一样，想把邦德的头颅割下来。邦德一面躲闪，一面瞄准了布洛菲尔德拿着刀的右臂，不过他没有命中。他后退了几步，伺机继续发动进攻。邦德全神贯注,尽量避开布洛菲尔德的刀锋。他手持的武器,以及他的身体,都经不起那把钢刀的攻击。所以邦德必须小心应对,任何一次失误,都有可能让他丧失进攻能力。那虎虎生风的钢刀,一旦砍到邦德手上的木棍,一定会像用刀子剁火柴一样,立刻断成两截。现在,邦德别无选择,他手上的棍子只有保持现有的长度,他才有微弱的获胜希望。如果棍子再短一些,要想获胜,就比登天还难了。突然,布洛菲尔德用刀刺向邦德,布洛菲尔德的动作显得那么专业,右膝弯曲,双手握住刀柄,使劲往前刺。邦德假装攻击布洛菲尔德的左侧,不过,他的棍子实在太短了。还没等到他攻击到布洛菲尔德,他的左边肋骨就被布洛菲尔德的刀锋刺破了,鲜血直流。不过他这次佯攻效果还不错,布洛菲尔德只顾着左边,放弃了右边的防守。邦德虽然受了点皮外伤,但是他马上举起棍子,朝着布洛菲尔德的右侧猛击过来。布洛菲尔德还没有回过重心,就被邦德击中了右臂,接着邦德乘胜追击,以迅雷不及掩耳之势抽向布洛菲尔德的腿部。邦德的棍子抽中了布洛菲尔德的骨头,发出清脆的声音。布洛菲尔德嘴里骂骂咧咧的,对邦德的武器进行了一些无谓的评论。但是这一切都无济于事了,他受伤了。不过他没有放弃进攻,他继续用刀猛刺,重新掌握了主动。毕竟邦德的武器实在是太脆弱了。邦德只有招架之功,毫无还手之力,只能在房间里到处躲闪。邦德一边躲闪,一边保持着进攻的节奏和姿势,以此把布洛菲尔德挡在安全距离之外。不过,他步步退缩,已经无路可退。布洛菲尔德的长刀步步紧逼,没有给邦德留下任何回旋的余地。布洛菲尔德似乎已经嗅到了胜利的味道,他以雷霆万钧之势向前迈了一步,像毒蛇一样,随时准备发动致命的一击。邦德跳到一边,和布洛菲尔德周旋着,心里暗自盘算着该如何进一步反击。他在努力地寻找机会,他奋力地用棍子扫着地面,希望为自己掌握到更多的空间。突然,他的棍子扫到了布洛菲尔德的右肩,布洛菲尔德骂了一句恶毒的脏话,然后用左手捂着右肩。那条胳膊是他握刀的胳膊,邦德意识到这一点,一直向前逼迫。布洛菲尔德做困兽斗,一次次地向前刺着。他的进攻好几次都差点击中邦德的身体。突然,布洛菲尔德的一次攻击正中邦德的木棍,把木棍砍成两半。留在邦德手中的那一截只剩下一点,就像蜡烛的屁股。布洛菲尔德看到了自己的优势,拼命地进攻。他的进攻就像暴风骤雨一般,邦德只能拼命躲闪,现在,邦德处于极度危险的时刻。他的棍子已经所剩无几,更何况,他的手心现在满是汗水,滑得简直握不住棍子。他疲于应对布洛菲尔德潮水般的进攻,他第一次注意到自己的脖颈上都是冷冷的汗水。这或许是因为紧张,但绝对不是害怕,邦德不会退缩,也无路可退。邦德喘着粗气,想尽量让自己的体力和精神得到些许缓和。布洛菲尔德似乎已经感知到了邦德的想法,所以他突然猛地一击,让邦德猝不及防。邦德心里默测了自己和后面墙壁的距离,一跃身紧紧贴着墙壁,想以此作为最后的防线。即便如此,他还是清晰地感受到布洛菲尔德的刀锋从他的胃部轻轻地划过,冷冰冰的。突然,借助墙壁的反弹力,邦德高高跃起,将布洛菲尔德的长刀扫落在地。与此同时,他也丢掉武器,一个猛虎下山,扑向布洛菲尔德。邦德骑在布洛菲尔德身上,双手紧紧掐住布洛菲尔德的脖子。过了一会儿,那两张满是汗水的脸庞似乎紧紧地贴到了一起。布洛菲尔德用手拼命抓住长刀,用刀柄使劲地重击邦德两肋。邦德正在全神贯注地进攻,根本意识不到布洛菲尔德的重击。邦德只是用力地掐住布洛菲尔德的脖子,他用尽全身的力气,双手越扣越紧。就这样,时间一秒一秒地过去,他意识到他的肋部所受到的撞击越来越微弱,最后他听见咯噔一声,布洛菲尔德的刀落到了地上……他意识到布洛菲尔德是要做最后的困兽之斗。布洛菲尔德的指甲和手指紧紧地抠住邦德的脸,似乎要去戳邦德的眼睛。这个残忍的家伙!邦德咬紧牙关,牙齿发出咯吱咯吱的声音,嘴里不由自主地发出有节奏的叫喊声:"布洛菲尔德,去死吧,布洛菲尔德,去死吧……"突然,布洛菲尔德的舌头伸了出来,他的眼球上翻,身体慢慢滑向地面。但是邦德随着布洛菲尔德一起滑向地面,跪在地上,他的双手依然紧紧夹住布洛菲尔德强壮的脖子。这时候,邦德感到两眼发白,眼前一片空白,他听不到任何声音,他只能感到可怕的力量和流淌着的鲜血。邦德陷入短暂的无意识状态,他只记得自己必须用力掐住布洛菲尔德的脖子,此外什么也不知道。

  过了一会儿,邦德恢复了意识,他清醒过来。那条金龙的头在黑色的丝绸和服上耷拉着,吐出了舌头。刚才它还在吞吐火焰,现在彻底完蛋了。邦德抬起疼痛难忍的胳膊,活动了一下,他终于松开了布洛菲尔德的脖颈,长舒了一口气。邦德凝视着那个酱紫色的脸庞,站了起来,跟跟跄跄,不知道何去何从。他步履蹒跚地朝前走,上帝啊,他的头受了重伤。现在他需要做什么?他尽力地回忆,希望能将自己的回忆找回来。过去他的头脑是那么清醒,那么聪明。可是现在呢,他只感到脑袋一片空白,脑子里嗡嗡直叫。现在到底是怎么了?是的,当然,现在还不是结束的时候。他捡起了布洛菲尔德的长刀,然后沿着石头通道,回到讯问室。他盯着墙上的钟,还差五分钟就是午夜了。讯问室的墙壁上有一个木头盒子,盒子上溅满了火山岩浆。那个盒子就在他受审时候所坐的那个石头椅子的下面。他感觉那似乎是很久以前的事情了,几天前,甚至是几年前。他走向那张石头椅子,然后用长剑将那个木头盒子挑开。果不其然,那里有一个巨大的旋钮。他跪下来,扭动着那个旋钮,直到旋钮被转到最紧的位置。现在,会发生什么呢?会是世界末日吗?一切都会遭到毁灭吗?邦德走回通道。现在,他必须出去,赶紧离开这个是非之地。不过他撤退的线路已经被围追堵截的守卫拦住了。他扯下了窗帘,用长剑将玻璃击碎。外面是一段栏杆,似乎是围绕着城堡这一层的一圈栏杆。邦德朝四周看了看,想找点东西来替自己遮盖住裸露的身体。但没有别的东西了,只有布洛菲尔德华丽的和服。这真叫人毛骨悚然。但是事到如今,也顾不得那么多了。邦德从尸体上把衣服脱了下来穿在自己身上,他缓缓地系上了腰带,还真合身。不过和服的里面冰凉冰凉的,就像蛇的皮肤。他朝下看了看艾玛·本特。她发出了沉重的呼气声,就像一个醉酒的人在发出如雷的鼾声。邦德没有理会,他走到窗户边,爬了出去。他尽量避免自己光着的脚底板踩到破碎的玻璃。

但是,很显然,邦德这一步棋走错了。那道栏杆只是简易栏杆,仅仅起到一个装饰的作用,不足以支撑任何力量。邦德小心翼翼地从一端爬到另一端,这栏杆两头封闭,没有出口。他顺着栏杆朝外面望去,距离地面的丛林至少有几百米高。突然,他听到自己的头顶上方有一阵柔和的风笛声音。他朝上看了看,那不是别的东西,正是那只巨大的气球在风中摇曳发出的声音。那个巨大的气球被锚定在平台上,锚定的锁链,和气球悬挂着的标幅在风中,发出呜呜的响声。这个时候,邦德的心中突然萌生了一个疯狂的想法。突然,道格拉斯·范朋克的电影中的一幕闪回到邦德的脑海中。在道格拉斯的电影中,主人公总是会吊着大厅的吊灯,从一侧飞到另外一侧,那么英姿飒爽。邦德心想,那大厅的吊灯不过是由一根铁锁吊着,眼前这个大大的气球,少说也能承受一个人的重量吧。看这个气球下面悬挂着的巨幅标识,用那么粗壮的棉麻绳子绑着,一定很重,至少比邦德要重,为什么这个气球不能承受一个人的重量呢?虽然邦德确实在普通人看来,要强壮些!

  邦德来到了栏杆的一角,这里是气球锚定的位置。他试了试锚定气球的绳索,足够结实。那根绳索被绷得紧紧的,就像一根电线一般。在他的下方,在城堡里,人声鼎沸,处处都是一片喧哗之声。相信那些走狗已经发现自己的主人殒命,正在四下寻找凶手呢。又或者那个女魔头已经苏醒,急急忙忙要为自己的夫君报仇?管不得那么多了,邦德紧紧抓住那紧绷的绳索,他沿着云梯爬上去,在棉质的巨大标语上划出了一道立足的缝隙,然后用右手紧紧抓住绳索,把自己脚下的绳索切断了。布洛菲尔德的长剑还真是管用。现在,邦德已经悬在空中,随风飘动。成功了!邦德感受到了微微的晚风迎面吹来,他感到自己正在空中随风摆动,飘过月色下的古堡和花园,穿过波光闪闪的湖面,一直朝着大海的方向飘去。不过,该死的是,现在的气球并不是下降,而是不断上升!

气球中的气体的浮力要大于邦德的体重产生的重力。突然,邦德注意到城堡的顶楼发出蓝色和黄色的火焰。偶尔,一两颗恼人的子弹嗖嗖地从邦德的身边掠过。由于一直在用力地抓着绳子,邦德的手臂开始发酸疼痛。邦德的脚一直紧张地踩在标语的缝隙中,早已经酸痛难忍。突然,他头的一边不知道被什么东西又撞击了一下,这个部位在与布洛菲尔德的打斗中已经受了伤,现在他只感到一阵钻心的疼痛。这伤势简直要结果了邦德。邦德紧紧闭上眼睛,似乎想把自己的一切交给上帝。不过,他不能这么做,他必须挺住。这个时候,他注意到下面的城堡似乎在微微地颤抖,在皎洁的月光下,城堡在上下左右摆动。突然,一阵山崩地裂的声响传来,城堡下的冰淇淋,突然慢慢地化掉了。城堡的顶层首先坍塌,接着是第二层,最底层。过了一会儿,巨大的火山喷发将火红色的岩浆冲向天际,发出耀眼的橘红色的火焰和光芒。这火山喷发之势似乎要冲破夜空,直达月宫。邦德感到一阵紧张,不过幸运的是,他现在已经处在一个安全的高度。突然,邦德感觉到周围的晚风变得灼热,接着就是火山雷鸣,巨大的灰尘将整个天空占满了。邦德只感觉到气球在剧烈地抖动。

这一切究竟是什么?是他旋转的旋钮起了作用,还是那些人罪有应得?现在邦德已经不关心这些了。他也不想弄清楚到底是怎么回事。现在,他最关切的就是他头部的剧痛。突然,气球被一颗子弹打穿,里面的气体迅速泄露。邦德急速下坠,他的下面,巨大的海面正像一张柔软的床,等待着他的返航。邦德将双手摊开,任由自己做垂直的自由落体运动,他的神情一片安宁,除了不堪忍受的头痛,他觉得一切都无限美好。不过,现在,他在静静地遐想,他想象着自己坠海后荡漾起的涟漪和层层波浪,他想起童年时的美好梦想,他想起了温柔的铃木薇琪和东京都的清酒与香烟。一切美好的事物都等待着他回去,回到那个属于邦德,属于007的世界!想到这里,他的疼痛感稍微缓解了一些。

也许,冰冷的海水就是邦德最后的归宿,但是即便如此,他也不会害怕。也许,他的爱人正在那里!

You Only Live Twice

第二十一章　告亲友奠文

《泰晤士报》
詹姆斯·邦德
皇家海军中校,勋爵
M 来稿,原文如下：

贵报读者一定已经从之前的相关报道获悉,皇家勋爵、海军中校、国防部高级官员詹姆斯·邦德已经失踪多日,找寻无果,现确认其死亡。其是在日本行动中壮烈殉职！本人怀着万分悲痛之心情,敬告海内外亲友,一切关于邦德生还之希望已经破灭,所有救援行动就此终结,邦德已经永远离开了我们。本人作为邦德生前供职部门之长官,沉痛哀悼邦德之牺牲,并期借贵报缅怀邦德生平,以及其为祖国做出的艰苦卓绝的贡献。与国人共勉!

詹姆斯邦德,父亲为苏格兰人,安德鲁·邦德,祖籍格伦科;母亲是瑞士人,莫妮卡·德拉克勒斯,来自沃州。他的父亲是维克珠宝公司驻国外代表,这给邦德提供了很好的早期教育的机会。邦德精通法语和德语,因为其童年有相当长一段时间都是在国外度过的。他11岁的时候,他的父母在夏蒙尼(地名,法国小镇,是阿尔卑斯山脉的典型山城)赤焰峰的登山事故中丧生。邦德在姑母的照料下成长,他随着亲人来到英格兰的恩德加。他的姑母名叫查尔曼·邦德,直到她去世,邦德一直和姑母生活在一起。他们生活的地方在肯特郡坎特伯雷市的一处叫作裴八腾的古朴优雅的小村庄。在姑母家的小院子里,嘎嘎的鸭子,鸡舍狗圈,所有这些都让邦德很感兴趣。但是姑母是一个非常贤惠,很有学问和涵养的妇女,她给了邦德最佳的启蒙教育,并且把他送进了英国的公立学校。12岁左右,邦德以优异的成绩进入伊顿公学。这所学校在他刚出生的时候,他的父亲就带他去过,并埋下了期望的种子。没想到邦德果然进入了伊顿公学。不过,他在伊顿公学的时间可能很短,也缺乏必要的文字记载,现在已经语焉不详。这段材料我收集得很困难,根据邦德女佣的回忆,大约邦德在伊顿公学待了两个学期。他的姑母就要求他转学至费蒂斯中学,这也是邦德父亲的母校。这里的氛围带有强烈的加尔文主义,所以在学术上和运动能力上的培养方面都十分严苛。虽然邦德生性内敛,但是运动能力突出,在这所学校的田径场上,他缔结了人生中最牢不可破的友谊。他八岁时离开这所学校。他在这所学校的求学期间，两次代表学校参加轻量级的柔道比赛，并且成立了英国公立学校第一个柔道协会。据现在推算，他应该是在1941年，以虚报的年龄，在他父亲的老同事的帮助下，进入国防部的某个分支机构工作。由于他工作得力，被授予中尉军衔。二战期间，邦德进入皇家海军，工作获得上级认可，二战结束后，荣升中校。就是此时，笔者经常与国防部海军司令部有业务往来，进而认识邦德中校。笔者十分钦佩邦德的为人和能力，并接受了邦德申请留在军部工作的申请。从此，他正式成为我部门的人员，屡建奇功。很快，他成为某部的主管。因为涉及机密，其所在部门不便公开。他在本部门任职直到日本任务执行过程中失踪，并最终确认殉职！

由于邦德中校的工作性质特殊，其在皇家海军及国家安全部门的工作履历，从1954年起开始保密，解密时间未定。但是邦德的精神，则非常有必要让国人周知。与邦德共事过的人，无不对邦德的勇敢、爱国忠心、沉着果断等精神气质赞不绝口。虽然，他也会因为一时的冲动而错失良机，有时候会陷入主观和刚愎自用，从而犯下错误。但是他总能临危不乱，镇定冷静，常常能够出奇制胜，化险为夷，创造了诸多成功的先例。职责所系，他赴汤蹈火，在所不惜。他屡入险境，屡次逃出生天。他的卓绝战绩被出版社，尤其是外国的出版社，出版成为专著，畅销良久。但是这显然与邦德的意愿是不相符的。作为一个公众人物，不可避免的结果就是，关于他的一系列畅销书都会被炮制。他的私人朋友,他的故交同事,都会争相撰写关于邦德的传记或小说。但是,如果这些著作的品质较高,且尊重事实的话,那么这些书的作者就一定侵犯了国家机密。此外这些小说的共同不足,就是随意臆想和捏造邦德生平事迹,任意编造邦德的任务情况。在出版业竞争无比剧烈的时代,这些做法虽然可以提高图书发行量,但对于邦德精神之传承,确实有害而无益。邦德之海内外亲友若见到此种书籍,不可轻信,以此举告慰邦德在天之灵,并合力缅怀邦德之真正精神。

邦德虽死,其精神当与大不列颠共存!

最后,笔者将简单周告邦德海内外亲友,邦德最后一次任务的基本情况,以告慰亲人。邦德中校的最后一次任务对国家无比重要。虽然现在的事实是,邦德先生是在拼尽性命,完成任务后壮烈殉国的。他不会再回来了,但是他执行的任务,已经百分之百成功了。毫不夸张地说,这次任务的成功,英国的国家安全得到了长久的保障。关于这方面的进一步信息,敬请亲友前来本处查看东京方面的专电。用生命换来祖国的安全,邦德之死,重于大山,其灵魂,当在天堂安息。

邦德先生有过一段短暂的婚姻,他于1962年,其与法国女子迪妮莎·德拉科喜结连理。可悲的是婚礼当天,妻子惨遭不幸,凶手就是此次任务中的敌人。关于这场婚礼的不幸,英国媒体已经有过详细报道,此不赘述。这段婚姻无其他问题,而现在邦德已逝,我谨代表其故旧,望生者永安!

You Only Live Twice

玛丽来稿,原文如下:

我很开心,也很自豪在过去的三年间可以为邦德中校提供服务,我们亲密无间,在同一间办公室共事。如果说我们对他的爱戴都是发自肺腑的,那么我想用几句简单的话作为他的墓志铭,不知道可不可以。很多人都认为这句话代表了邦德的人生哲学:"我不会浪费时间试图延长自己的生命,但我会善用每一秒光阴。"

第二十二章　情人的眼泪

当铃木薇琪看到天上似乎有一个人在坠落时,她的心里不禁一阵紧张,那个人的和服被下坠时产生的风力吹成了一对黑色的翅膀,一直向海面俯冲。薇琪意识到,那就是她的爱人。情人的敏感让她不顾一切地朝那个黑影入海的方向游过去。那个地方大约距离死亡城堡的海上壁垒两百码,薇琪以从来没有过的速度迅速靠近,丝毫没有在意堡垒上的岗哨和海中的鲨鱼。现在她的心里只有一个念想,那就是她的爱人,生死未卜的恋人。邦德在落水的一刹那,巨大的海水冲击力将他狠狠地甩进海浪,他就像从高速行驶的飞机中一下子被投进了高速运转的巨型洗衣机。经过这么一折腾,再精壮的人恐怕也无力生还了。但是求生的本能和意志在邦德心里坚不可摧,所以他强忍着头部的剧痛,设法平衡自己的身体。当身体的疼痛稍微平息一些的时候,他渐渐从昏厥的状态中恢复过来，重新获得了意识。他意识到的第一件事情就是，目前最大的敌人就是大海。正当他全力挣扎的时候，不远处一个天使在向他靠近。他知道，那是他的天使，于是强打起精神，企图从宽大的和服里钻出来。然而这最后的努力，让他再次失去了知觉。

就在薇琪过来拉他的时候，他下意识地做了一组挣脱的动作，虽然他的意识里已经明白，他的天使正在营救他。但他的直觉和潜意识，还停留在布洛菲尔德那个阴森恐怖的城堡里。

"太郎，我是你的薇琪啊！"她深情地在邦德的耳边呼唤，"你不记得我了吗？太郎，我是你的薇琪，铃木薇琪。我曾坐在你的身旁，陪你一起在海上飘荡……"铃木薇琪忍不住轻声啜泣起来，不过很快她就止住了哭，含泪微笑着轻轻抚摸邦德的面颊。

他真的记不起来了，他的脑子一片空白，他对这个世界的任何事物都一下子丧失了记忆。不过，他永远无法忘记的是敌人那张丑恶的嘴脸，他唯一希望的，就是亲手撕碎敌人的伪装，然后干掉他，粉碎他。虽然他记不起来过去，但是他身体里的力量还在顽强地运行着。最后，他的嘴里发出微弱的喘息，夹杂着三两个诅咒的词汇，那是对敌人的诅咒。不过，他没能举起他的拳头，他只能任由铃木薇琪帮助他挣脱和服的束缚。他似乎能够听到有一个声音，在为他祈祷。他用心感受到这份祈祷，精神为之一振。

"现在跟着我，雷太郎。如果你感到累了，我会在后面推你。我们都接受过完善的营救训练，不是吗？你一定能够做到！"

但是，铃木薇琪开始出发，邦德却并没有跟着她。邦德气息微弱地打着圈圈，就像一只受伤的小动物，一直围着一个地方转圈，无能为力。薇琪看到爱人伤得如此之重,忍不住又抽泣起来。他到底发生了什么?死亡城堡里的人到底对他做了什么?她的眼里噙满了泪水,游回到邦德的身边。她对着邦德小声耳语,邦德停止了拍打海水,似乎开始真正意识到自己已经安全了。薇琪用手架在邦德的腋下,将邦德的头贴在自己的胸前,露在海面上。然后用传统的后腿蹬水的泳姿慢慢向前游去。

虽然薇琪熟悉大海,像美人鱼一般,但是要在大海里拖动一个毫无知觉的男子,确实不是一件容易的事情。何况还有惊涛骇浪,激流暗礁。天上高悬着一弯明月,似乎在默默给这个姑娘鼓劲,给她的无助增添一丝气力和温暖。姑娘拼命往前游,偶尔回过头来看看自己的轨迹,以获得一个正确的方位。然而,爱是能够超越生死和一切的,也能给人以莫大的鼓舞,薇琪坚信这一点。她抬头看了看天上的星星,知道自己的方向并没有错,剩下的就是努力向前划,绝不能退缩,绝不能放弃。天可怜见,她成功了,她来到了一处小小的海湾,在一块高高隆起的海岩上,她让邦德平躺在一个平坦的地方。她自己,则疲惫不堪地躺倒在邦德的身边。不知不觉,这对鸳鸯进入了梦乡。

也不知道过了多久,薇琪在邦德痛苦的呻吟声中醒来。邦德太虚弱了,伤得太重了,这让薇琪悲切不已。只见邦德双腿盘坐,双手抱着额头,目光呆滞地看着海面,就像一个梦游者。当薇琪用一只手臂轻轻地搭在他的肩膀上时,他茫然地回过头来,轻轻地问:"你是谁?我怎么会在这里?这是什么地方?"邦德的眼神似乎恢复了一丝活力,他仔细打量着薇琪,然后嗫嚅着说,"你真漂亮!"

薇琪关切地看着邦德。她的脑海里突然有一个大胆的计划,就像灵光乍现,又像是爱之火焰的绽放,她说:"你真的不记得任何事情?你真的不记得你是谁,从哪里来?"薇琪小心试探着。

邦德用手摸了摸额头,似乎在努力回忆,他擦了擦眼睛,瞪大眼睛看着薇琪。"是的,什么也记不清了,"邦德疲倦而消沉地说,"不过,有一个人的脸。我记得起一个人的脸,我觉得他一定是一个坏人。我知道他应该已经死了。你叫什么名字?请你把你知道的一切都告诉我吧。"

"我叫铃木薇琪,我是你的爱人!你的名字叫作雷太郎。我们一直居住在这个岛上,靠捕鱼为生,你不记得了吗?我们的生活是那么美好,温馨而甜蜜,一起出海,一起返航,粗茶淡饭,恬淡安详。现在,你能起来走几步路吗?我想,我们该回家了!我要回家给你做点好吃的,然后为你请医生。你的左侧头部受了很重的伤,肋骨也好像受伤了。你一定是到悬崖上去掏海燕窝时,不小心摔了下去!"说完,铃木薇琪平静地用手挽起了邦德,一步一挪地朝村子走去。

邦德用尽全身的气力挣扎着站了起来。薇琪用手搀扶着邦德,慢悠悠地走进村子,来到铃木家。但是薇琪并没有直接进去,她领着邦德继续往前走。他们走过了低矮的枫树林,走过了山茶花丛,山茶花的香气,让邦德觉得舒服了许多。薇琪和邦德穿过神庙,来到了一座山洞。这是一个大大的窑洞,地势平坦,空气干燥。薇琪对邦德说:"到家了,这就是我们的家。你不在的时候,我把我们的被褥寄放在邻居那了。你先躺下来,我去拿被褥,然后给你带点吃的回来。亲爱的,乖乖的,躺下来吧,累就睡一会儿,我马上回来。我会好好照顾你,你病了,不过医生一定会让你康复的。"

邦德很听话,他将没有受伤的那面额头枕在自己的手臂上,不一会儿就睡着了。

薇琪走下山来,她的心里就像一只欢快的百灵鸟,唱着甜蜜的歌谣。现在有太多事情要去安排,有太多事情要去做。因为,她的爱人回来了,她要好好呵护他,爱他,不让他再受一点点伤。她已经走进那张情网,走进了邦德的世界。

天已经亮了,薇琪的父母都已经醒了。她兴奋地和父母低声耳语着,述说她的爱恋与勇敢。父母对这个掌上明珠自然千依百顺,在恋爱这个问题上,他们十分开明。薇琪热完牛奶,然后找了一大捧衣服,其中还有她父亲最好的和服。此外,她带上了邦德的洗漱用品——不过没有任何一件能唤起邦德回忆的东西。这个聪明的小家伙!父母对薇琪这个心血来潮的奇妙想法不置可否,只能任由女儿自己选择。不过,爸爸还是小声嘟嚷着,如果神主愿意为雷太郎祈祷,那么他一定会好起来的。不过薇琪显然更希望她的雷太郎一直这么失忆下去。薇琪洗干净了自己的身子,然后穿上了一件朴素的蓝色和服。弄完这一切之后,她回到山洞,回到她爱人的身边。邦德还在沉睡,薇琪替他盖好被子,然后去神主那里报告情况。

过了一会儿,神主有点儿悲伤地接待了她。看得出来,神主似乎已经等了她很久。他举起手,对跪在下面的薇琪说:"薇琪,我早就知道了一切。那个恶魔控制的地方已经被铲除了,恶魔和魔女都已经丧命。死亡城堡被彻底摧毁了。就像黑岛众神显灵所预言的那样,一切罪恶终将化作云烟。这一切,都要感谢那个跨越重洋而来的英雄。现在他在哪里?"

"就在神庙后的山洞里,我把他藏在那里。神主,他受伤了,伤得很严重。但是不管他变成什么样子,我想说的是,我喜欢他。我想我能够照顾他,能够养活他。现在,他忘记了过去发生的一切。我希望就这样,让他的一切重新开始,从此刻开始新的人生。我要让他成为我的爱人,他会成为黑岛之子,与我永远在一起。我们永远在黑岛长相厮守!"

"可是,这不大可能!我亲爱的女儿!经过几个疗程的治疗,他就会慢慢恢复的,到那时候,谁也没办法阻止他离开黑岛。他有他的人生,谁也无法篡改,他有权选择自己的人生道路。而且,你也知道,他来自哪里。他不是一个普通人,他的那些显贵的朋友会来寻找他。福冈方面会派出专门的组织和人员搜寻他,甚至东京方面也会来人。你要知道,他在他原来的人生中,已经是一个颇有名望的人,你很难把这么一个人永远地限制在黑岛,即使我知道你很爱他!爱一个人不是自私的占有,而是博大的关爱和无条件的付出,你明白吗,我的孩子?"

"但是,神主,如果你当作什么也没有发生,并且就这样保持沉默,即便有人前来询问,长老们也只知道雷太郎已经离开了黑岛,再也没有回来,不是吗?也许他已经游回了大陆,而且直到现在,也没有踪迹。然后,这些前来调查的人就会离开。我并不是想自私地占有他,我只希望能够尽我一生,好好照顾他,好好供养他,不让他再受一点点伤。至少,对严重受伤的雷太郎而言,现在我所做的一切,都是为他好啊！如果将来有一天，他真的希望离开，我也绝对不会阻止他。我会帮助他重新找到自我，帮他实现未竟的愿望。他原来是那么开心地和我一起捕鱼，和我的鹭鸶一起出海。他亲口告诉我，他喜欢和我在一起！所以就算他恢复了记忆，他也一定会开心的。难道我们黑岛不应该珍惜这个神灵恩赐给我们的英雄吗？难道黑岛众神不希望让他在黑岛的怀里，多安睡一会儿吗？难道我就不能为我爱的人，尽一点绵薄之力，帮助他康复并获得幸福的生活吗？"

神主静静地坐在那里，双眼紧闭，深吸了一口气。他睁开眼睛，看着脚下这个虔诚的女孩，她的脸上那么期待，那么赤诚，似乎没有理由可以反驳她，或者拒绝她。他微微一笑，慈祥地说："如果可能的话，我会尽量那么做！现在最重要的是去找一个大夫替他疗伤。然后我会交代长老会，表示我并不知道他的下落。不过，这段时间，你一定要小心谨慎，他也一定不能露面。等一切风平浪静，他才可以搬回你家居住，大家才可以重新接触他。"

铃木薇琪伏在地上，对神主表示万分的感激！

从神庙出来后，薇琪的脸上荡漾着幸福的光芒。她请来了医生，医生跪在邦德的身旁，检查了伤势。然后，他将一张大大的人脑结构图摊开放在地上，上面脑部的各个部位被标上了不同的数字和表意文字。他用手指轻轻地试探着邦德的伤口，然后在结构图上标出相应的骨折位置。薇琪则小心翼翼地跪在邦德旁边，把邦德冒着汗珠的手臂紧紧握在手心。医生的身子前倾，用手翻看着邦德的眼睑，两侧眼睑都检查完毕后，微微叹了一口气。然后，他再次翻开邦

You Only Live Twice

德的眼睑,透过大大的眼镜镜片,他似乎能够洞察到那双深邃闪光的眼睛后面复杂的世界。他让薇琪去取一些凉开水来。医生开始为邦德清理创面。最致命的伤口源于一颗子弹,这是邦德进入地牢的时候被射入的。现在这个伤口已经开始肿胀并化脓感染。医生用硫黄一类的火山灰盖在伤口上,最后仔细而专业地将头部伤口绑扎起来。接着处理肋部的骨折,用外科专用的支架固定肋骨。这一切做好之后,他悄悄地把薇琪叫出了山洞。

"命现在看来是保住了,但是要恢复记忆恐怕……"医生叹了一口气,说。

"要多久……"薇琪关切地问。

"有可能几个月,也有可能几年,现在一切都还是未知数。"医生无奈地摇了摇头。

"那么到底是哪里伤了导致失忆呢?"

"储存记忆的大脑颞叶受损,这很要命。很多人因此一辈子无法恢复记忆。不过幸运的是,这并不危及生命。另外,这种情况下,家人的呵护和唤醒很重要。你可以尽可能带他去一些过去到过的地方,去陪他做过去做过的事情。这样,是有可能帮他唤回记忆的。也许某一个点的回忆就能够帮助他恢复一个面,甚至是整个面的回忆。不过,最好还是要去福冈照一张 X 光片,看看脑部是否存在骨折。不过就我目前的观察来看,脑部头骨并未明显骨折。而且神主特别交代,说他暂时还是由你来照顾,而且要对外保密。既然如此,那么我会加强对他的观察和治疗。而且我会尽量选择小路,晚上过来,这样可以避人耳目。但是,现在就要拜托你对他勤加照顾,尤其是在接下来的一个月内，一定不能让他乱动，要静静地卧床休息。最后，你仔细听我说……"医生严肃地说，医生认真交代了如何护理，如何喂食，几乎事无巨细地反复交代了一切。最后医生还让薇琪复述了他所讲的要点，直到他认为准确无误后，才放心地离开了山洞。

时间不知不觉已经过去了一周，福冈的警察三天两头前来调查。那个东京来的田中先生更是不放过任何蛛丝马迹，但终究毫无收获，离开了黑岛。最难缠的是一个来自澳大利亚的人，薇琪为了让他离开黑岛，简直使尽了浑身解数。岛上的长老和居民们都守口如瓶，黑岛最终成功保守了这个秘密。邦德对此一无所知，不过他的身体状况逐渐恢复。薇琪有时候趁着夜色，带他出去散步。他们有时候也在海湾的沙滩上游泳。在这里，陪伴他们的只有可爱的"大卫"。在这悠闲的时光里，薇琪把黑岛的一切故事都讲给了邦德听。邦德听得很入神，不过一旦邦德问起岛外的情况，薇琪就故意搪塞，或者转移话题。她尽可能避免唤起邦德关于岛外世界的回忆。

秋去冬来，美丽的海女们无法再出海，她们成群结队地在海滩上修补渔网，维修渔船，或者在山麓间做些栽种之类的农活。邦德已经回到铃木家的屋子居住，他做些木工，也帮忙做些其他奇奇怪怪的活，总之，他想让自己成为一个有用的人。除此之外，他也在向薇琪学说日语。他的目光慢慢变得有光芒，但是依旧显得那么深远和迷茫。每天晚上，他都被一些奇怪的梦惊醒。薇琪就像呵护孩子一样，轻轻怕打着邦德的后背，抱着他的头，静静地哄他入睡。薇琪温柔地在他耳边说:"亲爱的,你梦中那些白人、大都市、高楼大厦,那都是梦魇。这些梦魇是没有什么意义的,那不过是一个虚无缥缈的梦境,不属于我们这个世界。"渐渐地,邦德习惯了岛上的生活,习惯了小小的木头和石头混筑的房子。无边的海洋就是他世界的全部。薇琪对邦德的照顾可谓无微不至。不过,她从来不带邦德到南面的海岸线去。她现在最大的担心就是,一旦捕鱼季节来临,也就是5月左右,邦德就会重新出海,会看到黑岛对面的那面黑色的高墙。到时候,恐怕一切回忆都会如潮水般涌进邦德的大脑。这一切,是薇琪最不愿意看到的。但是,她能够做的,只是好好珍惜现在的每一分,每一秒,至于以后,那还是听天由命吧。

医生很奇怪,为什么邦德在恢复记忆方面,完全没有什么进展。他只能勉强接受这个事实,最后做出结论——邦德的记忆系统已经彻底崩坏,无法恢复记忆。又过了一阵子,他几乎找不到理由再来给邦德治疗了。因为从身体上,邦德已经是一个健康的人,除了记忆方面,邦德在各个方面都已经痊愈。

纵然一切都朝着薇琪预想的方向前进,但仍然有一件事情,让薇琪觉得沮丧不已。其实从山洞里和邦德共度的第一个夜晚起,薇琪就已经与他的爱人同床共枕。可等邦德康复之后,回到铃木家,薇琪就一直在默默地等待,她在等待她的郎君献上浓情蜜意,完成爱情的升华。可是,邦德除了偶尔吻她,或者抓住她的手臂亲吻以外,似乎并没有其他反应。难道说,严重的伤势已经让他丧失了性能力吗?她也私下咨询了医生,但是医生说,这两者之间根本没有联系。更何况,只要身体恢复,各方面的机能都是会同步恢复的。

不过,有一种可能性,就是由于记忆方面的丧失,她的郎君可能已经忘记该如何行人之大伦了。

铃木薇琪是一个知道如何掌握自己幸福的人,她不愿意这样空等下去。她向家人宣布,她要搭乘前往福冈的游船去做些生意。可是一到福冈后,她就开始寻找当地的成人用品商店。她找到的这家商店有一个好听的名字,叫作"幸福商店"。在日本城镇中,这种"幸福商店"实在是一道亮丽的风景线。薇琪蹑手蹑脚进了商店,柜台上一个长相淫邪的男人询问了薇琪的来意。薇琪羞羞答答地说明了来意,还在店里奇奇怪怪的商品上扫视,旋即又低下了头。那个花白胡子的老头仍旧面带笑容,这让薇琪很不舒服,但是她知道,这一刻,她还不能走。薇琪注意到,那些极具挑逗性和诱惑力的商品,其实不过是些滋补品和避孕药。这些东西真的帮助她吗?那个男人或许看穿了眼前这个美丽女孩的心事,狮子大开口地说:"你带够了钱吗?五千元!"这可不是一个小数目,不过薇琪还是很肯定地回答道:"没问题!"只见店老板关上了店铺的大门,然后邀请薇琪到商店的里屋。

店铺老板弯下腰,从凳子下面取出来一个小笼子,看起来有点像铁丝围成的老鼠笼。他把这个笼子放在凳子上,薇琪惊奇地发现笼子里竟然蹲着四只硕大的蟾蜍,蟾蜍的下面垫着一些苔藓。接着,老板又拿出一个金属装置,这个装置外面也是一个笼子,里面则是一个金属平台,金属片上通着电线。只见他小心翼翼地把一只蟾蜍放到金属片上,然后取来一个汽车电瓶,将金属片上的电线接到电瓶上的正负极上。然后,他对着那只蟾蜍说了一些淫词艳语,就退到后面，开启了电瓶的开关。

只见蟾蜍开始缓缓地颤抖，透过蟾蜍发红的神经，薇琪似乎能够看到那深处的愤怒。这个小家伙似乎知道，它的遭遇都是拜薇琪所赐。这个狠心的老板，俯下身子，看着那只颤抖的蟾蜍，他的眼神里透露出些许焦灼的光芒，突然，他搓了几下手，神情显得很满意。薇琪的目光转向那个金属笼子，才发现蟾蜍黏糊糊的皮肤上汗珠大小的黏性液体。说实话，有些恶心，但是那只蟾蜍显得很痛苦，这又让薇琪觉得有些愧疚和同情。店老板拿来一个调羹，把蟾蜍身上的汗珠收集到小玻璃瓶子里。过了一会儿，瓶子里已经有小半瓶透明的液体，薇琪不知道这有什么用。不过现在，只能相信这个老板了。店老板盖上那个小玻璃瓶，然后把它递给了薇琪。薇琪小心翼翼地捧着这个小瓶子，似乎对这个小东西充满了敬畏，好像她捧着的是名贵的珠宝。因为，这个小瓶子里，寄托着她爱的希望。店老板断开了电源，这时候的蟾蜍似乎什么也没有发生，安安静静地回到了那个铺着苔藓的笼子。这几个小家伙，不知道为他们狠心的老板赚了多少钱呢。

店老板转向薇琪有点儿得意地说："每次我向顾客出售这种神奇的宝贝时，我都会邀请他们亲眼看看这宝贝是怎么来的。因为我知道，你是很真诚的顾客，我必须对你负责。要是有人会觉得这玻璃瓶子里装的不过是些普通的清水，那不是砸我的招牌吗？凡事诚信第一，这是我们这间小店的宗旨，给人带来幸福！"说完，他又露出淫邪的微笑。确实，这么漂亮的小姐来买药，那真是太让人想入非非了。

店老板可能觉得自己还可以兜售更多的东西,于是接着说:"但是,你现在看到的只是我众多宝贝中的一种。这个叫作蛤蟆汗,是货真价实的催情圣物。它的获得主要是通过给蟾蜍加以电流刺激,然后由蟾蜍分泌出来。不过你不用担心那些小家伙,他们只是暂时有点儿不舒服,过一会儿就好了。而且,它分泌的残液可以让苍蝇和蟋蟀好好享用一顿呢。现在,"他走到一个柜子旁,拿出一个小小的药片盒,"这是干壁虎粉。可别小瞧这个东西,把它和蛤蟆汗配合使用,添进你爱人的晚饭里,就能发挥出无穷的效力,确保万无一失。他的整个的身心都会被催动。当然了,如果你再出一千元,我还能给你一本秘籍,枕边秘籍。这可是房中术中最畅销的版本呢。"

"什么是枕边秘籍呢?"薇琪一脸迷惑地问。

只见那个老板回到柜子前,拿出了一本装帧拙劣、印刷粗糙的书,书的封面是白色的。薇琪打开这本书,马上用手捂住嘴巴,发出惊呼。她很生气,这简直就是肮脏的玩意儿。不过薇琪是个有教养的姑娘,更何况她现在本来就是想找到情趣妙药。为了看这本书到底有没有增添情趣的作用,她继续翻看了下去。薇琪逐渐意识到,老板并没有骗她。因为医生说过,她的爱人可能已经忘了如何行房事,那么这本书或许真的可以派上用场。因为里面除了不堪入目的赤裸裸的图片外,还有很多其他的东西。

"很好,我要了!"薇琪大胆地说。

她把书递给老板,然后说:"把我要的东西都给我包起来吧。"然后,她拿出钱包,付了钱。

走出里面的房间,店老板把包袱给了薇琪,深深地鞠了一躬。

薇琪简直不想再看到那邪恶的眼神,所以只是敷衍地鞠了一躬,然后就冲出了店门,来到了大街上。她似乎惊魂未定,因为她好像刚刚和魔鬼签了一份契约。但是当她搭乘邮船回黑岛的时候,她的心里充满了兴奋和快乐,她双手抱着自己的手臂,心里想着如何解释这本书的由来。这真是快乐的小烦恼。

就在邮船接近黑岛的时候,已是黄昏时分,夕阳下,邦德正在码头上焦急地等待着自己的爱人。因为,这是薇琪第一次离开他这么久。这一整天,他都在苦苦地思念着自己的爱人。他们手挽着手,愉快地交谈着今天发生的事情。他们穿过了沙滩,走在晾晒着渔网和渔船的海岸线上,无比惬意。但是,人们的微笑似乎不是打招呼式的,而是一种审视和疑惑。因为神主不是说过那个外国英雄已经不在了。不过在这里,神主的法令就是最后的真相,谁也不会辩驳。

回到家里,薇琪开开心心地为邦德准备好了可口的晚餐,其中最好吃的一道菜是当地有名的焖牛肉。这种开荤的日子可是很少见,因为黑岛上的肉食很少。但是薇琪心里清楚,这丰盛的晚宴,还加进了从福冈带回来的神秘的佐料。她不确定自己的爱人会不会有所反应,她不知道今晚是否能够获得机会,她只记得自己用颤颤巍巍的双手,把那包粉末和那小瓶液体放进了菜肴里,然后心里充满了期待。她把那些药搅拌得很均匀,邦德并没有吃出什么异味。在榻榻米上,她看着邦德吃完了最后一口饭,然后坐着休息。

她的眼神一直盯着邦德,邦德只是一个劲地夸赞薇琪的厨艺,然后喝了点茶,就回到了自己的房间。他丝毫没注意到薇琪期盼而害怕的眼神。晚上,邦德照例在睡觉前干些修补渔网或鱼线的工作。薇琪则帮妈妈打扫屋子,洗洗涮涮。不过,薇琪的心里早已经飞到了邦德那里。

薇琪干完家务后仔仔细细地梳理着自己的头发,然后化了妆,弄得漂漂亮亮的。她的心里,就像一只被捕获的小鸟,七上八下。她慢慢地靠近邦德。

邦德已经发现了那本枕边秘籍,大笑着问:"薇琪,你到底是从哪里弄来这东西的?"

薇琪咯咯地笑着说:"你说这个啊,我忘了告诉你了。一些该死的男人在我逛街的时候向我兜售的。他们强塞给我,你知道那时候天色很晚了,我为了摆脱他们的纠缠,就买了一本。我们把这种书称为枕边秘籍,是爱侣们常常使用的情趣用书。你看了没有,里面的图片刺激吗?"

邦德脱掉衣服,走向地板的蒲团。他意乱情迷地说:"薇琪,我的天使,快把衣服脱掉,让我们从第一页开始吧!"

冬去春来,海人又开始忙碌起来。现在,铃木薇琪又同往常一样,光着身子跳进水里捕捉鲍鱼。不同的是,邦德也会跳入水中,而不是只知道划桨。同样一起入水的,还有那只可爱的大卫。就在此时,樱花也盛开了,雪白的樱花圣洁而美丽,将渔村染成了一个雪国。薇琪在想,什么时候向邦德坦白呢?她的肚子里已经怀上了他的孩子。他会因此而正式和自己结婚吗?

突然有一天,就在他们去海湾的时候,邦德显得心事重重。薇琪准备解开缆绳,把船推入海面,但是邦德却表示自己有很重要的事情，必须和她谈一谈。薇琪的心都要跳到嗓子眼儿了，她拉着邦德的手，坐在海面的岩石上。她静静地等待邦德的话。

邦德从口袋里拿出了几张皱皱巴巴的纸，将它们递给了铃木薇琪。薇琪的身子微微地颤抖，她知道，该来的终于还是会来到。那是一张报纸的一部分，应该是从卫生间的手纸篮子里拣出来的。其实，平常的时候，这些报纸薇琪都会小心整理，然后把其中带有英文的部分撕掉去。不过百密一疏，邦德还是得到了这一小角报纸。

邦德指着那张皱巴巴的纸说："薇琪，符拉迪沃斯托克这个单词是什么意思？我总感觉这个单词和我有什么关系。我依稀记得这应该是和一个超级大国家有关联。我想这个国家是不是叫作苏联，我说的对吗？"

铃木薇琪想起了她在神主面前的誓言，也许是时候让邦德知道他自己的过去了。她将脸伏在自己的手臂上，说："是的，太郎，你说得没错！"

邦德握紧拳头，挤了挤眼睛，然后从嘴角挤出了一串话："我有种感觉，就是我和这个苏联还有很多事情没有结束。我的过去应该和这个地方有莫大的联系。这一切可能吗？我多么渴望能够弄清楚自己到底从哪里来。在我来黑岛之前，我在哪里？你能帮助我吗，亲爱的薇琪？"

薇琪把手从自己的脸上拿开，她的眼角挂着泪痕，不过她还是面带微笑说："是的，我会帮助你，亲爱的！"她的语气是如此淡定，如此平静。

"那么我必须到符拉迪沃斯托克走一趟。也许在那里，能够唤起我更多的回忆。也许从那里，我可以回到我来的地方，回到从前的世界！"

"亲爱的，明天你就出发吧，你可以搭乘邮船前往福冈。我会给你足够的旅费，你可以从福冈坐火车去东京，然后从北海道到库页岛。从那里你一定能够前往符拉迪沃斯托克。我会告诉你具体的路线和方向。不过库页岛港口是一个巨大的港口，你一定要多加小心，照顾好自己。而且苏联可不友善。"

"我想，他们还不至于伤害一个黑岛的普通渔民吧。"

薇琪的心都要碎了，她哽咽着说不出话。她站起身，缓缓地向自己的渔船走去。她把船推进了海里，荡起了层层涟漪。她在那里等待，她坐在常坐的桨旁边，因为邦德划船的时候会用双腿夹住她，然后他们会开心地出海。从来都是这样，今天薇琪也不想例外。但是明天，明天呢？薇琪不想去想明天……

詹姆斯·邦德解开桨，大卫发出尖锐的叫声，这只可爱的鹭鸶或许看出了主人的心事，在船板上悠悠地爬行着。然后，它有点儿高傲地蹲在船头，似乎在审视着一切。邦德计算着距离，然后加快了划桨的速度。

薇琪看着邦德的眼睛，露出甜蜜的微笑，朝霞映在邦德的背上。诚如詹姆斯·邦德所说，今天又是一个风和日丽的好日子，一如往常——万里无云！

也许明天……